Uma Canção para Julia

Livros por Charles Sheehan-Miles

As Irmãs Thompson
Uma Canção para Julia
Estrelas Cadentes
A View From Forever
Apenas Lembre-se de Respirar
A Última Hora

The Thompson Sisters / Rachel's Peril
Girl of Lies
Girl of Rage
Girl of Vengeance

Fiction
Nocturne (with Andrea Randall)
Republic: A Novel of America's Future
Insurgent: Book 2 of America's Future
Prayer at Rumayla: A Novel of the Gulf War

Nonfiction
Saving the World On $30 A Day: An Activists Guide to Starting,
Organizing and Running a Non-Profit Organization
Become a Full-Time Author: Practical tips, skills and strategies
to turn your writing hobby into a career (with Andrea Randall)

Uma
Canção
para

Charles Sheehan-Miles

Cincinnatus Press
South Hadley, Massachusetts

www.sheehanmiles.com

Published by Cincinnatus Press
PO Box 814
South Hadley, Massachusetts
United States of America

ISBN: 9781632021243

Cincinnatus Press
www.cincinnatuspress.com

v08252014

CAPÍTULO UM

Princesa Suburbana (Crank)
26 de Outubro de 2002

Talvez seja só eu. Mas gostaria de pensar que uma menina no centro do maior protesto antiguerra desde a Guerra do Vietnã não devia ser um pé no saco.

Mas não... lá estava ela, a sua boca se movendo, e eu não entendia uma palavra. Para ser honesto, ela era perversamente gostosa, mesmo que estivesse se vestindo como uma bibliotecária; ela usava uma saia floral até o joelho que abraçava suas coxas e um suéter em cor pastel e parecia ter mil pulseiras em seu punho direito. Seus olhos eram de um pálido azul impressionante, emoldurado por um cabelo loiro escuro. Ela tinha aquela aparência de estudante que me fez desejar lamber a parte de trás do seu pescoço. Era hostil o fluxo de palavras que jorrava da sua pequena boca sexy, o que me fez dar um passo para trás, tanto irritado quanto na defensiva.

— O que foi? — eu perguntei, na esperança de conseguir parar a torrente de palavras.

Ela suspirou e fechou os olhos. Eu sorri abertamente.

— O que eu disse foi que vocês não podem montar aqui por enquanto. Mark Tashbur está prestes a continuar... em seguida, há uma pausa de quinze minutos. Vocês podem montar depois disso.

Eu rolei meus olhos. — E nós continuamos ao final dos quinze minutos?

Ela sorriu e o seu rosto relaxou um pouco. Acho que ela não gostava muito de mim. Seu sorriso parecia falso. E aqueles olhos frios? O seu sorriso nunca os alcançava. Fiquei imaginando como um sorriso verdadeiro dela seria.

— Isso mesmo. — ela respondeu.

— Isso não vai funcionar. — eu disse. — Leva mais tempo para montar do que quinze minutos.

Ela suspirou. — E por que, exatamente, estamos sabendo disso agora?

— Ei, não é minha culpa. Eu não sei quem organizou o horário dessa coisa, mas está uma completa bagunça. Se você quisesse que nós tocássemos em 30 minutos, teríamos que ter iniciado a montagem uma hora atrás. Leva um tempo para instalar e ajustar o equipamento.

Ela bufou um pouco e disse. — Bom. Apenas... tente não distrair muito a plateia.

Jesus, o que seja. Ela subiu correndo no momento em que começamos a transportar os equipamentos para o palco. Não era como se a multidão estivesse prestando atenção de qualquer maneira, devia haver umas cem mil pessoas por lá. Bando de hippies e malucos da paz e o que pareciam ser fodidas donas de casa desocupadas. Pela centésima vez, me perguntei por que no inferno aceitei tocar em um protesto antiguerra.

Claro, este era o maior local em que tínhamos tocado. Mas sério, até agora, os alto falantes eram um conjunto de pneus recauchutados da década de 1960. Se isso não mostrasse o quão desconectada esta coisa era da realidade, eu não sabia o que faria.

Tanto faz. Isso era problema da Serena. Ela era importante na política antiguerra. E no que Serena estava dentro, a banda ia. Nós não tínhamos um empresário, mas ela era o mais próximo disso. Ela cantava comigo e fazia a base da guitarra, tinha uma percepção mágica para saber quais músicas iriam funcionar e quais não.

Nós nos apressamos para ficar prontos sem alarmar os nativos ou hippies. Terminamos em tempo recorde, não graças à princesa que estava ao lado do palco com uma prancheta, direcionando as pessoas aqui e ali.

Assim, entre montar, afinar e começar, tive cerca de quinze segundos para tomar um fôlego e, então iniciar a primeira batida. Os jovens universitários na plateia começaram a murmurar imediatamente, mas os idosos e as donas de casa desocupadas - e puta merda, havia um monte delas - olhavam para nós como se o palco tivesse sido varrido por uma contaminação radioativa. Dei à guitarra e aos vocais apenas um agudo extra, explodindo a versão original e agressiva da letra da nossa música "Fuck the War" no lugar da letra sensível extra especial que gravamos em estúdio.

Eu não quero enganá-lo. A Morbid Obesity não é uma banda punk, é mais um rock alternativo, um bocado sensacional. Eu era sensacional. Hoje em dia a nossa música mais popular era "Fuck the War" que foi lançada em um EP há alguns meses atrás. É uma musica de amor sobre minha mãe e meu pai, mas você tem que ouvir a letra para entender. Eu coloquei um monte de emoção quando estive a escrevendo e quando a tocava.

Era um dia perfeito para estar no palco em uma área externa: fresco, mas não frio. O céu estava claro e sem nuvens, uma brisa ocasional flutuava pelo palco, cem mil pessoas de todas as formas, alturas e cores espalhadas por todo maldito National Mall. Eu nunca vi nada igual.

Estava no segundo refrão quando olhei para o lado direito do palco e vi a Princesinha. Ela estava curtindo a música. Movendo-se um pouco, seus lábios estavam separados de um jeito que me fez prender a respiração. Lábios carnudos. Lábios beijáveis. Tive que rir um pouco de mim mesmo. Ela não era o

meu tipo. Bem, exceto que ela era do sexo feminino e era do tipo gostosa. Mas, ainda assim não o meu tipo.

No colegial, algum acidente estranho no sistema de escolas públicas de Boston enviou um grupo de garotos ricos de Back Bay para South Boston High. Aquilo foi engraçado. Só durou um ano, no entanto, eu não sei se foi porque eles estavam fora de lugar, ou se os pais simplesmente tiraram seus filhos das escolas públicas. Essa menina me fazia lembrar algumas dessas garotas. Arrogante. Superior. Alguns deles olhavam para ratos como eu, como se fôssemos futuros criminosos.

Eu me pergunto se era por isso que ela estava mexendo comigo?

O que me fez querer provocá-la um pouco, então quando comecei o segundo verso, cantei direto pra ela, e só para ela. Estava no segundo verso quando os olhos dela encontraram com os meus. Fixei neles. Seus olhos tão distantes e azuis me prenderam. Ela percebeu que estava cantando para ela, e congelou no lugar, como um veado capturado por faróis. Adoro quando as meninas reagem dessa forma. Mostrava que ela era um ser humano. Se estivéssemos em casa, em Boston, eu a teria agarrado e puxado para o palco, mas não funcionaria aqui com esse público.

Porém, depois de um segundo, ela encontrou meus olhos e deu um sorriso dissimulado, como se dissesse "eu sei o que você está fazendo". Sorri de volta, cantando as letras. O baixo e a bateria nessa música eram poderosos e exigiam que o corpo dançasse. Rompi o contato visual e fui para o outro lado do palco, joguei-me no chão, gritando a letra da canção que ia crescendo, e, em então fui diminuindo o ritmo até uma parada.

Apesar do choque dos conservadores e os membros dos grupos no meio da multidão, os jovens universitários adoraram e gritaram pedindo mais. A princesa suburbana aplaudiu, um sorriso misterioso no rosto. Queria conhecê-la muito melhor.

O que não aconteceria. Este era um protesto contra a guerra e não um encontro. Logo que a música terminou, começamos a desmontar o palco e a senhorita princesa saltou para o microfone e gritou: — Aplaudam Morbid Obesity e seu sucesso 'Fuck the War'! — parei o que estava fazendo para verificá-la enquanto ela estava no microfone.

A multidão enlouqueceu de novo, o que era bom. Ouvir o nome da minha música saindo daqueles lábios era ainda melhor. Cinco segundos mais tarde, ela estava apresentando os próximos oradores nos alto falantes, um bando de veteranos da guerra do Vietnã e da Guerra do Golfo quebrados, que foram desenterrados pelos organizadores desse protesto para dar a isso alguma credibilidade.

Mark e eu arrastamos a maioria dos equipamentos para fora do palco, enquanto Pathin desmontava a bateria e Serena puxava os monitores extras e separava os cabos. Quando pisei fora do palco pela última vez, a princesa suburbana me encontrou ao pé da escada. Eu tropecei no último degrau e terminei menos de quinze centímetros longe dela, olhando para baixo, para os seus olhos fantásticos.

— Vocês foram muito bem. — disse ela, sua cabeça inclinada para trás, os olhos nos meus. — Obrigada por fazer isso.

Dei de ombros e sorri. — Foi divertido. — muito bem? Só isso? Jesus, ela estava muito perto. Podia sentir o cheiro do perfume dela, um cheiro suave e muito bom.

— Então... — ela disse, olhando-me nos olhos.

Estranho.

— Quanto tempo essa coisa vai durar? — eu perguntei.

— Mais meia dúzia de oradores e então marcharemos ao redor da Casa Branca. Talvez mais uma hora.

Mark aproximou-se exatamente quando ela estava respondendo a pergunta. Nosso baixista, Mark, é um cara grande que poderia ter sido um jogador de futebol em um universo alternativo onde os jogadores de futebol fumavam muita maconha e saíam com os inúteis do Pit na Praça de Harvard. Os olhos dele arregalaram quando abri a minha estúpida boca novamente.

— Então, depois que acabar quer comer alguma coisa?

Por apenas um segundo o seu sorriso vacilou, e ela parecia... quase com raiva. Sei que não estou usando exatamente um maldito tweed, mas não sou um cara mau, não há necessidade de ficar ofendida.

— Vamos. — eu disse — É apenas um almoço. Não vou fazer nada muito ofensivo.

Mark falou em um tom sarcástico. — Eu acho que ela não é o seu tipo, Crank.

Ela fechou a boca e os olhos disparando velozmente para Mark. Seus olhos se estreitaram e os lábios ficaram em uma linha fina. Parecia que ela queria bater nele. Esta menina era volátil. Gostava disso.
— Claro. — ela disse. — Onde?

Dei de ombros. — Hum... não conheço essa área.

Ela me olhou séria por um segundo. — Georgia Brown na 15 com a K. Eles têm mesas ao ar livre. Vejo você lá... às quatro horas?

Sim! Era eu, ou ela se aproximou de mim?

Mark deu uma risada e se afastou.

— Tudo bem, vejo você às quatro. — eu disse olhando nos seus olhos mais uma vez.

Eu não sei que inferno eu estava pensando.

Caras legais perdem (Julia)

Eu não sei o que eu estava pensando.

Exceto quando o baixista veio e fez o comentário sobre eu não ser o tipo do Crank, isso ficou sob minha pele. Mas sério, ele também não era o meu tipo, mesmo que a música fosse incrível. Sou bem crítica com música. Tenho um gosto eclético, mas adoro punk, e sobre as estridentes objeções dos meus pais, eu tenho pegado todas as aulas que Harvard tinha a oferecer na área da indústria musical. Essa era boa, mas diferente e original. Algo sobre o baixo e a voz de Crank sobreposta o tempo todo... grave, profunda... melódica. Uma voz que eu poderia ouvir por todos os dias. Isso era anormal para mim. Eu não saio com rapazes num piscar de olhos. Não saio de jeito nenhum.

Tinha planejado ir com alguns outros organizadores para uma reunião depois da marcha e ajudar a planejar a próxima. E ficar disponível para falar com a imprensa. Mas quando ele tropeçou para fora do palco e acabou ficando a menos de quinze centímetros de distância de mim, não pude dizer não. Simplesmente não pude. Não pude dizer não porque, nos primeiros segundos, mal consegui respirar.

Isso era tão errado. Eu não estava em Washington para conhecer garotos. Especialmente garotos que se autodenominavam Crank, tocavam guitarra e provavelmente usavam drogas. Estava aqui por uma causa em que eu acreditava.

Mas quando ele voltou para a van da banda, levando a sua guitarra e um pesado amplificador, fiquei observando-o ir embora. E de alguma forma tinha perdido o meu entusiasmo para qualquer lema. Impedir que a guerra acontecesse era importante, mas eu achava que iria acontecer aqui? Não realmente. A Internacional ANSWER, um grupo que equivalia a uma ala conhecida do partido dos trabalhadores do povo, tinha organizado a marcha. Meu pai teria um ataque do coração se soubesse que eu estava envolvida, dado os organizadores. Mas eu não tinha pedido a opinião do meu pai. Ironicamente, omeu pai estava em uma posição para fazer algo sobre isso. Mas não havia amínima chance disso acontecer.

E foi assim que me vi saindo de um táxi na Praça McPherson às quatro da tarde em um belo dia de outubro em Washington. O tráfego não estava pesado, mas havia um monte de pedestres caminhando pelas ruas, muitos deles deixando o protesto. Eu o vi imediatamente, sentado em uma das mesas da calçada que ficava na frente do restaurante. Ele estava relaxado, sentado com seus jeans rasgados, pernas esticadas e com uma bebida na frente dele. Sua camiseta preta sem mangas ostentava um crânio flamejante e revelava tatuagens elaboradas em ambos os braços, e o seu cabelo era descolorido, quase branco e espetado. Incongruente vê-lo assim, sentado em uma mesa com uma toalha de linho branca, tomando uma bebida.

Assim que me aproximei, ele se levantou.

— Oi. — ele disse — Eu estava preocupado que você não viesse. Olhei para ele curiosamente. — Por que isso?

Ele encolheu os ombros. — Um rapaz estranho te chama para almoçar em uma cidade estranha...

Inclinei minha cabeça um pouco para a direita. — Bem, você é estranho, lhe darei isso.

Ele sorriu e puxou uma cadeira para mim, um gesto inesperado para alguém que parecia instável e perigoso.

— Vamos começar de novo. — ele disse. — Nunca fomos apresentados. Sou Crank Wilson.

— Julia Thompson. — respondi — Qual é o seu verdadeiro nome?

Ele riu. — O meu nome verdadeiro é Crank. É o que diz a minha carteira de motorista. E é tudo o que você precisa saber.

— Seria errado da minha parte perguntar o que os seus pais estavam pensando?

— Julia é um tipo de nome antiquado, não é?

— Eu tenho pais antiquados.

— Eu também, na verdade. Tanto é assim que eu tive que ir ao tribunal para alterar o meu nome.

— Por que Crank? — eu perguntei.

— Combina, não é?

Sentei-me e olhei para ele. Estudei-o. Crank tinha cerca de um metro e oitenta de altura, com feições marcantes. Várias tatuagens se arrastavam ao longo dos seus braços musculosos, mas não eram como as tatuagens que eu já tinha visto. No lado direito, o que parecia ser um pergaminho gravado com notas musicais rolavam dos seus músculos para seu cotovelo. Seu braço esquerdo, no entanto, era tatuado com o que parecia ser arame farpado, e tinha uma cicatriz feia que tinha cerca de sete centímetros de comprimento no seu bíceps.

Eu conseguia entender o desejo de mudar seu nome. Mudar quem você é. Desaparecer.

— Eu suponho que sim. — eu disse. — Pelo menos nas primeiras impressões.

A garçonete se aproximou, e eu pedi um chá gelado.

Ele sorriu enquanto ela se afastava. — O que uma boa moça como você faz misturada com toda essa esquisitice de anti-guerra? — ele perguntou.

— Esquisitice de anti-guerra? — eu perguntei — Não é nada esquisito. Ir para o Afeganistão após 11 de setembro era uma coisa. Invadir o Iraque... isso é algo totalmente diferente, e não há nenhuma boa razão para isso. Um grande número de pessoas vai morrer. Então, sim, me envolvi.

Ele deu de ombros. — Em princípio, estou de acordo. Mas para ser honesto, não vejo o que marchar por Washington vai trazer de bom.

Eu suspirei. — Eu tive as minhas dúvidas também. Mas senti como se tivesse que fazer alguma coisa.

Ele ouviu, mas não respondeu.

Inclinei-me para frente: — E você? Vocês concordaram em tocar na manifestação de graça.

— Bem. — ele disse. — Isso tudo é pela Serena. Ela é a outra cantora e guitarrista. É também muito politizada.

— E você não?

— Não sou um grande fã da política. Embora tenha que admitir que é muito bom tocar para uma multidão daquele tamanho. Normalmente tocamos em clubes.

— Em DC?

— Não, principalmente Boston e Providence.

Tomei um fôlego — Boston? — perguntei discretamente.

— Sim. — ele disse. — É onde moro. E você?

Bom, isso não era uma boa ideia. Deveria dizer-lhe que vivo na Sibéria, Alasca ou Alabama. — Moro em Boston também, em Harvard? — minha voz subiu um pouco no final da frase, como uma espécie de ponto de interrogação, como se não tivesse certeza de onde morava. Fiquei irritada comigo mesma pela incerteza.

Ele sorriu. — Eu devia ter percebido. Harvard.

— O que isso significa?

— Bem, você não é o tipo de garota com quem normalmente saio.

Eu não gostei do rumo da conversa, mas eu parecia não conseguir controlar minha boca. — E que tipo de garota é essa?

Ele me deu um longo olhar. — Groupies. Vadias. Meninas que ficam até o fim nos bares do Southie. Não o seu tipo.

Mordi um pouco o meu lábio inferior. Não pensava muito de um cara que falava das mulheres daquele jeito. — Então, por que você me convidou para almoçar?

Ele sorriu. — Às vezes você tem que agitar as coisas. Não é isso que você está fazendo?

— Acho que sim. Você não é o tipo de cara com quem normalmente saio também.

— Que tipo de caras você sai, Julia?

Ele fez a pergunta de um jeito formal, meio irritante. Olhei para ele e respondi sinceramente. — Eu não costumo sair com caras. Mas as vezes que saio, são caras ambiciosos. Ligados ao direito ou finanças. Caras que vestem ternos. Caras que vão acabar no Senado ou como um CEO. Hum… caras que meu pai aprovaria.

Crank olhou para mim de lado e se inclinou para frente subitamente. — Você está dizendo que seu pai não me aprovaria?

Olhei em seus olhos e respirei fundo. Eles eram azul claro, muito claro e seu cabelo descolorido, quase branco, os fazia se destacar de uma forma que me fez querer olhá-los o dia todo. Ele me encarava como se estivesse tentando ver dentro de mim. Engoli com minha garganta seca. — Meu pai definitivamente não o aprovaria.

Ele sorriu, um sorriso torto, de menino que fez meu coração bater um pouco mais rápido, e, pela primeira vez, reparei que um de seus dentes de baixo era ligeiramente torto. Era bonitinho.

— Quando você volta para Boston, Julia?

Engoli e dei um suspiro profundo. — Estou pegando o trem de volta pela manhã.

Ele piscou. — Você conhece a cidade? Eu nunca estive aqui antes. Mostre-me Washington? Nós vamos nos divertir.

— Eu não sei se é uma boa ideia. — sabia que não era uma boa ideia. Tinha uma regra muito severa e firme. Fico bem longe de caras por quem me sinto atraída.

Seu sorriso, que estava se tornando insuportável, ficou ainda maior. — Eu sei que não é uma boa ideia. É por isso que devemos fazê-lo.

Estreitei os meus olhos para ele. — E o que vamos fazer exatamente durante este tempo?

— Vamos começar com margaritas e ver para onde isso nos leva.

Não pude evitar e dei uma risada. Então, ri ainda mais quando ele ergueu opunho e disse. — Transar!

— Você não é muito sutil, certo?

Ele deu de ombros, um movimento que de alguma forma envolvia toda a sua parte superior do corpo. — Eu pareço sutil?

— As aparências não significam nada.

Ele olhou para mim através das pálpebras semicerradas. — Ok. Vamos descobrir o quanto elas significam. Nós não sabemos nada um do outro. Então, vamos supor... um sobre o outro.

Eu reprimi uma risada. E quando a garçonete voltou e ele fez o pedido de margaritas para ambos, eu pedi uma salada.

— Tudo bem. Mas você começa primeiro.

Ele sorriu. — Está bem. Vamos ver, sei que você é de Harvard. E pelo jeito que se veste, parece que estuda comércio. Acredito que você não relaxa muito... você não sai ou brinca muito. Filha única. Você é da... Califórnia ou talvez Oregon, com base no sotaque. O seu pai é... um executivo? Como um banqueiro, talvez? Você nunca fumou maconha. E o piercing em seu nariz foi um grande ato de rebeldia.

Eu sorri. Oh, Deus. Comecei a rir, sério? Ele era apenas ridículo.
— É isso?

— Hmm... estou supondo que você nunca perdeu um dia de aula em sua vida, a menos que fosse algo que ameaçasse sua vida. Mas no fundo, há uma parte sua que quer se libertar... e fazer algo louco.

Ele sorriu e disse. — Ok, como eu fui?

— Bem, não sou na Califórnia ou de qualquer lugar, na realidade. Mas acho que conta, porque a minha família vive lá agora. Definitivamente não sou filha única; tenho cinco irmãs. Carrie está no último ano do ensino médio, Alexandra têm doze, as gêmeas têm seis e Andrea tem cinco. E... não, nunca fumei maconha. O meu pai é um embaixador aposentado, por isso passei a maior parte da minha vida por todo o mundo. E... rebeldia nunca foi uma coisa minha. Tenho uma vida muito boa, não há porque me rebelar.

É incrível como você pode dizer um monte de palavras que são todas verdadeiras, e obscurecer completamente a verdade ao mesmo tempo. Eu era uma perita nisso. Passei minha vida tecendo uma teia de meias verdades ditas; uma armadura tecida de palavras que não fazem nada além de esconder quem sou.

Ele sorriu e balançou muito suavemente a cabeça. — Não há porque se rebelar? Nada, nada?

— Não. — respondi. Exceto talvez pela minha mãe, que controlava todos os momentos da minha vida. Mas isso era mais do que eu estava disposta a dizer.

— Isso é triste. — Crank disse. — Todos devem ter algo a se rebelar.

Fiz uma careta, franzindo as sobrancelhas. — Nunca ouvi nada tão louco na minha vida. Como você pode dizer isso?

Ele encolheu os ombros e inclinou-se para trás em sua cadeira com as mãos nos bolsos. — As coisas contra as quais você se rebela são as que definem você.

— Essa é uma atitude de adolescente, não acha? Eu prefiro me definir por mim mesma.

Ele me deu um sorriso cruel. — Você não é a primeira garota a me chamar de adolescente.

— Por que isso não me surpreende?

Ele estreitou os olhos e, em seguida, disse. — Você pode parar de me insultar.

— Não estou.

— É evidente que sim. Confie em mim, baby... Harvard não é a única forma de ter uma vida feliz.

— Chame-me de baby mais uma vez e a minha bebida vai acabar no seu colo. E nunca disse que era. — respondi subitamente na defensiva. Estava sendo condescendente? Não pensava assim. Sim, sou orgulhosa do que tenho feito. Mas não é como se não soubesse que há um grande mundo lá fora e um monte

de diferentes maneiras de viver. De qualquer maneira, ultimamente eu andava pensando mais e mais que precisava encontrar um caminho diferente. Quanto mais perto chegava da graduação, mais sentia a vida se fechando sobre mim como as garras de uma armadilha.

— Eu posso ver isso. — disse ele. — Você está mentalmente me comparando com algum macaco engravatado, não está? Algum futuro CEO ou senador.

Eu respondi rispidamente. — É melhor do que ser comparada a groupies ou vadias.

— Ai. — disse ele, em seguida, tomou um grande gole de sua margarita.

— Então, acho que é a minha vez de adivinhar.

Ele sorriu. Ele era um idiota. Mas infernalmente atraente. Maldito. De uma maneira distorcida isso era divertido. Em Boston, eu tinha que ser muito cuidadosa, porque as pessoas com quem conversava estariam perto de mim no dia seguinte e isso significava que eu tinha que me esconder.

— Ok. — eu disse. — Você se preocupa com a aparência. Em couro preto, camisetas loucas e letras raivosas. Mas estou supondo que você é realmente de uma família boa do subúrbio. Você ia bem no colégio, mas não ficou motivado para ir à faculdade e começou uma banda para pegar meninas. O look - cabelo e as tatuagens - demonstra isso. Aposto que você é um cara mais legal do que deixa transparecer.

Ele sorriu ferozmente. — Errado, errado e errado. Eu sou de Southie, lar desfeito e tudo. E na escola fui expulso por brigar demais e não sou um cara legal.

— Por que não? — eu perguntei.

— Por que não o quê?

— Por que você não é um cara legal?

Ele parou no seu assento e estudou-me sem responder. Quando seus olhos percorreram todo o meu rosto, senti minhas bochechas ficarem aquecidas e coradas. Senti como se ele estivesse sentado lá me imaginando sem roupa e comecei a respirar rapidamente, porque esse tipo de olhar geralmente fazia minha pele formigar. Mas agora não fez nada disso. Na verdade, meu corpo estava me traindo: meus seios estavam sensíveis, a excitação no meu ventre. Um pensamento aleatório passou pela minha cabeça, rapidamente o bani, imaginando como ele seria na cama. Nada como Willard, tinha certeza.

Por fim, ele disse. — Porque caras legais perdem.

Não prometo nada (Crank)

— Porque caras legais perdem.

Eu quase lamentei as palavras depois que disse, porque os seus olhos sexy de repente ficaram selvagens. Muito selvagens. Ela sentou-se em sua cadeira e revirou os ombros, como se estivesse relaxada para uma luta de boxe e depois um sorriso ensaiado apareceu em seu rosto. Era o mesmo sorriso que ela me deu segundos depois de nos conhecermos, o que não alcançava seus olhos tristes. Foi quando percebi que não era comigo. Outra pessoa estava se aproximando da mesa.

Era uma senhora idosa, um pouco masculinizada, com um queixo quadrado, ombros largos, cabelos curtos e descoloridos. Se ela estivesse em uma jaqueta de couro, não teria ficado fora de lugar em alguns dos clubes que toquei. Ela deu um sorriso falso e disse. — Julia Thompson... achei que fosse você.

Julia colocou as duas mãos sobre a mesa e sua expressão congelou. Era como se toda a vida tivesse acabado de ser drenada dela, deixando um manequim de plástico. Não sabia quem essa senhora era, mas estava muito claro que Julia sabia e ela não estava feliz com isso. Ela disse. — Olá.

A mulher me analisou com os olhos de uma maneira que me fez lembrar uma máquina, em seguida, ela falou com sua voz pingando intriga. — Você devia me apresentar ao seu namorado, Julia.

O rosto de Julia ficou com um desgosto visível. — Não é o meu namorado, na verdade. Um conhecido. Maria Clawson conheça Crank Wilson. Você poderia nos desculpar agora, estamos comendo e você está interrompendo.

Maria piscou. Não sei se ela estava ofendida com a falta de educação de Julia, mas eu estava. Eu tinha julgado que ela fosse melhor do que isso... ela foi rude com nós dois.

Inclinei-me para frente. — Prazer em conhecê-la, Maria. E não ouça Julia... ela ainda está tímida sobre nós. — estendi a mão e coloquei minha mão sobre a de Julia. Ela puxou a dela de volta.

Maria sorriu. — Entendo! Há quanto tempo vocês se conhecem?

— Sra. Clawson. — Julia começou a interpor. Eu falei mais alto e olhei de soslaio. — Cerca de quatro horas. Mas elas têm sido muito intensas, se você sabe oque quero dizer.

— Seu idiota! — Julia deixou escapar, chamando a atenção de todos na calçada.

Dei-lhe uma piscadela lasciva.

— Oh, querida. — disse Maria. — Acho que deveria deixar vocês dois sozinhos.

— Tanto faz. — Julia disse, seu tom misturado com sarcasmo. — Por que você não vai espalhar o seu veneno em algum outro lugar?

Maria deu um sorriso afetado e se afastou parecendo satisfeita.

— O que foi isso? — eu perguntei.

Seus olhos se viraram para mim, piscando com uma verdadeira raiva. —Por que você fez isso?

— Fiz o quê? Estava apenas me divertindo um pouco.

— Maria Clawson é uma colunista de fofocas, Crank.

Colunista de fofocas? — Você está falando sério? Eu nem sabia que ainda existiam colunistas de fofocas. Quem se importa, não sou famoso mesmo.

Ela estreitou os olhos para mim. — Não é com você que estou preocupada, idiota vaidoso, é comigo.

— Vergonha de ser vista comigo? — perguntei meio irritado.

— Ela passou anos manchando a minha família com qualquer chance que podia.

— Bem, foda-se ela. — respondi, e, em seguida, fiz algo que provavelmente não deveria ter feito. Levantei-me, observando que Maria tinha retornado para a última mesa da calçada, onde ela estava conversando com alguma velha bruxa de cabelo azul. — Ei você! Maria! — gritei, capturando a atenção de todas as pessoas, incluindo o mendigo sentado na rua. — Sim... vá irritar outro, cadela fofoqueira!

Julia escondeu o seu rosto. — Oh, Deus. — ela resmungou atrás de suas mãos. — Você é louco?

— Sim, querida. — respondi — Sou. Vamos lá, vamos sumir desse lugar. — peguei minha carteira e joguei duas notas de vinte em cima da mesa enquanto ogerente se aproximava.

Eu me virei para ele. — Sim, sim, vamos embora. Não fique irritado.

Julia gemeu. — Não o conheço. — ela murmurou.

Eu ri e disse. — O que você acha de caminharmos em direção à Casa Branca?

— Você vai fazer sermos expulsos de lá também?

— Não posso prometer nada. — mostrei-lhe um sorriso e dei um aceno animado para Maria Clawson, que parecia como se tivesse acabado de engolir um grande pedaço de carne estragada e conduzi Julia para fora pela calçada.

Capítulo Dois

Azar o seu (Julia)

Era oficial. Crank era louco. Atraente, interessante e muito bonito. Mas louco.

O que era uma pena, realmente. Ele era o tipo divertido para se ter por perto. Mas eu já sabia que, quando o dia de hoje acabasse, eu nunca iria vê-lo novamente. Na segunda-feira estaria de volta à faculdade, de volta à minha vida. Seria ruim o suficiente quando Maria Clawson escrevesse o que quisesse. E não havia nenhuma dúvida em minha mente que ela escreveria sobre isso. Era mais uma oportunidade para difamar o meu pai. Minha culpa. De novo. Não estava irritada com ele por sua explosão. Como poderia ficar? Maria Clawson, mesmo sem me conhecer me usou para tentar arruinar a carreira do meu pai, e no processo tinha quase arruinado a minha vida. Ele poderia ter feito muito pior e não teria me incomodado.

Caminhamos para o sul na Rua 15, em seguida, desviamos para a direita na Avenida Vermont, indo em direção à Casa Branca. Uma multidão de homens e mulheres enchia as ruas, a maioria deles vestidos com roupas casuais. Na segunda-feira, eles estariam todos de terno, indo para o trabalho em vários escritórios governamentais, associações comerciais e lojas. Por agora, este era o domínio de turistas e visitantes da cidade, junto com os sem-teto que se aglomeravam nesta parte. O céu tinha ficado em um tom brilhante de laranja enquanto o sol se inclinava para o oeste. Ficaria escuro em breve.

Fizemos uma parada na Avenida Pennsylvania, bem à margem da multidão que ainda gritava e acenava com as placas para a Casa Branca.

De alguma forma tive a sensação que ninguém no interior estava prestando a menor atenção.

— O meu pai é da Guarda Nacional. — disse Crank do nada.

Olhei para ele, surpresa. — Você não acha que ele seria chamado para isso, não é?

Ele deu de ombros. — Eu não sei. Ele foi chamado por um tempo depois do 11 de Setembro. Meu irmão teve que ir morar com o nosso avô por um tempo. Isso... não deu muito certo. Eu sei que tenho essa atitude de não dar a mínima, mas estava empolgado por tocar no protesto. Fazendo o que podemos.

Ele tinha uma expressão séria em seu rosto enquanto encarava a Casa Branca. A mudança repentina para seriedade por parte de Crank era enervante: até agora, ele não parecia sério em nada. Ele olhava para a Casa Branca com seu maxilar endurecido, a raiva nas linhas de seu rosto.

— Isso deve ter sido difícil.

— Sim, bem, as pessoas não sabem como tudo isto afeta a vida de pessoas reais. É tudo sobre acenar com as placas, protesto e política, mas quando a coisa pega são pessoas como o meu pai que estarão em perigo. Isso me irrita.

— Você e o seu pai são próximos?

Ele sacudiu a cabeça e eu vi um sorriso divertido atravessar o seu rosto. — Não suportamos um ao outro.

Não sabia como responder. Eu conhecia tudo sobre os conflitos com os pais, mas não falava disso com ninguém. Nunca.

— Isso está ficando muito sério. — disse ele. — E eu não bebi o suficiente para isso.

— Você já bebeu demais, baseado com o que aconteceu anteriormente na Geórgia Brown.

Ele riu. — Perdoe-me, Julia.

Eu dei de ombros. — Conseguir com que meus pais me perdoem será o negócio. — eu me virei e comecei a caminhar pela Rua. Ele me seguiu.

— Sério? De quanto dano estamos falando?

Eu suspirei. — A nomeação de meu pai para Embaixador na Rússia ficou presa por quase dois anos... em parte por causa das coisas que aquela mulher escreveu.

Ele tossiu. — O seu pai é o Embaixador da Rússia?

Balancei a cabeça. — Ele era... ele se aposentou no início deste ano e a família se mudou para San Francisco.

— Então, você é como... uma socialite. Uma sucessora.

— Algo como isso.

— Isso é terrivelmente quente.

Tropecei, tentando arduamente não corar, e falhei. — O quê?

Ele riu alto. — Só estou brincando.

Há dois anos, isso teria me balançado. Mas eu não tinha mais dezoito anos, e era preciso mais do que um garoto bonito flertando comigo para fazer isso. — Sério. Qual é a parte quente? A parte da sucessora ou a parte da socialite?

Ele sorriu e me deu um olhar honestamente apreciativo, seus olhos passando dos meus pés e fazendo caminho até as minhas pernas e pelo corpo inteiro. Senti um arrepio quando ele fez isso. Então ele disse. — Eu diria que todas as suas partes.

Bom. — Nesse caso, acho que vou perdoá-lo.

— Cara. — disse ele. — Você é muito fácil.

— Fácil? Não. Apenas perdoo.

— Certo, que seja. Então, você foi para uma escola em Moscou?

— Não, três anos em Pequim. E depois terminei aqui.

— Em Washington?

— Bem, Bethesda-Chevy Chase. Fica fora de DC, Maryland.

Ele sacudiu a cabeça. — Demais. Informação demais. Então, o que você quer fazer?

— Eu não sei. E você?

Ele se aproximou e me olhou nos olhos. — Quero levar você de volta ao meu hotel e transar com você.

Puxei uma respiração rápida. Não era o que esperava que ele dissesse. Engoli em seco encontrando seus olhos e em seguida, caindo para seus lábios. Má ideia, porque seus lábios pareciam muito beijáveis e encontrei-me querendo descobrir como era poder senti-los. Então tentei falar, mas minha voz travou um pouco. Eu tossi, então, disse. — Eu não durmo com os caras no primeiro encontro. E nós não teremos um segundo.

Em um movimento tão rápido, que teria perdido se não estivesse prestando atenção, ele lambeu os lábios, em seguida, se aproximou ainda mais. Muito perto. Estava em meu espaço pessoal. Eu podia sentir o suor da sua apresentação. Ele disse. — Então vou ter que me contentar com um beijo.

Eu abri minha boca, sem palavras. Ninguém era tão ousado. Ele era louco. Respirei e disse: — Eu... — e, em seguida, ele deu um passo adiante apenas o suficiente para fechar o espaço entre nós e tocar seus lábios nos meus, e ele estava me beijando, e mais preocupante, eu o estava beijando de volta. Arrepios percorreram as minhas costas quando ele colocou as mãos firmemente em minha cintura. Sua língua se lançou para frente e pressionou entre os meus lábios, e a minha encontrou a dele, acho que poderia ter feito um pequeno som, porque ele me puxou para mais perto, e eu estava tonta, embora mal tivesse tocado na minha margarita.

Engoli em seco e nos afastamos um pouco. — Devíamos... parar.

Ele suspirou e encontrou meus olhos. — Por quê?

— Porque não faço isso com caras com quem não estou séria.

Ele respondeu. — Eu não levo ninguém a sério.

— Nem eu. — eu disse tentando colocar um tom irreverente, mas sabendo que estava falhando. É difícil ser leviana quando você mal consegue respirar. Crank estava desencadeando todos os alarmes que eu tinha. Louco, agressivo e um pouco arrogante. Eu já havia ido por esse caminho antes e arruinei a minha vida. Respirei fundo e tentei voltar para terra.

Ele riu e deslizou seus braços até meus ombros. Ele apertou suavemente, em seguida, deixou cair os braços. — É... azar o meu.

— Eu não sou seu tipo de garota, de qualquer maneira.

— É verdade. — disse ele. — Você tem muitas roupas, por exemplo.

Eu ri. — Por que não vamos comer alguma coisa ou algo assim? Desde que não consegui terminar a minha salada antes.

— Alguma coisa... tudo bem. Onde?

— Eu não me importo.

— Então, vamos andar e ver o que achamos.

Eu gostaria disso (Crank)

Então andamos, conversamos. Estava louco para beijá-la de novo, e poderia dizer que ela também. Talvez tivesse sorte, talvez não. Apesar disso, estava me divertindo. Enquanto caminhávamos, Mark me enviou uma mensagem de texto, perguntando se estava voltando para o hotel. Mandei de volta uma resposta dizendo-lhe para não encher o saco.

Seu telefone tocou um momento depois disso. — Sinto muito. — ela abriu e atendeu.

— Alô? Oh, oi, Brittany... não, estou fora... com um amigo. Sim, não vou fazer isso hoje à noite, desculpe... o quê? Não, estava pensando em ficar na casa dos meus pais em Bethesda. Vejo você em breve. Tchau.

Ela fechou o telefone.

— Amigos te checando? — eu perguntei.

— Algo assim. — ela disse parecendo distraída. — Vamos comer aqui.

O "aqui" era um buraco na parede - uma porta para um meio subsolo antes do portal que dava para Chinatown. Tinha um pequeno, velho e sujo sinal com caracteres chineses escritos acima. Não parecia com um restaurante.

— Que lugar é esse? — eu perguntei.

— Vamos. — ela disse, descendo os quatros degraus e abrindo a porta.

O cheiro da comida inundou a porta quando ela a abriu. No interior havia seis mesas, quatro delas ocupadas. Os clientes eram todos chineses e mais velhos. As paredes eram de um amarelo desbotado, com pouca iluminação e o lugar não tinha nenhuma das coisas que estava acostumado a ver em restaurantes chineses.

A mulher saiu da parte de trás e falou com um forte sotaque. — Sinto muito, estamos fechando para a noite.

Julia respondeu com um fluxo de palavras em chinês. Pelo menos, acho que era chinês. Ela poderia estar falando grego pelo que eu conhecia. A única língua que sabia além do inglês eram algumas palavras em espanhol.

Que seja. A mulher respondeu e Julia falou novamente. A mulher sorriu e levou-nos a uma mesa.

— Você tem talentos escondidos. — eu murmurei.

Julia sorriu. — Este lugar é apenas para locais. A comida não vai ser nada como aquilo que você está acostumado.

Apenas olhei em volta e sentei em um banco na sua frente, verificando o ambiente incomum. Não que não tivesse comido em buracos na parede... na verdade, sublojas locais são praticamente como sobrevivo. Mas esse era diferente, mesmo porque estava muito acostumado a ver restaurantes chineses em Boston. Objetos de plásticos acima do balcão com imagens dos alimentos, quadros baratos com temas orientais em molduras mal construídos. Este lugar poderia ser uma lanchonete em qualquer lugar, se não fosse pelos clientes e funcionários e que não falavam uma única palavra em inglês além de Julia e eu.

A garçonete apareceu com chá em uma pequena urna de aço e água, mas sem os menus. Julia falou com ela em chinês e a garçonete respondeu. Depois de um minuto ou mais que as duas estavam conversando, a garçonete assentiu com a cabeça e afastou-se.

— Sobre o que exatamente vocês duas estavam conversando?

— O jantar. — respondeu ela — Confie em mim. Isso vai ser bom.

— Alguma outra surpresa? Que outras línguas você conhece?

— Um... — ela mordeu o seu lábio inferior. A combinação disso com uma mecha de cabelo pendurada ao lado do seu rosto me fez querer inclinar para frente e tocá-la. — Eu falo francês, cantonês, mandarim e um pouco de japonês.

Um pouco de espanhol. Meio que fui aprendendo por causa do jeito que cresci. E sempre fui boa com línguas. É bom saber o que os nativos estão dizendo.

Engoli em seco. — Você lê livros de física no seu tempo livre?

Ela torceu o nariz para mim e tentou mudar de assunto. — Não. Definitivamente não. E você? O que faz no seu tempo livre?

Dei de ombros. — Não tenho qualquer tempo livre, na verdade. Quando não estou com a banda, estou trabalhando ou passando o tempo com o meu irmão mais novo.

— Não está na faculdade?

— Não, não concluí o ensino médio. Meu pai e eu nunca nos demos bem, de modo que saí de casa quando tinha dezesseis anos.

Seu queixo caiu. — O que você faz então?

— Cozinho. Toco guitarra e canto. A banda está indo bem, e é aí que o meu foco está.

— É arriscado. — ela respondeu. — Não ir para a faculdade. O que acontece se a banda não der certo?

Dei de ombros. — O risco não me incomoda. Nós vamos fazer isso.

— Espero que sim. — respondeu ela com a dúvida escrita em seu rosto.

— Ei. — eu disse irritado. — Não me julgue. Recebo muito disso do meu pai.

Ela balançou a cabeça. — Eu não estou te julgando.

Levantei uma sobrancelha. — Você está. Você vai para a faculdade com os arrogantes do outro lado do rio que pretendem governar o mundo algum dia. Você está sentada agora, se perguntando por que está jantando com um cara que nunca entendeu álgebra.

A sua resposta foi ríspida. — Não me diga o que penso.

Pisquei. Isso não era o que esperava. Sua expressão era feroz quando ela falou de novo.

— Não estou tão apegada a todos os donos do mundo, como você pode imaginar. Algumas das pessoas com quem vou para a faculdade é um bando de garotos mimados, sim. Mas também vou para aula com pessoas que ralaram muito para chegar onde estão. A mãe da minha colega de quarto serve mesas em dois empregos diferentes, ganha algo como dois dólares por hora e vendeu seu carro, a fim de compensar o aumento na taxa de matrícula deste ano.

— Ei... desculpe. — eu disse. — Você está certa. Faço um monte de suposições.

— Está tudo bem. — respondeu ela. — E você está certo... talvez estivesse te julgando um pouco. Tudo e todas as pessoas que conheço visam a educação, ir bem na faculdade, ir para a escola de pós-graduação, tudo isso.

Balancei a cabeça. — Sim, entendo isso. Mas às vezes as coisas não são sequer uma opção. Se tivesse ficado em casa, morando com meu pai... estaríamos em guerra um com o outro. Pelo menos agora posso ir lá e ver Sean sem que ninguém se machuque. Cuidar dele é o que importa.

— Você ama seu irmão. Eu posso ouvir isso.

Eu sorri. — Ele é um bom garoto. Incompreendido. Mas um bom garoto.

Então a garçonete voltou, com um prato de comida. Não reconheci nada quando ela colocou os pratos na nossa frente. Mantive minha boca fechada enquanto ela enchia a mesa. Ela não deixou garfos, apenas pauzinhos. Isso seria divertido.

Quando a garçonete saiu, eu disse calmamente. — Não reconheço nenhuma dessas comidas.

— É a verdadeira comida chinesa e não as coisas que você come para a viagem. Cantonês. Experimente.

Ela ressaltou que os pratos eram picantes e, em seguida, riu um pouco, quando tentei usar os palitinhos. A próxima coisa foi ela me mostrando como usá-los, e nós estávamos rindo novamente. A conversa mudou: escola, vida e política. Era uma loucura. Com exceção de Serena, nunca tinha passado tanto tempo com uma garota, só conversando. Não me entenda mal. Passo muito tempo com as meninas. Mas não em uma conversa. Geralmente não estou tão interessado na parte de falar.

Quando ela deslizou para o meu lado da mesa e pegou a minha mão na dela para me mostrar como segurar os pauzinhos, notei que no meio de todas as pulseiras e braceletes que ela usava em seu braço direito, tinha uma velha e desbotada pulseira da amizade. Parecia fora do lugar. Encontrei seu olhar apenas por um segundo. Então tive que olhar para longe. Foi muito intenso, e talvez um truque da luz fizesse parecer que se seus olhos tivessem ficado verdes, as pupilas enormes, dilatadas. Seus olhos eram emoldurados por cílios longos, mas sem rímel ou outra maquiagem que pudesse ver. Prendi a respiração por um segundo. Não me apaixonava por garotas. Não tenho tempo para esse tipo de jogo de dar as mãos ou a porcaria idiota que vem com isso. Mas talvez porque estivesse longe de casa e pela primeira vez não tinha nenhum lugar que precisava estar, só aproveitei. Meus olhos caíram para as coxas envoltas em uma saia verde florida que apenas tocava na minha calça rasgada. Suas pernas eram muito perfeitas e tive que olhar de volta para minhas mãos antes de deixar tudo cair.

Ela riu quando o meu arroz caiu dos pauzinhos.

— Sério? — eu disse. — Onde você aprendeu isso?

— Na China. É uma habilidade adquirida. — respondeu ela.

— Você faz comida chinesa, também?

Ela franziu o rosto e sorriu. — Eu não cozinho coisa alguma.

Voltou para o seu lado da mesa quando a garçonete reapareceu, e nós sentamos e comemos. Gostei muito de tê-la sentada ao meu lado. E a coisa era: adoro as garotas. Adoro quando sentam em meu colo, adoro tocá-las em toda a

parte, adoro tirar suas roupas e lamber seu pescoço, ou qualquer outro lugar. Mas quando elas vão embora? Nunca me incomodava. Que diabos havia de errado comigo agora, que ela ter se levantado e se mudado para o outro lado da mesa, me fez sentir diferente?

— Que horas é o seu trem amanhã? — eu perguntei.

— Às 10 horas.

— O que diz de irmos a um clube, então?

Por apenas um segundo seu rosto franziu, quase com raiva. Em seguida, seus traços suavizaram. Era uma ação deliberada, praticada. Ela estava forçando-se a não reagir. Não entendia totalmente essa menina.

Sua voz era calma, ela disse. — Tudo bem. Eu gostaria disso.

Não era o que eu esperava (Julia)

Foi divertido, eu pensei, quando nós pagamos a conta e saímos do restaurante. Crank era... diferente. Fácil de estar por perto e me fazia rir. Mas nunca iria vê-lo depois de hoje à noite, e isso me deixava um pouco triste. Por um breve segundo pensei em vê-lo quando voltássemos para Boston, mas sério? Má ideia. Minha vida não tinha espaço para alguém como Crank. E pelo que ele disse, a dele não tinha espaço também. Isso tudo era um pouco fora do tom, fora do lugar, quase como se fosse outra pessoa jantando com ele e estava se deixando levar pelo papel. Quase nunca saio com caras. E nunca deixei minhas emoções ficarem à frente do meu cérebro.

Mas esta noite quando nós acenamos e tentamos pegar um táxi para ir para Georgetown, estava me sentindo um pouco fora de controle. A forma como a sua camisa ficava ao redor do seu corpo, braços fortes, o sorriso fácil... estava atraída por ele de uma forma que não tinha ficado por ninguém há muito tempo.

Nunca gostei de me sentir fora de controle. Não desse jeito. Eu tinha ido lá uma vez, apaixonada, e isso trouxe muito dano à minha vida e eu não achava que já tinha me recuperado. De jeito nenhum iria lá de novo. O que quer que acontecesse, eu estava no controle da minha vida. Ninguém mais. Certamente não uma emoção sem forma e desejo sexual que te tira do caminho de quem você é. Eu tinha quatorze anos quando isso aconteceu, quase oito anos atrás e as consequências e os danos foram além de qualquer coisa que eu pudesse ter imaginado. O que aprendi foi isso: ficar à mercê de hormônios, substâncias químicas do cérebro e emoções poderia ser mortal.

Um táxi parou e nós entramos. Pensei em jogar a cautela fora e dizer que queria ir para casa com ele. Uma noite não seria tão perigoso. Uma noite, poderia ser bom. Uma noite poderia ser livre, divertida e ir a lugar nenhum.

O motorista deu uma guinada dura para a direita, acelerando para passar osinal antes que ele mudasse e no processo fui empurrada pelo banco todo emdireção a Crank. Ele colocou o braço em volta de mim em uma reação automática, tenho certeza, mas fiquei lá.

— Você esta bem? — ele perguntou.

— Ótima! — eu disse. — Para onde estamos indo mesmo?

— Não faço ideia. Não há um monte de clubes em Georgetown?

— Acho que sim. Não saía muito quando morava na região.

Ele levantou as sobrancelhas. — Por que não? Não se ofenda, mas você parece que provavelmente era uma das garotas populares.

— Você não poderia estar mais errado. O que te faz pensar isso? — eu perguntei dando-lhe um olhar desafiador.

— As primeiras impressões, eu acho. Você parece muito profissional com essa roupa, tipo formal. Sexy pra caramba.

Eu não era o tipo de garota que corava, mas ele me fez corar. — Não é exatamente a roupa para ir a um clube, certo? Mas não quero perder tempo para voltar e me trocar.

— Não se preocupe, Julia. Seremos somente nós, de qualquer forma.

Eu dei de ombros e em seguida, me encostei contra ele. O que estava acontecendo comigo?

Luxúria. Essa era a única explicação. Poderia sentir o músculo rígido de seus ombros e coxas pressionando contra mim e o meu corpo estava respondendo - e não importava o que a minha mente dizia.

O taxi parou e o motorista murmurou algo. Eu me inclinei para frente. Nada além de lanternas vermelhas à nossa frente pelos quarteirões.

— O que está acontecendo? — Crank perguntou.

— Obras. — o motorista disse. — Ruim. Vocês querem que eu os deixe aqui? — ele parecia ansioso para despejar-nos do taxi o mais rápido possível, para evitar ficar preso no tráfego no sentido oeste.

Respirei fundo. Meu peito estava apertado, todo o meu corpo tenso. Esfreguei minhas mãos sobre minha saia, fechei os olhos e pensei, dane-se. Posso fazer isso. É apenas uma noite, de qualquer maneira.

— Você quer... — ele perguntou quando comecei a dizer. — Vamos...

Nós dois paramos e ele riu.

— Você primeiro. — ele disse.

Mordi o lábio, e podia sentir minhas bochechas esquentando novamente. — Eu ia dizer... — e minha voz foi sumindo.

— Você ia dizer?

Ele sorriu. Era um sorriso torto, o lado esquerdo da boca um pouco mais elevado do que o direito e isso me fez querer derreter no lugar e puxá-lo logo para mim.

Respirei fundo e fechei os olhos. — Eu ia dizer, onde você está ficando?

Eu mantive meus olhos fechados outros quinze segundos ou mais. E deixe-me dizer, 15 segundos é muito, muito tempo. Por fim, abri e ele estava olhando para mim com uma expressão que não consegui interpretar. Para alguém que sempre estava fazendo piada, sempre sendo sarcástico com as próprias observações, ele parecia sério. Muito sério. Mais sério do que era confortável. Não precisava de seriedade na minha vida.

Eu notei seu pomo de Adão quando ele engoliu, então disse. — Eu estou em algum lixão em Arlington. Dividindo um quarto com Mark.

— Oh. — eu disse, minha voz estranhamente baixa e tensa.

— E você? — ele perguntou. Falou muito lento e cuidadosamente.

— Hum... os meus pais têm um apartamento em Bethesda. Estava pensando em voltar para lá hoje à noite.

— Eu não quero dizer adeus. — ele disse.

Não conseguia controlar minha respiração e me senti tonta. Fora de controle. — Vamos para a minha casa.

Ele acenou com a cabeça, se aproximou e sussurrou. — Tem certeza?

Encontrei-me mordendo o lábio inferior novamente. — Sim.

Deixei seus olhos e me inclinei para frente, colocando minha mão sobre a parte de trás do banco do motorista do táxi. — Você pode levar-nos à Bethesda, por favor? Avenida Wisconsin com Montgomery.

De repente, tudo ficou silencioso dentro do táxi. Tenso e embaraçoso. Eu não conseguia acreditar que tinha feito isso. Não tenho encontros de uma noite. Mas aqui estava eu, meio hiperventilando, com esse cara que conhecia somente há oito horas, sentado ao meu lado no táxi. E acho que se fosse só por agora, estava bom, mas se ele quisesse me ver mais uma vez? E se ele quisesse um encontro? E se?

Eu achava que não poderia lidar com isso.

Isso foi tão estúpido. As coisas eram muito mais fáceis com Willard, antes de eu terminar com ele. Eu estava sempre no controle. Não havia paixão lá, verdade. Não havia nada lá. Mas era confortável. Fácil. Eu não tinha medo.

Crank, no entanto: dava-me medo.

O táxi atravessou o trânsito, apareceu na Avenida Massachusetts e fomos acelerando para fora do centro de DC.

— Você está terrivelmente quieta agora. — disse Crank.

Eu olhei para ele e seus olhos estavam perfurando os meus, intensos, investigando.

— Pensando melhor? — ele perguntou. — Está tudo bem.

Encostei um pouco mais perto. — Não. Apenas... é só esta noite. Não nos vemos de novo. Não nos telefonamos em Boston. Nós não fazemos... nada. Ok? Vamos desfrutar da companhia um do outro esta noite, e, em seguida, terminamos.

Ele me olhou, surpreso. E... seu rosto parecia desapontado. Ele engoliu em seco, seu pomo de Adão balançando mais uma vez em seu pescoço. — Eu não sei por que, mas isso... não era o que esperava.

— Não crie expectativas. Não comigo.

Ele sacudiu a cabeça. — Geralmente sou eu quem diz coisas como estas.

O táxi parou, ele pagou e nós estávamos na rua. Um vento frio soprou pelas ruas do centro de Bethesda e o tráfego rolava por nós. Peguei a mão dele e caminhei até a entrada do prédio, alcancei o meu cartão de acesso para destrancar a porta da frente e entramos no hall do prédio.

O porteiro da noite estava sentado no balcão, assistindo uma pequena televisão. Ele olhou para cima rapidamente, deu-nos um aceno casual e voltou ao seu programa. Bom. Se fosse o porteiro do dia, minha chegada com Crank teria sido relatada para os meus pais pela manhã.

Esperamos o elevador em silêncio. O sinal de quando ele chegou ao térreo era alto.

— Lugar agradável. — ele disse — Fantástico.

— Os meus pais compraram alguns anos atrás quando estávamos vivendo aqui. — eu não queria falar sobre os anos que vivi com os meus pais aqui. Não queria pensar nisso. Se houvesse qualquer outro lugar que eu pudesse levá-lo, eu teria. Não gostava de ter esse livre e louco momento misturado com o meu passado.

Entramos no elevador. Ele subiu, rapidamente, para o piso superior. Ele me seguiu pelo corredor e parou na porta enquanto me atrapalhava com as chaves. Estava tremendo de ansiedade, nervosismo. O peso deste lugar me fazia querer gritar. Mas não o suficiente para afastá-lo.

Destranquei a porta e a abri e em seguida entrei. Meu coração estava batendo no meu peito e minha garganta estava apertada. Não apenas por causa dele. Devido a este lugar. Eu não tinha boas lembranças daqui. Mesmo com as luzes ainda desligadas, olhar para dentro deste apartamento que eu tinha pisado apenas algumas vezes desde o dia em que me formei no colegial, sacudiu o meu interior e fez a minha pele arrepiar.

Estremeci e, em seguida, virei-me em direção a ele quando ele não entrou. Ele me deu um olhar interrogativo. Como se ele estivesse curioso sobre mim, sobre quem eu era.

Mas isso não era problema dele.

— O quê? — eu perguntei.

— Você não quer me ver de novo. – disse ele.

Eu queria. Mas balancei minha cabeça negativamente.

— Você não dorme com caras, a menos que você esteja séria com eles. — ele disse.

— Eu não tenho espaço para um relacionamento sério na minha vida.

Ele se aproximou e escovou seus lábios nos meus e então falou em um tom baixo. — Eu quero que você me leve a sério. — disse ele. — Eu posso conseguir uma garota para dormir a qualquer hora. Mas há algo diferente em você.

Eu olhei nos seus olhos. Fazia sentido o que ele estava dizendo. Nós só nos conhecíamos há algumas horas, mas eu sentia uma conexão também, mesmo que fosse só desejo. Eu o queria. Agora. Senti minha respiração acelerar quando comecei a falar. — Eu...

— Julia. — ele interrompeu. — Eu adoraria conhecê-la melhor. — disse ele. — Mas não vou dormir com você. Boa noite.

Então, por incrível que pareça, ele se inclinou para frente e me beijou novamente. Devagar. Nossas línguas apenas fazendo contato. Molhado e quente. Faminto. Queria gemer, puxá-lo para dentro, mas ele se virou e caminhou lentamente para o corredor, até que estivesse fora de vista.

Só fiquei lá e o assisti ir, e uma parte de mim, uma grande parte, queria correr atrás dele. Mas eu ainda lembrava.

Lembrava o que era ter um cara gostoso, sexy e carismático me desejando. Lembrava como era perder o controle e sentir aquela emoção tumultuada. Ser dominada completamente.

Lembrava como era ter meu coração arrancado, ter os meus sonhos esmagados, sangrar e perder-se nas ruelas de Pequim. E ter o escândalo quase separando a minha família.

Não importa o quanto eu desejava esse cara: não poderia ir atrás dele. Não agora. Nem nunca. Se não fosse para acontecer apenas por hoje à noite, então não aconteceria nunca.

Então, entrei no apartamento fechei e tranquei a porta. Não acendi as luzes. Não queria ver o interior deste lugar. Em vez disso, fui para o sofá e deite-me, sozinha.

Não chorei. Não aqui. Nunca mais.

CAPÍTULO TRÊS

Sob a superfície (Crank)

Séria, eu era um maldito idiota.

Eu acabei acenando para um táxi fora do seu prédio, me chutando na bunda o tempo todo. Não fui embora porque não a queria. Porque, oh, homem, eu a queria.

Eu saí porque eu queria. Fui embora porque já tive muitos encontros de uma noite, mas algo me dizia que eu queria mais. Ou... o que fosse. Nem eu sabia por que fui embora.

Era uma da manhã no momento em que voltei para o hotel, o que ainda é muito cedo para mim, mas tudo o que eu queria fazer era dormir. Mark não estava lá, graças a Deus, então desabei. Na manhã seguinte estávamos de pé, carregando a van e de volta para Boston. Passei a viagem de volta com fones de ouvido e com meu violão, escrevendo uma música. Só não estava no clima para as brincadeiras e brigas ocasionais acontecendo entre Mark e Pathin. Você acharia que eles são irmãos, eles se irritam muito. Serena não falou com qualquer um de nós durante a viagem; ela estava ocupada estudando, o que estava bem pra mim.

Chegamos à Boston, às três da tarde e peguei o trem em direção à casa do meu pai. Eu estava me arrastando: não tinha dormido bem, a minha cabeça estava doendo e não conseguia parar de pensar em Julia. Eu não conseguia parar de pensar em como sua roupa abraçava seu corpo, como o seu cabelo, por vezes, escorregava para frente do seu rosto, e ela, casualmente, o deslizava de volta para trás da orelha. Não conseguia parar de pensar como nós rimos no restaurante chinês, em como foi fácil e confortável estar com ela.

Jesus. O que no inferno estava errado comigo?

Era quase quatro horas quando saí na estação Broadway e caminhei as oito quadras para a casa em que cresci. Ela era uma antiga casa estreita, com três andares em madeira envelhecida, localizada na

Rua Gold. Meu pai a mantinha o melhor que podia, mas ele não tinha muito dinheiro, então sempre havia mais o que fazer. A Rua Gold era estreita, não mais de três metros e meio de largura, com calçadas estreitas em ambos os lados. Eu bati uma vez na porta, em seguida, eu a abri e entrei.

— O filho pródigo volta! — meu pai gritou quando entrei. Ele estava de pé na cozinha com uma careta no rosto enquanto cozinhava. Meu pai diz tudo gritando. Com um clássico rosto irlandês, nariz redondo e bochechas coradas, de beber um pouco demais ao longo dos anos, ele não se moveu de sua posição na frente do fogão quando entrei.

— Oi, Pai. — eu disse enquanto entrava. — Ei, Sean.

Meu irmão Sean não respondeu. Ele estava sentado na mesa da cozinha, com um enorme livro de medicina na frente dele. Seus braços estavam cruzados sobre o peito, e ele estava balançando para frente e para trás em sua cadeira. Os seus olhos nunca desviaram da página. Ele já tinha dezesseis anos, mas em momentos como este, parecia mais como doze. Exceto que ele tinha herdado os mesmos genes que papai e eu... ele já estava com mais de um metro e oitenta de altura e provavelmente ganharia mais quatro centímetros antes de parar de crescer.

Eu olhei para o meu pai com uma pergunta no meu rosto. Ele deu de ombros. — Eu sei que você teve o seu grande show em Washington ontem, nós contamos para ele. Mas... você sabe.

Sim, eu sabia. Sean não lidava bem com mudanças, e sábado era o jantar semanal. Suspirei. Eu não costumava perder, mas quando perdia, deixava Sean abalado. Abri a geladeira e procurei ao redor, até que encontrei uma cerveja, então eu a abri e tomei um gole profundo e sentei-me ao lado de Sean.

— Sinta-se em casa, Dougal. — meu pai disse com a voz sarcástica.

— Obrigado, pai. Você sabe que me chamo Crank agora.

— Sim, eu sei. Mas não vou começar a chamar-lhe disso. Sua mãe e eu lhe demos um bom nome irlandês.

Eu suspirei. — Como vai, Sean?

Sean falou, voltando para a terra. — Posso lhe dizer uma coisa? Você sabia que o braço possui dois diferentes compartimentos completos para os músculos? É dividido pela camada da membrana fibrosa, que se funde com o úmero. Mas é o mesmo nervo que controla os dois conjuntos de músculos. — ele começou a recitar os nomes dos músculos.

— Não, cara, não sabia disso. Isso é muito legal.

Ele começou a falar sobre como os músculos que estão conectados à estrutura óssea, e olhei para o meu pai. Papai tinha parado tudo o que estava fazendo e estava de pé nos observando com os braços cruzados no peito. Seus olhos estavam repousados em Sean e pareciam tristes.

Em momentos como este, meu pai e eu nos dávamos bem. Nós não concordávamos com qualquer outra coisa. Mas qualquer um de nós faria qualquer coisa no mundo para proteger Sean.

— Sean. — meu pai disse. — Vou colocar o jantar na mesa. Você pode deixar o livro de lado agora?

Sean tirou o livro da mesa e colocou-o cuidadosamente sob seu assento.

— Deixe-me ajudar. — eu disse começando a me levantar.

— Não há necessidade. — disse ele. — Como foi o seu show? — ele começou a colocar os pratos sobre a mesa.

Dei de ombros. — Foi bom. Uma grande multidão enlouquecida... cem mil, pelo menos. Mas principalmente só os jovens universitários que escutaram a música.

Ele fez uma careta. — Falando da faculdade...

— Eu sei pai. Podemos ter essa conversa mais tarde? Muito mais tarde? — balancei a cabeça em direção a Sean. Nenhum de nós queria brigar na frente dele.

— Sim, mas não pense que acabou. Sei que tem a sua banda e tudo, mas quero ver você fazer algo com sua vida.

Sean interrompeu. — Seu show não apareceu no noticiário. Assisti CNN, e tudo o que eles falaram era sobre um franco-atirador. Matando pessoas. Você sabia que alguns rifles podem atingir algo em mais de um quilômetro e meio? Isso devido à alta velocidade da bala.

Eu balancei minha cabeça, mais do que um pouco perturbado pela direção da conversa. — Eu não sabia disso.

— Isso é tudo o que eles têm falado nos noticiários por dias. — papai disse. — Algum maluco por aí está atirando nas pessoas em Washington.

— Os rifles mais populares que os atiradores usam é o de duas munições de sete ponto seis. — disse Sean. — Mas o de maior alcance com morte confirmada foi do Sargento Carlos Hathcock durante a Guerra do Vietnã, usando uma metralhadora Browning M2 calibre cinquenta em vez de um rifle de atirador.

Suspirei, olhando para Sean. Ele sempre se agarrava a temas e aprendia... um monte de fatos obscuros. Mas isso - era perturbador.

— Eu sei o que você está pensando. — meu pai sussurrou. — Mas é inevitável a notícia agora.

Dei de ombros. — Isso vai passar.

Ele resmungou e sentou-se à mesa. — Coma. — gritou. — Você está muito magro, Dougal. E você bebe como um peixe. Que mulher vai querer ficar com você se estiver assim?

Normalmente um comentário como esse me deixaria irritado. Mas só olhei para baixo e enfiei meu garfo em uma batata e comecei a comer. O prato de Sean tinha a mesma comida que a minha, mas meu pai tinha descascado as batatas, como sempre, certificando-se de que não havia deixado uma parte marrom em parte nenhuma. Sean deu uma mordida e começou a cantarolar. Era uma das minhas músicas.

Dei outra mordida e meu pai disse. — O quê?

— Nada, pai.

— Não diga "nada" para mim! Assim que mencionei garotas, você ficou calado. Você engravidou alguma daquelas groupies?

— Pai! Não!

— Bem, alguma coisa está incomodando você desde que entrou por aquela porta.

— Eu não quero falar sobre isso.

— Sim, você nunca quer falar sobre nada, garoto. Há algo grande o abalando.

Irritado, balancei minha cabeça. Sean começou a ressoar um pouco mais alto.

— Pai, talvez eu não queira ser interrogado toda vez que venho aqui. Talvez não queira receber gritos a cada vez que vejo você, ok? Será que não podemos apenas jantar e nos divertir?

O meu pai suspirou, parecendo se encolher um pouco. Seu rosto parecia irritado e ele começou o seu jantar. Depois de algumas mordidas, ele olhou para

cima e encontrou meus olhos. — Olha, sei que não temos chegado a um acordo há muito tempo. Mas você ainda é meu filho. Ainda me preocupo com você.

Eu estremeci. — Desculpe, pai...

— Você não tem que falar se não quiser.

Balancei minha cabeça. — Eu conheci uma garota no fim de semana, isso é tudo.

Meu pai piscou e então perguntou em seu tom habitual. — Então, o que há de novo nisso?

Eu dei de ombros. — Não sei. Foi diferente. — eu não queria entrar nisso. Foi diferente. Mas isso foi em parte porque eu também estava diferente. Às vezes eu ficava cansado da mesma velha merda. Ninguém com quem eu pudesse passar um tempo junto rindo, ninguém que importasse. Não me entenda mal. Era ótimo ser capaz de pegar as garotas. Mas talvez precisasse de um pouco mais.

— Huh. — disse ele, e em seguida, não fez qualquer comentário. Sean folheou as páginas de seu livro de medicina, parando talvez quinze segundos por página. Pausa... leitura... virava a página. Pausa... leitura... virava a página. Ele era um inferno de um leitor e absorvia a informação como um louco, mas isso era muito rápido até mesmo para ele.

— De qualquer forma, havia algo diferente nela.

— Você vai trazê-la aqui? — meu pai bebeu um gole de sua cerveja depois que me perguntou isso.

Eu balancei minha cabeça. — Não... ela não quer me ver novamente.

— Ah, merda. O que você fez, tentou apalpá-la?

Recostei na cadeira revirando os olhos. — Oh, pelo amor de Cristo.

— E então?

— Não, não foi isso. Ela é... uma garota de Harvard. E eu não estou no seu nível.

— Não é difícil uma menina de Harvard ser superior a uma pessoa que abandonou o colégio. Mas você sempre foi um garoto perversamente esperto. Às vezes, esperto demais para o seu próprio bem.

Eu dei de ombros. — Nada que eu possa fazer sobre isso.

— Você sempre pode voltar para a escola.

Fechei meus olhos. — Não começa ok? Não hoje à noite.

— Tudo bem, tudo bem. Eu não vou. Mas vou dizer uma coisa... se você quiser voltar, viver aqui e ir para a escola... tenho muito espaço.

Eu não sabia o que dizer. — Obrigado, pai.

Ele olhou para Sean. — Sean, você quer jogar? Uno?

Sean disse que sim, e o papai saiu para pegar as cartas. Peguei os pratos, os levei a pia e lavei. A coisa era que, eu sabia que meu pai estava certo. Estava comprometido com a banda. Mas não tinha nenhuma ilusão também. Fazíamos pequenos shows em pequenos e minúsculos bares da Nova Inglaterra, mas nós não tínhamos uma grande base e o nosso EP não tinha sequer pago as despesas de gravação. Para não mencionar que quando estava na escola, eu gostava. Mas quando no inferno eu deveria ir para a escola? Trabalhava em tempo integral, tocava na banda e quando não estava fazendo isso, estava vendo Sean. E apesar do que meu pai disse, mudar para sua casa não era uma opção séria. Nós estaríamos em guerra, como nos velhos tempos. E isso seria ruim para Sean. Ele se estressava ao primeiro sinal de conflito. Imagine todos nós vivendo junto novamente e a gritaria acontecendo o tempo todo.

Toda a conversa sobre Julia me deixou abalado. Não tenho relacionamentos sérios, mas talvez estivesse na hora de começar um. E de onde diabos esse pensamento veio?

Seja o que for. Por agora eu precisava parar, precisava me concentrar em passar por essa semana.

Terminei o último prato e sentei-me à mesa novamente. Papai deu as cartas e nós jogamos Uno e, em seguida, mudamos para sala para assistir a um programa juntos.

Quando nos sentamos, meu pai perguntou. — Você tem ligado para sua mãe ultimamente?

Fechei os olhos. — Papai, por favor, não comece.

Ele murmurou algo sob sua respiração, mas não disse mais nada. Sorte. Ele sempre ficava em cima de mim para que ligasse para ela, e isso simplesmente não ia acontecer. Mas nós dois sabíamos que Sean não estava em seu melhor hoje à noite e toda a briga entre meu pai e eu iria se transformar em uma explosão. O melhor era manter tudo sob a superfície, fervendo como sempre, mas sem deixar transbordar.

Eu disse isso para calá-la (Julia)

Eu estava sentada em um café no vagão do trem, escrevendo um artigo sobre as grandes mudanças na indústria da música ao longo dos últimos anos, resultado do compartilhamento de arquivos e da pirataria. Eu estava em uma importante empresa internacional e mesmo que não fossem meus planos, o plano era ir à faculdade, seja em Fletcher ou a Georgetown. Mas três meses depois do meu último ano na Universidade de Harvard, eu ainda não havia

preenchido nenhum pedido de ingresso em pós-graduação. Quando pensei nisso, simplesmente parei. Paralisada e com raiva.

Tanto faz. Eu bani os pensamentos perturbadores e voltei para o meu trabalho. Foi quando meu telefone tocou.

O homem à minha frente, vinte e poucos anos, de terno e gravata e também trabalhando em seu laptop, pegou seu celular e então percebeu que não era o dele. Ele sorriu e deu de ombros, um pouco envergonhado.

Minha concentração foi quebrada, atendi ao telefone enquanto observava a paisagem do lado de fora das janelas. — Alô?

— Julia, Ei. É Carrie.

Uma das minhas irmãs. Carrie estava no último ano do ensino médio na Abraham Lincoln High School, em San Francisco. Alta, esbelta e graciosa, ela poderia ser uma modelo, se quisesse. Em vez disso, foi aceita com admissão antecipada para a Universidade de Columbia, onde estava planejando especialização em pré-medicina.

— O que foi Carrie? Como você está?

— Mamãe te ligou?

— Não... — mamãe nunca ligava no meu celular. Eu não sabia... por que ela se recusa a usá-los, em vez disso ficava presa a telefones fixos. Isso era estranho.

— Ela deve estar ligando em seu quarto, então.

— Ok. — eu disse. Não falei mais nada porque estava com medo do que se tratava.

— Hum... Maria Clawson... ela, hum...

— Desembucha Carrie.

— Você está na primeira página do seu blog.

— Oh, não.

— Sim. No entanto, é uma bela foto. Sensual.

Congelei no meu lugar e minha voz foi se elevando a um grito desagradável quando disse. — O quê? — ela postou a foto de novo? Meu coração começou a martelar no meu peito e senti náuseas. Aquela foto arruinou minha vida. O pensamento de ela ser desenterrada, onde as pessoas da faculdade iriam vê-la com o meu nome ligado? Senti dor em ambas as minhas têmporas e inclinei-me para frente, esfregando minha testa.

— Você e o punk rocker? Diz que seu nome é... Crank? Sério?

Engoli em seco. — Sim, é verdade. E sobre a foto? — eu perguntei frenética.

— Bem... parece que foi tirada em frente à Casa Branca. E vocês estão com os lábios colados um no outro.

— Oh, Deus. — eu disse. Afundei de volta no meu lugar. Está bem. Isto era um problema, mas nem de perto o problema que achava que tinha.

— Sim.

— O que o blog diz?

— Você não quer saber.

Minha paciência estava se acabando. — Se eu não queria saber, por que você me ligou? — eu disse.

Houve um silêncio na outra extremidade da linha. Finalmente, ela disse. — Não atire no mensageiro, mana. Falo com você mais tarde.

— Sinto muito. — eu disse tentando me acalmar e falar em um tom conciliador. — Carrie... obrigada por me avisar sobre isso. Por favor, fale-me o que diz o blog?

Ela suspirou. — É típico de Maria Clawson. Fala sobre você e esse Crank, e diz que você foi para algum hotel com ele. Você foi realmente?

— Eu nem sequer fiquei em um hotel. — o que não respondeu a sua pergunta.

— Oh. E... sinto muito, Julia. Mas... diz alguma coisa sobre quando você estava na escola. Ela diz que... houve um escândalo na escola que explodiu e afastou a possibilidade de papai conseguir a aprovação como embaixador na Rússia. Isso não é verdade, certo?

Fiz uma careta e esfreguei minha testa. — Não exatamente.

— Ela disse que você estava grávida no colégio. Não posso acreditar que ela faria isso. Essa mulher é horrível.

— Eu não quero falar sobre isso por telefone, Carrie. E foi há muito tempo.

— Desculpe-me.

Esfreguei minha testa novamente. Podia sentir uma terrível dor de cabeça aparecendo. — Quão louca mamãe está? — eu perguntei.

— Ela está... indo para o fundo do poço. Chorou durante toda a manhã. E papai se trancou em seu escritório. Liguei pensando que você talvez quisesse ser avisada.

— Eu simplesmente não vou voltar para o meu quarto essa noite.

— Ela pode explodir e ligar no seu celular.

— Deus, espero que não. Eu não preciso disso.

Ela ficou em silêncio por alguns momentos. — Então, como é esse Crank? Vocês estão sérios?

Eu suspirei. — Eu mal o conheço. Ele é... um cara legal. E não vou vê-lo novamente.

— Por que não?

Não poderia responder. Por um lado, não tinha como entrar em contato com ele. E porque ele era... muito. Bem melhor namorar caras seguros e chatos —caras que não me faziam sentir vertigens. Caras que não me beijavam de umamaneira que me faziam querer me enrolar ao redor deles. Caras que não poderiam me rasgar em pedaços.

— Julia?

— Carrie, realmente eu não... eu não sei, tudo bem?

Meu telefone soou. Outra chamada. Provavelmente era minha mãe superando o medo irracional de telefone celular.

— Eu preciso ir Carrie, tenho outra ligação. Provavelmente é a mamãe.

— Ligue-me, está bem?

— Eu ligo.

Puxei o telefone longe da minha orelha e olhei para ele. Era uma das minhas colegas de quarto, Jemi.

— Alô?

— Ei você. Então... sua mãe tem ligado. — Jemi era natural de Serra Leoa e falava com um acentuado sotaque britânico.

Fechei os olhos. — Eu tinha um pressentimento.

— Ela realmente, realmente quer falar com você.

— Quantas vezes ela ligou?

— Eu perdi a conta, depois da oitava ligação. Estava esperando que você pudesse ligar de volta... estava tentando tirar um cochilo. O que não está funcionando muito bem.

— Oh, Deus, sinto muito.

Jemi riu suavemente. — Não se preocupe. Apenas me fale sobre tudo isso mais tarde. Depois que eu estiver acordada, ok?

— Eu vou.

Então, isso me deixou sem opção. Minha mãe continuaria ligando até que eu falasse com ela. Eu mal podia culpá-la. Não era como se eu não tivesse estragado tudo, não só a minha própria vida, mas a do meu pai também. Não havia como fugir, mas isso não tornava mais fácil.

Lembrava-me de ser próxima da minha mãe. Muito próxima. No entanto, tudo isso mudou quando eu estava no ensino médio, e foi destruído de forma permanente na China. Vou ser a primeira a admitir que a culpa foi minha. Minhas ações naquele ano não colocaram somente tensão em nossas vidas. Quebraram a confiança deles em mim. Eu quebrei minha confiança em mim mesma. E então, depois que voltamos para os Estados Unidos, quase destruí a carreira do meu pai. E não havia nenhuma maneira no inferno que eles fossem me deixa esquecer isso.

Tudo porque perdi o controle. De quem era. De quem deveria ser. Perdi o controle da pessoa que meus pais haviam me criado para ser. Eu... me apaixonei.

Às vezes parece que toda a minha vida, desde então, tem sido vivida com arrependimento, sofrendo uma condenação pela minha falta de controle emocional. Porque se não tivesse me apaixonado... se não tivesse deixado Harry... eca. Não gosto de falar sobre isso. Não gosto nem de pensar nisso.

Eu tinha apenas quatorze anos. Mas quatorze não é jovem demais para arruinar sua vida. Não é jovem demais para acabar com a vida de outra pessoa. E eu não era tola o suficiente para pedir a alguém, até mesmo para mim, a absolvição.

Assim, apesar do fato de que eu sabia que seria feio, disquei o número do telefone da minha mãe. Tocou uma vez e ela atendeu.

— Julia. Onde você está?

— Olá, mamãe. Como você está?

— Onde você está? — ela perguntou com sua voz firme. Enrijeci minhas costas, com a raiva me inundando. Sim, assim estraguei tudo. Minha vida inteira foi uma grande burrada. Mas talvez, de vez em quando, quisesse uma mãe e não uma guardiã. Minha resposta foi rígida, excessivamente literal e atada com sarcasmo.

— Eu estou numa cabine no trem Acela voltando para Boston. No momento, estamos passando em algum lugar de Nova Jersey. Se você quiser, posso pedir ao condutor a nossa localização mais exata.

Ela ficou em silêncio por talvez dez longos segundos, em seguida, explodiu em palavras, e seu tom de voz era de uma mãe falando com uma criança pequena mal comportada.

— Não se atreva a usar esse tom comigo, mocinha. Explique-se.

É possível que ela tenha falado um pouco alto. O homem que estava sentado à minha frente se endireitou, os olhos correndo para o meu rosto, encontrando meus olhos. Ele corou e desviou o olhar de volta para o seu laptop.

Será que isso realmente aconteceu?

— O que exatamente você gostaria que eu explicasse mãe? Eu estive no trem durante toda a manhã, então não tenho ideia do que você está falando.

Está bem. Todos nós sabíamos que eu sabia exatamente sobre o que ela estava falando. Esta era uma tática para ganhar tempo. As chances eram de cinquenta por cento que a minha mãe não se forçaria a dizer. O que seria bom. O inconveniente era - se ela estivesse furiosa o suficiente para ir em frente, eu realmente iria ter que ouvi-la.

Ela estava bem furiosa. Suas próximas palavras vieram em um grito e eu tive que afastar telefone do meu ouvido.

— Julia! Explique por que acordei para encontrá-la no site da Maria Clawson! Na página inicial! Em uma fotografia quase fazendo sexo na frente da Casa Branca com algum viciado em drogas!

Estremeci. O cara do outro lado da mesa com certeza ouviu a coisa toda. Ele estava inteiramente corado agora. Em um tipo acadêmico como ele, era meio divertido. Não sabia que homens poderiam ruborizar assim. Isso era fofo.

Eu suspirei. — Mamãe, nós não estávamos fazendo sexo na frente da Casa Branca, estávamos nos beijando. — o cara na minha frente se mexeu no banco, nem mesmo fingindo escrever mais. Não sei o que deu em mim, mas continuei. — Acredite em mim, mamãe, eu sei a diferença.

— Tenho certeza que você sabe. — ela disse com a voz cheia de desprezo.

Estremeci. A crítica machucou, assim como comentários similares haviam me machucado antes. Ela sabia exatamente onde cavar, simplesmente que botões apertar, não sabia? Ela sempre soube. Minha mãe raramente perdia a oportunidade de jogar isso na minha cara.

Bem, talvez eu também soubesse que botões apertar.

— Na verdade, mamãe, nós não fizemos sexo até que voltamos para seu apartamento. A sua cama é muito mais macia do que de hotéis baratos.

Ela ofegou e eu bati o telefone e desliguei.

Isso era uma vitória barata e que me custaria a longo prazo. Mas por um segundo, tive uma sensação de satisfação.

O cara do outro lado da mesa estava olhando abertamente agora.

Sorri para ele - um sorriso falso, profissional que tinha praticado ao longo dos anos, porque era o que as pessoas esperavam. — Eu sinto muito que você teve que ouvir tudo isso. — disse em um tom tão agradável quanto pude reunir.

Ele agitou sua cabeça e me deu um sorriso aberto e encantador.

— Está tudo bem. — ele disse com um sotaque britânico apetitoso, que fez o meu

estômago revirar. — Tenho certeza que você disse isso simplesmente para enfurecê-la.

— Disse isso para calar a boca dela.

— Imagino que funcionou.

Seu sotaque era da faculdade de Eton, rico, isolado e poderoso. Relaxado, arrastado. Isso me fez querer vomitar. Isso trouxe de volta muitas associações desagradáveis. Ainda tinha pesadelos com um rapaz com um sotaque quase idêntico. O belo e incrível garoto que eu deixei me destruir.

Ele sorriu de novo, ainda muito encantador. Cabelo loiro, um pouco mais comprido de um lado. Olhos azuis. Terno com abotoaduras e não botões. Ele era incrivelmente bonito. O que não era uma vantagem. Ele estendeu a mão. — Meu nome é Barrett Randall.

Contra o meu melhor julgamento, apertei sua mão. — Julia Thompson. E deixe-me pedir desculpas novamente pelo show.

— Não há nada que se desculpar. Eu estava espiando, o que foi imperdoável.

— Devemos parar de nos desculpar por agora.

— Concordo. Talvez uma mudança de assunto? O que a leva a Boston?

— Estava visitando Washington durante o fim de semana. Moro em Boston.

— Entendo... viagem de negócios?

Sorri. — Não exatamente... eu estava lá pelo protesto anti-guerra.

— Ah, sim, ouvi que havia um. Embora pareça que foi abafado no noticiário pelo atirador.

— Sim. Mas isso não tira a importância do que aconteceu.

— Sem dúvida. — disse ele, mas seu rosto não correspondia as suas palavras.

— Você parece cético.

Ele deu de ombros. — Para ser honesto, acho que se seu presidente está decidido a ir para a guerra, não importa o quê. Nenhum número de protestos vai mudar isso.

Suspirei. — Provavelmente você está certo.

— Para ser perfeitamente justo, ele não é melhor que o Sr. Tony Blair. — disse. — Ele parece querer concordar com qualquer coisa que o seu presidente queira.

— Você não é um adepto?

— Em começar uma guerra contra o Iraque? Dificilmente. Mas estou em Boston para negócios, e como um monte de gente, estou muito preocupado com a minha própria vida para estar muito envolvido. Você é estudante?

— De Harvard. Você?

— Eton, em seguida, Oxford. E agora estou trabalhando para o meu pai. Estou visitando os Estados Unidos para algumas reuniões de negócios.

Não deveria perguntar. Não deveria. Mas perguntei. — Em que ano você esteve em Eton?

— Eu me matriculei em 1996.

Senti uma pontada de raiva. — Você deve conhecer Harry Easton?

Ele piscou e, em seguida, ergueu as sobrancelhas em surpresa. — Sim, na verdade. Nós estávamos no mesmo andar nos dois primeiros anos em Eton, antes de seu pai ser transferido para a Embaixada em Pequim. Como você o conhece?

Agora eu ia vomitar. Harry. Por que eu o trouxe para a conversa? Era apenas curiosidade? Queria saber o que havia acontecido com ele? Será que ainda tinha sentimentos por ele? Dificilmente, a não ser que você conte nojo, ódio e raiva.

— Participamos do ISB juntos... — seu olhar era perplexo, então eu disse: — International School of Beijing8.

Ele ergueu as sobrancelhas. — Entendo. O que a levou para lá?

— Meu pai era o Embaixador dos EUA.

Ele sorriu. — Então é um mundo muito pequeno, na verdade. Seu pai é Richard Thompson?

Balancei a cabeça. — Sim.

— Meu pai e o seu pai se conhecem. — disse ele. Então seu rosto congelou por um segundo. E eu me amaldiçoei. Ele tinha juntado as coisas: quase ouvia os neurônios clicando enquanto ele desenterrava a velha bagunça da sua memória. Eu era menor de idade quando tudo aconteceu e então a imprensa nunca divulgou o meu nome, apesar de terem divulgado o do meu pai. Nenhum jornal fez uma única matéria sobre isso. Mas a comunidade diplomática é muito pequena, e foi um escândalo grande o suficiente para que todos soubessem.

Parecia que Barrett Randall era muito educado para tocar no assunto, graças a Deus. Ele disse. — Eu não vejo Harry faz alguns anos. Ele acabou indo para a universidade na Suíça, e perdemos contato.

Balancei a cabeça, não confiando em mim mesma para dizer qualquer coisa. Além disso, minha mãe sempre me dizia que se não tinha nada de bom a dizer, então era melhor ficar calada. Embora, agora que penso nisso, minha mãe era muito boa em dizer uma coisa e fazer o contrário. Mas isso era outro assunto.

— Eu acho que ficarei em Boston por algumas semanas. Esse não é um negócio que serei capaz de finalizar rapidamente. Poderia convencê-la a se juntar a mim para um jantar ou um café? Seria bom conhecer alguém na cidade.

Minha mente passou por uma espécie de giro rápido de pensamentos. Randall me lembrava muito de um tempo da minha vida que eu mal tinha esquecido. Por outro lado, ele parecia um cara razoavelmente bom e de certa forma seguro. Terminei com Willard na primavera... um rompimento tão desapaixonado quanto nosso relacionamento era, em primeiro lugar. Seria bom ter um encontro, mesmo que não fosse levar a lugar nenhum.

Especialmente se ele estivesse indo a lugar nenhum.

— Eu gostaria muito. — eu disse.

CAPÍTULO QUATRO

Incrível desse jeito (Crank)

O *trabalho* segunda-feira foi difícil. Para começar, sou um cozinheiro, e não um maldito garçom. Mas estávamos apenas com duas garçonetes e um cozinheiro, então tive que ajudar. Em vez de ouvir música na cozinha sozinho, o que eu preferia, estava correndo de um lado para o outro, trazendo bebidas e limpando mesas feito um idiota.

Em momentos como este, eu gostaria de ter ficado na escola.

Tinha uma mesa de quatro pessoas: duas mães e seus filhos pirralhos. E é assim. Uma das mães pede um refrigerante. Pego. Em seguida, a outra mãe pede refrigerante. Pego. Então, o garoto quer um pedaço de torta, mas não consegue decidir o sabor. Então espero, espero, o garoto indeciso, e eu espero mais um pouco, e finalmente, a mãe diz que ele não pode pedir nenhum tipo de torta. Isso começa uma birra, perturbando o resto do restaurante e tento verificar os seus pedidos quando o garoto balança os braços e quatro pratos cobertos com os restos de comida caem no chão.

Vamos simplesmente dizer na cara - não sou muito bom com as pessoas.

Consegui sair de lá antes de perder a cabeça e sem maltratar qualquer criança, ou suas mães. Por pouco. Mas não sem rosnar para o meu chefe. Sabia que era a minha vez, mas sério? Sou a pessoa que você quer que sirva comida aos seus filhos? Acho que não. Talvez se você quisesse assustá-los.

Tanto faz.

Eu peguei a linha verde de volta para Roxbury. Nós quatro alugamos uma merda de um pequeno armazém lá, onde vivíamos no andar de cima e ensaiávamos embaixo. Isso funcionava na maioria das vezes, mas um pouco incestuoso demais para o meu gosto. Mark e Pathin estavam sempre reclamando um do outro por uma coisa ou outra, e algumas vezes a tensão entre Serena e eu era tão grande que você poderia cortar com uma faca. Ela sabe como me irritar também. Não que me irritar fosse uma coisa difícil. Além disso, todos eles estavam putos comigo porque eu tinha cancelado o ensaio de terça-feira para comprar um carro, para o qual eu estava economizando há mais de seis meses. Tinha certeza que reclamariam sobre isso.

Quando cheguei lá, a cena era exatamente o que esperava. Pathin estava sentado em sua bateria com os braços cruzados sobre o peito. Suas sobrancelhas estavam franzidas, e ele tinha uma profunda carranca no rosto. Mark estava de pé a poucos metros de distância, com o rosto vermelho. Não estava gritando, mas sua voz estava tensa, levantando apenas um pouco, enquanto ele falava.

— Você não entende! — ele disse. — O que estou procurando é... integridade. Estamos construindo uma base de fãs com as nossas próprias músicas! Não temos mais que fazer covers.

Pathin disse. — Temos que pagar o aluguel.

— Eu sei disso! Mas o EP está melhor agora.

— Não o suficiente para pagar o aluguel.

Parei e olhei para os dois. Serena, que estava afinando sua guitarra do outro lado da sala em relação a eles, abaixou a guitarra, saiu do seu assento e caminhou em minha direção. Seus quadris balançavam enquanto ela andava, e ela olhou nos meus olhos. Ela era uma garota atraente de longos cabelos negros, pele morena e um corpo que não era fácil dispensar. Quando nos apresentávamos ela usava rímel pesado, couro preto, uma bota salto agulha, e normalmente, um corpete ou um top que destacava a tatuagem que passava entre seus seios. E outra pequena tatuagem acima da sua sobrancelha, uma pequena borboleta. Quando nós não estávamos fazendo show, ela vestia vestidos floridos soltos e sandálias de dedo.

— Há quanto tempo eles estão desse jeito? — eu perguntei.

Ela franziu a testa. — A tarde toda. Vou enlouquecer.

— Às vezes penso que todos nós morarmos juntos foi uma fodida má ideia.

— Você só está percebendo isso agora?

Dei de ombros. Suas palavras sempre tinham um duplo sentido, e estava certo de que estas tinham, também. Ela tinha se insinuado em sermos mais do que amigos e companheiros de banda pelo período de um ano. Não estava interessado. E não é que ela não fosse uma menina maravilhosa e uma boa amiga. É que não queria perder um dos meus únicos amigos. Sem mencionar o risco de explodir com a banda apenas quando nós estávamos começando a entrar em ação.

— Caras! — eu gritei.

Eles olharam para cima e para todos os lados por um segundo, e em seguida, Mark começou a reclamar novamente.

— Caras! — gritei de novo. — Corta essa. Nós não vamos resolver esse problema hoje. Temos um show para nos preparar.

— O quê? — Mark disse. — Quando?

Pathin sacudiu a cabeça em desgosto. — Se você não estivesse bêbado na noite passada, saberia seu idiota. — ele disse.

Serena suspirou. — Sexta-feira à noite. — disse ela. — Metro em Cambridge.

— Droga, odeio aquele lugar. — disse Mark — A acústica é ruim.

— Eles pagam bem. — Pathin respondeu.

— Eu sei, eu sei... — Mark disse. Ele olhou para Pathin e disse em uma voz zombeteira. — Temos de pagar o aluguel. Seja como for.

— Vocês dois podem calar a boca por cinco minutos? — Serena exigiu. — Temos trabalho a fazer.

Murmurei uma maldição, desmoronando no sofá que tínhamos recolhido ao lado da estrada um ano antes.

— Qual é o seu problema? — Serena perguntou.

Eu balancei minha cabeça e esfreguei minha mão em minhas têmporas. — Apenas cansado, foi um longo dia.

— Bem, é hora de virar homem. Temos um show para preparar. Metade da razão pela qual esses dois não param de brigar é porque estávamos esperando você.

Eu amo esses caras às vezes. Ênfase no às vezes.

Levantei, peguei a guitarra e comecei a afiná-la, ignorando tranquilamente a discussão entre Mark e Pathin. Finalmente terminei, liguei o amplificador e fiz algumas escalas e disse. — Quero que vocês ouçam algo. É um pouco diferente.

Serena olhou para cima, Mark e Pathin viraram para mim. — Vai em frente. — disse Serena.

Então comecei a tocar. Para dizer a verdade, era muito diferente. Passei a maior parte do tempo da viagem de Washington, DC, na parte de trás da van, brincando com alguns solos na guitarra, então escrevi a letra, depois de chegar da casa do meu pai no domingo à noite. De alguma forma, o som era mais conciso do que as coisas que eu normalmente escrevia. Ainda muito grunge, mas tinha um tipo de batida que pegava. A letra... bem, a música era sobre a garota que conheci em Washington. Julia.

Estava aproximadamente na terceira parte, cantando o refrão "Julia, para onde você foi?" e todos os três estavam me encarando, com expressões atordoadas. Parei no meio de uma frase.

— O quê? — eu perguntei.

— Não pare. — disse Serena, acenando as mãos para mim com impaciência.

— Sim, continue. — disse Pathin.

Olhei de volta para eles, me sentindo um pouco alarmado por suas reações, então voltei alguns compassos e peguei a música novamente.

Quando terminei, o armazém estava morto no silêncio.

Finalmente, Pathin disse. — Isso é fodidamente brilhante.

Serena acenou com a cabeça rapidamente com um enorme sorriso em seu rosto e os olhos brilhando.

Mark disse. — Fodidamente comercial. Isso soa como uma música pop.

Pathin sacudiu a cabeça. — Não... isso é brilhante. Essa pode ser a melhor música que o Crank já escreveu.

— Quem diabos é Julia? — Serena perguntou.

— Ninguém. — eu respondi.

Ela bufou e me deu um sorriso. — Você está tão cheio de merda, Crank. Mas quem se importa? Essa música foi incrível. Vamos apresentá-la na sexta-feira.

— Ainda não está pronta, nem mesmo terminei...

— Então termine. Vamos tocá-la na sexta à noite. Mark vai ficar feliz... podemos substituir alguns covers.

Mark pareceu convencido.

— Eu concordo. — Pathin disse — Mas também estou muito curioso com quem é essa misteriosa Julia.

— Cara, é só uma música. — eu disse.

Mark murmurou. — Eu nunca pensei que estaríamos tocando uma porcaria do Top 40. Mas se podemos nos livrar de uns covers, acho que estou bem com isso. Mas você ainda é comercial, Crank.

Eu dei dedo para ele.

Ele resmungou. — Macaco de merda. — e mostrou o dedo de volta para mim.

Serena apontou para ele e deu-lhe um olhar. Sim, aquele olhar. Aquele que nos fazia sentir com se tivéssemos dez anos de idade sendo pegos com a mão no pote de biscoitos por nossas mães. Mark se calou. Serena era incrível desse jeito.

— Você pode tocá-la mais uma vez? — ela me perguntou. — Eu quero começar a senti-la. Pathin, você pegou o final? Vai precisar de uma bateria potente também. — Serena estava em seu elemento. Desorganizada, louca, às vezes inspirada, frequentemente atuava como diretora artística da banda, se é que tínhamos uma coisa destas.

— Sim. — ele disse. — Eu percebi isso.

Então a toquei novamente. E depois uma terceira vez. Na quarta, Serena entrou com uma base rítmica forte, e Pathin e Mark entraram com a bateria e baixo, e de repente a canção era real. E eu a amei. Essa foi a música mais rápida e fácil que já tinha escrito. E possivelmente a melhor.

Até mesmo Mark parecia animado no momento em que a passamos. — Eu admito. — ele disse. — Isso é poderoso. Mesmo que Crank seja um completo idiota.

— Poderoso não é a palavra. — Serena disse em sua voz divertida. — Detonador de corações. As meninas vão rasgar as roupas para Crank.

Eu bufei e Mark disse. — Então, o que há de novo nisso?

— Chega Mark. — eu disse.

— Vou parar quando você parar de trazer fãs bêbadas aqui depois do nosso show. Estou cansado de ter que ouvi-las rir e bater na parede do meu quarto.

Então, ele fez uma imitação, batendo palmas ritmicamente contra um dos bancos de madeira com o pé enquanto gritava. — Oh! Oh! Crank! Oh!

— Cale a boca! — o resto de nós gritou.

Mark sorriu. — Vamos terminar o resto deste set.

— Já era hora. — eu murmurei.

O resto do nosso ensaio foi tranquilo, até mais sossegado do que o normal. Mas esse era o jeito que as coisas eram: para cima e para baixo. Nossos shows eram consistentemente sólidos, mas nos ensaios, o fluxo e refluxo das emoções, argumentos e apenas a vida tendia a ter impacto em todos nós.

Após o ensaio, Serena pediu uma pizza, e depois saiu para tomar um banho. Eu desmaiei, exausto, em outro sofá jogado fora na nossa sala de estar no andar acima do estúdio. Isso já foi uma sala de conferência ou algo assim no armazém. Uma vez que nos mudamos, Serena tinha decorado com cortinas e xales que ela trouxe da Índia. Mark ligou a televisão e achou o The Osbournes10. Sério? Não podia acreditar que aquele show tinha sobrevivido a uma única noite, muito menos uma temporada inteira.

Cinco minutos depois, Serena estava de pé na porta que dava para o corredor e disse com uma voz estranha. — Eu encontrei a Julia.

— O quê? — Mark perguntou.

Levantei as sobrancelhas. O que ela estava falando?

— Vem aqui. — ela disse. — Caras vocês têm que ver isso. — ela nem sequer olhou para mim quando disse as palavras.

Pathin e Mark a seguiram de volta pelo corredor. O que quer que fosse, eu não queria fazer parte disso. Mas então, Mark gritou. — Puta merda! — e de repente fiquei interessado.

Caminhei pelo corredor e olhei dentro do quarto da Serena, onde os três estavam em volta do computador dela.

O que diabos?

Esparramada por toda a tela tinha uma foto, uma boa foto. Julia e eu nos beijando na frente da Casa Branca.

Serena estava lendo as palavras abaixo da imagem:

"A jovem Srta. Thompson foi encontrada em um abraço apaixonado com Crank Wilson na noite de sábado, na frente da Casa Branca. Wilson é o vocalista e guitarrista de uma banda alternativa punk-rock moderadamente bem-sucedida, que toca no circuito local em Boston e Providence. Sua história é quase tão longa quanto às transcrições da Srta. Thompson."

Mark riu. — Cara, você transou com aquela garota da faculdade no sábado?

— O que? Não.

— Não é o que o artigo diz.

— Mas que diabos? Por que em nome de Deus isso está lá, afinal?

Serena olhou para mim e abaixou as pálpebras. — Não é sobre você, Crank. Este é um blog de fofocas da sociedade. Ela não está interessada no lixo do sul de Boston. Ela está interessada nesta menina... Julia. Por que você apenas não nos falou sobre ela? Você está caído por ela?

Dei de ombros. — Que inferno, gente? É só uma garota.

— Ela era boa? — Mark perguntou. — Ela parecia. E que bunda gostosa. Embora, ela parecesse uma bibliotecária. Humm... — ele começou a cantar, desafinado — Minha bibliotecária sexy!

— Cala a porra da boca, Mark. E eu não tenho ideia. Eu a deixei no apartamento dos seus pais e voltei para o hotel. De qualquer jeito, não vejo como isso pode ser da sua conta. De qualquer um de vocês. — quando disse as últimas palavras, olhei nos olhos de Serena. Ela não acreditava. Ela não acreditava. Eu tinha deixado claro mais de uma vez, que nós não iríamos chegar a lugar nenhum, nunca.

Ela se levantou — Qualquer coisa que diz respeito à banda é da minha conta.

— Serena você está sendo ridícula. Nós nem sequer trocamos o maldito número de telefone. E não é como se eu não estivesse transando com as garotas otempo todo. Você deveria saber disso.

Ela estremeceu. Eu disse as palavras para machucar, e ela sabia disso. Mas ela se manteve firme.

— Eu não dou a mínima para isso, Crank. Mas não vem me dizer que isso não envolve a banda... você ouviu aquela música que você escreveu! Diga que você não sente algo por aquela garota.

— E se eu sentir?

— Se você sentir, isso é bom. Mas seja honesto com a gente.

Pathin e Mark estavam assistindo, ambos quietos para variar. E não era de admirar. Serena me encarava com olhos assassinos.

Andei até ela e fiquei nariz-com-nariz e disse. — Conheci a menina. Nós nos divertimos por uma noite. Nós conversamos. Nós nos beijamos. Nós dissemos boa noite. Fim. Certo? Agora você pode me deixar em paz?

Ela deu um leve suspiro, seus lábios viraram em desprezo, e muito ligeiramente balançou a cabeça. — Tanto faz, Crank.

Garota Festeira (Julia)

Ok. Poderia ter sido pior. Por exemplo, Maria Clawson, poderia ter postado aquela foto. Aquela que alguém tirou no meu primeiro ano na escola do ensino médio. Que a minha ex-melhor amiga enviou por e-mail para todas as classes Junior na semana antes de sairmos de Pequim. Aquela que deu crédito aos rumores maliciosos sobre mim.

Não, tive sorte desta vez. Ela não publicou, embora eu tenha certeza de que estava enterrada em algum lugar no site dela. Ela tinha editado aquela foto, a antiga, para bloquear o meu rosto e tudo o que pudesse levá-la para a cadeia. Mas, era clara o suficiente.

Maria costumava escrever para a página social do Jornal de Washington, antes do jornal abandonar a página da sociedade. Desde então, ela criou o seu próprio pequeno e horrível blog, que, embora não tenha o tipo de tráfego que os sites grandes têm, ela tinha assinantes que pagavam para enfiar o nariz em seus boatos e fofocas corruptos e mentirosos. Os assinantes eram quase que exclusivamente ricos e poderosos membros da sociedade. Ninguém mais poderia pagar os preços exorbitantes que Maria cobrava para o pleno acesso ao seu site. E nada os dava mais prazer do que ver um dos seus parceiros, ou um dos filhos de seus parceiros - envolvidos em um horrível escândalo. Maria cobria de tudo: a embriaguez, infidelidade, abortos secretos, divórcios, suicídios...

No domingo pela manhã, ela postou, na página inicial, uma foto minha nos braços de Crank, beijando. Em frente à Casa Branca. O que significava que ela tinha nos seguido para fora do restaurante, procurando sujeira, e encontrou. Em seguida, ela inventou uma história para combinar, uma história que se adaptava o suficiente com o meu passado, para me pintar como uma completa vagabunda.

Os sinos de casamento estão no ar? Ou guitarras de rock dissonantes? Esse pode ser o caso de Julia Thompson, a filha mais velha do Embaixador Richard Thompson, que se retirou para San Francisco após um ano como um perfeito embaixador da Rússia. Velhos leitores da trama de Maria, vão se lembrar do processo que Thompson, o Embaixador da Rússia, arrastou ao longo de mais de dois anos, quando o Senador Rainsley do Texas questionou sua aptidão para o cargo.

A jovem Srta. Thompson foi encontrada em um abraço apaixonado com Crank Wilson na noite de sábado, na frente da Casa Branca. Wilson é o vocalista e guitarrista de uma banda alternativa punk-rock moderadamente bem-sucedida, que toca no circuito local em Boston e Providence. Sua história é quase tão longa quanto às transcrições da Srta. Thompson. Depois que os turistas e observadores desaprovaram a demonstração inconveniente de afeto, eles foram para um local mais calmo. Poderia ter sido no quarto de Wilson, no Hotel Riviera, 1 estrela, em Arlington? Os leitores que me perdoem por não reconhecerem o Riviera: é uma casa de prostitutas, viciados em drogas e aparentemente para estrelas do rock. Não é exatamente um local de encontro que a sociedade local escolheria para eventos familiares.

É claro, não sabemos o quão sério é a relação ou se é séria. Afinal, esta não é a primeira vez que Julia, agora uma estudante de Harvard, está envolvida com personagens duvidosos. As colegas dela, da International School of Beijing, onde ela frequentou os seus primeiros três anos do ensino médio, a descreveram como uma "garota festeira" e sussurraram rumores de festa de sexo e um aborto quando ela tinha quatorze anos de idade. Foram esses rumores que deram fim à nomeação do embaixador Thompson, até

depois que o Presidente Bush tomou posse, de acordo com um informante confidencial da equipe do pessoal do Senador Rainsley.

A história era seguida de um link que levava até uma área exclusiva para assinantes do seu site. Não tinha acesso a isso, mas sabia o que havia lá - anos de histórias manchando a minha família. Nenhum desses mencionava o meu nome e a maioria nem sequer dizia o nome do meu pai; Clawson dançava na borda da legalidade e de alguma forma, conseguiu ao longo dos anos evitar ser processada pela sua existência.

Quando li a história no meu quarto domingo à noite, senti meu estômago embrulhar, náuseas me inundaram. Os rumores que Maria havia publicado em seu site no passado, nunca incluíam o meu nome. Imagino que é porque ainda era menor, por isso estava salva.

Não mais.

Garota festeira. Sim, certo. Uma coisa era inventar as coisas. Outra coisa era escrever a ficção completa e publicá-la como verdade. Eu era um monte de coisas na escola, mas nunca fui festeira. Exceto quando Harry pressionou demais. Quando ele me pressionou demais.

Realmente não era surpresa que a minha mãe tenha reagido daquela maneira. A nossa família tinha ocupado o primeiro lugar no site da Maria por um longo tempo, e todo mundo sabia que a culpa era minha.

Mas ninguém sabia o que realmente tinha acontecido. Era uma história muito simples, triste e sórdida, para interessar alguém de verdade.

Depois de ter lido a entrada do blog, eu sentei, encarando o espaço por um longo tempo.

Finalmente, me levantei, caminhei para fora do quarto e vaguei sem rumo ao redor do campus por um tempo.

Não acontecia com frequência, mas, às vezes eu podia ouvir a voz dele em meus pesadelos.

Você me ama, não é? Vê? Não foi tão ruim.

Tinham passado anos desde que tinha ouvido aquela voz em plena luz do dia, mas aqui estava eu, e isso estava aqui também, e eu me senti com quatorze anos, vulnerável, com medo e sozinha, tudo de novo. Meu estômago estava girando; eu queria vomitar. Já fazia muito tempo desde que me senti dessa forma. Muito tempo. Veja... é que, eu não tinha ninguém para me apoiar. Ninguém para pedir ajuda. Nenhum ombro para chorar, ninguém para me dizer que ficaria tudo bem. Não é como se as minhas irmãs fossem de alguma ajuda. Afinal de contas, Carrie tinha apenas nove anos de idade na época. E eu dificilmente poderia procurar meus pais. Quando eles souberam o que aconteceu, foi pelos outros e eu ainda não tinha vivido as consequências.

Não eduquei a minha filha para ser uma prostituta, ela me disse, com desprezo em sua voz.

Quando pensava naquela garotinha… eu… mal falava a língua, perdida e sangrando no frio pelas ruas de Pequim porque não tinha ninguém para ajudá-la, isso me enchia de raiva. Dava vontade de machucar alguém, quebrar algo. Fazia-me querer gritar, parar e ficar no centro do Quad11 e uivar até que minha voz acabasse.

Em vez disso, passei a minha vida sorrindo para todos, indo para a faculdade que meus pais esperavam, me vestindo como se já tivesse trinta anos de idade, trabalhando duro, fazendo amigos, quase como se fosse uma pessoa inteira.

Parei na beira da Praça de Harvard. Um violonista estava perto da esquina parecendo descontraído com calças de veludo e colete, sentado em um engradado de leite. Os seus cabelos grisalhos e sua barba caiam para baixo do seu peito, e sem o violão eu teria imaginado que ele era sem-teto. Como eu era, e eu fiquei ali o ouvindo. Ele estava tocando um imaculado Guild acústico de 12 cordas com belos harmônicos. Fechei os olhos e balancei um pouco, absorvendo a música, deixando-a levar embora os pensamentos escuros e emoções que me atormentavam. A música sempre foi o meu refúgio, a minha paixão.

A poucos metros de distância, Mitch Roark também estava ouvindo. Ele acenou para mim com um sorriso gentil no rosto. Mitch e eu saímos algumas vezes no segundo ano, mas recuei rapidamente. Ele era um ótimo cara, não muito convencional, nos conectamos desde o início. O seu pai, Allen Roark, era uma das estrelas mais bem sucedidas do rock alternativo. Mitch tinha crescido na estrada, tinha aulas em casa, e finalmente em um exclusivo colégio da Nova Inglaterra, nos seus últimos três anos do ensino médio. Nós tínhamos muito em comum: não era alguém com quem eu pudesse sair.

A música terminou cedo demais. O violonista me olhou e disse:
— Espero que você tenha gostado senhorita. Tenho outra para você.
— em seguida ele começou a dedilhar, e com dois acordes reconheci
a música e sorri – "Ghost Riders in the Sky". Eu sempre fui parcial
com a versão do The Outlaws, mas isso... ouvir uma canção bruta sobre cowboys e o Velho Oeste aqui na Praça de Harvard? Era sublime.

Fechei os olhos balançando ao ritmo da música, girando em círculos. Por apenas uma fração de segundo, podia imaginar a liberdade
que os antigos cowboys sentiam, como deve ser ver o horizonte, saber
e compreender os limites de sua vida, de ser capaz de se levantar de
manhã e respirar um ar puro e não ter que enfrentar mil expectativas
não declaradas.

Quando a música terminou, parei e abri meus olhos. E corei
furiosamente, porque uma pequena multidão da graduação de Harvard estava assistindo. E aplaudindo. Incluindo Willard, que estava
ali, batendo palmas muito lentamente de um jeito meio desdenhoso.
Como sempre, ele usava calças de sarja, uma camisa polo e um bom
par de sapatos de couro marrom.

Mitch jogou uns dólares no case do violão, acenou para mim e
disse. — Te vejo por ai, Julia.

Tanto faz. Peguei a minha bolsa, tirei duas notas de vinte dólares
e deixei no case do violão. Quando me inclinei para deixar o dinheiro, sussurrei: — Obrigada.

Quando me virei, Willard se aproximou e os seus olhos saltaram
quando ele viu quanto dinheiro que eu tinha colocado no case do
violão. — Julia. Essa foi uma boa performance. — quando ele terminou a frase, o canto de sua da boca levantou em um sorrisinho idiota.

Willard, que jamais hesitou em ser condescendente com quem
quer que fosse. Eu me senti tensa, me forçando para não ser ríspida.
— Você me conhece, adoro música.

Ele encolheu os ombros. Nunca tinha se interessado pelo que eu
amava. — Não vi você por aí no fim de semana.

— Eu estava fora da cidade.

— Oh?

Não ofereci mais nenhuma informação. A paz e o bom humor
que a música tinha me dado estava enfraquecendo. Willard nunca

inspirou muita emoção de qualquer tipo, mas naquele momento ele tinha conseguido me incomodar. Ponto para ele.

Ele tentou me atacar novamente. — Já se passou algum tempo desde que você me deu o fora. Você já jantou? Quer se juntar a mim?

Não realmente, eu pensei. Eu não esperava por isso. — Willard, acho que não é uma boa ideia.

— Ei... relaxe, Julia. Podemos ser amigos, você sabe. Apenas um jantar amigável, não estou pedindo um encontro com você.

Por que ele tinha que ser razoável? Se eu dissesse não agora, então, seria uma vadia. No lugar, coloquei o meu sorriso mecânico e fiz o que sempre fazia... Não o que eu queria, mas o que era esperado. — Bem, certo. Como amigos.

Willard, como sempre, liderou o caminho para onde ele queria comer: neste caso, através do Mass Ave, uma pizzaria. A comida aqui não era tão ruim, então acho que eu estava bem com isso. O lugar estava meio cheio quando nós entramos, um murmúrio baixo de conversa em camadas sobre a música vindo da jukebox, "Where is the Love?". A música aqui tendia a permanecer no Top 40 na maior parte do tempo. Eu não odiava. Willard me levou a uma cabine na parte de trás, é claro, e se sentou de costas para a parede, óbvio, o que me deixou incapaz de ver qualquer coisa, além dele. Tudo isso foi planejado.

— Então... como você tem passado? — ele perguntou.

Eu mantive meu sorriso engessado no rosto. — Estou muito bem. Ainda tentando me decidir sobre a faculdade de graduação, mas por outro lado, as coisas estão indo bem.

— Ainda acho que você deveria considerar Stanford. — ele disse. Willard estava planejando ir para lá.

— Eu não sei. Isso é um pouco perto demais dos meus pais para meu conforto.

Ele sacudiu a cabeça. — Eles são tão ruins assim? Eles pareceram agradáveis o suficiente para mim quando nos encontramos.

Claro que pareceram. Isso era porque ele era igual a eles.

— Eles não são tão ruins. — eu disse — Mas não significa que quero morar ao lado deles.

— Sério? É como uma hora de carro.

Pisquei. Por que razão ele estava insistindo tanto? — Vou me contentar com cinco dias de viagem e ficar na costa leste, obrigada. Por que você está insistindo tanto, afinal?

Ele parecia distante de mim um momento, depois voltou, encontrando meus olhos. — Eu estava esperando que talvez você tivesse me perdoado.

Perdoá-lo? Não havia nada para perdoar - fui eu que terminei com ele. — Você não fez nada de errado, Willard. Não há nada para perdoar.

— Exceto pedir a você para casar comigo.

Eu suspirei. — Isso não foi errado. Apenas... esclareceu as coisas.

— Esclareceu quais coisas? Ainda não entendi. Um dia está tudo bem, estamos apaixonados. No próximo, peço-lhe para se casar comigo. E então... você termina comigo.

Oh, Deus. Ele ia me obrigar a fazer isso com ele.

— Eu sabia que essa era uma má ideia. — murmurei.

— Por quê? Por você teria que me dizer como se sente?

Sim. Exatamente.

Ia ter que ir direto ao ponto. Não havia como facilitar para ele, fazer com que ele se sentisse melhor. Não vou mentir... me sentia péssima por isso. Mas neste momento? Não havia muita escolha.

— Como me sinto... é que não te amo. Nós nunca estivemos apaixonados, Willard. Talvez você estivesse apaixonado pela ideia de quem você acha que sou... eu não sei. Mas não há nós. Nunca haverá.

Ele congelou. Na verdade, seus olhos arregalaram um pouco e ele fez eu me lembrar imediatamente de alguns daqueles momentos de sexo muito desagradáveis com ele. O que nunca foi divertido para mim. Honestamente, parecia uma tarefa árdua, o que deveria ter sido a minha primeira pista que este relacionamento era errado. Mas o que eu sei sobre o relacionamento certo? Nada. Absolutamente nada. Apenas sabia que essa era uma infeliz lembrança dele bufando em cima de mim, e eu me sentindo... como uma boneca inflável. Como não era previsto participar, além de simplesmente deitar lá. E isso me fez sentir mal, só de pensar nisso. Olhei para longe, porque por um segundo, eu não podia ver o rosto dele. No outono passado, ele acusou-me de ser frígida. Eu não sei... talvez seja. Talvez Harry arruinou isso para mim também, como ele fez com todo o resto.

— Não foi tão ruim assim, foi? — ele perguntou, seu tom desesperado.

Vamos lá, Jules. Você sabe que você quer. A voz de Harry.

Eu estremeci com a voz na minha cabeça e tentei permanecer no presente.

— Claro que não. — eu disse — Tivemos muita diversão juntos, Will. Por favor... deixe isso para lá. Deixe-me ir.

Eu não estou pronta, eu tinha dito para ele.

É claro que você está pronta. Você me ama, não é?

Sim.

— Eu tenho que ir. — eu disse lutando para limpar minha cabeça. Pausei e olhei para Willard. Seu rosto estava abatido, seus olhos em toda a parte, exceto em mim. — Willard... você encontrará alguém. Você é um cara legal e vai encontrar alguém muito melhor para você do que eu.

Eu deslizei para fora da cabine, e ele me parou com suas próximas palavras.

— E se não quiser ninguém além de você?

Tomei um fôlego e olhei-o nos olhos. — Então eu acho que você vai ficar sozinho.

E, em seguida, andei para longe.

Eu não tenho relacionamentos (Crank)

Tudo bem, eu admito que fiquei curioso.

Julia deixou claro no sábado à noite quando nos conhecemos que ela não queria nada comigo. Talvez ela estivesse sozinha, ou precisava... de alguma coisa. Não sei. Mas não era eu.

Ainda assim, fiquei fascinado e isso estava começando a me incomodar, e eu não sabia o porquê.

Deixe-me ser claro. Não fico caído pelas garotas. Elas é que ficam caídas por mim. Sei que parece machista e tudo, mas não dou à mínima de como parece. É desse jeito mesmo. Decidi há muito tempo que, se alguém vai embora, que seja eu.

Ainda.

Não era a coisa da faculdade. Estive com garotas da faculdade antes, e debaixo dos lençóis elas são praticamente a mesma coisa que as meninas do Sul. Mas havia algo nela, apesar de tudo. Sexy pra caralho, mas não era realmente isso. Eu olhava para ela, e era como se ela estivesse pronta para explodir. Eu tenho vivido em fúria e adrenalina na maior parte dos últimos seis anos, e quando olhei para Julia, pensei que tivesse visto alguém que entendia isso.

Ela podia estar toda embonecada com uma saia extravagante, saltos e um suéter, mas embaixo, eu tinha a sensação de que havia muito mais. E isso... isso me intrigou. Mas a verdade era que eu não sabia nada sobre ela.

Então, a próxima vez que Serena saiu e eu fiquei, entrei no quarto dela, liguei o computador, e encontrei o artigo sobre Julia de novo.

Era feio... um pequeno sucesso, depois de olhar através do site, ficou claro que essa não era a primeira vez. Maria Clawson esteve escrevendo merda
de baixa qualidade sobre a família de Julia desde 1999, pelo que vi, e talvez até antes. Estava tudo lá: Clawson escreveu sobre rumores velados que "uma das filhas do Embaixador Thompson" estaria envolvida em festas de sexo selvagem no campus da Escola Internacional de Pequim. Um aborto secreto. Drogas. A biografia oficial de seu pai no site do Departamento de Estado deixava claro que só podia estar se referindo à Julia, pois sua irmã mais nova teria nove ou dez na época. Não consegui acessar a maioria dos artigos, bloqueados para assinantes que fez meus olhos saltarem quando vi o quanto custava. Mas as prévias eram suficientes para ter uma ideia geral.

Então eu me deparei com a imagem. Que podia ser de qualquer jovem - seu rosto estava às escuras, assim como seus seios. Era uma garota muito jovem... treze? Quatorze? Quase nua, vestindo apenas calcinha e desmaiada em um sofá. Dois garotos, os rostos deles também às escuras, tocando-a.

Porra. Ver essa foto me deu vontade de gritar de raiva, porque os garotos eram obviamente muito mais velhos.

Havia muito mais dessa história do que Clawson tinha escrito. Aquela mulher deveria ter ido para a prisão por publicar isso.

De qualquer maneira, o estrago estava feito. Encontrei um artigo no Washington Post do início de 2001, descrevendo como a nomeação do pai dela como embaixador da Rússia tinha saído dos trilhos por dois anos devido aos rumores. O Post, é claro, não tocou nos detalhes dos rumores, mas direcionava as pessoas para o site de Clawson. Isso era feio e só podia imaginar como deve ter sido para ela. Seus pais devem ter enlouquecido.

— Você sabe, se quiser usar meu computador, tudo o que tem que fazer é pedir. — Serena disse atrás de mim.

Jesus! O meu coração parou. Porém, eu fiquei indiferente e respondi. — Eu posso usar seu computador, Serena?

Ela soltou uma risada baixa e, em seguida, se jogou na cama a poucos metros de distância. Ela parecia relaxada, vestindo moletom e uma regata branca que evidenciava sua pele bronzeada e abraçava seu corpo. Serena sempre

teve um corpo bonito. Ela era da Índia e eu não tinha ideia de como era o seu nome verdadeiro. No entanto, ela era muito quente. E fora dos limites. Meu pai sempre dizia isso: não suje onde você come.

— Qualquer dia você precisará ter o seu próprio computador.

— Sim. Bem, aluguel primeiro.

Ela assentiu com a cabeça. — O que você está fazendo, afinal?

— Apenas dando uma olhada.

Ela olhou acima da tela e, em seguida, sentou-se e se inclinou para frente, dando-me uma bela vista dos seus seios, o cabelo caindo mais da metade do seu rosto. — A garota de Harvard?

Fiz uma careta.

— Eu pensei que ela não quisesse ver você de novo.

— Ela não quer.

— Oh, homem. — ela disse, em seguida, soltou uma risada baixa e lenta. — Eu nunca pensei que veria esse dia. Crank Wilson perseguindo uma garota.

— Cale-se, Serena.

— Por que razão? Isso é hilário. Você ao menos sabe o número de telefone desta garota?

Balancei minha cabeça.

— Você não vai tentar descobrir? Não é como se ela fosse anônima.

— Eu não sei.

Ela suspirou, inclinou para trás em sua cama e murmurou: — Eu não acredito que estou dizendo isso. Olha é só ligar para a faculdade. Fale que você é seu primo de muito longe perdido ou algo assim.

— Não é tão fácil assim. E não acredito que você está dizendo isso também.

— Olha, Crank. Sim, tive uma queda por você. Eu e todas as outras garotas que vão aos nossos shows. Mas eu entendo. É unilateral. É meio divertido dessa forma. Se você tivesse correspondido alguma vez, eu chutaria sua bunda. Mas se você gosta dessa garota... devia ir atrás dela.

— Eu nem sei por onde começar.

Ela me deu um olhar de soslaio, meio divertida. — Ok. Onde estão os alienígenas que raptaram meu amigo? Você não sabe como começar a ir atrás de uma garota? Sério?

Eu ri. — O meu método habitual é apenas agarrar. Funciona muito bem nos shows.

Ela me olhou, confusa. — Verdade. Sabe, você normalmente é um porco. Não consigo entender isso.

— Essa é a coisa mais doce que alguém já me disse.

Ela sorriu. — É verdade e você sabe disso.

Dei de ombros. — Eu nunca fingi ser alguma coisa que não sou Serena. Não tenho relacionamentos.

— Então, o que é diferente agora?

Balancei minha cabeça e ri. Era uma risada vazia. Porque, de fato, nos últimos tempos eu me sentia sozinho, mesmo quando tinha uma menina bonita na minha cama. — Talvez seja porque não posso tê-la.

— Ooooh. — disse ela — Isso é uma merda.

— Sim, tanto faz. — hora de mudar de assunto. — Oh! Você viu meu carro novo?

Ela disse. — Mudando de assunto?

— Sim.

— Seu carro novo é um velho Toyota quebrado que está aqui em frente?

Eu balancei a cabeça.

— Bonito. — ela disse — Dez anos?

— Quinze. Mas é meu. E está pago.

Ela levantou-se. — Portanto, seu carro está resolvido? Então vamos reunir os caras e ensaiar. Temos um show na sexta-feira à noite, e quero que sua nova música esteja perfeita.

Eu suspirei. — Vamos.

CAPÍTULO CINCO

Julia, para onde você foi? (Julia)

Quando você se muda a cada dois anos de sua vida, às vezes, fazer amigos se torna uma rotina. Não acho que os diplobrats, como às vezes somos chamados, são muito diferentes dos filhos de militares, de qualquer forma. Você faz amigos rapidamente, mas muitas vezes são amizades superficiais. Lembro-me de meu primeiro ano de escola pública fora de Washington, eu invejava as garotas que tinham melhores amigas - pessoas que se importavam e podiam confiar. Eu tive isso por pouco tempo, eu pensei, com Lana, que tinha sido minha melhor amiga em Pequim. Mas Lana era errática e muitas vezes irracional, e quando brigamos, não muito tempo antes da minha partida, ela traiu aquela confiança. Depois disso, desisti da ideia de ter amigos. Esse era o preço pelo meu pai ser um diplomata, bem como o preço dos meus próprios erros estúpidos.

A carreira do meu pai era incomum para um embaixador. Às vezes, tornar-se um embaixador é um cargo de confiança, dado ao favorecimento de doadores ou outros que de alguma forma tinham feito um favor ao Presidente. Mas meu pai fez carreira na Foreign Service15. Primeiro Harvard, em seguida Walsh School of Foreign Service em Georgetown, e depois no Departamento de Estado. Eu cresci ouvindo esse mantra porque já era de se esperar que eu seguisse o mesmo caminho. Ele conheceu minha mãe na Espanha, quando foi colocado lá como um diplomata júnior, então eu nasci em Bruxelas. Duas escolas de ensino primários, duas escolas de ensino fundamental e duas escolas de ensino médio. Cada vez, deixei amigos para trás e rapidamente tive que fazer novas amizades. Uma vez que a maioria das crianças das escolas que fui também eram filhos de diplomatas, não era tão ruim. Nós todos conhecíamos o acordo - pelo menos até o meu último ano no colégio. Presa em Washington, por causa de um senador que segurou a nomeação do meu pai para Embaixador da

Rússia, passei meu último ano do ensino médio em Bethesda Chevy-
-Chase High School, nos arredores de Washington.

Como escola pública, a BCC era uma das melhores. Na verdade,
não era tão diferente das escolas privadas que tinha passado pelo mundo todo. Os meus colegas no exterior eram na sua maioria, filhos de
diplomatas ou ricos e privilegiados. Em Bethesda havia poucos filhos
do Foreign Service, mas havia muitos garotos ricos.

Não ajudou, no entanto, que a garota mais popular da classe sênior também planejava ser a oradora da turma, e quando eu cheguei,
eu a superei por uma fração minúscula. Ela fez da missão da vida dela
tornar a minha vida miserável e a maioria da classe sênior fazia fila
atrás dela. Então, quando os rumores vieram da China, graças a Lana?
Foi o que bastou. Eu passei meu último ano do ensino médio como
uma pária social. Não invisível... não, eu rezava para me tornar invisível. Ninguém estava ouvindo aquelas orações. Eu me tornei um alvo.

Todos os dias, andando pelo corredor, eu ouvia os sussurros.

Vadia.

Prostituta.

Assassina de bebês.

Tenho certeza de que havia outros jovens na minha turma de for-
mandos que eram intimidados e alvos. Eu não sei, porque estava tão
envolvida em apenas tentar sobreviver. E pior, não podia ir para casa
e falar sobre isso porque minha mãe usava a sua própria versão, menos
profana das mesmas acusações. Meu pai quase não falou comigo por
todo aquele ano, e a minha irmã mais jovem de treze anos de idade
apenas não entendia.

Para resumir essa longa história: tenho vinte e dois anos de idade.
Eu frequento uma das melhores escolas da América. Em teoria, tenho
esta fantástica vida espalhada diante de mim. Minha família é confortável e não tenho que me preocupar com as finanças.

Mas a única coisa que não tenho? Não tenho ninguém de confiança.

Soa patético, não é? Sério, moro com mais três garotas. Mas não
as conheço bem. No primeiro ano em Harvard, não fiz amigo algum.
Linden, Adriana e Jemi, juntamente com uma quarta garota que eu
nunca tinha encontrado, entraram no alojamento em conjunto e fo-

ram atribuídas à nossa suíte em Cabot House. A quarta menina saiu no verão e fui atribuída aleatoriamente a elas. Agora era o nosso terceiro ano juntas e eu ainda era uma estranha, apesar de que não era culpa delas.

Todas elas saíam e iam às festas juntas, mas eu nunca fui muito festeira. Às vezes, elas me arrastavam, mas acho que era mais por generosidade do que qualquer outra coisa. E talvez curiosidade. Eu tinha visto de outros relacionamentos que vínculos se formavam rapidamente neste ambiente. Mas é impossível para mim.

Eu simplesmente não me abria. Porque isso exigia confiança. E como eu poderia confiar em alguém depois de tudo o que Harry fez comigo? Como poderia confiar em alguém depois do que Lana fez comigo?

Lana era minha melhor amiga em Pequim.

Lana era a pessoa que eu procurava quando precisava de um ombro para chorar.

Harry foi a pessoa que quebrou o meu coração e a minha inocência, mas Lana foi quem quebrou a minha confiança.

E, acima de tudo, como confiaria em alguém depois do que a minha mãe fez comigo?

Mas ultimamente, eu estava me sentindo inquieta. Por um lado, eu estava no mesmo país há cinco anos, que até agora era o maior tempo que eu já tinha ficado em qualquer lugar na minha vida. Por outro, algo sobre o último fim-de-semana em Washington, e então dançar lá fora enquanto o violinista tocava, me deu a sensação que a minha vida era totalmente tensa. Talvez apenas uma vez eu não quisesse colocar um sorriso falso e roupas conservadoras e satisfazer as expectativas de todos da garota perfeita. Talvez, estivesse um pouco cansada de ser sozinha.

Foi por isso que Linden parecia verdadeiramente surpresa na quinta-feira à noite, quando ela disse. — Estamos todas indo à Metro amanhã à noite, quer vir? — e eu respondi. — Sim, eu adoraria!

Encontrei-me relaxada mais do que já estive com minhas companheiras de quarto, até brinquei e ri um pouco com elas.

Linden incitou-me a vestir algo mais provocante e mostrou seu vestido, que talvez tivesse dez centímetros quadrados de um tecido muito fino, quando Adriana disse. — Quem está tocando lá esta noite, afinal?

Adriana era uma menina do sul, por completo. Ela era de uma pequena cidade do Alabama, onde a sua mãe era uma garçonete. Adriana não saía frequentemente, também... não porque ela não queria, mas porque ela raramente tinha dinheiro.

Jemi, nossa quarta companheira, era de Serra Leoa. Alta, com a pele escura quase azul, magérrima, belíssima, com um sotaque britânico e era a típica parceira de crime da Linden. Ela respondeu. — É a Morbid Obesity, acho.

— Oh, merda. — murmurei. As outras três garotas pararam e me encararam.

— Eu acho que nunca a ouvi praguejar, querida. — Adriana disse. — Você não gosta da música? Podemos ir para outro clube. Isso não é um grande problema, e estou feliz que você está saindo com a gente.

Dei de ombros na defensiva. — Humm tudo bem. Eu só... bati meu dedo do pé.

Eu estava mentindo, claro. Domingo à noite visitei seu site... e a cada noite desde então. A música na verdade, era realmente boa, e sou chata quando se trata de música. Era punk-rock original, mas com influências caribenhas que dava uma sensação assombrosa. Cada membro da banda tinha uma página dedicada a eles. A de Crank estava estampada com fotos dele bêbado em shows, tateando uma centena de mulheres diferente. Eu não estava interessada em ser adicionada a essa lista de conquistas, se é que poderia ao menos chamar assim.

Tanto faz. Eu sairia com as meninas hoje à noite. Aquela noite estranha, fora de contexto com Crank Wilson não ia interferir. Nada iria. Acabei resolvendo colocar uma roupa muito mais reveladora do que normalmente usava, que mal encontrou a aprovação de Linden e estava acabando de colocar meus sapatos quando o telefone tocou.

Linden atendeu e colocou o telefone na mesa. — É para você, Julia.

Todas elas olharam para mim, porque todas sabiam quem era. Ninguém me ligava no telefone do quarto. Exceto a minha mãe.

Suspirei e peguei o telefone. — Alô?

As meninas ficaram lá, esperando desconfortáveis.

— Julia, precisamos conversar.

— Mãe, estou de saída no momento. Posso ligar para você de manhã?

— Não. Você não pode me ligar de manhã. Temos que falar agora.

— O que é mãe?

— Seu pai acabou de receber uma ligação da Casa Branca.

O que isso tem a ver com comigo? Suspirei. Não podia terminar esta conversa. Cobri o fone e olhei para as minhas três companheiras de quarto, sentindo-me impotente. — Desculpe-me. Por que vocês não vão em frente, eu as alcanço.

Linden inclinou sua cabeça com um triste olhar no rosto. — Você prometeu! Venha.

— É minha mãe, tenho que falar com ela. Prometo que estarei lá. É sério.

As três saíram e eu tinha certeza que elas achavam que eu não iria.

Eu pretendia manter a minha promessa.

— Está bem, mãe, posso falar agora. O que está acontecendo?

— Julia, me escute. Em duas semanas, a ONU enviará uma equipe especial de diplomatas para o Iraque. Eles vão acompanhar os inspetores de armamento e, eventualmente negociar um acordo. O Presidente pediu ao seu pai para fazer parte da equipe.

— Oh, meu Deus, mamãe, isso é incrível!

— É. Mesmo que ele esteja tecnicamente aposentado, esse pode ser o encerramento da carreira de seu pai, Julia. É por isso que estou ligando para você agora.

Balancei minha cabeça, confusa. — Não entendo.

Ela pausou, e falou em um tom cuidadoso e lento. — Eu não sei como dizer isto para a minha própria filha. Mas é... é essencial que você não faça absolutamente nada que...

De repente meu estômago começou a virar. Como. Ela. Se atreve. Senti os meus dedos começarem a doer quando comecei apertar o telefone, e ela

continuou falando, continuou dizendo as palavras horríveis que eu sabia que estavam prestes a sair da sua boca.

—... nada que irá desacreditar o seu pai. Você me entende?

A minha resposta foi fria. — Eu te entendo perfeitamente.

— Eu acho que você não tem consciência do quanto a carreira do seu pai foi afetada pelo que aconteceu em Pequim, Julia.

Eu cerrei meus olhos, segurei o telefone contra minha cabeça com um braço e outro cruzei forte sobre o meu estômago, tentando conter a súbita sensação de dor e revolta.

Depois de uma longa pausa, ela disse. — Você está aí?

Eu sussurrei. — Estou aqui, mãe. Sempre estive aqui. Mas você... você nunca está. Quando precisei de alguém a quem recorrer, você... nunca... estava lá. Por isso, não espere que eu fale alguma coisa agora. Adeus.

Cuidadosamente, coloquei o telefone no gancho. Então olhei para ele por quase trinta segundos inteiros antes que ele tocasse novamente. Fechei os meus olhos para segurar as lágrimas, puxei o fio da parede, deslizei até a janela e joguei o telefone fora para o Quad.

Que se dane. Eu ia sair, e ia me divertir hoje à noite. Fui até ao banheiro e olhei no espelho.

Típico. A máscara de cílios escorreu enquanto eu estava no telefone com minha mãe. Ela era uma hipócrita da pior espécie. Estava cheia dela. Suponho que ainda iria para casa nos feriados para ver minhas irmãs. Mas não queria ter nada a ver com a minha mãe. Não mais.

Eu arrumei o rímel e coloquei-o na minha bolsa, então me certifiquei de que estava com as minhas chaves do carro. Não costumava dirigir muito, porque quase tudo que precisava ficava no campus ou na Praça de Harvard, mas era útil ter o carro aqui. Como tudo, meu pai pagava o estacionamento, mais o carro e com esse dinheiro vinham as condições das quais já estava cansada. Eu desistiria da minha vaga de estacionamento em um piscar de olhos para nunca ter que ouvir o desprezo da boca da minha mãe novamente.

Tanto faz. Entrei no carro, um Honda Civic híbrido 2003 novinho em folha, e saí do estacionamento, em direção ao Metro. Pergunto-me se não havia uma forma de devolver o carro. Ele ainda cheirava a couro novo e carpete. Cheiro de restrição e desaprovação.

O clube Metro estava situado no coração de Somerville, mas com uma combinação de sorte, um suborno generoso e uma súplica para o manobrista, consegui um local atrás do clube. Então, foi uma curta caminhada para a entrada na frente. A fila não estava muito grande ainda, assim dez minutos mais tarde, eu estava dentro do clube tentando encontrar as minhas companheiras de quarto.

Dentro do clube havia uma massa de corpos. O show ainda não tinha começado, então, eles estavam tocando uma mistura de rock grunge do início da década de noventa. A pista de dança, em frente ao palco, estava lotada e as mesas ao redor, também. Eu acenei para algumas pessoas que conhecia, mas sinceramente, não tinha certeza se elas me reconheceram nessa roupa. Eu estava vestindo uma camisa sem mangas preta tão apertada, que tinha dificuldade para respirar, jeans preto e botas. Eu me sentia diferente. Talvez seja porque, enquanto minhas colegas estavam ocupadas fazendo experiências com suas identidades no ensino médio, eu estava muito ocupada tentando permanecer tão invisível quanto possível.

— Julia! — ouvi alguém chamar. Olhei ao redor e lá estava Linden, com Adriana e Jemi em uma mesa e três rapazes que não reconheci.

Fui para a mesa e deslizei próxima a Jemi.

— Eu não achei que você viesse. — ela gritou tentando ser ouvida sobre a música, dando-me um abraço casual com um braço.

— Talvez eu precise sair mais. — eu respondi. Adriana tentou apresentar os três rapazes, mas eu não pude ouvi-la. Eles eram de Tufts, e eram loiros, loiros e mais loiros. Todos os três eram bonitos e acho que inteligentes, mas eu não estava interessada.

Especialmente quando a música parou.

Um cara careca, de cinquenta anos de idade, estava em pé no palco gritando no microfone: — É hora de começar a música de verdade. Todo mundo grita Morbid Obesity!

A multidão vibrava e as luzes se apagaram. Trinta segundos depois eles vieram, e o foco estava centrado em Crank e uma bela mulher indiana, Serena. Eu já a havia visto rapidamente quando a banda tocou no protesto, e naturalmente, tinha visto as fotos no site oficial da banda. Ela tinha uma voz fantástica – forte e carregada de beleza, com tons profundos. Quando ela e Crank começaram a tocar suas guitarras simultaneamente, e a bateria se juntou, senti-me tensa.

A música era intensa e inspirada. Passei o verão anterior como uma estagiária na Division Records20, principalmente fazendo depósito e ligações telefônicas, mas tinha escapado para o estúdio muitas vezes para ouvir as bandas gravando lá em baixo. A Morbid Obesity tinha um tipo de magnitude melhor do que a grande maioria delas. Claro, que meus pais descobriram sobre omeu estágio de verão e foram contra, mas convenci meu pai de que o trabalhoenvolveria a aprendizagem sobre comércio internacional, e finalmente, consegui que eles parassem de reclamar sobre isso.

Pelo que li sobre a banda, Crank escreveu quase todas as músicas, embora, ocasionalmente, Serena contribuísse com as letras. Quando ele cantava se transportava, era enérgico. Suor escorria dele, seu nível de energia estava focado e concentrado tanto na multidão quanto em seu instrumento. Os duetos deles eram mágicos, harmoniosos. A dinâmica entre Crank e Serena era assustadora. Ambos incrivelmente sexy, cantando juntos no mesmo microfone, arremessando suor. Eles eram o sexo personificado.

A multidão foi à loucura, então fui para pista de dança e me joguei na música. Jemi juntou-se a mim, e eu me encontrei dançando com um abandono que não tinha sentido em anos. Senti o suor escorrendo na minha testa, meus braços, minhas costas; a multidão agitando ao meu redor como uma única coisa viva. A música era estridente, avassaladora e forte. Incomum para uma banda punk, as letras eram claras e compreensíveis, e ficou claro que Crank era tão talentoso como letrista quanto como compositor de músicas populares. Ele cantava sobre alienação, isolamento, tristeza, perda e raiva, e em um ponto quase derramei lágrimas.

Estava toda molhada quando a banda fez uma pausa de quinze minutos, então fiz o meu caminho para o banheiro com Jemi me seguindo. Uma longa fila se formou fora do banheiro, então fiquei no final e esperei. Os membros da banda desapareceram para um quarto nos fundos. Eu vi quando Crank foi para aquele caminho, seu braço casualmente no ombro de Serena.

Jemi seguiu os meus olhos e me deu um sorriso cúmplice. — Ele é quente, não é?

Bufei. — É óbvio, mas cada menina aqui quer um pedaço dele.

Ela riu. — Aposto que a maioria daqui já teve também. Ele é um pouco cafajeste.

Engoli, e o meu rosto corou. Graças a Deus que estava tão escuro aqui, que ela provavelmente não viu. — Eu tenho certeza. — eu disse.

— Falando em caras. — ela disse. — O que aconteceu com o rapaz que você estava namorando? William?

— Willard. — corrigi. Dei de ombros. — Nós terminamos na primavera passada.

— Foi muito ruim?

Balancei minha cabeça. — Não realmente. Só... não deu certo.

— Ahhhh. — ela disse. — Quaisquer novas perspectivas?

Por apenas um segundo, estava de volta na frente da Casa Branca beijando apaixonadamente Crank. — Não, nada realmente. — eu disse.

— Então... o que está diferente? — ela perguntou. — Eu nunca vi você tão selvagem! Você estava realmente sentindo a música.

O que estava diferente? Não sabia. Pensei na minha mãe me dizendo para eu não fazer nada que poderia refletir negativamente sobre o meu pai. Como se ela tivesse qualquer direito de me dizer isso. Pensei no violonista da Harvard Square, e como, por um breve momento, me senti livre. Pensei em como a música foi a única coisa que me ajudou sobreviver na escola.

— Eu não sei. — eu disse. — Talvez seja minha hora de viver um pouco.

Ela sorriu. — Bem, estou feliz que você saiu com a gente. Você não sai o suficiente.

— Concordo!

Logo estávamos novamente na pista de dança, rindo, e em um momento, cantando junto com alguns covers. Cerca de trinta minutos após a pausa, oeguei quando Crank puxou uma menina da multidão para cima do palco, e beijou-lhe o pescoço enquanto ela gritava. Então ele deu a volta nela e agarrou sua bunda. Que merda detestável! Mas ela estava rindo quando se juntou à multidão.

Serena pegou o microfone quando deu cerca de duas horas de show e disse: — Estamos chegando ao final, porque o pobre Crank tem que ser babá! Mas, primeiro, vamos tocar a nossa mais recente música, escrita por Crank Wilson esta semana, chama-se: "Julia, Where Did You Go21?"

Eu congelei quando Crank abriu a canção com um arpejo ascendente, lento, a música era uma parede lúgubre. Em seguida, ele começou a cantar e senti o meu rosto corar. O primeiro verso descrevia o momento que nos conhecemos, bem ao lado do palco em Washington. Respirei fundo e, em seguida, de novo, quando ele começou o refrão.

Eu não soube como dizer não,

Oh Julia, para onde você foi?

Jemi inclinou-se perto e gritou ao longo da música. — O que há de errado?

— Eu tenho que ir! — eu respondi.

— Você está bem?

Concordei, mas não era verdade. Não estava bem de jeito nenhum. Comecei a forçar meu caminho pela multidão, mas isso era uma batalha perdida. Tudo o que podia ver na minha mente era Crank cantando aquela música estúpida, Crank agarrando a bunda da menina no palco, Crank me beijando e eu realmente levando isso a sério.

Eu não queria levar isso a sério, e a última coisa que queria era que ele levasse a sério. Por que ele teve que escrever aquela música?

Não estava nem na metade do caminho para a porta quando a música parou e Serena gritou: — Metro Somerville, boa Noite! — a multidão gritou e aplaudiu pedindo por mais, mas a música não começou novamente por quase dois minutos e, então, não era mais ao vivo.

Finalmente! Cheguei até a porta e a abri, arfando em busca de ar. Estava relativamente quieto, apesar do tráfego lotado. Respirei profundamente algumas vezes para me recompor e, em seguida, virei para dar a volta no prédio e voltar para o meu carro. Mal dei cinco passos antes que meu celular começasse a tocar.

Eu peguei o telefone da minha bolsa, abri e disse: — Alô? — em um tom que normalmente reservava para o meu pior inimigo.

Mas era a minha mãe. Mais uma vez. Minha mãe, que nunca, jamais me ligava no celular.

— Julia. Precisamos conversar.

Parei na calçada e rolei os olhos. — Você não acha que já conversamos o suficiente por esta noite, mamãe?

— Julia... talvez eu estivesse errada. Fui muito precipitada.

Fechei os olhos sentindo todo o meu corpo tenso. Comecei a caminhar rapidamente. — Mamãe, estou tão cheia disso! — cuspi as palavras com pressa, não me importando que não poderia tê-las de volta. Cheguei a meu carro e me atrapalhei com as chaves, finalmente abri a porta e deslizei para dentro quando ela falou novamente.

— Você vai ficar cheia disso quando eu disser que você está, senhorita. — ela disse. Liguei o motor, e ela continuou: — Eu não sei de onde você conseguiu essas atitudes ou por que me odeia tanto.

— Talvez você devesse se olhar no espelho? — eu disse.

— Julia, nunca fiz nada para você me odiar!

Agarrei no volante com o telefone na dobra do meu pescoço quando gritei: — Oh, isso é brilhante, mamãe! Você vai me deixar em paz por um tempo?

Droga! Por que ela tinha que me ligar agora? Virei minha cabeça para trás para olhar por cima do meu ombro, o telefone ainda alojado próximo ao meu ouvido, coloquei o carro em marcha ré e afastei.

Minha cabeça estalou para trás quando o carro bateu em algo com um estrondo, e o telefone voou para trás.

— Oh, merda! — eu gritei.

Tudo o que ele precisa é ser aceito (Crank)

— Vá cuidar de seu irmão. — disse Serena com um meio sorriso no rosto. Ela estava ensopada de suor, gotas escorrendo entre o vão dos seus seios. Ela parecia quente como o inferno. — Nós cuidaremos disso.

Coloquei a mão sobre seu ombro. — Obrigado, te devo uma.

— Vá, antes que mudemos de ideia! — Mark gritou.

Concordei enquanto corria em direção a porta dos fundos, então Serena gritou: — Crank! Esse foi o melhor show até agora!

Soquei o punho no ar, em seguida, bati violentamente na porta dos fundos, abrindo-a em um estrondo.

A porra do carro que comprei no início da semana era justamente para isso. Às vezes, meu pai estava de turno no fim de semana, apesar do fato de que ele não deveria estar em patrulha à noite na sua idade. Mas isso era assim mesmo. A Sra. Doyle ficava nas noites em que eu tinha show, mas ela não podia passar das duas horas da manhã, e eu chegar de onde diabos estivesse ao Southie as duas poderia ser um problema real se fosse de trem. O carro significava que eu quase poderia garantir chegar lá na hora certa.

Eu bombeei o pedal do acelerador três vezes, em seguida, dei partida no carro, só relaxando depois que o antigo motor veio à vida. Isso era um carro, não exatamente um de alto nível. Eu dava a mínima? Não. Eu não dava a mínima para isso. Ia funcionar. E saí do estacionamento e me dirigi para a saída. Verifiquei o meu relógio. Uma e quinze. Eu deveria estar lá com tempo de sobra.

Tarde demais, eu vi as luzes de ré clarearem em um carro à minha direita. Ele recuou muito de repente, e só tive tempo de gritar em alarme quando bateu no lado do passageiro do meu carro. O vidro voou e gritei uma maldição. E meu corpo todo entrou em choque com a adrenalina, então abri a porta lateral do lado do motorista.

Todo o lado do passageiro do carro estava amassado e a roda dianteira direita torcida em um ângulo louco. — Porra! — eu gritei e caminhei até o outro carro.

Era um modelo novo híbrido da Honda, o para-choque amassado, mas com poucos danos. Estava tremendo de raiva quando o motorista do outro carro abriu a porta, ele nem sequer tinha saído antes de eu gritar. — Por que diabos você não olhou para onde estava indo? Você poderia ter matado alguém!

O motorista saiu do carro e se virou para mim. Ela estava tremendo, em estado de choque, e provavelmente, com medo por eu estar gritando. E então a reconheci.

Puta merda. Fiquei olhando em choque. Isto não poderia estar acontecendo. Era Julia.

Balancei minha cabeça em descrença, e o que em nome de Deus ela estava fazendo aqui?

— Oh, meu Deus. — ela deixou escapar. — Sinto muito! — ela viu os danos do carro e levantou as mãos para sua boca. Então seus olhos correram de volta para mim, e acho que só então ela me reconheceu, porque eles se arregalaram de repente, e ela murmurou de novo. — Oh, meu Deus.

Devagar, agora. Acalme-se. Respirei fundo e em seguida, disse: — É sério, você poderia ter matado alguém. O que você estava pensando?

Ela balançou a cabeça: — Eu... eu... oh Deus.

Desta vez ela cobriu completamente seu rosto. Ela falou por meio de suas mãos. — Eu sinto muito. Vou pagar pelos danos. Foi um acidente.

Pisquei, confuso com a reação dela. Claro, foi um acidente. O que mais poderia ser?

— Eu... de certa forma presumi isso. A menos que você estivesse tentando me matar.

Ela olhou para trás e mexeu as mãos e, em seguida, e balançou a cabeça rapidamente.

A esta altura, duas ou três pessoas do clube se aproximaram. Um cara, obviamente bêbado, disse: — Fooooooooda-se. — então inclinou-se para vomitar atrás de um carro.

Eu olhei para o relógio. Jesus Cristo. Era uma e vinte e cinco da manhã. — Escute... Julia. Tenho que ir. Vou empurrar o maldito carro em uma vaga, e, em seguida, tenho que pegar um táxi para Southie para cuidar do meu irmão. Me dê o seu número, e vamos resolver isso... amanhã.

Ela negou com a cabeça. — Posso te dar uma carona. Sinto, muito, muito mesmo.

Abri minha boca para responder, mas fechei. Bem. — Isso seria ótimo.

Era oficial. Ela estava meio louca. Mas, que seja. Precisava chegar a Southie e pegar um táxi de Somerville a essa hora da noite seria um grande problema, de qualquer maneira.

Então, coloquei o carro em ponto morto e dois bêbados me ajudaram a empurrá-lo de volta para um lugar vago. O carro balançou seriamente. Não tinha que me preocupar em trancá-lo. Não havia nenhum vidro da janela do lado do passageiro, de qualquer maneira. Apenas peguei as chaves, o meu case da guitarra do banco de trás e trotei para seu carro.

— Ok. — eu disse tentando recuperar o fôlego.

Ela balançou a cabeça rapidamente, em seguida entrou no carro. Estendi a mão para a porta lateral do passageiro, mas estava trancada. Ela estava lá dentro, olhando para o volante ainda tremendo. Suspirei, em seguida, caminhei até o lado do motorista. — Você está um pouco abalada. Quer que eu dirija?

— O quê? — ela perguntou assustada. O problema não era ela estar abalada. Ela estava totalmente em outro lugar. Bêbada? Talvez, não sei.

— Um... Julia? Você está bêbada?

— Não, claro que não.

— Tudo bem... você quer que eu dirija?

Ela piscou os olhos. — Não. Sinto muito. Entra.

— Você pode destrancar a porta?

Ela acenou com a cabeça e apertou o botão. Entrei, coloquei minha guitarra cuidadosamente no banco de trás, e ela deu ré. Desta vez ela olhou no espelho retrovisor.

— Ok, para onde? — ela perguntou quando deu uma parada.

— Você pode nos levar até a 93? À esquerda no semáforo.

Ela assentiu com a cabeça e cuidadosamente saiu do estacionamento. Apenas um momento mais tarde, estávamos no trânsito, e ela parou em um sinal vermelho. Ela respirou fundo. Estava mais calma e segura agora.

— Sinto muito pelo seu carro. Vou pagar pelos danos, prometo. A culpa foi totalmente minha.

Tossi um pouco e, em seguida, perguntei. — O que aconteceu?

— O quê?

— O que é que aconteceu? Você estava dando ré como se alguém estivesse perseguindo você.

Ela engoliu em seco. A iluminação pública distorcia tudo, mas juro que ela corou. Aquilo foi interessante.

— Estava tendo uma discussão com a minha mãe. — ela gesticulou vagamente na direção da parte de trás do banco.

— Sua mãe? Ela não está na parte de trás... você a atropelou?

— Não! — ela engasgou com uma risada. — No telefone!

Dei de ombros. — Melhor não discutir ao telefone e dirigir ao mesmo tempo, eu acho.

— Sim, também acho.

O sinal ficou verde, o tráfego começou a se afastar e viajamos em silêncio. Não um silêncio bom e agradável, como se você estivesse com um velho amigo. Este era mais como o silêncio diante do júri entregando o veredicto, o silêncio de uma última refeição, o silêncio sinistro que se ouve na calada da noite de uma rua escura sem tráfego. Não estava gostando, então disse: — Você tem alguma música?

Ela assentiu com a cabeça e ligou o CD player. Em vez de Coldplay, Justin Timberlake ou alguma outra merda pop que teria feito com que eu vomitasse, o som que irrompeu dos alto-falantes fizeram meus olhos se arregalarem. Concentrei-me por um momento — Isso é Killing Joke?

Ela assentiu com a cabeça. — Sim. É uma remasterizarão. A música se chama "BloodSport".

Eu sorri. — Eu conheço.

Ela olhou pra mim. — Oh, claro que você conhece.

— Eu não esperava que você conhecesse.

Ela encolheu. — Posso não estar em uma banda de rock, mas música... significa muito para mim. Eu gosto desses caras. Ninguém os conhece, mas centenas de bandas dos anos oitenta os imitaram.

— O que você acha do álbum?

— É irado. Primitivo.

Deixei escapar uma gargalhada. 'Primitivo' era o título de uma das músicas.

— Estou intrigado. O que mais você gosta de ouvir?

— De tudo um pouco. — ela disse — Sou eclética. É de acordo como me sinto, um... uma grande variedade de coisas.

— Como o quê? — eu perguntei.

Ela sorriu para mim. — Passe-me o estojo que está no seu pé.

Peguei e no próximo sinal vermelho, ela rapidamente passou pelo estojo recheado de CDs. Finalmente ela pegou um. Ele tinha uma frágil capa de papel com um cara chinês rodeado por chamas, levantando os braços. Ela ejetou o CD do aparelho e substituiu-o pelo do cara chinês.

Imediatamente, uma guitarra elétrica simples apoiada por uma bateria bruta e diferente, um piano quase jazz praticamente encheu o carro. Era punk, sem dúvida. Como nada que eu já tivesse ouvido antes. Nunca. E era bom.

— Quem é este?

— Ele é Yong... Garbage Dump. Ele apareceu, acho que em 94 ou talvez 95? O governo chinês reprimiu os músicos de rock, então, todo mundo foi para os porões. Não tenho certeza exatamente de quando ele saiu. Você pode pegar emprestado se quiser, mas o quero de volta... acho que não é substituível.

Respirei fundo. — Claro que eu quero emprestado. Ele é incrível.

Antes que percebesse, estávamos no sul da 93 no sentido de Boston, as janelas estavam abertas e ela aumentou o som da música. O som balançava dento do carro.

— Se importa se eu fumar? — eu gritei. Estava tendo problemas de não bater com a cabeça e balançar com a música.

— Vá em frente.

Acendi com cuidado para soltar a fumaça do lado de fora. Quando a música acabou, estávamos chegando perto do centro de Boston, então eu disse: — Mais duas saídas. Isso foi incrível.

Ela sorriu. — Pensei que você já tivesse ouviu falar dele.

— Porra de punk rock chinês? Nunca imaginei que existia. Isso é espetacular.

Ela sorriu ainda mais.

— Você não parece gostar desse tipo de punk.

Ela encolheu os ombros. — As aparências enganam. E gosto de um monte de músicas diferentes - até considerei estudar música, mas os meus pais ficariam loucos. Simplesmente imaginei que você iria gostar disso.

Concordei com ela. — Eu gosto! É difícil encontrar pessoas que apreciam qualquer tipo de música além do pop mais recente.

— Porém, você tem um dom. O show desta noite foi fantástico. — ela disse. Mas, em seguida, algo passou pelo seu rosto. Ela parecia zangada, quase com raiva.

— O que há de errado? — eu perguntei.

— Por que você escreveu aquela música?

Eu engoli em seco. Sabia exatamente que música ela queria dizer. Podia deixar pra lá, acho. Mas droga. Por que me incomodar? Ela ouviu. Por fim, eu respondi. — Você me causou uma grande impressão.

Ela balançou a cabeça. — Tão grande quanto aquela loira que você agarrou a bunda no meio do show?

Eu rolei meus olhos, embora ela não pudesse vê-los enquanto estava dirigindo. — Sim, ao menos daquele tanto. — eu respondi.

Ela não respondeu, mas finalmente eu disse. — Isso faz parte do esquema. — mas isso não era realmente sincero, era? Era mais do que frequente eu levar uma menina para casa após os nossos shows.

— Você está cheio disso. — ela disse — Você não pode manter suas mãos para si mesmo.

— Claro que posso. — respondi, sabendo que o meu tom era defensivo.

Julia ficou em silencio por alguns segundos. — Você precisa saber que eu nunca tinha feito aquilo antes.

— Feito o que antes?

— Convidar um cara para o meu quarto daquele jeito. Alguém que acabei de conhecer.

Dei de ombros, mas não quis dizer isso. Por razões que não conseguia explicar, realmente importava. Mas nem no inferno deixaria que ela soubesse disso. — Não é realmente problema meu.

Ela balançou a cabeça. — Você viu a história?

— Da cadela blogueira maluca? — eu perguntei.

— Sim.

— Sim, eu vi.

— Aquelas coisas que ela escreveu - nada daquilo é verdade.

— Sim, eu percebi. Eu não estava bêbado o suficiente para esquecer que a levei de volta ao hotel.

Ela deu uma risadinha. — Não foi isso que quis dizer.

— Sim, eu sei. Mas é sério, não é grande coisa. Era sobre isso a briga com a sua mãe?

Ela fez uma careta. — Não exatamente. — ela não entrou em detalhes e não quis forçá-la. Na verdade, eu queria. Mas de alguma forma, senti que forçar oassunto arruinaria a nossa coisa... qualquer que fosse... então pareibruscamente.

— Ok. — eu disse. — Pegue a próxima saída.

Ela fez, então a dirigi através das ruas estreitas do sul da Broadway até que paramos na frente da casa do meu pai. Comecei a dizer--lhe para parar, mas em seguida eu mordi as palavras volta. Eu não sei por quê. Em vez disso, a direcionei para o quarteirão próximo, onde fizemos uma curva à direita, em seguida, novamente no beco atrás da casa. — Há um estacionamento aqui atrás. Vire à direita. — apontei para uma pequena estrada de cascalhos.

Ela estacionou. A música ainda estava tocando, tranquilamente agora.

— Desculpe-me sobre o seu carro. — ela disse — Deixe-me dar--lhe o meu número, vamos resolver isso logo.

— Claro. — eu disse — Hum... você quer entrar por alguns minutos, tomar uma xícara de café?

Ela olhou assustada, como se nunca tivesse pensado nisso. Provavelmente não. Não obstante, acho que ela não gostou muito de mim, no último sábado.

— Claro. — ela finalmente respondeu.

Dei um suspiro profundo e disse. — Meu irmão, provavelmente, ainda está acordado... apenas para avisá-la, Sean é um pouco diferente.

Ela levantou suas sobrancelhas. — Diferente?

— Hum... ele tem Síndrome de Asperger22. Às vezes ele está muito grave, às vezes muito normal. Realmente não sei o que esperar de um dia para o outro.

Ela assentiu com a cabeça. — Eu não sei muito sobre a síndrome de Asperger.

Eu dei de ombros. — Realmente não é necessário. É quase como o autismo. Ele vai ficar um pouco estranho... falar de todos os tipos de coisas obscuras e às vezes fica realmente bruto. Mas ele não quer dizer isso. Ele não vai olhar no seu olho. Algumas pessoas ficam chateadas quando você não olha nos olhos delas. Apenas... tudo o que ele precisa é ser aceito. Entende o que eu quero dizer?

— Ok. Isso eu posso fazer.

— Ótimo. — eu disse, abri a porta e saí. Como sempre, dei um rápido olhar pelas redondezas. Então, disse. — Certifique-se de travar as portas.

Capítulo Seis

O safado (Julia)

A casa do pai de Crank era uma casa geminada de dois andares muito estreita. Teria dificuldade em encontrar a saída do bairro mais tarde. Nós descemos várias ruas muito estreitas de sentido único para chegar aqui. A casa em si era estreita, com ripas velhas e uma frouxa calha na borda do telhado. Eram quase duas da manhã e estava muito tranquila. Uma brisa fria soprava do porto e cortava os blocos entre as linhas das casas. Após a música no carro, era estranho, mas também calmante.

Estava começando a me arrastar um pouco. Eu estava acordada desde as seis horas da manhã, e com a deliciosa ligação da minha mãe, o show e o acidente, estava exausta.

Sabendo disso, não sei por que aceitei o convite. Exceto talvez porque fiquei um pouco intrigada. Eu o segui até os degraus de concreto da porta de trás, que ele, cuidadosamente destrancou e abriu. A porta emitiu um som estridente quando se abriu.

Dentro era uma pequena, apertada e bagunçada antessala, que levava a uma cozinha. Tudo na cozinha era velho, mas impecável. Uma toalha xadrez vermelha e branca cobria a mesa, em uma parede tinha um suporte para utensílios, potes muito utilizados e panelas.

Uma mulher, talvez com cinquenta anos de idade, estava sentada na mesa da cozinha absorta em um livro. Ela acenou quando nós entramos, depois de um momento fechou o livro e olhou para cima. Quando ela me viu, levantou-se, parecendo um pouco surpresa. — Olá.

Crank deu a ela um grande sorriso. — Sra. Doyle, esta é a minha... amiga, Julia. Julia, essa é a Sra. Doyle.

— É um prazer conhecê-la senhora. — eu disse.

— Prazer em conhecê-la, Julia. — ela virou-se para Crank e falou em um tom reprovador: — Não é um pouco tarde para termos visitas?

Ele assentiu timidamente. — Sim, sim, eu sei. Mas infelizmente, o meu carro está um pouco destruído, e Julia me ofereceu uma carona.

Eu tentei não bufar. Ele habilmente evitou o fato de que fui eu que destruí seu carro.

— Oh querido! — disse a Sra. Doyle. — Espero que ninguém tenha ficado ferido.

— Não, está tudo bem.

— E você não estava bebendo, estava?

— Não bebi, Sra. Doyle. Você me conhece melhor do que isso.

Ela lhe deu um olhar irônico, mas seus olhos refletiam alegria. — Jovem, você é um problema desde que era criança. Você não pode me enfeitiçar com seu jeito para cair em boas graças comigo.

Ele sorriu, e era o tipo de sorriso amplo e amigável que fez o meu coração bater um pouco mais rápido. — Só porque você é a mulher mais adorável e inteligente de Southie.

A mulher corou em um vermelho vivo! Não havia dúvidas: Crank poderia ser muito encantador quando queria.

— Você é um safado. — ela disse — Eu vou agora. Sean está na sala de estar com um de seus jogos.

— Muito obrigado, Sra. Doyle. Você não tem ideia do quão enorme é sua ajuda quando você vem tomar conta dele.

Ela sorriu e levantou-se, Crank... aquele safado... pegou os braços dela e beijou-a na bochecha. Ela corou de novo, então juntou as suas coisas e saiu pela porta da frente.

Uma vez que ela tinha ido, acompanhei Crank para a sala de estar.

Sean não era o que eu esperava. Com base no tom que Crank tinha usado quando falou sobre ele, bem como o fato de que eles precisavam de uma babá desde que o pai de Crank tinha saído, estava esperando um menino muito mais jovem. De fato, Sean parecia ter dezesseis ou dezessete anos idade, quase da idade da minha irmã Carrie. Quando entramos na sala, ele estava deitado em cima do sofá, com os joelhos dobrados no peito e os olhos estavam fixos na TV. Suas mãos seguravam um controle de videogame e a tela era uma exibição irregular de caos: soldados atirando, sangue salpicado, partes de corpos voando por toda a tela.

— Ei amigo. — disse Crank.

Sean não respondeu a princípio, não até que ele tinha matado seu oponente no jogo. Então ele fez uma pausa e respondeu em voz alta e inexpressiva, sem tirar os olhos da televisão. — Você é namorada do meu irmão?

Eu senti meu rosto ficar vermelho, e gaguejei — Um, uh...

Crank disse. — Sean, essa é a minha amiga Julia. Eu não tenho uma namorada, você sabe disso.

Sean respondeu com sua voz ainda alta, soltando as palavras rapidamente. Ele virou a cabeça na nossa direção, mas seus olhos apontavam para o lado, longe de mim e de Crank. — E a garota que você conheceu em Washington? Papai disse que ela pode ser sua namorada, e é por isso que não devia falar sobre ela. Então eu encontrei você no Google, e lá dizia que você pode se casar e que a levou de volta para seu hotel com você.

Crank estremeceu, e em seguida disse. — Bem, isso é estranho, não é?

Olhei para Crank pelo canto do meu olho. Ele estava vermelho. E também tinha um leve sorriso nos lábios.

— Sean. — eu disse e Crank olhou para mim, alarmado. — Crank e eu somos amigos, mas às vezes, por causa de quem minha família é, as pessoas escrevem e dizem coisas sobre mim. Você entende o que quero dizer?

Sean virou a cabeça e falou mais uma vez, não encontrando meus olhos. Em vez disso, ele olhou para outro lugar por cima do meu ombro direito. Nunca tinha percebido o quão importante era o contato visual. Era desconcertante conversar com alguém que constantemente desviava os olhos. — Sim, eu sei exatamente o que você quer dizer. Às vezes as pessoas dizem coisas ruins de mim, também.

Por apenas um segundo, ele pareceu perdido quando disse isso. Não sei por que, mas senti uma solidão repentina, de verdadeira tristeza com suas palavras. Sentei ao lado dele no sofá. — Então, nós temos algo em comum.

— Acho que sim. — ele disse com sua voz ainda muito alta. — As pessoas disseram outras coisas ruins sobre você?

Crank ficou de queixo caído, os olhos correndo de um lado para outro entre nós, chocado.

— Sim. — eu disse. — Minha mãe, às vezes. As pessoas na escola. E aquela mulher horrível que escreveu o artigo que você leu.

— Você quer jogar? Eu tenho outro controle e pode jogar até quatro jogadores.

Levantei uma sobrancelha e brinquei. — Eu não sei, com todo esse sangue.

Ele perdeu o tom de brincadeira e falou. — Eu posso tirar o sangue, se isso incomoda você.

— Não... não precisa. Vamos jogar. Crank? Você quer jogar?

Congelei quando olhei para cima. A expressão de Crank era... raiva? Seus olhos estreitaram e as narinas estavam um pouco infladas. Ele levou um momento para responder e disse. — Claro. — mas não de um jeito caloroso, de certa forma até distorcida. Ele juntou-se a nós no sofá e Sean passou os controles.

Crank se sentou ao meu lado com cara feia e corpo tenso. Não sei o que o deixou daquele jeito. Sean parecia realmente um bom garoto, ainda que um pouco estranho. Mas você sabe o quê? Eu poderia lidar com estranhos. Então nós jogamos. Ou melhor, eles jogaram. Eu nunca tinha jogado algo parecido antes. O primeiro problema era que eu não tinha ideia de como lidar com os controles. Eles tinham cerca de trinta e cinco malditos botões por todo lugar e nenhum deles estavam marcado de forma que eu pudesse vê-los. O jogo em si era rápido e sangrento e eu fiquei morrendo. E rindo. E morrendo um pouco mais. Logo, todos os três estavam rindo, principalmente de mim, e sinceramente, foi o melhor momento que tive em muito tempo.

Era por volta das três da manhã, quando bocejei e disse. — Eu deveria realmente voltar.

Sean entrou na conversa. — Posso dizer-lhe uma coisa? De acordo com a Administração Nacional de Segurança do Tráfego Rodoviário, mais de 1.500 mortes que acontecem todos os anos são de motoristas que adormeceram no volante. Isso fora os 100.000 acidentes por ano por adormecer e 40.000 feridos. A privação de sono por apenas dezessete horas pode afetar a coordenação tanto quanto um nível de álcool no sangue de um por cento.

Eu pisquei. — Eu não sabia disso.

Ele parecia estar olhando para além do meu ombro enquanto falava. — Mas na maioria dos acidentes os motoristas são homens, portanto suas chances são melhores.

Crank tossiu. — Por que você não fica aqui? Nós podemos arranjar-lhe cobertores e outras coisas no sofá.

— Eu não sei se é uma boa ideia. — disse.

— Você já esteve em um acidente hoje à noite.

Oh. Certo. Eu realmente tinha me esquecido. Senti meu rosto esquentar.

— É sério, Julia. Você está segura aqui. Parece que você está quase desmaiando em pé e não quero que você se machuque.

Engoli em seco. Qual o mal nisso?

— Ok. Muito obrigada.

— Sean. — Crank disse. — Faça-me um favor? Você pode pegar dois travesseiros, lençóis e cobertores lá em cima? Para Julia?

Os olhos de Sean pareciam patinar por nós dois.

— Tudo bem. — ele disse e se afastou. Um momento mais tarde, ouvi seus passos no andar superior.

Crank virou-se para mim, e a mudança de sua voz me fez ofegar. Estava fria e irritada. — Que diabos você está fazendo?

Abri a minha boca e fiquei chocada com o ataque repentino. — Do que você está falando?

Ele fez uma careta. — Sean tem vivido um inferno com as crianças na escola. Para não mencionar que a nossa mãe nos deixou.

Mas que diabos? Não estava fazendo nenhum sentido. Balancei minha cabeça e disse. — Eu não estou entendendo. O que foi que eu fiz?

— O que você fez? Você pode sequer imaginar como é a crueldade das crianças na escola com alguém como ele?

Em um simples instante tinha uma série de imagens de Cindy Blanchard em minha mente. O dia em que me esqueci de trancar o meu armário no ginásio, e ela roubou meu sutiã e mergulhou no banheiro enquanto estava fora fazendo atividades. Andar pelo corredor e ouvir "Vadia. Vadia, Vadia. Vadia," sussurrado em ambos os lados enquanto eu carregava meus livros para a aula. O

dia em que abri a meu armário e descobri dezenas de gráficos, panfletos e folhetos anti-aborto hediondos colocados dentro dele. A minha mãe dizendo. — Não criei a minha filha para ser uma vagabunda.

A raiva, que eu ainda não sabia que tinha, foi incendiada.

— Eu posso imaginar muito mais do que você pensa.

Sua boca voltou para baixo em uma careta mais profunda, então ele disse. — Olha. Desculpe-me, eu chamei você para entrar. É meu dever protegê-lo. E você irá embora em um dia ou dois, o que for. E eu não quero que ele tenha esperança de que terá alguém que o trata como um ser humano, e então terá que sofrer tudo de novo.

Minha voz tremeu quando disse. — Você está dizendo que eu não deveria ser legal com ele?

— Eu estou dizendo para ficar bem longe.

Eu me senti ofendida. Não. Estava machucada. Crank sequer me conhecia, não sabia nada sobre mim. Como ele ousava me julgar assim? — Eu não acho que isso vai ser um problema.

Crank olhou para mim. Ele estava tremendo. E eu também. Nós dois nos calamos quando ouvimos passos descendo as escadas. Sean nem sequer tinha chegado à sala quando começou a falar.

Eu estava tão irritada, que perdi tudo o que Sean falou, mas depois de um momento, ficou claro que ele estava falando sobre o jogo, que era uma continuação e que a equipe de design tinha feito isso. Eu não estava preparada para isso agora, e Crank obviamente, também não. Acenei com a cabeça ouvindo pela metade porque não queria cortar-lhe as palavras. Não disse mais nada para Crank enquanto arrumava os lençóis e cobertores, mas quando Sean terminou de falar, eu disse. — Obrigada pelos lençóis e as outras coisas.

— De nada. — disse ele. Seu tom formal e falta de contrações, para não mencionar o tom grave na voz que levaria algum tempo para me acostumar. Não que eu fosse ter a chance.

— Vamos lá, Sean. — Crank disse. Ele e Sean subiram e eu deitei no sofá, em seguida estendi a mão para a mesa ao lado e apaguei a luz. Fechei meus olhos. Estava exausta, mas o sofá desconhecido e a corrida na minha mente estavam conspirando contra mim.

O que exatamente Crank quis dizer com você está ido embora em um dia ou dois de qualquer maneira? Mas que diabos? Eu não fiz nada para dar-lhe o direito de falar comigo dessa maneira. Exceto as minhas desculpas por destruir seu carro, dar a ele uma carona para casa e ser agradável com seu irmão. Que obviamente, precisava de alguém que fosse agradável com ele e o comportamento de Crank era algo que eu pudesse julgar. Entendi seu lado protetor, mas isso era tão fora da verdade que eu queria dar um soco na cara do Crank.

Quando finalmente comecei a cair no sono, meus pensamentos se voltaram para minha mãe, contra a minha vontade. Isso acontecia algumas vezes, e parecia que não havia nada que eu pudesse fazer para me desligar. Lembrei-me de quando era uma criança, como muitas vezes. Não é assim que as mulheres se comportam, Julia. Eu esperava mais de você, Julia.

Não criei a minha filha para ser uma vagabunda.

O meu último pensamento antes de adormecer foi Foda-se, mãe.

Vá pegar algumas roupas (Crank)

Meu interior estava revirando quando subi. O que Julia pensava que estava fazendo? Ela foi gentil e educada. Mas a forma como ela se comportou era como se estivesse fazendo uma promessa. Uma promessa de serem amigos. Sean não precisa de mais ninguém aparecendo em sua vida e desaparecendo em seguida. E eu tinha visto o suficiente de meninas como ela na escola. Educada, mas traidoras. Patricinha. Populares. Que logo dariam as costas.

Eu não estava disposto a confiar que ela não machucaria meu irmão. Na parte da manhã a tiraria logo daqui. Resolveria sobre o carro e seria o fim de tudo.

Virei na cama por um tempo, não sei por quanto tempo, antes de cair em um sono conturbado.

Fui acordado por um som alto e em seguida um grito agudo, apavorado.

Sentei-me instantaneamente, minha mente ainda cheia de teias de aranha, mas houve outro grito, em seguida um baque alto, ouvi uma voz masculina do piso de baixo soltando uma série de palavrões.

Saltei sem pensar e corri para as escadas sem parar, quase perdendo o equilíbrio no escuro. No final eu acendi a luz e os meus olhos se arregalaram. Segurei no batente da porta para me firmar e recuperar minha respiração. Meu coração estava batendo forte de adrenalina e choque. Um segundo mais tarde, Sean esbarrou em mim. Ele tinha descido as escadas com o som dos gritos também.

Papai estava no chão a poucos metros do sofá com as pernas espalhadas à frente dele e um olhar de choque no rosto. Ele ainda estava de uniforme, tinha tirado as botas e meias, seu cinturão e cassetete espalhados ao lado dele. Julia estava sentada no sofá com seu rosto refletindo choque e medo e o cobertor enrolado ao redor dela. Suas bochechas estavam vermelhas, seus cabelos um emaranhado confuso e uma dobra do cobertor revelava uma perna longa e tonificada. Seu pé e tornozelo eram pequenos, sua panturrilha bem musculosa e com curvas, e os meus olhos vagavam para cima e para baixo.

Atrás de mim, Sean balançou no lugar, e as suas mãos estavam batendo. Ele não fazia isso, a não ser quando estava profundamente chateado ou com medo. Coloquei uma mão em seu ombro para tranquilizá-lo, mas ele se afastou com o toque.

— Ah, pelo amor de Deus. — meu pai disse com sua voz bem alta. — Desculpe, menina, não esperava alguém deitado no sofá.

Julia abriu a sua boca para falar, mas não disse nada.

— Você está bem? — perguntou meu pai. — Sério, eu não queria te assustar. Eu me sentei no escuro e sem olhar.

Ela assentiu com a cabeça. Seu rosto estava vermelho, e ela estava respirando pesadamente com os olhos arregalados. Parecia em pânico. — Eu estou bem. Isso apenas me assustou.

O meu pai riu, em seguida, inclinou para frente para colocar as palmas no chão e se levantar. — Eu acho que sim! Você gritou como se você estivesse sendo atacada.

Julia engoliu. — Eu acho que pensei que estava.

— Bem, que porcaria. — meu pai respondeu quando finalmente conseguiu ficar de pé. Ele estendeu a mão e pegou o seu cinto, pendurando-o cuidadosamente sobre o seu ombro. — Desculpe por isso. Mas é que às vezes quando trabalho no turno da noite eu assisto um pouco de TV antes de ir para a cama. Sou Jack Wilson... pai de Sean e Dougal.

Ela parecia um pouco confusa - nunca tinha ouvido o meu nome de batismo.

— Eu sou Julia Thompson. — ela mudou um pouco sua posição, e eu não consegui tirar meus olhos da sua perna, e todo o caminho até sua coxa.

— Prazer em conhecer você, Julia. — meu pai disse em seguida riu. Julia virou os olhos para mim, ela ficou vermelho escuro e em seguida, pegou o cobertor e cobriu sua perna nua. Foi quando eu percebi que estava vestindo nada exceto uma cueca boxer.

Porcaria.

— Oh meu Deus! Vai colocar alguma roupa! – meu pai gritou para mim.

Eu tossi. — Volto já. — e dei um passo para trás da porta.

— Não se preocupe! — meu pai gritou. — Todos voltem a dormir! Vamos resolver isso de manhã!

Eu tinha certeza de que resolveríamos. Meu pai ia me encher o saco com perguntas, não havia dúvida sobre isso. Em cinco anos, nunca trouxe uma garota aqui. Esqueça o que Julia estava pensando, o que diabos eu estava pensando? Eu não trouxe mulheres aqui em todos esses anos porque isso implicaria parecer mais do que era. Que elas estariam lá no dia seguinte. Eu tinha um motivo - queria proteger minha família. Sean não precisava de pessoas apenas entrando e saindo de sua vida sem aviso prévio. E como eu disse antes, não tinha relacionamentos. Eu já tinha problemas suficientes sem isso.

Então agora estou preso com a seguinte pergunta: por que a chamei para entrar? Por que não podíamos apenas ter trocado os telefones quando ela me trouxe aqui, e então de manhã resolveríamos a situação do carro? Por falar nisso, por que diabos não transei com ela em Washington? Quando ela se ofereceu como um agradável e bonito presente de aniversário, toda embrulhada em uma embalagem verde e azul, que teria sido muito divertido desembrulhar?

Eu não era de deixar passar uma situação fácil.

Quando finalmente peguei no sono novamente, acho que tinha quase concluído. Se tivesse ido mais longe, a possibilidade de ter sido algo mais do que uma noite era muito clara. Ou pior, se ela realmente tivesse falando sério, que realmente era coisa de uma noite só, uma noite de diversão e jogos e então estávamos acabados, então talvez me encontrasse em uma posição de... ser ferido?

Por apenas um segundo eu me perguntei como as meninas com quem fiquei nos últimos dois anos se sentiam. Mas não queria examinar aquilo muito de perto, porque eu podia não gostar da resposta. Não que elas não soubessem onde estavam se metendo. Como disse a Serena, nunca fingi ser algo que não era. Eu nunca fingi querer algo, exceto diversão para a noite. Nunca fingi ser material para um relacionamento a longo prazo, porque relacionamento significa dor de qualquer maneira, e quem diabos quer isso?

Nunca quis um relacionamento. Mas ultimamente, ficadas de uma noite, transar com meninas que não conhecia... isso simplesmente não era mais suficiente. Ultimamente eu comecei a perceber que mesmo estando rodeado de todas as pessoas o tempo todo, me sentia sozinho pra caralho.

Capítulo Sete

Use seu garfo, por favor (Julia)

A cordei com o cheiro de bacon e café moído fresco, mas não abri meus olhos. Isso porque a minha cabeça parecia ter um gorila de mil quilos sentado sobre ela, e meus olhos estavam revestidos com uma lixa fina. Em vez disso, coloquei o meu nariz para fora do cobertor e inalei. Oh Deus, isso cheirava bem.

Já passei por um monte de escolas diferentes ao longo dos anos. Comi em uma dezena de embaixadas e um monte de jantares oficiais, incluindo dois na Casa Branca. O serviço de jantar de Harvard, incluindo a sala de jantar em Cabot Hall, compara-se favoravelmente. Normalmente são bons, lanches bem feitos, mas sem gosto.

Refeições caseiras? Quase nunca. Uma vez que as gêmeas nasceram, minha mãe contratou uma governanta e cozinheira. Claro, a comida era sempre boa. Mas não era a mesma coisa, sinto falta de quando era realmente muito jovem: sentados em volta da mesa da cozinha com a minha mãe, meu pai e Carrie na manhã de domingo. Algumas de minhas memórias mais antigas e mais felizes são dessa época. Os meus pais eram mais felizes, minha mãe sorria muitas vezes, Carrie e eu nos sentíamos amadas.

Isso foi a muito, muito tempo atrás, antes de Alexandra nascer, antes do meu pai ter a primeira de várias promoções. Na época em que meu pai estava fixado em Bruxelas, acho que eu tinha onze anos ou mais, aquele calor era só uma memória. Os meus pais estavam muito estressados e o meu pai estava muito ocupado, e a maior parte do meu tempo livre eu passava sozinha ou com meu segurança.

Sim, verdade. Eu tinha um segurança. Ele era realmente um ótimo cara, um fuzileiro naval chamado Barry Lewis. Meu pai era um diplomata do alto escalão da OTAN, e foi logo após a guerra do Golfo. Houve ameaças, então o embaixador atribuiu seguranças para todos nós. Eu acho que pode ter sido embaraçoso na escola, mas eu não ia exatamente para a escola pública, e não era a única criança com um guarda-costas.

Soldado Lewis era um grande cara. Um impenitente perseguidor de meninas e fanático por carros, ele comprou dois carros antigos e, de alguma forma convenceu os superiores para permitir-lhe mantê--los na garagem da embaixada. Lembro-me de estar sentada na garagem, em um banquinho, enquanto ele trabalhava em seus carros, tagarelando sem parar comigo sobre carros, meninas, que cresceu no Texas e tudo mais que viesse em sua cabeça. Eu tinha uma pequena queda por ele, mas também olhava para ele como um irmão mais velho.

Sempre quis saber o que aconteceu com o soldado Lewis. Nós nos mudamos para a China, e suponho que ele voltou para a frota, e nunca o vi novamente. Na verdade, nós nem sequer tivemos a oportunidade de nos despedir. Um pouco antes da minha família sair de Bruxelas, ele foi enviado para casa de licença, devido a uma morte em sua família. Eu nunca ouvi falar dele novamente.

Por apenas alguns minutos, sentindo o cheiro da comida que vinha da cozinha antes de abrir meus olhos, eu tinha nove anos de idade, feliz, animada pelo que aconteceria no fim de semana me preparando para o café da manhã com a minha família. Eu coloquei meu jeans debaixo do cobertor, depois me levantei e segui o cheiro de bacon.

Enquanto caminhava em direção à cozinha, meus olhos caíram novamente no belo piano de cauda no canto da sala. Estava polido e bem conservado. Não sabia o que um policial em Boston fazia, mas sabia que um piano como aquele custava mais de vinte mil dólares.

O pai de Crank estava na cozinha. A noite passada ele estava de uniforme do departamento policial de Boston, mas agora estava de jeans, uma camiseta, e um avental bem velho, bem gasto escrito "A melhor mãe do mundo" bordado nele. Parecia feito à mão. Ele estava bebendo uma xícara de café com uma mão e virando uma panqueca com a espátula na outra. O rádio na prateleira estava sintonizado na WBUR23, o volume muito baixo, enquanto os comentaristas de carros brincavam e riam com o locutor. Observei-o por alguns segundos e não pude deixar de sorrir. Era uma cena doméstica, e ele parecia um homem tão satisfeito como eu nunca tinha visto.

— Bom dia. — eu disse baixinho.

Ele se virou para mim e levantou uma sobrancelha. — Bom dia! Café?

Assenti com a cabeça. — Sim, por favor.

Sem olhar, ele estendeu a mão e pegou uma caneca, depois a colocou sobre o balcão e encheu-a com rico café cheiroso.

— O creme está na geladeira. — ele disse. Deslizou uma lata de açúcar perto do copo, alcançando uma gaveta e me entregou uma colher.

— Eu sou Julia Thompson. — eu disse. — Uh, desculpe pela surpresa na noite passada.

Ele soltou uma risada profunda. — Prazer em conhecê-la, Julia. Embora, tenho que admitir que sentar em cima de uma menina no meio da noite não é como costumo me apresentar. Sou Jack. Sente-se e desfrute do seu café. Os rapazes provavelmente não vão acordar até eu começar a atirar coisas em suas portas.

Sentei-me em um dos lugares na mesa da cozinha. Era uma mesa linda, polida, velha, mas bem cuidada. E não sei quantos anos, não sou um juiz de móveis, mas supus que a mesa tinha uns trinta anos.

— Desculpe por eu ser uma hóspede de última hora. — eu disse me mexendo no meu banco. — Estávamos jogando alguns jogos sangrentos com Sean até muito tarde, e eles não quiseram que fosse dirigindo para casa.

— Não é seguro dirigir quando você está muito cansada. — Jack respondeu. — Gostei de ouvir que aqueles dois pensaram em algo responsável por um momento.

— Ainda sim, realmente aprecio isso.

Ele se virou para mim e deu um sorriso de parar o coração. Foi o suficiente para ver de onde Crank obteve o seu charme. — Não é um problema, senhorita, e não há um problema. De onde você é?

Sempre é uma questão embaraçosa. Realmente não sou de nenhum lugar. A família do lado do meu pai é de San Francisco, mas nunca vivi lá, apenas visitei ocasionalmente nos feriados. Ele está aposentado agora, e minhas irmãs estão todas lá, então acho que eles vão considerar a casa deles, ou pelo menos Alexandra e as gêmeas irão. Carrie estava no último ano do ensino médio quando ele se aposentou, então ela só tem um ano na Califórnia. Finalmente respondi da maneira que costumava fazer. — Nós mudamos muito.

— Militar?

— Foreign Service.

— Verdade? — ele disse abrindo outro sorriso. — Sabe, o meu primo Louis trabalhou para o departamento do Estado há alguns anos atrás. Mas ele teve alguns problemas. Serviu o país certo de que lhe dariam um nome francês.

Isso me surpreendeu e me arrancou uma gargalhada.

— Eu sempre disse que não se pode confiar nos franceses, e olha o que está acontecendo agora, né?

Dei de ombros e sorri, mas não respondi. Eu não queria entrar em uma discussão política. Eu gostei do pai de Crank. Ele parecia genuíno e isso é uma característica rara.

— Estou fazendo panquecas e bacon. — ele disse com um sorriso irônico no rosto. — Mas se você é daquelas meninas que só comem alface, tenho algumas aqui, também.

— Eu amo panquecas e bacon. — eu disse — Soa como o paraíso. Embora você não estivesse planejando ter hóspedes, não quero incomodar.

Ele fez um som em algum lugar entre um suspiro e um gemido alto. — Você não está incomodando! Não diga mais nada, vou ficar chateado se você sair. Além disso, você deve ser muito especial se Crank a trouxe para casa.

— O quê? — eu perguntei. Eu estava assustada com sua declaração e um pouco ansiosa.

— O meu filho não traz meninas para casa, nunca. Ele nem sequer as menciona. Você, ele mencionou, então a trouxe aqui para conhecer Sean? Você deve ser muito especial.

— Oh... — eu disse, voltando a sentar no banco. Eu não tinha certeza se queria saber para onde essa conversa estava indo. — Não acho que ele necessariamente me trouxe aqui especificamente, como... — minha língua ficou presa. O que era dificilmente normal para mim. — Ele falou de mim para você?

— Aggghh... eu não deveria ter aberto a minha boca grande e gorda. Mas sim, ele falou de você quando chegou em casa de Washington, no domingo passado.

Contra o meu melhor julgamento, eu disse. — Acho que estaria sendo muito curiosa se perguntasse o que ele disse.

Jack caiu na gargalhada. — Sim, acho que você estaria. Deixe-me colocar desta maneira: algo em você realmente chamou sua atenção. Ele não fala sobre as garotas, nunca.

Sentei-me na cadeira, dei um gole no meu café e cruzei meus braços no meu peito. Minha cabeça ainda estava doendo e pensar em Crank fazia doer mais. Pela primeira vez em muito tempo, me encontrei tendo sentimentos muito contraditórios sobre um cara. Era muito divertido ficar perto dele, mas ele era confuso pra caramba. E não exatamente muito acolhedor. De certa forma não achei que Jack soubesse que seu filho havia me dito para ficar bem longe na noite passada.

Eu era apenas sozinha? Fazia tanto tempo desde que me permiti importar com alguém.

Jack pareceu sério por um segundo quando tirou os bacons da chapa elétrica e colocou sobre as toalhas de papel para deixar a gordura escorrer. Então ele se virou para mim. — A minha esposa sempre me dizia que eu não tenho nenhum tato. — ele disse. — Eu disse algo de errado, não foi?

Olhei para ele e dei um sorriso caloroso. — Eu não sei. — eu respondi. — Crank parece ter algo especial nele.

— Vocês dois estão sérios? — ele perguntou.

— Nós não somos nada. — eu respondi.

— Oh, isso é muito ruim. — ele disse com seu tom fraco.

Não respondi a isso. Sabia que deveria estar desconfortável falando sobre isso com ele, mas por alguma razão, eu não estava. Jack me fez sentir bem-vinda, com uma abertura que eu não estava nada acostumada. Era estranho. Eu não imaginava a possibilidade de ter esta conversa com os meus próprios pais. Não imaginava discutir qualquer coisa com eles. — Eu não sei se realmente um de nós quer se envolver com alguém agora. — disse.

Ele encolheu os ombros. — Às vezes você procura e não encontra nada, e às vezes, isso bate contra sua cabeça como uma boa mãe católica irlandesa.

Eu sorri. — Bem, para dizer a verdade, depois do fim de semana passado achei que nunca mais veria Crank de novo. Mas nós estivemos envolvidos em

um acidente de carro na noite passada. Eu meio que dei ré no carro dele, e o destruí. Então acabei aqui, porque lhe ofereci uma carona para casa.

— Santa Maria Mãe de Deus. — ele disse — Ele finalmente arrumou um carro para ele? E já o destruiu?

— Ah não. — eu disse com os olhos arregalados. — Ele acabou de comprá-lo?

— Deve ter sido. — disse. — Ele sempre perambulava por aí de trem.

— Oh, Deus, eu me sinto terrível.

Então, claro, que foi quando Crank entrou na cozinha. Ele usava... não, eu devia estar imaginando. Não, ele realmente estava usando. Uma calça de pijama muito pequena do Mickey Mouse, com uma simples camiseta branca que não servia muito bem também. Não que eu estivesse reclamando.

— Se sente terrível sobre o quê? — ele perguntou indo em direção ao pote de café.

— Seu carro! — eu respondi.

Ele encolheu os ombros. — Eu sei que você vai arrumar isso. E não está fazendo muita falta, ontem à noite foi a primeira vez que o dirigi para ir a qualquer outro lugar que não fosse a 7-11 ao virar na esquina.

— Oh, uau. Agora realmente me sinto horrível.

— Sério. — Crank disse. — Não. — ele colocou o que parecia cerca de quinze colheres de açúcar no café, em seguida colocou uma porção de creme, e misturou.

— Se você vai usar todo o açúcar que tem em casa. — Jack disse em um tom vibrante — É melhor você estar preparado para comprar também, mais tarde.

— Certo pai. — disse Crank. Seu rosto mostrava irritação.

— Como foi seu show ontem à noite? — Jack perguntou e eu ouvi passos na sala de estar, em seguida, vi Sean caminhar pela porta e continuar lendo um livro grosso enquanto andava.

— Foi tudo bem. — Crank respondeu ao mesmo tempo em que eu disse: — Foi incrível.

Jack sorriu, trouxe o prato de bacon e colocou no centro da mesa. Crank disse. — Vindo de alguém com o seu gosto musical, vou aceitar isso como um verdadeiro elogio.

— Você é musicista? — Jack perguntou.

— Não realmente. — eu disse. — Experiente, mas sem talento.

— Oh? — Crank disse. — Você não contou isso. O que você toca?

Balancei minha cabeça. — Piano. Eu ficaria com vergonha de tocar na sua frente. Mas a minha mãe me colocou nas aulas desde que eu tinha dois anos.

— Desde os dois anos? — ele perguntou com seu tom cético. — Método Suzuki24?

Concordei e tomei um gole do café tentando fingir que não estava incrivelmente desconfortável. Não conseguia entender Crank. Na noite passada, ele foi bem além do limite de ser ofensivo. Por que ele estava tão amigável agora? O que mudou? Apenas seu humor? Se ele era tão mal-humorado, então ele estava certo, devia ficar bem longe.

Jack entrou na conversa. — Sua mãe quis que você tivesse lições de Suzuki quando você era muito jovem. Mas isso era muito caro.

O rosto de Crank brilhou de irritação, quase raiva. Aquela era a segunda vez em poucos minutos. Como se seu pai não dissesse nada certo. Claro, quem era eu para falar? Não é como se tivesse a melhor relação com minha mãe. Por outro lado, Jack era tão bom. Crank mudou o assunto. — O que tem para o café da manhã? — o que obviamente não era uma pergunta bem pensada, uma vez que seu pai naquele momento colocava um enorme prato de panquecas sobre a mesa.

Jack deu-lhe um olhar desdenhoso e falou em um tom de voz sarcástico. — Vá buscar o seu irmão. O café da manhã será uma surpresa.

Crank abriu a boca e depois pensou melhor e saiu da cozinha.

— Eu nunca disse que eu criei um monte de gênios. — Jack disse balançando a cabeça e dando-me um sorriso malicioso.

Tentei me segurar, mas não consegui. Depois de alguns segundos explodi em riso e ele juntou-se a mim. Eu me senti bem.

Um minuto mais tarde, Sean e Crank voltaram. Crank sentou à minha esquerda, mais próximo à parede da cozinha, e Sean à minha direita. O pai deles pegou o banco a minha frente. Ele me surpreendeu por pegar a mão de ambos os rapazes. Eles, por sua vez, pegaram nas minhas, e todos eles inclinaram suas cabeças. Sem desrespeitar os costumes fiz o mesmo, olhando fixamente os furos na mesa. Eu estava hiper consciente do fato de que minha mão esquerda estava na de Crank. A dele era forte e muito maior que a minha. Quente, mas não estava suada. Podia sentir os calos de tocar guitarra na ponta dos seus dedos.

— Abençoai-nos, ó Senhor, por esta generosidade que estamos prestes a receber através de Cristo, nosso Senhor, Amém. — parecia que ele estava com pressa. Na minha família só agradecíamos nos principais feriados, mas me lembrava o suficiente para saber que ele tinha deixado de fora cerca de metade das palavras. Jack pausou na metade de um segundo, em seguida disse. — Comam.

Sean soltou a minha mão e imediatamente a estendeu para pegar uma pilha de panquecas. Jack deu um tapa em sua mão. — Servimos os convidados antes, Sean! E use o seu garfo, por favor.

A mão de Crank demorou em volta da minha, mas não mais de um segundo depois que Sean soltou. Não o suficiente para significar alguma coisa,

ele só foi lento, eu acho. Mas foi estranhamente desconfortável e muito confortável ao mesmo tempo. Confuso. Como tudo sobre ele.

Antes que percebesse, Sean e Crank empilharam em meu prato mais calorias do que normalmente como em um ano. Não me importava. As panquecas tinham uma textura diferente, leve e doce por causa da farinha de arroz, e eu ficaria feliz se pudesse levar vinte quilos de bacon para meu túmulo comigo. Durante os primeiros minutos, me concentrei em comer, ignorando Crank deliberadamente, porque a última coisa que queria fazer era prestar atenção ao fato que ele estava sentado a dois passos de distância de mim de pijama. Ou o que parecia ter sido o seu pijama a dez anos atrás.

— Isto é incrível. — eu disse. — Obrigada, muito obrigada. Não tenho uma refeição caseira em - não me lembro quando.

— Gostaria de ouvir você tocar piano. — Sean disse do nada. O que foi estranho, porque ele ainda não tinha saído do quarto quando tivemos a conversa sobre o assunto.

Crank olhou para mim, e olhei para Sean, e Jack olhou para mim, e me encontrei corando furiosamente e isso era algo que eu não fazia. Nunca. — Eu não sei... — eu disse em um tom de voz hesitante.

— Vamos. — Jack disse. — Nós adoraríamos ouvi-la.

— Por favor? — Sean disse. — Ninguém o tocou desde que a mamãe nos deixou. Meu pai manda afinar a cada seis meses, mas ninguém o toca mais.

Engoli em seco, porque Crank e Jack congelaram. Eu juro que pareceu que uma bomba estava prestes a explodir na cozinha, quando a tensão me atingiu tão de repente. No momento que Sean disse as palavras, Crank, que estava pegando mais um pouco de bacon, literalmente congelou no lugar com o seu braço estendido.

Muito mais estava acontecendo aqui do que eu sabia. E não queria dizer ou fazer a coisa errada. Mas não sabia qual era a coisa certa, e Jack e Crank estavam congelados como coelhos assustados, não ajudavam em nada. Era

óbvio que os dois estavam tão envolvidos perto de Sean que toda a situação poderia explodir em um piscar de olhos. Portanto, a minha voz soou insuficiente e insegura até mesmo aos meus ouvidos quando eu disse. — Tudo bem.

No final, nem tanto (Crank)

Quando ela disse "Tudo bem" com uma voz hesitante, acho que soltei um suspiro de alívio. Porque Sean voltou a comer. Por um lado, a última coisa que eu queria era que Sean ficasse ligado a Julia de alguma forma. Por outro lado, realmente não queria lidar com uma crise esta manhã, e tudo o que envolvia nossa mãe colocava em risco de Sean ter uma crise.

Então, meu pai e eu voltamos a comer como se nada tivesse acontecido, e Sean lançou-se em um monólogo. Nos últimos seis meses ele alterava entre um conjunto enorme de livros de medicina que havia conseguido em uma venda de garagem, com uma coleção, igualmente enorme, de mangá que ele tinha acumulado ao longo nos últimos dois anos. Por isso não me surpreendeu quando ele começou a falar, aparentemente de forma aleatória, sobre cirurgia de coração aberto, mas eu podia dizer que Julia ficou mais do que um pouco surpresa.

Uma vez que ele começou, seria impossível alguém conseguir dar uma palavra, então na primeira pausa para respirar, meu pai entrou na conversa. — Sean, isso é fascinante, mas tenho certeza de que Julia gostaria de saber mais sobre você.

Sean não respondeu por um segundo, então Julia perguntou. — Para qual escola você vai Sean?

Ele respondeu com seu tom alto monótono habitual. — High School Excel. É um ímã para os estudos sobre a segurança pública.

— Costumava ser South Boston High. — meu pai disse. — Eu estudei lá, assim como Dougal.

Eu estremeci. Ele disse mais uma vez o meu nome na frente dela, mas não acho que ela tenha notado. — Pai. — eu disse.

— Oh, pelo amor de Deus, Dougal, demos a você um bom nome irlandês quando você era um bebê!

— E foi por isso que mudei!

O canto da boca de Julia se ergueu. — Dougal? — ela perguntou.

— Não é um bom nome? — meu pai perguntou. — Isso me lembra dos campos abertos da Irlanda.

Eu murmurei. — Os únicos campos abertos que você já viu foram as quadras de basquete.

— Na minha época, as crianças não eram tão desrespeitosas com os mais velhos. — meu pai olhou irritado.

— Em sua época Whitey Bulger[25] corria por Southie como se fosse seu reino pessoal enterrando corpos em quintais.

Meu pai apenas soltou um grunhido e tomou um gole de café. — Você não sabe nada sobre Southie daqueles dias. — ele disse.

Dei de ombros e me virei para Julia. — O que ele não está dizendo é que naquele tempo, as coisas não eram tão perfeitas. E meu pai é - um típico

machão. É por isso que ele ainda está dirigindo um carro patrulha em vez de estar sentado atrás de uma mesa em algum lugar.

Meu pai bufou. — Como se quisesse estar atrás de uma mesa. — mas, por trás do bufo, eu poderia ver o orgulho em seus olhos. Eu e o meu pai não nos damos bem, mas não confunda isso com não ter respeito por ele. Ele é um herói, ele é o meu herói. Mas nunca fui capaz de viver nos termos dele, por isso, há algum tempo, apenas parei de tentar e segui meu próprio caminho.

Os olhos de Julia estavam indo e voltando entre meu pai e eu, e podia dizer que as engrenagens estavam girando, mas eu não podia dizer o que ela estava pensando. Talvez eu esteja apenas fora de forma. Eu não tinha o hábito de imaginar o que as meninas estavam pensando. Na maioria das vezes, essa era a última coisa que eu queria saber.

— Dougal, você cuida dos pratos. — meu pai disse.

— Eu vou ajudar. — Julia disse.

— Oh, não! Ele não vai ficar escapar dessa! Você simplesmente sente-se e desfrute do seu café.

Peguei seu prato e ela disse. — Obrigada Dougal. — com um sarcasmo no rosto.

Dei ao papai um olhar cortante. — Você vai pagar por isso, pai.

O velho bastardo explodiu em uma gargalhada.

Então comecei a lavar os pratos, quando meu pai perguntou. — Então você está em Harvard? O que você está estudando?

— Negócios Internacionais. — ela disse.

Droga.

— E quando é que você se forma? Você tem planos para depois? — meu pai não estava sendo nada sutil enquanto a interrogava por informação. Enchi a pia enquanto conversavam e comecei a esfregar os pratos.

— Bem. — ela disse — Eu me inscrevi para pós-graduação... na Fletcher School e Georgetown. Provavelmente vou acabar no Foreign Service. Isso é o que meu pai quer de qualquer maneira.

— Deve ter sido fascinante crescer em um monte de países diferentes. — meu pai disse.

Ela não respondeu de imediato e não pude ver a sua expressão. Encontrei-me esforçando para ouvir as suas próximas palavras.

— Eu não penso assim. — ela disse. Sua voz parecia triste. — Não é uma vida normal, se mudar para um novo país a cada três anos. De certo modo é meio que solitário, às vezes. Você deixa para trás todos que conhece, começa novamente, novas escolas e novos professores. Não sei se algum dia vou me casar, mas se eu fizer... não sei se é a vida certa para crianças. E você? Cresceu aqui?

Eu podia entender isso. Mesmo que vivesse em Roxbury agora e passasse a maior parte do meu tempo livre em Somerville misturado no cenário musical, eu me sentia com alicerce quando estava em Southie. Conhecia cada quarteirão, cada parque. Conhecia os vizinhos e de onde vieram, e na maioria dos casos, conhecia os seus pais e avós.

O meu pai respondeu sua pergunta lançando uma história de quando crescia em Southie, tentando se manter afastado de gangues. Sabia que isso ia demorar um pouco. O velho tinha um talento especial para contar histórias e tendia a esticar a verdade um pouco para obter algumas risadas.

Virei-me discretamente e observei a reação de Julia. Ela parecia mais descontraída do que já a tinha visto alguma vez, relaxada em sua cadeira, o cotovelo sobre a mesa, o queixo apoiado na mão. Tinha um sorriso largo, que era notável, e seus olhos azuis esverdeados estavam arregalados enquanto o meu pai acenava com as mãos, tentando descrever as palhaçadas de uma das gangues que aterrorizavam o bairro na década de 70. Em determinado momento, ela jogou a cabeça para trás em um sorriso a plenos pulmões, o corpo todo tremendo.

Vendo-a assim, pensei que ela devia ser uma das mulheres mais lindas que eu já tinha visto.

Não por causa da beleza física, apesar que ela tivesse muita. Era a atitude e seus olhos. Isso sem efeitos de narcóticos e sem beber álcool, em uma menina que nunca tinha experimentado nada em sua vida. Em algum lugar ao longo do caminho, ela tinha passado por algo assim. Havia tristeza e solidão por trás daqueles olhos. E força, o que acho que nunca tinha visto antes.

Eu não percebi que estava encarando. Mas em um momento, meu pai deteve-se em sua história na parte onde ele ia subir na parte de trás da janela de South Boston High School e olhou para mim. Então, ela olhou para mim e encontrou meus olhos, puxei uma respiração cortante e percebi que estava lá de pé por uns dois ou três minutos com um prato pingando na minha mão, apenas observando-a.

Tropeçando em minhas palavras, eu disse. — Não pare, papai. — e voltei a lavar os pratos, como se nada tivesse acontecido. Eu não sou do tipo que cora, mas podia sentir um pouco de calor na parte de trás do meu pescoço, provavelmente partindo dos seus olhos me perfurando como feixes de laser.

Isso estava ficando muito acolhedor, então, assim que terminei de secar o último prato, interrompi a história do meu pai e perguntei para Julia. — Então como você deseja resolver as coisas sobre o carro?

Meu pai me deu um olhar seriamente irritado, como se dissesse "Onde diabos você aprendeu esses modos".

Ela encolheu os ombros. — Um... faz um orçamento e me avise quanto é? Eu posso dar-lhe uma carona de volta quando eu for.

Balancei a cabeça. — Tudo bem.

— Quão ruim foi o dano? — perguntou meu pai.

— Não tão ruim. — eu disse. — Apenas amassou. — na mesma hora ela disse. — Eu acho que provavelmente atingiu a estrutura. O quadro está torto.

Agora ela era uma especialista em carros também? O que eu sabia sobre carros caberia no bolso de dentro da minha carteira.

— Isso é ruim. — disse o meu pai.

— Nós vamos descobrir. — eu disse.

— Quanto você pagou pelo carro? — meu pai perguntou.

— Mil.

Mil dólares. O qual, depois da gravação de estúdio, taxas, alimentação e transporte público, levou seis meses como cozinheiro para economizar. Morbid Obesity não estava exatamente nas paradas de sucesso, e nós estávamos muito no vermelho.

Ela fez uma careta. — Vai custar muito mais do que isso para consertá-lo, se estiver certa. Talvez seja melhor comprar um novo.

— Sim, bem, não tenho exatamente o dinheiro para comprar um carro novo.

— Eu disse que cuidaria disso. A culpa foi minha.

— Talvez devêssemos ir, então. — eu disse.

Ela assentiu com a cabeça e o rosto, de repente, parecendo triste novamente. Não entendi. Na maioria das vezes quando estava aqui, não queria nada mais do que fugir. Mas ali estava ela, de repente, sentindo-se em casa. Era o 'eu não quero me envolver' apenas um jogo e ela era uma dessas garotaspegajosas que ficava me ligando ou me mandando mensagens no meio da maldita noite?

— Você prometeu. — Sean disse e nem sequer levantou os olhos do livro.

— Prometi mesmo. — ela respondeu. — Vamos olhar o piano.

Ela se levantou e meus olhos seguiram cada centímetro dela quando ela fez isso, desde a curva da sua bunda, seus seios, até a pequena concavidade na

base do seu pescoço. Tive minha cota de garotas bonitas. Mas Julia tinha algo diferente.

Então, de alguma forma, nós três, meu pai, irmão e eu, acabamos seguindo-a para nossa sala de estar, como se nós fôssemos convidados.

Ela aproximou-se do piano com extremo cuidado e virou seu corpo somente um pouquinho longe dele. — Este é um lindo piano. — ela disse.

Meu pai disse. — É da minha mulher... ele pertenceu à avó dela.

— Ela toca frequentemente?

— Não. — meu pai respondeu com tristeza em sua voz. Deus, isso me matava. A maneira como ele agia, como se a culpa fosse dele que ela o tinha deixado. Nunca entenderia isso. Mas meus pais eram um mistério para mim. Como eles se apaixonaram, como se separaram e principalmente como conseguiam interagir um com o outro agora, dado o que aconteceu.

Ela sentou-se e levantou a tampa de proteção suavemente, em seguida, tocou as teclas de alguma forma com reverência e experiência ao mesmo tempo. Ela posicionou suas mãos habilmente. — Estou sem prática. Eu não tenho muitas oportunidades de tocar ultimamente.

Então, ela começou a tocar, suavemente e reconheci a peça imediatamente. Era o triste, quase ameaçador, início do Concerto para piano n.º 20 de Mozart. Não era uma peça fácil de tocar, em qualquer circunstância, muito menos se você estava sem prática. Ela estava sendo quase falsamente modesta, porque sua execução era perfeita. Mais do que perfeita, era assustadora. E não menos do que era, porque minha mãe tinha tocado uma vez nesta sala. Olhei para Sean, meio que esperando vê-lo explodir.

Ele estava sentado no sofá com o nariz enfiado em seu livro. Mas isso não significava que ele não estava ouvindo. Na verdade, este era um comportamento normal para ele quando confrontado com algo esmagador. Ele apenas lia as palavras até a última linha, depois a próxima e a próxima, e então, virava a página.

Meu pai, porém... estava de pé no caminho da porta, apoiando-se contra ela, seus olhos estavam cheios de lágrimas. Ele me viu olhar para ele, e uma expressão de quase como raiva surgiu em seu rosto. Ele piscou e então mais ou menos a limpou, e em seguida olhou para longe de mim.

Claro, eu sabia por que ele tinha me dado aquele olhar.

Senti como se estivesse segurando minha respiração enquanto ela tocava. Esse piano não foi tocado em seis anos e teria sido mais seis se Sean não tivesse insistido nisso. A música era esmagadora. Quando eu era pequeno - realmente pequeno - minha mãe costumava tocar o tempo todo. E a cada ano que passava, ela parecia mais triste, mais velha e mais exausta. E então, um dia ela apenas parou. E então ela se foi. E agora ela fazia algumas aparições em alguns feriados, e era isso.

Que se dane isso. É hora de algumas novas memórias.

Fui até lá e deslizei para o banco do piano ao lado de Julia e disse.
— Conhece alguma peça a quatro mãos?

Ela não hesitou. Sem uma transição suave, ela começou as notas de abertura de Piano Sonata em D maior para 4 mãos K. 381 de Mozart. Era como se tivesse tomado a minha pergunta como um desafio pessoal. É uma bela peça, e também uma das que a minha mãe me ensinou a tocar. Posicionei minhas mãos junto com as suas e ingressei no momento certo. Começa lento, medido, pensado, mas pelo terceiro movimento é um desafio até mesmo para duas pessoas tocarem. E eu não a tinha ouvido em anos, muito menos tocado. Tudo bem – não precisava ser perfeito. Era para nos divertirmos. Então nós tocamos com nossas mãos se movendo juntas pelo teclado.

Olhei para ela em um momento e ela estava sorrindo, um tipo de sorriso secreto e pequeno. O seu cabelo estava se soltando do coque, algumas mechas cobrindo o lado direito do rosto. Eles emolduravam seus olhos. Engoli em seco, olhei de volta para o teclado. E o engraçado é que eu estava sorrindo também. Não sou muito de sorrir. Eu não tinha grande felicidade, para ser honesto. Isso era um território tão desconfortável quanto estranho.

Mas antes que você pense que mudei e me tornei um pianista formal de terno e gravata borboleta, também estava muito, muito consciente da coxa dela naquele jeans preto roçando contra a minha. Era quente, e deixe-me contar, nunca em minha vida tinha ficado excitado enquanto tocava piano. Isso poderia ser muito embaraçoso.

Chegamos ao terceiro movimento, com os dedos agressivos e muito rápidos, e ambos começamos a desmoronar. Ela riu e tentou voltar aos trilhos, e eu fiz o mesmo. Mas isso não funcionou muito bem, porque estávamos fora de ordem, expostos, e soava horrível.

— Oh, querido Deus. — ela murmurou e isso bastou. Cai em gargalhadas, e ela também, e nós caímos, por um instante, rindo. Ela colocou um braço em volta de mim, talvez por um segundo no máximo, e em seguida, puxou-o de volta.

— Ok. — eu disse. — Nós temos de tentar isso novamente outro dia.

— Combinado. — ela respondeu com um enorme sorriso no rosto.

— Quero dizer que... temos um piano no estúdio. Quer passar por lá esta noite?

Ela piscou e uma expressão vulnerável e exposta apareceu em seu rosto. O seu sorriso morreu, mas ela tentou trazê-lo de volta, só que foi aquele sorriso falso que ela às vezes tinha no rosto, e então disse: — Eu não posso... hum... eu tenho um encontro.

Ah, merda. É claro que ela tem um encontro. É uma garota linda e inteligente pra caramba - provavelmente sai todos os fins de semana.

Pensando bem, de alguma forma, achava que não. Tinha certeza que ela poderia se quisesse. Mas algo nela era remoto, solitário e isolado. E por apenas alguns minutos, enquanto tocávamos lado a lado, parecia que isso tinha se rompido.

— Eu adoraria fazer isso outro dia. — ela disse soando extremamente desconfortável. — Realmente, o faria. Eu apenas... isso é...

— Não se preocupe com isso! — eu disse muito rápido. — Divirta-se no seu encontro.

Eu não queria dizer isso. Queria encontrar o cara e golpear o seu rosto no chão de Southie. Ou na calçada ou o que fosse o inferno que cobrisse Harvard. Mas não podia dizer nada disso. Ela não era minha... nós nem sequer éramos realmente amigos. Inferno o que havia de errado comigo?

Meu pai limpou a garganta atrás de nós. Nós viramos de forma rápida. Jesus. Tinha esquecido que havia mais alguém na sala.

— Isso foi lindo. — ele disse. Sua voz falhou. — Obrigado. Aquele piano... ele precisava de alguém para tocá-lo, ninguém mais o toca. Foi maravilhoso.

Julia riu um pouco desconfortável. — O final, nem tanto.

Papai sorriu. — Não é possível ganhar tudo.

Ela olhou rapidamente para mim, seu rosto abatido. — Nós deveríamos ir.

Balancei a cabeça estranhamente relutante. — Tudo bem.

Papai olhou para o lado por um momento como se estivesse debatendo alguma coisa. Então olhou para ela. — Olha... no próximo sábado faremos uma pequena festa de aniversário para Sean. Eu gostaria que você viesse, Julia.

— Oh. — ela disse com os olhos arregalados. — Eu...

— Não aceito não como resposta.

Seus olhos corriam de mim e de volta para o meu pai. — Sentiria como se estivesse incomodando.

— Eu vou cozinhar. — meu pai disse. — Você disse que não tem refeições caseiras.

— Bem... — ela começou a dizer em sua defesa.

Foi quando Sean disse. — Por favor?

Ela não hesitou. — Ok. Eu adoraria.

Ficamos de pé e ela correu para ir ao banheiro antes de sairmos. Comecei a subir para trocar de roupa, mas meu pai agarrou meu braço.

— Ei. — ele disse.

— Sim, papai?

— Escute... seja gentil com ela. Está bem? Ela é uma boa garota, e... eu acho que ela passou por um mundo de dor em algum momento da vida.

Eu respirei. — Isso é o melhor que você pode pensar de mim?

Ele deu de ombros. — Eu nunca sei o que esperar de você, Dougal. Apenas... tente não magoar a menina.

Engoli em seco. — Eu não vou. — eu disse.

Ele me deu um aceno com uma expressão séria e em seguida, soltou meu braço.

Capítulo Oito

O que aconteceu com você? (Julia)

A viagem de volta para Somerville foi tensa e desconfortável. Algo que eu não sabia o que - talvez a umidade, a direção do vento ou as borboletas da China - deixou Crank com um humor diferente novamente. Não estava hostil, mas também não estava amigável. Ele estava no banco do passageiro olhando para fora da janela com o cenho franzido.

Não sei por que isso me incomodou. Não era como se tivéssemos uma coisa. Nem como se estivéssemos algo. Mas ele mudava de humor tão rapidamente, da raiva e hostilidade na noite passada, para alegre e risonho esta manhã, e, agora, ele estava frio. Eu não entendia e não gostava disso e estava começando a não gostar dele. Em nada.

— Então. — eu disse tentando quebrar o pesado silêncio. — Uma vez que você examinar seu carro, é só me ligar. A não ser que fique muito caro, realmente não quero acionar o seguro, porque isso significa envolver meus pais.

Ele acenou com a cabeça. — Tudo bem.

Desci a 93 de Somerville, e nós estávamos no trânsito novamente. Ele ainda estava quieto olhando para fora da janela. Ele estava começando a me irritar. A poucos quarteirões do Clube Metro eu disse. — Eu fiz alguma coisa errada?

Ele se virou com surpresa no rosto. — O quê?

— Eu disse, fiz alguma coisa errada? Será que te chateei de alguma forma? Porque estou tendo alguns problemas em te compreender.

Ele abriu a janela e olhou para fora e em seguida, disse. — Eu não sou um cara fácil de entender.

— Eu não estou interessada o suficiente para tentar. Só que na noite passada você estava todo, fique bem longe, e esta manhã você estava amigável. E agora estou sentada no carro com um cubo de gelo. E eu não gosto do tipo instável.

— Não pedi para gostar. — ele respondeu.

— Você é sempre tão idiota?

Os olhos dele se arregalaram e ele virou para mim. Então ele sorriu e deu uma gargalhada. Ainda estávamos parados no sinal vermelho, por isso, olhei para ele.

— Você é realmente muito quente. — disse ele. O sorriso afetado no rosto dele aumentou um pouco.

— Você é realmente um babaca. — eu respondi.

Ele sorriu e revirou os olhos, e se o sinal não tivesse ficado verde, poderia ter lhe dado um murro. Mas em vez disso, ele disse. — Desculpe-me por ser um idiota na última noite. Olha... Sean passou por um momento difícil. Minha mãe nos deixou há quase cinco anos. E ele nunca se deu bem com os garotos na escola.

Acho que ele não percebeu, mas quando falou, suas mãos se fecharam em punhos apertados. — Eles o tratam como lixo. E eu não quero trazer alguém para perto com quem ele vai se apegar, só para se machucar quando você parar de ficar próxima.

— Por que ele se apegaria a mim? Estive lá apenas por uma noite.

— Ele já se apegou a você. Sean não pede as coisas para as pessoas. Nunca.

Pisquei os olhos tentando empurrar para trás a empatia que senti por aquele garoto. Ele era bom, só um pouco diferente. Mas sabia como as pessoas eram no ensino médio. Bons não eram ignorados no ensino médio. Adolescentes podiam ser malvados, e Sean era diferente. Muito diferente. Só podia imaginar o que ele passava todos os dias.

— Ele é um bom garoto. — eu disse.

— Você viu apenas um lado dele. Você não o viu tendo uma crise, pirando e quebrando as coisas. Você não viu seu coração partido. As pessoas pensam que os garotos com Aspie não querem ter amigos. E não é nada disso. Ele quer amigos desesperadamente, mas todos o rejeitam.

— Aspie?

— Asperger.

Respirei profundo, meus olhos lacrimejando um pouco, e Crank continuava falando.

— Eu faria qualquer coisa, qualquer coisa no mundo, para tornar a sua vida um pouco mais fácil. Mas não posso. Tudo o que posso fazer é protegê-lo um pouco.

Havíamos alcançado a Praça Central. Entrei à direita e, em seguida, dirigi lentamente para o estacionamento do Metro. Respirei profundamente e disse. — Então você quer que eu fique longe. Não quer que eu vá ao seu aniversário?

Ele sacudiu a cabeça. — Eu não sei o que quero, tudo bem?

Bem, isso fazia dois de nós. Apertei as minhas mãos no volante. — Bem, talvez você precise descobrir isso. Mas não seja um idiota enquanto você faz isso. Porque eu não fiz nada além de ser boa para você e o seu irmão.

— Bem, você destruiu o meu carro. — ele disse com um sorriso no rosto.

Eu não consegui evitar. Comecei a rir e disse. — Certo. Há isso. Eu prometo que não vou fazer de novo.

Ele abriu a porta do carro, começou a sair e então parou e olhou para mim. — Tudo bem. Eu te ligo para te contar qual foi o prejuízo. E... venha mesmo no sábado. Sean vai ficar chateado se você não for.

— Eu estarei lá. — eu disse.

Sem outra palavra ele saiu, bateu a porta do meu carro e andou para longe.

Vinte minutos mais tarde eu já tinha estacionado o carro e me encostei ao banco por alguns poucos segundos e fechei os olhos. Estava exausta, foi uma longa noite, depois de uma longa sexta-feira. Quase não dormi, e tive uma manhã carregada emocionalmente. Queria voltar para o meu quarto e dormir por horas antes de sair com Barrett.

O que eu realmente não queria fazer. Não sei por que razão tinha concordado em ir jantar com ele. Alguns dias atrás, parecia uma boa ideia. Agora não tinha tanta certeza. Mas tinha me comprometido, e ele iria me buscar às seis horas, não queria ser uma cadela completa e cancelar o compromisso. Portanto. Presa.

Apenas por um segundo, eu pensei em seguir o caminho covarde e cancelar por mensagem de texto. Então percebi que não tinha tocado no meu telefone nenhuma vez desde... o acidente? Oh não. Quando bati no carro de Crank tinha perdido o telefone. Comecei a procurar freneticamente, e lá estava ele, no banco de trás. Eu o peguei. Doze chamadas perdidas.

Oh, pelo amor de Deus. Nove da minha mãe. Parecia que ela tinha superado a aversão a celulares. As três restantes eram de Jemi. Isso era muito incomum. Selecionei o número dela e liguei.

Ela respondeu imediatamente com seu sotaque britânico suave soando urgente. — Alô? Julia! Está tudo bem?

— Ei, Jemi... é claro que estou bem, o que há de errado?

Silêncio por alguns segundos, e, em seguida, ela disse. — Um... você saiu correndo do Metro ontem à noite chateada e não voltou para o quarto... e não estava atendendo o celular. Eu fiquei preocupada. Onde você está?

— Oh... estou bem do outro lado da rua, voltarei para o nosso quarto em alguns minutos.

— Estou aqui. Sua mãe ligou. Algumas vezes.

— Obrigada. — eu disse.

Enquanto caminhava de volta para o Cabot Hall, percebi que deveria ter pensado um pouco mais. Não era exatamente o tipo de pessoa que fica fora a noite toda e não atende as ligações. Eu nem era realmente do tipo que saía. E sabia que minhas companheiras tinham um sistema que funcionava onde uma ligava para outra, uma tomava conta da outra se alguém passasse a noite fora. Era uma coisa segura e esperta, e nunca foi realmente necessário comigo.

Deus eu estava exausta. Eu me arrastei para subir as escadas até o terceiro andar e para o final do corredor, para nossa suíte. Quando cheguei lá, Jemi estava sentada no sofá, os pés sobre a mesa de centro com um livro no colo. Ela olhou para cima e deu-me um sorriso incerto.

— Oi. — eu disse.

Ela abriu a boca para falar, mas o telefone tocou antes. Ela me deu um sorriso infeliz. — Aparentemente vai ser a sua mãe novamente.

— Desculpe. — eu murmurei e em seguida, caminhei até o telefone e o peguei. Tinha um pequeno pedaço de grama preso nele. O que significava que uma das minhas amigas o tinha procurado no quintal e trazido para cima. Oh, cara, seriam muitas perguntas.

— Alô? — eu disse.

— Julia? Julia? — minha mãe disse com um grito. Comecei a responder, mas antes que eu tivesse uma chance, ela perguntou. — Você pode me ouvir? Responda-me!

— Sim, mãe.

— Onde você esteve? — ela exigiu. — Estou tentando te encontrar desde ontem à noite.

— Fiquei na casa de... um amigo na noite passada. Esqueci meu telefone no carro.

— Em um momento como este? Depois da discussão que tivemos ontem à noite?

— Num momento como o quê? E o que exatamente você está insinuando mamãe?

A voz da minha mãe caiu para um tom calmo e malicioso, e disse. — Você sabe exatamente o que estou falando mocinha. Eu a criei melhor que isso.

Eu estava muito calma. Mais calma do que esperava. Nos últimos quatro anos, desde o dia em que a minha melhor amiga decidiu sabotar a minha vida, tinha ouvido isso de novo e de novo e mais uma vez da minha mãe. Ela nunca me perguntou o que tinha de fato acontecido. Ela nunca ofereceu um pouco de simpatia. Ela nunca fez nada, exceto tentar me reduzir a pó.

Finalmente tive o suficiente.

— Por favor, não me ligue novamente. — eu disse.

Não esperei a resposta. Eu simplesmente, calmamente, desliguei o telefone. Respirei profundamente olhando o telefone, sabendo que ele tocaria novamente dentro de um minuto. Mas não tocou. Depois de algum tempo, Jemi disse. — Achei o telefone no jardim.

— Me desculpe por isso. — eu disse. Eu me sentia inexplicavelmente triste. E queria chorar e não entendia o porquê.

— Estou preocupada com você. — disse Jemi.

Olhei para ela, assustada.

Ela colocou o seu livro de lado. — Eu sei que nunca fomos próximas... —ela disse.

— Eu nunca fui próxima de ninguém. — eu respondi.

Suas sobrancelhas franziram, perto uma da outra, e ela disse: — Talvez seja a hora de você tentar.

Estendi minhas mãos e abri a boca, como se fosse dizer alguma coisa, mas não podia. Não sabia o que dizer. Ou como.

— Sente-se. — ela disse, dando um tapinha no sofá. Pensei por apenas um segundo, e, em seguida, andei e sentei-me com ela.

— Você sabe que somos colegas de quarto a três anos. — disse ela. — E realmente não sei nada sobre sua vida pessoal.

Era verdade. Também não sabia muito sobre a vida pessoal dela.

Respirei profundamente. — Eu tenho certa dificuldade em confiar nas pessoas.

— Eu também tenho. — Jemi respondeu. — É por isso que devíamos formar um time. Adriana e Linden contariam a história da vida delas para um estranho na calçada.

Eu bufei. — É verdade.

— Por isso... deixe-me fazer uma pergunta. — ela se encostou perto de mim enquanto falou.

— Ok. — respondi.

— Todo mundo lê o blog da Maria Clawson... sobre seu ex-namorado, hum... foi enviado por e-mail para quase todos.

Eu gemi.

— Você e Crank Wilson estão envolvidos? É essa a razão pela qual você estava tão irritada na noite passada?

— O blog é uma grande besteira. — eu disse. — Ela inventou quase tudo.

— A foto do beijo parecia muito convincente. — disse Jemi. Seu tom era tão sério que eu não pude deixar de rir.

— Humm sim, nós realmente nos beijamos.

Ela sorriu. — Você realmente deveria ter me contado isso.

Dei de ombros. — Isso... isso realmente não importa. Quer dizer, não é como se, hum... — eu estava me perdendo.

Ela levantou as sobrancelhas. — Ok, tudo bem. Então, o que aconteceu ontem à noite?

— Hum, bem... eu meio que destruí o carro do Crank. E então o levei para casa, fiquei lá e agora estou em casa.

Ela parecia chocada. — Você ficou na casa dele ontem à noite?

— Bem, não, na casa do pai dele. Ele tinha que olhar o irmão.

Ela levantou uma sobrancelha e falei novamente. – Eu dormi no sofá.

— Você não está falando sério.

— É claro que estou falando sério!

Sua expressão mudou, e ela tinha um sorriso malicioso no rosto. Então, ela disse. — Bem, isso certamente foi um desperdício.

— Oh, Deus. — eu disse enterrando meu rosto nas mãos.

Ela riu um pouco. — Então por que sua mãe liga a cada cinco minutos? Por que razão você jogou o telefone pela janela?

Abri a minha boca. E eu quase disse a ela. Quase contei. Mas tudo o que consegui foi ver a Lana. A minha melhor amiga da época de escola. Nós tivemos uma briga, na minha última semana na escola. Minha última semana na China. E por fim, a briga não era nada. Mas ela chegou ao ponto onde não pôde se despedir. Talvez todos nós superamos depois de um tempo. Eu lidei com isso não me aproximando. Ela lidou com isso quebrando as coisas. E então ela enviou um e-mail para todos da classe, detalhando o que tinha acontecido entre Harry e eu. Ela pegou a maior dor e dano da minha vida e transformou em fofoca. O tipo de fofoca viciosa que pode arruinar vidas.

Olhei para Jemi e não sabia o que pensar, então disse. — Eu não consigo. Desculpe, não consigo falar sobre isso. Acho que nunca vou conseguir falar sobre isso de novo. — e eu fiquei mortificada porque comecei a chorar. Realmente chorei, porque o que eu realmente queria, o que eu queria mais do que qualquer coisa no mundo, era minha mãe. E eu não podia tê-la.

— Oh, Julia, o que aconteceu com você? — Jemi sussurrou.

Foi o que bastou. Eu deixei escapar um gemido, me enrolei no sofá e chorei como não fazia há anos. Jemi deslizou perto de mim e colocou a mão no meu ombro e eu continuei chorando até que pensei que morreria.

Ok, muito estranho (Crank)

Você não pensaria que uma batida de estacionamento poderia causar tanto dano. Mas o meu carro estava totalmente destruído. Vendo-o na luz, não havia nenhuma dúvida. O lado do passageiro estava esmagado. O que não seria tão ruim, mas o carro já estava com ferrugem na parte inferior, e a colisão com o carro novo de Julia simplesmente acabou de destruir.

Merda. Eu precisaria de um carro novo. O que significava que teria que passar muito mais tempo com Julia para encontrá-lo, e fazê-la pagar por ele. Não sabia se isso era ruim ou não. Quando se tratava dela, eu não sabia o que pensar.

Ela tinha gritado comigo por ser um idiota, e você quer saber a verdade? Meio que gostei disso. Ninguém gritava comigo, exceto Serena ocasionalmente e omeu pai. Em outras palavras, as pessoas com quem realmente me importava.

Eram quatro horas da tarde quando voltei para casa. Todo mundo já tinha saído, o que por mim estava bom. Sentei, brincando com algumas letras. O que me fez cantarolar e pensar em alguns refrãos de abertura, então desci as escadas para o estúdio. Encontrei-me sentando na frente do piano elétrico.

Nós não o usávamos muito na nossa música. Toco piano melhor do que guitarra. Eu deveria - minha mãe começou a me ensinar antes mesmo que fosse alto o suficiente para alcançar as teclas. Mas a maioria das nossas músicas não combinava com ele, e você não pode tocar guitarra e piano ao mesmo tempo.

De qualquer modo, com o que eu estava brincando parecia pedir pelo piano. Então o liguei, tentei algumas notas e gostei, continuei tocando naquela direção, sentindo, sonhando acordado e experimentando opções diferentes, até que a porta se abriu e Mark e Pathin entraram.

Mark disse imediatamente. — Crank! Que inferno aconteceu com o seu carro cara?

— Destruído. — eu disse.

— Sim, nós vimos isso. Você foi embora muito antes de terminarmos de arrumar todo o equipamento, mas vimos o seu carro. Alguns bêbados disseram que você saiu com uma garota?

Pathin sacudiu a cabeça, a sua expressão era uma mistura de resignação e quase desprezo. Ele nunca tinha aprovado nenhuma das minhas garotas.

— Sim, algo parecido com isso. — eu disse.

— Bem, o que aconteceu? Quem fez isso?

Dei de ombros. — A garota com quem saí.

Mark e Pathin olharam para mim, em estado de choque, e, em seguida, Mark explodiu em risos. — Você é hilário, Crank.

— Pode ser. — murmurei. Então comecei a tocar novamente. Tinha o primeiro verso e o refrão quase prontos, mas algo não estava se encaixando direito. O piano estava forte, furioso, como a maioria das nossas coisas e eu estava tentando trabalhar em algo com qualidade, mas não estava conseguindo me concentrar. Fiz uma pausa, tentando duas opções diferentes, quando Mark deixou escapar. — Cara, que diabos foi isso?

Olhei para cima. Ambos estavam ali de boca aberta.

— O quê?   — eu perguntei.

Os dois se olharam, até que Pathin falou. — Acho que o que Mark está tentando dizer, Crank, isso é ... brilhante.

Pisquei. Não era brilhante de jeito nenhum. Na verdade era meio chata. — Oh. — eu disse. — Bem, isso é bom.

— É sério. — Pathin disse. — Eu não sei o que tinha na água quando você foi para Washington, mas duas novas músicas em uma semana. E elas são boas. Se você continuar assim, podemos ter que voltar para o estúdio para criar um novo EP.

Eu bufei. — Nós mal pagamos o último.

— Tanto faz, Crank. Vou entregar algumas pizzas extras ou qualquer outra coisa. Ou talvez Mark possa realmente trabalhar para variar um pouco.

— Que inferno homem, eu tenho um trabalho! — Mark protestou.

— Sim, sabemos, cerca de quatro horas por semana. — Pathin respondeu.

— Eu faço o que posso. — disse Mark em um tom duro e furioso.

Pathin olhou para ele. — Será que precisamos realmente ter essa discussão novamente?

— Caras, acalmem-se. — eu disse. — Estou tentando trabalhar aqui. — Cristo, eles pareciam um velho casal.

— Que seja. — Mark murmurou. — Vamos sair as dez, você vem?

— Para onde?

— Bill's.

Bill's era próximo a Kenmore Square26, e era conectado ao Lansdowne, onde tínhamos feito vários shows ao longo dos dois últimos anos. Eles eram amigáveis, e muitas das meninas da Berklee College of Music27 passavam por lá também. O que normalmente significava que era um local garantido para termos alguma ação. Embora cansado como estava não tinha certeza se estava disposto essa noite. Além disso, estava passando mal de Serena me dando sermão sobre isso. Ela estudava na Berklee e, às vezes, era um pouco... estranho... ela sair com as meninas com quem já dormi.

Ok, muito estranho.

— Certo. Me deem um tempo, eu acho que estou quase conseguindo isso.

Eles se afastaram e eu voltei ao trabalho. Na verdade, o problema era simples. Eu estava tentando fazer algo que não podia ser feito. Tocar com Julia mais cedo, colocou meu cérebro em um modo diferente, e o que estava realmente acontecendo aqui não ia funcionar sem quatro mãos no teclado. Eu escrevi tudo com pressa, e lá estava. Pronto. E impossível. Balancei minha cabeça. Eu precisava seriamente de um cochilo, quase não tinha dormido e já

eram quase dez horas, e eu não estava fazendo nenhum progresso. Desliguei o piano e fui para o andar de cima, para o chuveiro.

Uma hora mais tarde, nós três entramos no Bill's Bar & Lounge. Estava lotado, como esperado, e minha cabeça estava latejando, mesmo com as quatro aspirinas que tomei antes de sair. Tomei o primeiro drinque com pressa, na esperança de que ele aliviasse um pouco a dor e relaxasse um pouco com o segundo.

Em seguida, senti um pequeno braço à volta da minha cintura, olhei para baixo para ver Alicia Mosier.

Oh, droga.

Alicia tinha sido um erro, em muitos níveis para contar. Ela tinha ido aos bastidores uma noite depois de nós tocarmos ao lado no Lansdowne, eu estava sentado, bebendo, é claro, e ela simplesmente subiu no meu colo. Eu geralmente não desperdiço esse tipo de oferta. Ruiva, 1,50 de altura, com uma bunda linda e seios perfeitos, ela tinha sido uma explosão na cama. Muita diversão. Até a manhã seguinte, quando ela, por alguma razão, teve a ideia de que tínhamos algo.

Eu ganhei muitos olhares sombrios pelo resto do dia dos meus colegas de banda, porque eles foram acordados pela gritaria. Sem mencionar a caneca de café que ela atirou em mim, a qual quebrou em mil pedaços no azulejo da cozinha.

— Crank! — ela disse. — Como vai você?

Os olhos de Pathin se arregalaram com a visão dela e Mark tomou um gole de cerveja e falou. — Volto em um minuto, preciso ir ao banheiro.

Covarde.

— Oi, Alicia... o que anda fazendo?

— Só me divertindo um pouco, e você?

Eu não podia dizer a ela, estou prestes a sair correndo, então disse. — Apenas pegando algumas bebidas.

— Você quer dançar? — ela perguntou.

— Não estou me sentindo bem. — eu respondi.

Ela deslizou sua mão no meu bolso de trás. Oh, pelo amor de Deus. Em seguida, ela ficou na ponta dos pés, o que a trouxe ao nível do meu ombro, e sussurrou. — Eu poderia fazer você se sentir melhor.

Pathin gemeu, e eu rangi meus dentes. O fato é, eu estava seriamente dividido. Alicia era selvagem na cama. Quero dizer, seriamente selvagem. E apesar da minha dor de cabeça, o louco traidor entre minhas pernas estava começando a responder a ela se enrolando contra mim. Ela estava esfregando sua mão no meu bolso de trás de uma forma que... bem, merda.

Eu me arrependeria de manhã. Eu repeti o pensamento para mim mesmo para ressaltar isso, dar a ele muito peso. Se eu pudesse colocar a mensagem em uma flecha flamejante e acertá-la direto na minha testa, eu faria. Eu me arrependeria de manhã. Mas oh, cara, ela era quente.

Estava hesitante, grande coisa, quando Mark voltou.

E isso foi quando ouvi uma voz que eu não esperava ouvir de jeito nenhum.

Do que você tem medo? (Julia)

O jantar não foi exatamente um desastre, mas chegou perto.

Primeiro de tudo, eu ainda estava uma bagunça. Depois de todo aquele tempo, desabafando, chorando, eu voltei atrás, envergonhada. Jemi não forçou, oque eu apreciei profundamente. Eu fui dormir por uma hora, então voltei,para tomar banho. A falta de sono não era boa. Eu podia sentir o peso de minhas pálpebras e um pouco de azia. Realmente, realmente, eu não queria sair.

Ainda estava no banheiro, me arrumando quando Barrett apareceu dez minutos mais cedo. Jemi atendeu a porta, e com uma voz surpresa gritou. — Julia... tem alguém aqui para ver você.

— Eu saio em um minuto! — respondi e, em seguida, voltei a colocar a maquiagem. Não costumo usar maquiagem, mas era um encontro, mesmo que eu tivesse perdido o interesse. Por que ele teve de chegar mais cedo? Willard, com quem namorei a maioria do primeiro e segundo ano, antes que ele decidisse que queria tornar sério, era cronicamente atrasado. Eu tinha a garantia de um extra de quinze ou vinte minutos para ficar pronta todas as vezes que íamos a algum lugar. Barrett tinha deixado implícito que íamos a algum lugar legal para jantar, coloquei um vestido, vermelho escuro, retrô, com um corte anos 50, eu o escolhi em uma promoção no verão passado. Era a primeira vez que iria usá-lo.

Não tinha certeza se preferia adiantado ou atrasado. Eu acho que Barrett estava ansioso. Eu podia ouvi-lo na sala comum, o seu rico sotaque inglês contrastando com o sotaque de Jemi, mais formal. Eu não consegui dizer sobre oque eles estavam falando, mas as palavras fluíam, e isso me fez perguntar sede alguma forma ela poderia me substituir hoje à noite.

Suspirei e me olhei no espelho. Eu estava pálida, com o cabelo loiro escuro e muito ansiosa. Jemi era morena, com cabelo preto, e sempre, sempre muito controlada. Por alguma razão eu achava que Barrett notaria a diferença.

Suspirei. Devia acabar logo com isso. Eu joguei minha maquiagem de volta na minha bolsa e abri a porta. — Pronto. Desculpe por fazer você esperar.

Barrett, sentado no sofá ao lado de Jemi, levantou-se e sorriu. – Julia. É muito bom ver você. — ele estava vestindo o que parecia suspeitosamente ser terno e gravata Armani. Meu instinto de me vestir bem estava correto.

Retornei o sorriso, mas não estava o sentindo. — Você também. Vejo que você conheceu minha colega de quarto.

Jemi levantou-se também. Ela disse: — Nós estávamos apenas conversando sobre experiências em comum. Barrett passou três anos em Delhi28.

— Oh. — eu disse. — Vocês devem ter muito em comum, então. — Veja como eu posso ser sutil?

Barrett educadamente tossiu na sua mão e, em seguida, disse. — Vamos? — ele estendeu o seu braço, e coloquei a minha mão em torno dele.

Atrás dele, Jemi gesticulou com sua mão, colocando-a na sua orelha, como se fosse um telefone. Ela estava sinalizando para eu ligar se fosse me atrasar. Depois do meu cochilo, ela me explicou o sistema que as minhas colegas de quarto haviam elaborado para ter certeza de que estávamos seguras se uma delas estivesse fora, em um encontro.

Não deveria ser necessário, mas durante o nosso segundo ano, uma das calouras do andar de cima, foi estuprada pelo seu encontro em uma festa no andar superior. Todas nós ficamos com muito medo depois disso. Ninguém falava de coisas assim acontecendo por aqui.

Acenei com a cabeça para Jemi, indicando que tinha entendido e saí com Barrett.

Ok. Primeiro problema. Ele trouxe um carro... com motorista. Ou guarda-costas talvez. Não sei qual. Era cômodo, necessário? Não sei. Achei que era muito. Parecia como minha antiga vida, a vida que eu realmente queria deixar para trás quando saí de Washington depois daquele horrível e traumático ano. Por vezes ultimamente, me sentia como se fosse ser mais feliz esquecendo toda a existência planejada da graduação, talvez conseguir um trabalho como professora ou administrar um pequeno negócio em algum lugar, um pequeno

apartamento em Brookline29 e pegar o T30 para o trabalho. Perder-me, perder o meu passado; perder a minha família e o completo controle deles sobre a minha vida.

O riso fácil ao redor da mesa de café da manhã com a família de Crank, me fez sentir saudades de casa, de uma vida que nunca tive.

Então, fomos para o L'espalier. Se você nunca tiver comido lá, saiba que é um restaurante francês excessivamente elegante em Gloucester Street. O tipo de lugar onde guarda-costas e motoristas não estão fora de lugar de jeito nenhum, onde você pode encontrar com Brad Pitt ou George Clooney ou o governador Romney sentado com um prato muito caro de faisão assado. O tipo de lugar que eu evitava como uma praga. Não que eu fosse celebridade suficiente para qualquer pessoa se importar com a minha presença, a não ser que fosse para uma minúscula fofoqueira maldosa, como Maria Clawson. Mas sempre ficava um pouco mal por dentro ao passar por um sem-teto na rua e entrar em um lugar como esse.

Barrett tinha reservas, é claro. Nós sentamos nos nossos lugares em uma das pequenas mesas cobertas com uma toalha branca de linho. O lugar estava lotado, mas estranhamente silencioso, os casais sentados em suas mesas falando bem próximos sussurrando, mesmo os garçons andavam levemente.

Nós começamos com uma conversa fiada. Sua escola, a minha escola. Ele estava na cidade a negócios, e então começou um discurso interminável sobre o banco do seu pai, e o banco aqui, e as taxas de juros e de trocas comerciais futuras, e eu perdi completamente o interesse. O que é meio engraçado, levando em conta que estava me formando em negócios internacionais, e tudo isso era território familiar. Familiar, mas extremamente desinteressante.

Em um ponto ele foi suficientemente perspicaz para perceber que eu não estava realmente interessada, porque ele disse: — Você está se sentindo bem?

Eu me assustei. Nós tínhamos acabado de terminar o segundo prato, e eu disse: — Sim, me desculpe, estou bem. Não consegui dormir muito na noite passada, acho que viajei por um momento.

Ele desconfortavelmente deslocou-se em seu lugar. Eu não estava sendo muito legal. Barrett tinha obviamente alguma expectativa para este encontro. Eu não sei exatamente o que ele estava esperando. Quer dizer, ele era atraente suficiente, sem dúvida. Mas eu só... realmente não estava tão interessada. Logo que ele me ligou, eu pensei que ele me chamaria para tomar um café. Não para um jantar de trezentos dólares. Este era o tipo de lugar que você levava alguém para fazer uma proposta de casamento e não um primeiro encontro.

Na hora que estávamos terminando a sobremesa, e ele estava pagando a conta, ele disse: — Oh, esqueci de te contar, nossa conversa no trem despertou minha curiosidade, então procurei por Harry Easton. Você sabe que ele está nos Estados Unidos também?

Engoli em seco e tomei um gole de água. Senti de repente um embrulho no estômago. — Oh? — perguntei, tentando manter a minha voz natural.

— Sim, ele é um iniciante da carreira diplomática no Consulado Britânico31 em Nova Iorque. Ele pareceu bastante surpreso ao ouvir falar de mim.

Olhei para a parede, meu olho traçando as molduras finas que corriam no canto até o teto. Não pensava sobre Harry. Nunca, se pudesse evitar.

— Eu só posso imaginar. — eu disse, tentando o meu melhor para não vomitar todo o resto de nossas sobremesas. Pousei o meu copo porque minha mão estava tremendo, e não podia pará-la. Coloquei minhas mãos no meu colo, fechando-as em punhos.

— Ele disse-me para lhe dizer que sentiu sua falta. — disse Barrett.

— Você contou para ele que me conhecia. — disse com minha voz plana.

— Bem, claro. Afinal, vocês dois foram antigos colegas de escola.

Certamente não queria ter qualquer contato com ele, nunca mais. Perguntei-me se era assim que Sean se sentia, incapaz de olhar para as pessoas nos olhos.

— Gostaria que você não tivesse feito isso. — eu falei, mantendo minha voz baixa e calma.

— Oh, não. — disse ele. — Aconteceu algo ruim? Eu não estava ciente, ele parecia muito satisfeito ao ouvir que você estava bem.

Engoli em seco, em seguida, olhei para ele e disse uma mentira deslavada. — Nós não nos conhecíamos muito bem, sou muito mais nova do que ele.

Ele pareceu em dúvida, mas optou por não continuar. Eu realmente, realmente queria ir para casa. O pensamento de Barrett discutindo sobre mim com Harry depois de todos estes anos? Estava me deixando mal fisicamente.

— Licença por um momento. — eu disse. — Preciso me refrescar.

Levantei-me bruscamente e andei em direção à parte de trás do restaurante, em seguida, para os banheiros. Lá dentro me sentei com os braços envoltos do meu estômago e fechei os olhos.

Harry Easton foi meu primeiro amor, mas não foi por isso que reagi desta forma. Não sobrou nenhum sentimento. Nada. Nada, exceto repulsa e... medo? Tentei evitar e não pensar sobre isso. Mas era verdade. Mesmo depois de todos estes anos, ainda era apavorada com ele.

Tinha apenas catorze anos quando conheci Harry. Era uma menina. Uma menina muito protegida. Até que fomos para Pequim. Nunca tinha tido um motivo para desconfiar. Ou temer. Ou odiar.

Agora, sentia todas essas coisas. Tudo por causa do Harry.

Eu não ia chorar. Não ia deixá-lo estragar nada na minha vida, nunca mais.

Respirei fundo para me orientar e levantei. A menina no espelho não era uma menininha de catorze anos amedrontada. A mulher no espelho tinha vinte

e dois anos, oradora de uma das melhores escolas de ensino médio da América, uma excelente estudante da Universidade de Harvard, e ninguém, nem Harry Easton, nem minha mãe, nem qualquer pessoa, iria me humilhar daquele jeito de novo.

Tudo bem. Estava calma. Não importava o que Barrett tinha dito a Harry, ou o que não tinha. Cansei de pensar naquele idiota.

Então, estava me sentindo muito melhor quando voltei. Eu tinha certeza que não sairia novamente com Barrett. Simplesmente porque ele me entediou demais. Mas eu seria agradável e tentaria me divertir o resto da noite, assim mesmo.

— Desculpe-me por isso. — disse, tomando o meu lugar novamente.

— Está se sentindo bem?

— Eu estou.

— Você está animada para alguma música? Há uma banda local que já ouvi coisas boas, e é aqui perto.

— Ok, parece bom.

Barrett era excessivamente cavalheiro e me ajudou com meu casaco, conforme saíamos. No momento em que chegamos à porta, seu motorista estava estacionando. Então entramos no banco de trás e andamos umas poucas quadras até a Lansdowne.

— Você já esteve aqui antes? — ele perguntou.

— Sim, muito. — eu disse. — Por vezes eles erram na música. Ocasionalmente eles agendam bandas muito ruins aqui.

— Ah, você é uma especialista em música.

— Eu sou uma completa esnobe quando se trata de música. — eu disse.

— Mas não em outras coisas, espero. — ele estava sorrindo suavemente, quando falou, e ele tinha um olhar em seus olhos que me dizia que ainda estava esperando marcar. Precisava afastá-lo dessa ideia. Porque não ia acontecer.

Cinco minutos mais tarde estávamos dentro, depois que ele conseguiu nos passar pela fila por meio de um suborno de tamanho considerável para o porteiro. E ficou muito claro, muito rapidamente, que o agente de reserva na Lansdowne tinha escolhido a banda errada. O cantor estava fora do tom, o guitarrista se atrapalhava com os acordes, e o baterista estava fora de sincronia. E tolerei durante a minha primeira bebida e três músicas, quando até mesmo Barrett estava se encolhendo.

— Vamos para o outro lado! — eu disse sobre a cacofonia.

Ele acenou com a cabeça, e o levei para a porta que dava para Bill's Bar & Lounge, que era conectada à Lansdowe por dentro. Bill's era um espaço apertado, com um público jovem, mais alternativo e simpático para bandas punk, entre outras. Nós passamos pela multidão lentamente, procurando por uma mesa, quando vi um rosto familiar por cima do ombro de alguém.

Deveria ter pensado primeiro, mas não fiz. Gritei o seu nome, porque estava feliz em vê-lo. — Crank!

O cara na frente do Crank se deslocou um pouco, e Barrett se espremeu próximo a mim.

Crank estava de pé ali, um sorriso estúpido no rosto. A menina, que parecia ter um metro e cinquenta se não fossem seus saltos de puta, estava enroscada nele, uma mão presa em seu bolso. Ela estava mostrando mais pele do que roupas. Oh, querido Deus, por que eu disse alguma coisa?

— Julia. — ele disse, arregalando seus olhos. Ambos os rapazes de pé com eles viraram as cabeças tão de repente, que fiquei surpresa que eles não se machucaram. O mais moreno, que eu reconheci imediatamente como baterista da banda Morbid Obesity, disse. — Julia? — alto o suficiente que até eu pude ouvir.

Barrett envolveu o seu braço na minha cintura, de uma maneira que era muito possessiva para um primeiro encontro.

Fiquei ali sem jeito por um segundo e então a pequena puta ruiva disse. — Quem é sua amiga, Crank?

— Oh, me desculpe. — eu disse, apressando as palavras no momento embaraçoso. — Barrett, este é Crank Wilson. Crank, Este é o... Barrett, um... Barrett...

Oh, Deus, tinha esquecido o seu sobrenome? Eu fechei olhos em constrangimento.

— Barrett Randall. — ele disse, e podia ouvir que seus dentes estavam cerrados, quando ele falou.

— Estes são Mark e Pathin. — Crank disse. — Mark, Pathin, conheçam Julia.

O Mark eu tinha encontrado em Washington, muito brevemente.
Pathin estendeu sua mão. — Você deve ser a abominável Julia. É
um prazer conhecer você. Qualquer um que faz Crank escrever músicas como aquelas, eu gosto.

Peguei a sua mão, atordoada com as suas palavras. O que Crank
tinha dito a eles? — É um prazer conhecê-lo. — eu disse.

A garota disse. — Crank, você não vai me apresentar?

Crank olhou intrigado. — Eu não tinha planejado. — ele disse.

Com a boca aberta, ela puxou a mão para fora de seu bolso e gritou. — Eu estava certa. Você é um idiota!

Ela virou-se e cambaleou para fora. Esse foi um movimento idiota. Mas ao mesmo tempo? Eu estava emocionada que ele tivesse se
livrado da garota. Algo estava seriamente errado comigo. Há pouco
tempo atrás a relacionei a uma puta. Mas que inferno? Eu nunca, nunca usava essa palavra. Tinha sido falada

para mim muito frequentemente, muito casualmente, para alguma vez dizer isso, ou até mesmo pensar isso de outra mulher. Mas algo
em mim arrancou a palavra para fora do recesso de minha mente. Senti envergonhada de mim mesma. De onde veio isso? Apenas há uma
semana eu o tinha convidado para ir ao apartamento dos meus pais em
Bethesda. Quem eu era para julgar aquela garota?

Uma voz irritante no fundo da minha cabeça me dizia que estava
ficando muito envolvida com esse cara. Precisava de algum espaço
para respirar, agora. Começando com o braço que Barrett tinha apertado em minha cintura. Alcancei-o com a minha mão direita e retirei
a mão dele do meu corpo.

— Tendo um bom encontro? — Crank perguntou. Seu maxilar
cerrou quando ele fez a pergunta, e os seus olhos estavam intensos.
Zangado. Não sei que direito ele achava que tinha de estar com raiva
de mim. É como se ele não tivesse de pé com aquela garota, que estava
prestes a chupá-lo bem aqui no bar.

— Sim, e você? Eu não sabia que você tinha um encontro esta
noite. — respondi, com mais do que irritação no meu tom. Ele me
chamou para sair esta noite. Para tocar um piano. Mas ele não tinha
perdido tempo para encontrar alguma menina para sair no meu lugar.
Não tinha absolutamente nenhum motivo para me sentir desta forma.

Ele não era meu. Não estávamos juntos. Nós não éramos nada. Não queria ser nada. Mas estava irritada de qualquer maneira.

Mark solicitamente disse. — Não há encontro. Aquela é Alicia, um desastre ambulante. Você acabou de nos salvar de outra terrível cena na manhã seguinte.

Outra terrível cena na manhã seguinte? Olhei para Crank, um pouco incrédula. Jesus, ele era tão idiota. Não sei o que estava pensando ou sentindo, mas sabia que estava sendo imperdoavelmente rude com Barrett. Então abri a minha boca, e disse a primeira coisa que veio a meu cérebro - nunca uma ideia inteligente e definitivamente não neste caso, porque as palavras que saíram foram. — Oh, tenho certeza que ele vai encontrar uma outra menina para marcar um ponto. Certo Crank?

Pathin e Mark estremeceram, e os olhos de Crank estreitaram em raiva.

— Tenho que ir, rapazes. Prazer em vê-los. — eu disse. Agarrei o braço Barrett. — Vamos?

— Certamente. — ele disse. Acenou para Crank e os caras e virou para sair.

Crank estendeu a mão e tocou meu braço. — Julia? Posso ter apenas um minuto?

Eu congelei. Barrett parecia muito irritado. Frustrado e irritado. Mas você sabe o quê? Ele não é meu dono, e eu não pedi para que ele gastasse todo aquele dinheiro no jantar. Ele bem que poderia esperar por alguns minutos.

— Claro. Barrett? Eu volto em um segundo.

Então, segui Crank para longe dos outros três, alguns metros para baixo do bar, onde ficamos espremidos entre duas colunas perto da parede.

— Por que você está brava comigo? — ele perguntou.

— Eu não estou brava com você. — eu disse, cerrando os dentes. — Por que estaria brava com você?

— Eu não sei. Mas você com certeza está agindo como se estivesse. — ele respondeu.

— Você estava me dando um olhar bem desagradável lá trás, também.

Ele olhou para cima, seu olhar se lançando para Barrett, e depois de volta para mim, para os meus lábios, e depois de volta para os meus olhos. Ele segurou o olhar com o rosto tenso, em seguida, seus olhos caíram novamente para baixo, para os meus lábios.

Por um segundo, achei que ele fosse me beijar.

— Desculpe. — ele disse. — Eu não tenho nenhum motivo para ser... qualquer coisa.

Tomei um fôlego profundo. — O que estamos fazendo?

— Você está muito quente neste vestido. Boa o suficiente para comer.

Eu ofeguei e olhei para seus olhos. Olhos sonhadores. Olhos que poderiam me tirar o controle em um segundo. Mais calma agora, minha voz insegura, eu disse: — O que você quer de mim, Crank?

Ele cerrou os dentes, e eu vi o seu pomo de Adão quando ele engoliu. — Eu quero saber como você é sem esse vestido. Quero te levar para casa comigo e rasgá-lo e fazer amor com você até você gritar.

Ele sorriu um pouco. Como se estivesse tirando sarro de mim. Então, disse: — Eu quero fazer música junto com você.

Eu estava hiperventilando. Não conseguia respirar. Não conseguia pensar. Ele realmente acabou de dizer aquilo? Meus lábios se separaram, mas eu não - não consegui dizer nada.

Seus olhos traçaram os meus lábios, e eu mordi meu lábio inferior porque estava à beira de fazer uma loucura.

— Do que você tem medo? — ele perguntou.

— Perder o controle. — respondi.

— Às vezes perder o controle pode ser muito impressionante. — ele disse.

— E algumas vezes pode ser um desastre. Às vezes pode levar toda a sua vida e rasgá-la em pedaços. Eu deveria ir. Meu encontro...

— Foda-se ele.

— Isso não estava na agenda para hoje à noite.

Ele me deu um sorriso perverso. — Estou feliz.

— Não quero ser uma das suas conquistas. Não quero ser outra garota infeliz para ser fodida - alguém que seus amigos digam que foi uma cena horrível na manhã seguinte.

— Eu gosto quando você diz 'fodida'.

Eu fechei meus olhos. — Você é impossível.

— É por isso que você me ama.

— Eu não amo você. Eu nem mesmo gosto de você.

— Você vai. — ele disse com sua voz baixa e sedutora. Podia sentir a vibração daquela voz percorrer do meu ouvido até os meus pés.

— Talvez. — eu sussurrei. — Mas não hoje à noite. — então me afastei um pouco, depois me virei, tropecei um pouco através da multidão até que encontrei Barrett. Eu coloquei um sorriso falso no meu rosto. — Desculpe por isso. Devíamos ir.

Capítulo Nove

Eu era problema (Crank)

Estava perto das duas horas da tarde, quando me liberei do trabalho, fui para casa, tomei banho e me dirigi para a casa do meu pai. Eu estava no meu carro novo, um Toyota 85 que corria surpreendentemente bem.

Outro dos talentos escondidos de Julia. Quando peguei o orçamento final para reparar o carro, quase tive um ataque do coração. Cinco mil dólares para consertar um carro que eu tinha pago mil? Sem chance de isso acontecer. Ela não queria envolver a companhia de seguros, ou seus pais, eu suspeito. Ela me encontrou na quarta-feira à tarde depois que as aulas dela acabaram, e fomos fazer a compra do carro. O que me fez pensar de que tipo de mundo ela veio, que poderia gastar mil dólares em um carro sem os pais dela notarem.

O primeiro deles que eu gostei, ela vetou, apontando o líquido sobre a vareta do óleo. — Significa que a junta do cabeçote está rachada. — ela disse, com a maior naturalidade. O segundo carro encontrou um destino semelhante: estrutura enferrujada e torta. Ele tinha estado em um acidente em algum ponto e sido reparado.

Finalmente encontramos um carro sendo vendido por uma velha viúva em Malden. Quase em perfeito estado, apesar de que tinha vinte anos de idade. Enquanto eu estava lá, boquiaberto, ela conseguiu um desconto de duzentos dólares, e saí de lá, como um feliz proprietário de um carro muito melhor do que eu comecei.

Paramos rapidamente em um café na orla de Somerville. — Onde você aprendeu tanto sobre carros? — eu perguntei. Eu estava pasmo. Ela era filha de um diplomata... não a pessoa que você esperaria saber sobre carros e motores.

— O meu guarda-costas na escola de nível médio era apaixonado por carros. Ele costumava manter um par de hotrods32 na garagem da embaixada em Bruxelas.

Seu guarda-costas na escola de nível médio. Sim, ela realmente disse isso.

— Então... ele te ensinou sobre carros?

Ela encolheu os ombros, com um raro sorriso aberto no rosto.

— O seu nome era Oficial Lewis... ele era da Marinha. E eu era uma criança muito solitária, por isso ele me deixava ir junto sempre que ele estava trabalhando nos carros.

— Então, você meio que sabe como trocar o seu próprio óleo?

A sua boca se curvou para o lado esquerdo, o mesmo peculiar pequeno sorriso que ela tinha usado no outro dia quando ela me chamou de Dougal. — Eu poderia reconstruir um motor com as ferramentas corretas.

Isso era muito quente.

Nós não discutimos a minha declaração de luxúria do último fim de semana, nem sobre o seu encontro. Apesar disso eu estava seriamente morrendo, querendo saber o que aconteceu depois que ela saiu. E não querendo saber. Porque se aquele idiota inglês a tocou, iria matá-lo, e isso não seria nada bom.

Mas ela cortou o breve café, dizendo que tinha que voltar e estudar para um grande exame na manhã seguinte. Eu sei que em teoria, você tem que fazer muitos exames e coisas da faculdade, mas você quer saber a verdade? Acho que ela estava só tentando me evitar.

Seja o que for. Eu tinha um carro incrível e estava cheio de energia louca porque não transava há... três semanas? Isso te leva à loucura. O resultado é que estava ao mesmo tempo enérgico e louco pra caramba no caminho para a casa do meu pai no sábado. Na noite anterior eu tinha checado com Julia pelo telefone que ela ia para lá, o que estava me deixando mais louco.

Eu precisava de ajuda mental. Estava começando a ficar frio lá fora, como vinte graus, então eu abaixei as minhas janelas poderosas para me refrescar, acendi um cigarro, e coloquei a música do Nine Inch Nails, Closer no som e cantei junto no topo dos meus pulmões.

Ok. Hora de levar a sério e descobrir exatamente que inferno estava acontecendo na minha cabeça.

Fato: Como uma regra geral, uma regra frequentemente afirmada e confirmada, eu não persigo garotas. Elas me perseguem.

Fato: Eu não me envolvo. Você quer uma rapidinha, bem, eu sou o seu cara. Mas só para a noite.

Fato: Tenho um irmão para cuidar, uma banda para conduzir ao sucesso, um emprego virando hambúrgueres, e não tenho tempo para ficar emocionalmente vinculado a alguma garota.

Fato: Seis noites corridas que sonho com Julia, e aquele vestido quente retrô que ela vestia no sábado com o seu encontro.

Seu encontro com um cara britânico em um terno caro.

Oh, porra!

Próxima coisa que você vai saber, eu vou me desligar do punk, escutar o maldito Barry Manilow e os Carpenters e Aaron Neville. Eu despedaçaria meu coração com filmes sentimentais e enviaria para ela chocolates e rosas e pequenos brincos de pérola. Eu estava tão fodido. Porque não importa o quanto tentei pensar sobre Alicia ou Candy ou... seja lá qual for o nome daquela garota que estava com as sandálias de tigresa... tudo o que eu pensava era Julia.

Isso não era saudável, por uma série de razões.

Número um: consulte os fatos acima.

Número dois: ela deixou muito claro que não estava interessada em mim. Ela estava afim de que eu fosse seu brinquedo por uma noite, mas só até o nascer do sol.

E por algum motivo, com ela, isso não era o suficiente. Eu queria mais.

Ela tinha, no entanto, deixado uma pequena porta aberta na outra noite. Talvez, ela disse. Mas não esta noite. O que inferno isso significava?

Eu não estava ansioso para ela estar na festa de aniversário de Sean. Mas além de mim, a próxima pessoa mais jovem que vinha tinha cinquenta. Então tê-la ali significava muito para ele. E para ser honesto: eu faria qualquer coisa para Sean. Até engolir a primeira garota desde o ensino médio que eu queria, mas que não me correspondia.

Não tem necessidade de dizer, eu estava com um humor maravilhoso quando dirigi até a casa do meu pai. Pelo menos parecia que eu era a primeira pessoa lá. Minha mãe estaria lá mais tarde, é claro. Não a via com frequência, não falava com ela muitas vezes, o que era bom, porque essas conversas raramente corriam bem. Ficaria no meu melhor comportamento hoje, por Sean. Tony D'Amato, parceiro do meu pai estaria lá, e a Sra. Doyle, que sempre ficava perturbada quando eu flertava com ela, o que eu fazia sempre porque irritava o meu pai, me divertia e a fazia feliz. E Julia.

Não era muito uma festa, mas Sean não tinha amigos.

Eu saí do carro, apaguei o meu cigarro, e me dirigi até a parte de trás, com a minha mochila no ombro.

Quando entrei, as coisas pareciam normais. Sean estava sentado no sofá, lendo uma história em quadrinhos. Fui até ele, me abaixei e beijei o topo da cabeça. — Ei, cara. Você está bem? Feliz aniversário.

Ele me ignorou, o que eu realmente esperava. Comecei a caminhar para a cozinha, quando Sean disse à minhas costas. — Trouxe Julia?

Olhei por cima do meu ombro. Sean ainda estava olhando para a sua revista. — Ela está vindo separadamente. Mas disse que estaria aqui.

Ele não respondeu. Eu estava preocupado que ele se apegasse a ela tão rapidamente. Sean não precisava desse tipo de decepção.

Fui para a cozinha, o pai estava lá, vestindo o seu avental: 'A melhor mãe do mundo', acabando de tirar o bolo do forno. Sem glúten, sem trigo, sem leite, porque Sean estava em uma dieta especial. Mas, acredite ou não, estaria muito bom. Nós todos aprendemos ao longo dos anos de trabalho a ajustar algumas coisas, e fazer comida funcionar com ingredientes como tapioca e farinha de arroz tornou-se um desafio.

— Oi, pai.

— Estava na hora de você aparecer, punk.

— Bom te ver, também. — respondi, abrindo o zíper da minha mochila. Dentro, eu tinha dois presentes para Sean, ambos jogos de vídeo game recém-lançados. — O bolo parece bom.

Ele resmungou, colocando-o sobre o balcão para esfriar. — A sua mãe estará aqui em breve. Quero você no seu melhor comportamento.

Tomei uma respiração profunda. — Eu prometo pai. — disse em voz baixa. — Sean não precisa de qualquer aborrecimento.

— Eu também não. — ele disse igualmente tranquilo. Sean tinha uma audição fantástica e algumas vezes, dias depois, trazia à tona as conversas que ele não estava no cômodo para escutar. — Eu aguentei tudo até aqui. Gostaria que você aprendesse...

— O que, pai? A perdoar minha mãe por ter ido embora? Deixar você sozinho batalhando com Sean?

— Por que não? Você saiu quase ao mesmo tempo, garoto.

— Eu não podia aguentar mais. — eu disse.

Ele só me encarou. O que era um saco, porque ele estava certo sobre isso. Antes eu estava em apuros o tempo todo. Bebendo, festando, sexo, drogas. Fui pego pela polícia repetidamente, o que era bastante embaraçoso para o seu pai quando se é um deles.

Eu olhei para baixo na mesa com o meu punho cerrado. — Eu tenho amadurecido muito desde então, pai.

— Eu sei que você tem, Dougal.

— Por que é que não mudamos de assunto para algo mais alegre?

— O que você tem em mente? — ele disse. — Funerais?

— Guerra? — eu perguntei.

— Pobreza. — ele respondeu.

— Os Simpsons. — eu disse.

Ele deu um sorriso e sorri de volta. Meu pai e eu nem sempre nos dávamos bem. Mas ele sempre foi o meu herói, do mesmo jeito.

Ouvi uma batida na porta traseira.

— Eu atendo. — eu disse.

Levantei, e quando fiquei de pé, a porta de trás abriu, e eu ouvi o vozeirão de Tony. — Onde está o garoto aniversariante?

Meu pai gritou. — Oh, Cristo, quem deixou um dago33 entrar em minha casa?

Tony gritou de volta, enquanto andava pelo corredor. — Algum macaco bêbado me convidou.

Um momento mais tarde, Tony entrou na cozinha. Alto, com cabelos grisalhos, ele e o meu pai eram parceiros há quase dez anos. Durante a pior das tempestades na minha adolescência, Tony tinha fornecido refúgio para mim mais do que uma vez, deixando-me ficar no sofá em seu minúsculo apartamento de um quarto na Broadway.

Tony e meu pai jogavam insultos étnicos um contra ooutro como bombas, mas eles se amavam, não havia dúvida disso.

— Onde está a cerveja? — Tony perguntou quando entrou na cozinha.

— O que, você não trouxe nenhuma? — meu pai disse. — Cristo, italianos são tão avarentos.

Tony riu. — Eu estava vindo para casa de uma família irlandesa, por que diabos eu preciso trazer o álcool?

Eu gemi, e meu pai rachou de rir.

— O que você anda fazendo, Crank? Ainda indo mal?

Eu dei de ombros. — Mantendo-me ocupado com a banda. Tentando ficar fora de problemas.

— Sim, vou acreditar nisso quando você fizer um transplante de cérebro. — ele respondeu.

Sorri, e em seguida, meu pai tinha que entrar na conversa. — A namorada de Dougal vem para a festa.

— Pai. — eu disse. — Ela não é minha namorada.

— Santo Moisés, você tem uma namorada? — Tony perguntou. — Como é que isso aconteceu?

— Ela não é minha namorada.

— Então, por que ela está vindo para a festa de aniversário do seu irmão? — meu pai perguntou. Ele sorriu de um jeito malicioso.

— Porque você a convidou?

— Eghhh, só porque você não o faria.

Eu balancei a minha cabeça. Seria uma tarde longa. Tony foi revistar a geladeira procurando uma cerveja, então eu disse. — Atire-me uma, Tony.

Ele me jogou, e eu sentei no meu lugar à mesa. — Que horas a mamãe vai chegar?

— Em breve. — papai disse.

Balancei a cabeça.

Deixe-me esclarecer uma coisa. Sim, eu já despejei muita hostilidade em cima da minha mãe. Não que ela tenha sido uma mãe ruim. De fato, em alguns aspectos até diria o contrário. Ela me deu o meu amor à música e começou a me ensinar a tocar piano anos antes que eu fosse capaz de alcançar os pedais. Eu tenho um monte de boas lembranças - ir com ela ao parque, quando era ainda muito pequeno, dela me levando para o museu, piqueniques no parque, ir à praia de Revere34. Eu estava provavelmente com dez anos, quando mamãe e papai perceberam que havia um problema com Sean, e as rodadas de consultas médicas começaram. Duas, às vezes três, vezes por semana, na época que ele tinha seis anos. Fonoaudiologistas, fisioterapeutas, oftalmologistas, alergistas. Quando ele estava com seis anos, passamos a noite toda na sala de espera de Brigham and Women's35, enquanto ele estava passando por um estudo do sono para determinar se ele tinha apneia do sono.

Minha mãe começou a murchar. Esse é único termo que posso usar. Seu humor tornou-se menor ao longo do tempo; ela enlouquecia com as menores coisas. Se deixava uma meia no chão, valia uns dez minutos de palestra. Que tipo de exemplo você está sendo para o seu irmão? O que seu pai vai pensar disso? Por que você não pode ser mais responsável?

Quando eu tinha treze anos, minha existência diária era tentar ficar bem longe do caminho dela. Seu rosto era uma carranca permanente, ela estava

estressada ao extremo, e a mãe que tinha me levado à praia de Revere, a mãe que tinha rido comigo enquanto fazia cupcakes como uma criança, tinha desaparecido. E só piorou. Fui de ser problema para ser invisível. Tudo estava amarrado a Sean: a rodada interminável de consultas, terapias e intervenções roubaram ambos os meus pais.

No meu oitavo ano consegui o papel principal no musical, mas meus pais não apareceram. Sean teve um colapso, e eles ficaram presos lidando com aquilo. Lembro-me de estar em pé nos bastidores, espiando através das frestas das cortinas, procurando e procurando pela minha mãe e meu pai, imaginando onde eles estavam, imaginando porque não estavam lá, temendo descobrir que meu irmão tinha de alguma forma os levado a não estarem lá.

Sim. Eu não tenho orgulho de mim mesmo. Quando penso sobre como eu reagia a tudo aquilo... para ser honesto, me deixa envergonhado. Mas eu era um maldito garoto e não sabia de nada. Quando começou o segundo ato e meus pais ainda não tinham aparecido, fui para a minha posição sobre o palco. Olhei para a plateia por muito tempo depois da minha deixa. Nos bastidores, eles pensaram que eu tinha esquecido a minha fala e sussurraram para mim, com urgência, como se aquilo fosse ajudar. Mas eu não tinha esquecido. Não tinha esquecido nada. Pensava apenas em meus pais, ambos, em outro lugar, faltando à coisa mais importante que tinha acontecido comigo, e eu gritei com uma voz clara e alta, projetando por todo o caminho até a parte de trás do auditório, o título de uma música do Gangsta Rap que tinha ouvido constantemente durante semanas.

— Foda-se a polícia!

Houve risadas nervosas na plateia. Eu vi os rostos horrorizados dos pais e as risadas das crianças. Sorri e abri a minha boca, prestes a dizer alguma coisa igualmente ofensiva, quando eles abaixaram a cortina. Assim terminou a minha carreira dramática.

Deixa eu te contar, aquilo chamou a atenção dos pais, de forma muito eficaz. E eu aprendi outro fato muito importante com essa experiência. As meninas acham que é quente quando você quebra as regras. Fiquei de castigo

por um mês, mas valeu a pena, porque perdi a minha virgindade no almoxarifado de arte três dias mais tarde, com Hannah O' Reilly, uma ruiva muito gostosa que pensava que a minha performance tinha sido digna de um Oscar.

Então, de qualquer forma. Depois daquilo, eu era um problema. E quanto mais problemas eu me metia, mais as meninas ficavam por perto. Não entendia isso, mas aproveitei pra caramba. Mas a única coisa que contava, e a única coisa que era uma constante na minha vida, mesmo que meus problemas ficassem piores, era a minha mãe. Contava com ela para ela estar lá. Contava com seu amor por mim. Contava com a sua presença. Meu pai e eu estávamos em guerra, especialmente na época em que completei dezesseis anos. Nós brigamos, gritamos. Ele gritava para me controlar. Eu empurrava e provocava até ele não ter mais paciência. Mas a minha mãe estava sempre nos acalmando, sempre conseguia manter o controle, mesmo enquanto ela lutava para tentar ajudar Sean.

Mas então um dia, não muito tempo depois do meu aniversário de dezesseis anos, ela apenas... se foi. E eu não a vi de novo até que estava com quase vinte anos.

Às vezes, no fundo, eu sei que a sua ida? Era culpa minha. Como eu disse para o papai, cresci muito desde então.

É por isso que, embora me recuse a ligar para ela, sorri para minha mãe e dei-lhe um abraço quando ela chegou pela porta da frente.

— Eu senti sua falta. — ela disse — Você parece tão... crescido agora.

Eu falei que tinha sentido sua falta, o que não era verdade. Não disse uma palavra sobre a sua aparência. Ela parecia muito mais estável emocionalmente do que a última vez que a tinha visto, mas minha mãe ainda parecia uns bons quinze ou vinte anos mais velha que papai, o que não faz muito sentido, porque ele é muito mais velho do que ela. O cabelo dela ficou grisalho a anos atrás, e ela tinha rugas profundas ao redor da sua boca e testa. Acho que não posso me lembrar a última vez que vi o seu sorriso.

— Olá, Sean. — ela disse. Ele estava no sofá, ainda lendo seu livro, e não olhou para cima e a cumprimentou.

Eu estava acostumado com isso. Sean não se envolvia com as pessoas como o resto de nós. Mas o rosto da minha mãe caiu, e eu podia dizer que ela estava magoada e decepcionada. Esperava que ele dissesse algo para ela antes que a noite terminasse.

Ainda estava ali em pé, sem jeito, com minha mãe, quando Julia caminhou até a porta da frente. Ela usava um casaco preto na altura do joelho e um lenço rosa cintilante, com botas com saltos que não pareciam muito seguros. O seu cabelo tinha algum tipo de trança elaborada, e o único ponto colorido era o seu lenço rosa cintilante. Respirei profundamente quando ela se aproximou. Suas bochechas estavam levemente avermelhadas do frio, e a cor inevitavelmente levou a especulações sobre como ela ficaria na cama. Eu queria muito saber.

Ela não me olhou nos olhos, o que era uma pena, porque eu realmente queria dar um olhar mais atento.

— Ei. — ela disse, um pouco sem fôlego.

— Mãe? Essa é a minha amiga Julia.

Os olhos de Julia se arregalaram um pouco, e minha mãe virou para ela e disse. — Bem, olá, Julia. Eu sou Margot.

Como sempre (*Julia*)

— Então de onde você é? — Margot perguntou quando Crank fechou a porta atrás de nós. A pergunta habitual incômoda, a qual eu nunca tenho uma resposta pronta, embora eu devesse, já que me perguntam mil vezes. Uma estratégia, que eu usei dessa vez quando tirei o meu casaco, foi intencionalmente interpretar mal a pergunta.

— Oh, eu moro em Cambridge, sou uma estudante.

Crank chegou para pegar o meu casaco e eu disse. — Espere. — e alcancei ogrande bolso lateral e peguei o meu presente para Sean, em seguida, entregueipara ele. — Obrigada. — eu disse, e ele pegou tanto o meu casaco como o de sua mãe e os pendurou. Estranho. Você não espera que garotos punk rock sejam tão educados.

Margot parou perto do sofá, olhando para Sean, e o olhar de tristeza e saudade em seu rosto era indescritível. Mas ela não disse nada.

O meu coração quase quebrou por ela quando Sean disse. — Oi Julia.

Não sabia a razão de Sean e Crank odiarem a mãe, mas o que tinha acabado de acontecer quebrou meu coração. Eu queria começar a chorar, mas, em vez disso, resmunguei: — Oi.

Margot e eu seguimos Crank para a cozinha, e lá eu vi o que era provavelmente a cena mais estranha que tinha visto entre um casal separado. Porque Jack se virou, e os olhos dele brilharam quando ele viu Margot. Os dois se aproximaram, um pouco hesitantes, e em seguida abraçaram-se em um longo, carinhoso abraço. Seus braços enrolaram em volta da sua cintura, apertados, enquanto os dela foram ao redor dos ombros dele, ela descansou a cabeça na curva de seu pescoço, e vi seus ombros abaixarem ligeiramente, quando ela deu um longo e silencioso suspiro.

Um homem alto com cabelos grisalhos estava sentado na mesa da cozinha. Quando nós entramos, ele se levantou, sorrindo hesitante, em seguida, quando Jack e Margot finalmente se soltaram, ele disse. — Margot, é bom ver você. — então ele se virou para mim. — E você deve ser a namorada de Dougal.

Crank murmurou algo, provavelmente seriamente desagradável, e eu disse em um tom tão doce quanto podia. — Na verdade, mal somos amigos. Eu sou Julia. — estendi a mão para cumprimenta-lo.

Jack caiu na gargalhada, e o outro cara riu e tomou minha mão. — Eu sou Tony, a lembrança italiana nesse manicômio. E por favor, não se ofenda, mas sou solteiro, e você é apenas a coisa mais bela que já vi. Se você e Dougal não são nada, bem...

— Tony D'Amato! — Margot disse com uma voz de bronca. — Ela é jovem o suficiente para ser sua filha!

Tony sorriu, e tentei abafar o rubor furioso que eu podia sentir espalhando pelo meu rosto.

— Um homem ainda pode desejar, mesmo que seja velho e quebrado!

Não sabia como reagir a nada disso, especialmente porque o objeto da festa - Sean - estava sentado sozinho na outra sala. Por apenas um segundo, me senti muito envergonhada com os comentários de Tony. Então deixei passar. Ele estava brincando. Muito parecido com Jack, ele imediatamente me aceitou aqui. E aquilo me fez sentir de repente uma picada de lágrimas nos meus olhos. Pisquei-as de volta.

— Cerveja? — Tony me perguntou.

— Sim, por favor. — eu respondi.

Jack balançou a cabeça e disse para Margot. — Você vê o que acontece quando deixa italianos na casa? Eles começam a mexer nas nossas coisas e distribuir.

Margot sorriu, e naquele momento, ela parecia quinze anos mais jovem. Ela tinha se afastado de Jack, mas mantinha uma mão em seu ombro. Tony entregou-lhe uma cerveja sem mesmo perguntar.

— Mais alguns minutos. — Jack disse — Eu disse a Sean que iria cozinhar tudo o que ele quisesse esta noite. Sem restrições de comida. Nada. O que ele faz? Pede pizza. Para entrega.

— Tem certeza de que é uma boa ideia? — Margot perguntou.

Jack encolheu os ombros. — É o décimo sétimo aniversário do garoto. Deixe-o comer o que ele quiser.

Ela assentiu com a cabeça, a expressão pesarosa retornando para o seu rosto. Nós estávamos amontoados na cozinha, então dei a volta na mesa e sentei ao lado de Tony. — Uma vez que você fez uma oferta tão cavalheira, o mínimo que posso fazer é aceitar sua companhia. — eu disse. Então bati meus cílios para ele escandalosamente.

Ele quase cuspiu a sua cerveja rindo, em seguida, gritou. — Jack, me ajude! Esta aqui está me batendo no meu próprio jogo.

Sorri para ele. — Por isso, estou tentando manter todos na linha. Tony, certo? Amigo da família? Parente?

— Deus me livre ser parente dessa família de macacos bêbados. — ele disse: — Só venho aqui pela cerveja.

— Ah, cala a boca! — Jack disse.

Tony o ignorou. — Jack e eu temos sido parceiros na polícia pelo o quê, dez anos agora?

— Tem sido como uma prisão perpétua. — Jack respondeu, seu tom soando cansado.

Tony riu. — Inicialmente, disse para o capitão, 'não me coloque de parceiro daquele cara, ele vai fugir e ficar bêbado no meio de uma perseguição de alta velocidade' mas, então, conheci Margot, e ela era tão boa de olhar, eu

descobri que poderia sobreviver a esse macaco se conseguisse vê-la de vez em quando. Além disso, se a máfia de Whitey o desligasse, eu seria capaz de fugir com ela para o pôr do sol.

Margot sorriu, seus olhos desviando para Jack. — Vocês dois são tão maus.

Crank não disse uma palavra, apenas encostado contra uma parede enquanto lentamente bebia uma cerveja. E alguma coisa apenas... não encaixava. Era óbvio, da forma como eles se tocavam, a forma como eles se olhavam, a maneira como eles falavam um com o outro, que Margot e Jack ainda se amavam apaixonadamente.

Por que diabos eles estavam separados, então?

Não fazia sentido de jeito nenhum.

A campainha tocou.

— Ah, deve ser a nossa última convidada, a Sra. Doyle.

— Eu vou atender. — disse Crank. Ele saiu de vista e alguns momentos mais tarde voltou com a Sra. Doyle a reboque. Ela disse olá a todos, e foi quando Jack anunciou que era hora de ir para a sala de estar. Levantamo-nos, todo mundo foi para a sala de estar, no momento que a pizza chegou.

Honestamente, foi uma pequena festa divertida. Todo mundo riu e brincou. Até mesmo Sean aderiu, desajeitadamente contando uma história de mangá que estava lendo, o que me convenceu que tinha feito uma boa escolha no presente.

De vez em quando, eu olhava para Jack e Margot, fascinada. Eles estavam no início dos cinquenta anos, eu acho, mas pela forma que eles ficavam se tocando, você pensaria que eles eram adolescentes. Ele mantinha uma mão sobre o joelho dela e, às vezes, ela chegava e tocava o seu cabelo ou seu ombro. Eles ficaram próximos, muito próximos. Não pude evitar, mas estabeleci uma comparação com os meus próprios pais, que eram distantes, sentavam-se em

extremos opostos da mesa, e raramente se tocavam ou mesmo sorriam para o outro.

De alguma forma, a festa me lembrou do meu décimo sétimo aniversário. A última vez que passei um com a minha família antes de tudo desmoronar completamente. Meu aniversário cai três dias depois do Natal, o que costumava fazer o mês de dezembro o melhor do ano, e agora é o pior. Mas o meu décimo sétimo aniversário? Não foi ruim.

A primeira coisa, estava de férias. Lana, minha melhor amiga, veio, e nós passamos noite de sexta-feira assistindo filmes piratas de corrida dos Estados Unidos, comendo chocolate, e rindo. Os pais de Lana eram Diplomatas Australianos, e costumávamos passar muito tempo brincando sobre as diferenças entre nossos países, do jeito que falávamos. Não tão diferente de Jack e Tony, embora de alguma forma eu não pudesse imaginá-los apunhalando as costas um do outro e arruinando suas vidas.

Eu tremi. Levou muito tempo para reconstruir a minha vida, secretamente, após o que Harry fez comigo. Lana tinha estado lá. Ela sabia o quanto era difícil. Ela sabia o quão delicado foi. E quando chegou a hora, parecia que não significava nada, ela puxou o meu tapete e desmoronou a minha vida de novo.

Esforcei-me para trazer minha mente de volta para o presente. Achei que ninguém realmente tivesse percebido, até que eu vi Crank me olhando de forma estranha. Estiquei os meus braços e levantei as sobrancelhas, como se dissesse 'O que?', e ele desviou o olhar.

O único elefante na sala que ninguém mencionava era a reação de Sean com a sua mãe. Ou melhor, a falta de reação. Até agora de noite, ele não tinha reagido a ela de jeito nenhum. Nenhuma palavra. E eu podia ver que isso estava lentamente a matando por dentro. Mesmo quando ela sorria ou gargalhava, eu podia ver a tristeza nos olhos dela. Tristeza profunda.

Finalmente chegamos aos presentes. Crank tinha lhe dado um par de jogos de vídeo game, e o seu pai comprou-lhe mais revistas em quadrinhos. Tony e a Sra. Doyle trouxeram acessórios para seus kits eletrônicos. Pelo jeito que ele os colocou de lado, tive a sensação de que era um interesse que tinha passado. Ele arregalou os olhos quando abriu o meu presente: um personagem de manga que tinha o visto ler.

— É a Rainha Ayanami? — ele perguntou.

Jack e Margot olharam intrigados.

— Sim. — respondi.

— Por que ela? — ele perguntou.

— Um... bem... porque ela é um pouco diferente e isolada. Mas também é uma heroína. Mesmo que ela comece muito isolada, ela sai da sua concha. Que é algo que estou tentando aprender a fazer.

Ele colocou a estatueta no seu bolso e parecia relativamente perto de mim, como se estivesse sobre o meu ombro, e disse, em um tom de voz muito formal. — Muito obrigado.

Engoli em seco e respirei profundamente. De alguma forma aquele momento significou muito para mim. E foi quando percebi que todos na sala estavam me encarando. Crank, em particular, me deu um olhar tão intenso que me fez sentir arrepios. Não sei dizer se era amor ou ódio, mas o que quer que fosse, era assustador.

Jack passou uma pequena caixa. — E este é de sua mãe.

Sean alcançou e tomou-o da mão dele e lentamente verificou o peso. Então, sem uma palavra, ele colocou o pacote de lado. Sem desembrulhar.

— Sean. — Jack disse.

— Não quero.

Margot parecia como se tivesse levado um soco na barriga. Ela disse: — Está tudo bem... — mas você poderia dizer pelo seu rosto que não estava. Só queria entender o que estava acontecendo, o que tinha acontecido para causar esse abismo tão profundo entre ela e os filhos.

— Não está tudo bem. — Jack deixou escapar. — Sean abra o presente da sua mãe.

— Não, de verdade, Jack. — Margot falou, colocando a mão sobre seu ombro.

— Sean. — Jack disse em um tom de voz firme e quase ameaçador. Ele estava virado a meio caminho em direção a Sean, quase servindo de escudo entre Margot e seu próprio filho. Protetor, selvagem e muito zangado. Meu estômago se contorceu.

Sean olhou para cima e para os lados. — Ela está apenas indo embora de novo. Eu não quero o presente dela.

Uma lágrima correu pelo rosto de Margot, em seguida, outra, depois ela começou a tremer.

O resto de nós era um quadro congelado, ninguém sabia como reagir, quando Jack se levantou e andou em direção a Sean. — Sean, abra o presente da sua mãe. Ela veio trazer-lhe um presente, e você está ferindo seus sentimentos.

Sean se levantou e enfrentou seu pai e com as mãos em punhos cerrados ao seu lado, ele gritou. — Ótimo! Espero que tenha ferido mesmo. Não pedi que ela viesse aqui hoje! Por que você teve que trazê-la aqui hoje e estragar o meu aniversário?

A Sra. Doyle balançou a cabeça e colocou a mão no ombro trêmulo de Margot, e Jack gritou: — Vá para o seu quarto, Sean!

— Ótimo! — Sean gritou. — Agora está como sempre! — abaixou-se, pegou o presente e o jogou, com força, para a janela da frente. O que quer que fosse o presente, era pesado, mas o embrulho suavizou um pouco o golpe. Bateu na janela com uma forte pancada, mas o vidro não quebrou.

Jack saltou para frente, e Crank pulou, colocando-se fisicamente entre eles. — Pai, acalme-se. — ele gritou.

O rosto de Sean estava marcado pela raiva, as sobrancelhas enrugadas, e ele se moveu em direção ao seu pai e gritou. — O quê, você vai me atacar?

— Sean! — Crank berrou, colocando a outra mão contra o peito de Sean para segurá-lo. — Calma. Fiquem todos calmos!

A sala estava silenciosa, exceto pelos soluços doloridos, abafados de Margot. Sean se afastou e então correu pelo corredor, seus tênis batendo na escada a cima.

Jack se encolheu, exalando bruscamente. Com os ombros caídos, ele disse: — Oh, merda. Desculpe-me Margot. Eu sinto tanto.

Ninguém estava prestando a menor atenção em mim. Então calmamente levantei-me, saí da sala, e na ponta dos pés eu subi as escadas.

Não se perca no caminho (Crank)

Como sempre depois de uma explosão com Sean, meu coração estava martelando, e meu estômago estava torcido em nós. Pela primeira vez em muito tempo, senti uma enorme onda de simpatia pela minha mãe. Vendo-a como estava agora, quebrada, chorando silenciosamente, trouxe de volta lembranças que não queria lembrar.

Minha mãe, sentada no mesmo sofá do meu pai com seus braços enrolados ao seu redor. — Eu só quero morrer! Por favor, deixe-me morrer!

Apertei os meus olhos para excluir a memória, mas ela não iria. Aquilo foi há cinco anos ou mais, logo antes dela ir embora, logo que eu fui embora.

Jack colocou os braços em torno dela. Ele falou suavemente. — Vamos sentar na cozinha, conseguir um café para você ou outra coisa.

Ela assentiu, e Tony colocou uma mão sobre o seu ombro em simpatia. A Sra. Doyle levantou-se para ir, e andei até a porta com ela, e disse, muito discretamente. — Desculpe sobre isso tudo, Sra. Doyle.

Ela olhou-me no nível dos meus olhos. Olhos tristes. — Você apenas cuide da sua mãe e seu irmão, meu jovem. Você já passou por muita coisa, mas vai ficar melhor.

Gostaria de ter a confiança dela. Algumas vezes me preocupava tanto com Sean e seus ataques. Eu fui um garoto do mal. Claro. Mas nunca fiquei tão bravo para confrontar o papai daquele jeito, exceto uma vez, e ele me acertou bem na cara quando aconteceu. Agora, com Sean, isso acontecia semanalmente e estava ficando pior. Essa era uma das razões pela qual eu estava tanto em casa. Para dar-lhes algum espaço um do outro, ser um para-choque.

Minha mãe, meu pai e Tony tinham ido para a cozinha, e foi aí que percebi... Julia tinha sumido.

Verifiquei a porta de trás, mas ela não estava lá, e a porta do banheiro da parte de baixo estava aberta. Então subi as escadas calmamente.

A porta de Sean estava encostada, a luz fluía pelo chão no corredor. Quando me aproximei, pude ouvi-lo andando de lá para cá, o que ele sempre fazia quando estava confinado com energia. Ele estava falando em um monólogo, um pouco desconexo e inexpressivo que, ocasionalmente ia para um tom de raiva.

— Por que eu deveria aceitar o presente dela? Ou tê-la em casa? Ela me deixou quando eu tinha doze anos. Ela não faz parte da minha vida. Ela não quis fazer parte da minha vida. Por que ela deve ser parte integrante da minha vida agora, quando é conveniente para ela?

Julia estava lá dentro. Ela disse alguma coisa, mas estava calma. Não podia ouvir realmente, então me aproximei. Quando fiz, eu a vi. Ela estava sentada no chão perto da cama dele, joelhos dobrados contra o peito, os braços enrolados nas suas pernas. Ele estava andando em círculos.

— Eu sei. — ele respondeu para o que quer que ela tenha dito.

Ele parou de andar, de repente, e perguntou. — Por que você não se dá bem com a sua mãe?

Prendi a respiração. Ela deve ter dito algo a ele antes que eu subisse até aqui.

Ela respirou fundo e respondeu. — Algumas coisas, acho. Você sabe que vivi na China a maioria dos meus anos de ensino médio? Meus pais... passaram por momentos difíceis por um tempo, especialmente os dois primeiros anos. E eu... eu passei pela pior experiência da minha vida, e precisei de ajuda, e não consegui isso dela. Mais tarde, quando as coisas ficaram realmente ruins depois que voltamos para os Estados Unidos, era como se ela me julgasse, você sabe? Ela não perdeu tempo necessário para descobrir o meu lado da história, ou ouvir, ou ser... uma mãe. Em vez disso, era tudo sobre me controlar e às vezes dizia coisas que me faziam sentir muito mal. Muito ruim. O tempo todo, eu estava protegendo-a.

Sean começou a andar novamente. Esta era a sua maneira de trabalhar a sua energia, mas, às vezes, poderia ter um efeito oposto, elevando-a ainda mais. Não sabia o que estava acontecendo aqui, porque essa era a conversa mais real que já tinha ouvido dele. Ele nunca conversou sobre essas coisas conosco, com certeza.

— A minha mãe costumava chorar à noite. — ele disse. — O tempo todo. Eu podia ouvi-la do corredor, e, por vezes quando ela estava chorando, era por minha causa. Como se eu fosse um brinquedo quebrado, e ela queria devolver para a loja. Cada dia era um médico diferente, e ela contava para eles tudo o que havia de errado comigo.

Ela olhou para ele, com o cabelo caindo no rosto. — Isso deve ter sido realmente difícil.

— Eu quero... eu... — ele não podia continuar a frase.

— Você quer que a sua mãe te ame da maneira que você é?

— Sim! — ele gritou. E a coisa mais estranha era que eu podia ouvir a sua tristeza, a emoção na sua voz. O meu irmão, estava sempre, sempre monótono, a menos que estivesse com raiva. — Por que será que ela apenas não me aceita como eu sou?

Ele parou de andar de repente e sentou no chão próximo a ela.

Ela respondeu. — Às vezes... eu acho que os pais trabalham tão arduamente para nos poupar de repetirmos seus erros, que não permitem que cometamos os nossos próprios. Quer dizer... sua mãe te ama e quer o melhor para você. Qualquer pessoa pode ver isso. Mas ela não sabe como dizer, exceto... exagerar.

— Você pode realmente ver isso? Eu não.

— Observe a expressão dela.

— Eu não... eu não leio expressões muito bem. Eles tentaram me ensinar. Minha mãe costumava me levar para aulas de habilidades sociais com professores. Eles me mostravam fotos com rostos redondos com expressões e eu tinha que dizer que tipo de expressão era. Esta pessoa está feliz. Esta pessoa está triste. Mas aquelas não eram pessoas reais. Eu olho para as pessoas reais, e não tenho nenhuma ideia do que elas pensam. O que você vê?

Ela virou-se para ele, com uma expressão sombria. — Eu acho que a sua mãe deve ser a pessoa mais triste que eu já vi.

Ele olhava fixamente para o chão, e eu podia ver a raiva na sua postura, seus ombros estavam encolhidos e suas mãos fechadas em punhos. — Por minha causa.

— Não, acho que não. — Julia respondeu. — Há algo mais ali. Sim, esta noite a deixou triste... quebrou seu coração. Mas há algo mais, e eu não sei o que é.

— Você entende as pessoas. — disse ele.

— Sim e não. — ela disse e, em seguida, suspirou. — Eu estive... nós costumávamos nos mudar o tempo todo. A cada três anos, para outro país, outra escola, outra vida. E com o passar dos anos, fiquei mais e mais isolada; era cada vez mais difícil fazer amigos. Tinha que aprender a ler as pessoas muito rapidamente. Mas quando comecei o ensino médio, eu achei que isso tinha acabado.

— O que aconteceu? — ele perguntou.

Ela fechou os olhos e encostou a cabeça contra os joelhos. Então ela disse: — Você tem que me prometer que não vai dizer nada a ninguém o que vou te contar. Ninguém. Especialmente para Crank.

Ele piscou, Sean não fazia promessas com facilidade, porque ele sabia como era doloroso ter que quebrá-las. Ele pensou um pouco, então disse. — Eu prometo.

Ela olhou para cima e sorriu fracamente, mas não era um sorriso verdadeiro, porque um par de lágrimas estava escorrendo em seu rosto. — Não falo muito sobre isso. Mas quando tinha catorze anos, mudamos para a China. Eu fui para uma escola fantástica de lá, onde todos os filhos dos diplomáticos da Inglaterra, Austrália e Estados Unidos iam. E eu conheci este garoto. Ele era muito mais velho do que eu. Ele estava no último ano e eu era uma caloura.

Ela estremeceu. — Eu pensei que estava apaixonada por ele. Era estúpida, inexperiente e terrivelmente vulnerável. E ele se aproveitou de todas as minhas fraquezas.

A testa de Sean estava enrugada de raiva. — Ele te estuprou?

Ela balançou a cabeça. — Na verdade não. Eu não disse não. Eu não... eu não fiz nada. Ele ficava dizendo que se eu o amasse, eu deveria querer fazê-lo

feliz. E isso continuou por um tempo, mas eu não estava pronta. De jeito nenhum. Era como se ele... como se ele dominasse tudo. Ele ficava louco se eu conversasse com outros meninos da classe, e uma vez ele apertou o meu braço tão forte, que deixou hematomas. Eu tinha medo dele. E então... eu fiquei grávida.

Sean estava boquiaberto. E eu sabia que deveria ir embora, não deveria estar ouvindo esta conversa, principalmente depois que ela o fez prometer não me contar nada. Mas tenho vergonha de dizer que fiquei, queria saber o que aconteceu. Eu queria saber tudo sobre ela.

— Então, um pouco antes do Natal, ele me pegou... levou-me em algum lugar em Pequim. É uma cidade enorme. Incrivelmente enorme. E eu estava perdida. Havia um médico lá, e ninguém falava inglês. Eu nem mesmo entendia completamente o que estava acontecendo. Então, enquanto eu estava na sala de exames, tendo a minhas entranhas raspadas por algum médico, ele foi embora.

Ela parecia desolada enquanto falava. Eu não sabia o que pensar, com a exceção de que se alguma vez eu visse o bastardo que fizera isso com ela, iria matá-lo. Mas ela continuou falando, e ficou ainda pior.

— Finalmente saí de lá... era final da tarde e estava nevando. Não falava muito mais em Chinês do que "Onde fica o banheiro?" Ninguém nesta parte da cidade falava Inglês. Estava perdida e apavorada e sangrando... era um pesadelo enorme.

— O que aconteceu? — Sean perguntou.

Ela encolheu. — Eu finalmente encontrei meu caminho de volta para casa. Era quase meia-noite, e os meus pais me colocaram de castigo. E eu tentei juntar a minha vida de novo. Mas no meu último ano, quando estava em Bethesda, a notícia se espalhou.

Oh, Deus, eu pensei, fechando os meus olhos.

— Como? — Sean perguntou.

Abri meus olhos. Ela sorriu amargamente. — A minha melhor amiga e eu brigamos logo antes de eu deixar a China. E ela enviou a história para o e-mail de todos da nossa escola, mas torcida. Ela tinha uma foto. Não sei onde ela conseguiu. Mas era minha, e eu estava bêbada... e... de qualquer maneira. Uma coisa levou a outra, e a história se espalhou entre os alunos da minha escola nova.

— Eles eram maus?

Ela assentiu com a cabeça. Seus olhos estavam lacrimejantes, vermelhos. — Sim. Eu sei que algumas pessoas têm problemas piores, e parece trivial. Mas eu andava pelos corredores, e os ouvia sussurrar, 'vagabunda' e 'prostituta', e pior. Todos os dias. Ninguém falava comigo. Ninguém era ao menos civilizado. E a minha mãe, você tem que entender, nós deveríamos estar na Rússia. Isso era para ser o topo da carreira do meu pai, como Embaixador na Rússia. Mas por causa dos rumores, um dos senadores bloqueou a indicação do meu pai por dois anos. Então, os meus pais não foram muito compreensivos. Fui para casa todas as noites daquele ano, me trancava no meu quarto, e chorava até cair no sono. Prometendo a mim mesma que nunca confiaria em ninguém novamente.

Caramba, pensei, observando. A história dela estava próxima de me levar às lágrimas, e uma olhada me mostrou que Sean estava chorando também. — Às vezes, sinto vontade de matar as pessoas que fazem coisas assim. — ele disse com seu tom vicioso. — Eles fazem a mesma coisa comigo às vezes. Chamam-me de nomes. Perseguem-me.

Ela colocou seu braço direito em volta do seu ombro. Geralmente, quando alguém toca Sean, ele se afasta rapidamente. Ele não fez isso desta vez. — Melhora.

— Como? — ele perguntou, sua voz cheia de maldade.

— Tempo. — disse ela. — Distância.

— Mas você disse que nunca iria confiar em ninguém novamente. Por que você me contou?

Ela deu-lhe um sorriso triste. — Porque você é especial. Você é como eu. Então eu sei que posso confiar em você.

Ele não respondeu imediatamente. Era como se ele estivesse processando oque ela disse, tentando dar sentido. Para ser honesto, eu também.

Depois de alguns minutos de silêncio. Os dois estavam apenas sentados juntos, ele falou. — No ano passado, no meu aniversário, meu pai me deu o primeiro chapéu de polícia do meu avô. E eu o usava, o tempo todo. As crianças na escola riram de mim. Eu sei que era estúpido. Ninguém na escola usa coisas como esta. Mas eu gostava. Quando era pequeno, eu queria ser um policial, como meu pai. Mas um dia, eles me agarraram e empurraram para dentro do banheiro e o enfiaram no vaso sanitário.

Podia ver seus punhos cerrados enquanto ele contava a história, e o seu rosto estava com muita raiva: olhos irritados se estreitaram, sobrancelhas enrugaram. Parecia que ele queria bater o punho através de uma parede.

— O que aconteceu? — ela perguntou.

— Fiquei suspenso por uma semana porque eu revidei. Isso é o que sempre acontece. Eles podem me perseguir, me bater e sair ilesos, mas se eu faço qualquer coisa, sou punido. E não é só na escola. Quando a unidade de polícia do meu pai foi acionada depois do 11 de setembro, eu tive que ir morar com o vovô por um tempo. E era a mesma coisa. Eu os odeio.

Jesus. Eu sabia que era ruim para ele. Mas não sabia que era tanto.

Ela fechou os olhos, envolvendo os braços em volta dos joelhos novamente. — Eu sinto tanto pelo que aconteceu com você, Sean.

— Você acha que eu deveria pedir desculpas para a minha mãe?

Prendi a respiração. Sean não tinha falado com nossa mãe, em... bem, muito mais tempo do que eu. E eu estava começando a perceber, talvez eu não fosse tão inocente como pensava. Quer dizer, conheço garotos, quando seus pais se separam, sempre imaginam que a culpa era deles.

Mas tinha um bom motivo para suspeitar que essa fosse minha.

Depois de alguns segundos, ela respondeu. — Eu acho que você deveria considerar. Uma das coisas que temos que aprender a fazer na vida é perdoar as pessoas. E isso é difícil. Mas quando você perdoa alguém, o ajuda tanto quanto o outro. Provavelmente mais.

— Você acha que ela vai me perdoar? — ele perguntou.

— Pelo que você disse a ela?

— Por ter Asperger's.

Ela respirou profundamente. Jesus aquele pobre garoto. Por que ele achava que ele precisava de perdão por ser quem era? Ela não saltou com improviso, uma resposta imediata. Ela não disse alguma frase vazia para sossegá-lo. Em vez disso, ela pensou sobre o assunto e disse. — Eu não conheço a sua mãe Sean. Mas qualquer um pode ver que ela te ama e muito. Eu acho que é um início.

— Então, eu vou descer em alguns minutos.

— Tudo bem. — ela disse. — Vou te dar um tempo sozinho.

Ela se inclinou para frente e levantou. Então, ela parou e se voltou para ele, ajoelhou-se e beijou-o na parte superior de sua cabeça.

Deveria ter saído de lá, em vez de ficar ali, obviamente espionando. Quando ela se aproximou da porta, ouvi Sean perguntar a ela. — Julia, você vai ser minha amiga? Mesmo que você e Crank não acabem... — ele parou de falar, incapaz de articular o que quer que tenha tido a intenção de dizer.

Ela, porém, respondeu imediatamente. — Sean... não posso me envolver com o seu irmão. Ele é... a única coisa que sobrou da minha vida é o controle. E eu não posso abrir mão disso. Mas ser sua amiga? Eu já sou.

Em seguida, ela se afastou para o hall e quase bateu em mim.

Imediatamente o seu rosto brilhou de medo. Não raiva, o que eu esperava. Raiva, que eu estivesse escutando, aquilo eu esperava. Especialmente raiva por ter ouvido os segredos dela, o medo dela de perder o controle. Mas em vez disso, ela arregalou os olhos quando me viu. Isso era definitivamente medo.

— Quanto daquilo você ouviu? — ela sussurrou.

— Muito. — eu respondi.

Ela respirou profundamente, olhou-me nos olhos. Ela falou calmamente, mas com firmeza. Ela estava dando uma ordem com seus lábios apertados, seu tom de voz exigente. — Eu não preciso dizer nada sobre você e eu. Mas o seu irmão, sou amiga dele. Não se atreva a entrar neste caminho.

E, em seguida, ela andou em volta de mim, costas retas, seus ombros jogados para trás, e desceu as escadas.

Fiquei ali por mais alguns segundos, assistindo-a ir. E não podia fazer nada, exceto admirar sua coragem, a sua compaixão. Eu a queria. Eu a queria tanto que estava tremendo. E pela primeira vez desde que era um pré-adolescente, subir no palco e gritar obscenidades não ia me dar o que queria.

E eu não tinha ideia do que fazer.

Capítulo Dez

Um pouco trêmula (Julia)

Era hora de eu ir. Já me meti em muitos assuntos de família hoje à noite, mas algo sobre Sean me deixou ferozmente protetora. Ele era um bom garoto, um bom garoto que já passou por tanto e nem mesmo entendia porque as pessoas o achavam estranho.

Meu estômago virou com o pensamento de que Crank ouviu a minha discussão com Sean. Que ele sabia o que Harry tinha feito para mim. Eu nunca tinha discutido isso com ninguém. Nunca. Uma vez com Lana. Ela era a única pessoa além de Harry e eu que sabia toda a história, e olhe o que ela fez. Ela usou isso para me ferir.

Eu não tinha planejado confiar em alguém de repente. Mas isso foi muito pior - eu não tinha planejado confiar em alguém involuntariamente. E ao mesmo tempo estava intrigada com Crank e mais do que um pouco atraída por ele. E por mais que eu tivesse intrigada com Crank e mais do que um pouco atraída, eu não confiava nele. Homem bonito, encantador? Não. Nunca mais.

A Sra. Doyle tinha ido quando cheguei ao térreo. Jack, Tony e Margot estavam sentados na mesa da cozinha, uma cerveja na frente de cada um deles. Já passava das seis horas e estava escuro lá fora e provavelmente muito frio, e eu tinha preferido pegar o trem para South Boston, em vez de dirigir. O que significava que eu teria que pegar uma carona com Crank para voltar para a estação da Broadway quando ele voltasse aqui para baixo. Eu poderia ir a pé, mas do jeito que estava frio lá fora, eu realmente, não queria.

Talvez eu pudesse pegar uma carona com Tony em vez disso.

— Sente-se, pegue uma cerveja. — Jack disse.

Tony aproximou-se da geladeira, ainda em seu lugar, e puxou uma cerveja para mim. Abri a tampa e procurei um assento. Eu precisaria ir logo, mas tinha que esperar ao menos até que Sean e Crank descessem.

— Quero pedir desculpas. — Jack falou. — Desculpe-me por você ter visto tudo aquilo.

Eu balancei minha cabeça. — Está tudo bem. Eu tenho uma família, também, eu entendo. As coisas nem sempre acontecem como... queremos.

Jack e Margot ambos me deram um olhar estranho e curioso depois que eu disse isso. Eu os ignorei. Eu já tinha compartilhado tudo pelos próximos cinco anos. Já me sentia ferida, exposta. Normalmente eu ficava em um casulo, quieta, como se minhas feridas emocionais estivessem envolvidas com algodão e gaze. Agora, parecia que aquela proteção tinha sido arrancada e poderia começar a sangrar a qualquer momento.

— Está na hora de eu ir embora. — disse Margot.

Jack suspirou, e o olhar de saudade em seu rosto não podia ser ignorado. Eu não entendia o que tinha acontecido entre Jack e Margot, mas o que quer que fosse não tinha diminuído o amor de um pelo outro.

— Vou te acompanhar até lá fora. — ele disse.

Eles se levantaram, e foi quando Sean apareceu à porta, seguido por Crank.

— Mãe? — o rosto de Sean parecia aberto e vulnerável, no entanto, o seu olhar estava desviado, focado na parede.

Ela parecia como se o peso de todos os arrependimentos do mundo tivessem caído sobre ela, fazendo-a arfar para respirar. — Sim, Sean? — ela disse.

Quando ele falou, seu tom era sutilmente diferente do normal. Na maioria das vezes ele soava monótono, o tom da sua voz mais grave e alto do

que uma conversa normal. Agora, ele falava calmamente, e havia muita sugestão de tristeza em suas palavras. — Desculpe-me.

Com as palavras, os olhos dela instantaneamente ficaram vermelhos e molhados com lágrimas. O olhar de alívio no rosto dela era doloroso de assistir. Ela se aproximou dele lentamente. O olhar dele ainda estava desviado, mas ele esticou os braços e muito estranhamente a abraçou.

Margot engasgou com um soluço. — Eu amo você, bebê. — ela sussurrou.

Eles se separaram, e ela olhou para ele, que olhou para a parede.

— Virei para te ver novamente em breve. Tudo bem?

Ele balançava a cabeça, formalmente, e seu olhar ainda em direção à parede. — Eu gostaria disso.

Cobri a minha boca com a minha mão direita e funguei. Quase machucava assistir a troca estranha e dolorosa entre eles. Era demais. Eu precisava voltar para o meu quarto, pegar um bom livro para ler e escapar. Pisar no chão de novo, e voltar ao controle dos meus sentimentos que estavam torcidos dentro de mim como uma tempestade, demolindo diques e prédios e me deixando sem rumo e confusa. Jack e Margot saíram para a sala de estar, e Sean caminhou também, sem uma palavra para o resto de nós. Não sabia o que tinha custado para ele se desculpar. Mas sabia que ele tinha ganhado muito mais com isso.

Levantei-me, um pouco trêmula. — Crank... você pode me dar uma carona para a Estação da Broadway?

— Vou te levar para casa. — ele disse.

— Não é necessário.

— Eu quero. — respondeu ele.

— Eu não acho que é uma boa ideia.

Ele abriu a boca para falar novamente e parou. Em seguida, ele sacudiu a cabeça e desistiu. — Tudo bem. O que quiser.

Então, ele deu a volta na mesa até a porta e congelou.

Jack e Margot estavam juntos na porta da frente. Ela usava o casaco e o cachecol. As mãos dele seguravam seus braços e as testas deles estavam se tocando. Era uma postura íntima, como nunca tinha visto em duas pessoas. Ela tinha uma expressão de tanta saudade e tristeza no seu rosto que eu quase caí no choro. Ele estava sussurrando alguma coisa, não sei o que era, mas as lágrimas desciam nas bochechas dela, conforme ele falava. Ela concordava com osuspiro dele e colocou as mãos nos seus ombros.

Eu recuei instintivamente, sem querer violar um momento tão privado, e Crank recuou também, então acabamos ficando próximos um do outro na entrada, braços se tocando, ambos incapazes de assistir, mas incapazes de virar.

Jack sussurrou mais alguma coisa, e ela respondeu, mas eles estavam muito tranquilos, muito privados para eu conseguir ouvir. Vendo-os, eu não sabia o que pensar. O que aconteceu entre eles? Como pode duas pessoas tão, obviamente, exageradamente apaixonadas uma pela outra, estarem separadas?

Por fim, Jack pegou o rosto dela entre as mãos e, lentamente, suavemente, carinhosamente beijou-a na testa.

— Vá. — disse ele, ainda murmurando, mas alto suficiente que mal podia ouvir. — Eu amo você, Margot.

Engoli, tentando segurar as lágrimas nos meus olhos. Nunca, pelo menos não desde que tinha catorze anos, queria ter alguém pra me dizer aquelas palavras, e olhar para mim, me segurar e me beijar daquele jeito. Mas vendo eles dessa maneira me deixou atordoada, me jogou fora da linha, tudo de novo.

Os ombros dela começaram a convulsionar em uma dor silenciosa e ela se afastou. Ele abriu a porta da frente para ela, e ela saiu para a escuridão, sozinha.

Jack ficou lá, assistindo-a ir, uma mão no batente da porta e outra vacilante ao seu lado, impotente para fazer alguma coisa que a impedisse de ir. Ele parecia derrotado.

Eu funguei de novo e esfreguei minha mão furiosamente nos meus olhos lacrimosos. Então eu me vi, sentada sozinha na linha vermelha na minha volta para Cambridge, e eu... eu não podia fazê-la. Agora não podia encarar aquela viagem sozinha. Não queria ficar sozinha. Eu sussurrei para Crank. — Mudei de ideia, se você ainda estiver disposto a me levar de volta para casa, ficaria muito grata.

Ele se virou pra mim, dando um olhar que eu não podia entender. — Sem problema, Julia. Tudo o que você quiser.

Leve-me. Para. casa. (Crank)

— Por que os seus pais se separaram? — Julia perguntou-me, alguns minutos depois que deixamos a casa do meu pai. Levou algum tempo para nós nos arrumarmos, agasalhar em casacos e chapéus, e, então não conseguia encontrar as chaves do meu carro, mas finalmente conseguimos, e a viagem nos primeiros muitos minutos foi em completo silêncio. Eu estava prestes a ligar o som quando ela me fez essa pergunta.

Em vez de ligar, eu voltei a minha mão para o volante.

Pensei sobre sua pergunta. Não havia uma resposta para ela. Havia cem respostas para essa pergunta. E eu não conhecia nenhuma. Tudo o que eu tinha

eram palpites e suposições e culpa. Aquela cena na porta. Meus pais eram nada mais que dramáticos, e era óbvio, até para o punk rock mais cabeça dura que eles se amavam, o que deixava duas razões claras para ela ir embora. Sean e eu.

Finalmente, eu disse: — Só sei em parte. E não reflete muito bem em mim.

Ela inclinou-se contra a porta, encolhida em seu casaco, braços cruzados em seu peito.

— Por que você pergunta? — eu falei.

— Porque é óbvio que eles se amam. A separação está matando-os.

Eu suspirei. — Eu realmente não entendo. Não a vejo frequentemente. Feriados, algumas vezes.

— Eles são sempre assim?

Balancei a cabeça. Acho que entendi onde ela queria chegar. Eles sempre eram trágicos? — Sim. Sempre. E leva meu pai à loucura que Sean e eu estamos tão bravos com ela.

— Meus pais marcam hora para ver um ao outro, eu acho. – ela falou. — Mesmo que eles vivam na mesma casa, e ele esteja aposentado agora. Eu não sei nem se eles alguma vez se sentiram daquele jeito.

Dei de ombros. — Eu não sei se as crianças sabem mesmo o que realmente está acontecendo com os seus pais. Eu com certeza não.

Quero dizer, seus pais se tocaram o suficiente para ter você e suas irmãs.

Ela estremeceu. — Eu não preciso dessa imagem na minha cabeça.

— Os seus pais devem ter transado como coelhos por anos. Aposto que nunca era tranquilo na sua casa.

Ela balançou a cabeça, sua expressão irritada. Tudo bem, sim, eu estava exagerando. É assim que sou. — Desde que eu sou a mais velha, por muitos anos, minhas irmãs... eles não ficavam muito ao redor quando eu era pequena.

— ela pausou um momento, então voltou ao assunto da minha mãe. — Não houve nenhum aviso? Que ela estava indo embora?

Balancei a minha cabeça. — Eu vim para casa um dia, e ela tinha ido. Sem explicação.

O que não disse - o dia que cheguei em casa a minha mãe tinha ido embora? A porta do banheiro do andar de cima estava arrancada das dobradiças, o batente quebrado. A violência da cena era um choque. Inédito na casa que meus pais cuidavam meticulosamente. Eu já estava fora por três dias, bebendo, transando e me metendo em problemas, então não tinha ideia do que tinha acontecido na minha ausência, e Sean se recusou a me dizer alguma coisa. Na verdade, ele quase não disse uma palavra nos próximos três meses. Isso, vindo do garoto que podia matracar por uma hora sobre o mecanismo interno de uma escova de dente elétrica.

— Em parte a culpa foi minha. — eu disse.

Ela me olhou, confusa. — Como? — ela perguntou, com toda a franqueza.

— Eu acho que ela saiu porque ela simplesmente não podia aguentar mais a gente. Sean estava tendo ataques enormes, ele estava sempre no médico, e eu estava entrando em grandes problemas o tempo todo. Se o meu pai não fosse um policial, provavelmente teria ido para a prisão por um bom tempo. Como era, eu cometia alguns delitos que deveriam ser graves e fui trazido para casa mais de uma vez quando deveria ter passado a noite na cadeia. Eu era... problema.

Julia ouvia tudo com atenção, como sempre, e não deu uma resposta automática. Finalmente, ela disse. — Isso é estúpido. Ficar louca com o seu filho por que ele age como um idiota? Até entendo. Mas deixar o marido por causa do filho? Eu não compro essa. Tem muito mais nessa história.

Eu não sei por que isso me irritou tanto, mas me irritou. Eu respondi em um tom irritado. — Você realmente tem uma opinião formada sobre tudo, não é? Você encontrou a minha família duas vezes e diagnosticou nós todos.

Ela me deu um olhar cético e irritado. — Não seja um idiota.

— É quem eu sou. — eu disse, presunçoso.

— É a sua máscara, talvez.

— Qual é a diferença? — eu perguntei. — Você usa uma máscara por um longo tempo também, ninguém pode dizer mais qual a diferença. Nem mesmo eu.

— Nem mesmo para os seus amigos? Para o seu pai ou o seu irmão?

Eu bufei. — Eu não sei do que você está falando. E você? Que tipo de máscara você usa?

— Não é o problema seu. — ela disse.

— Para uma pessoa com tantas opiniões sobre mim, você certamente é sensível sobre si mesma.

— Eu estou fora dos limites.

Jesus Cristo. Como se eu não soubesse disso. Ela tinha que repetir isso. Sarcasticamente, eu respondi. — Eu sei. Você já disse para o meu irmão. — ela hesitou um pouco, com a amargura do meu tom.

Eu estava dirigindo muito rápido, passei direito pela saída de Cambridge.

— Aquela é a minha saída. — disse ela.

— Eu sei.

Ela ficou em silêncio por quase trinta segundos, o que era um pequeno milagre. — Então - não vamos sair da rodovia?

— Não. — eu respondi. Ela ficou em silêncio.

Três minutos mais tarde, peguei a próxima saída. Uma curva para a esquerda teria me levado direto à Cambridge. Eu virei à direita, me dirigindo a através de Charlestown para Rota 1.

Alguns momentos depois, ela disse. — Eu não reconheço esse lugar.

— Charlestown. — eu respondi.

— Hum...

— Só relaxe para variar, tudo bem?

Ela me encarou e disse calmamente. — Só para deixar isso bem claro. No caso de você estar me levando pra alguma floresta para me matar ou qualquer coisa, eu tive aula de defesa pessoal e carrego um cassetete e uma faca muito afiada. E não hesitaria em usar qualquer um dos dois.

Porra! — Você acabou de me ameaçar? — eu perguntei. Podia sentir meu rosto torcendo para dar um sorriso.

— Só tendo certeza de que tudo está claro.

— Bom. — eu disse. — Você não vai precisar usar essa merda. Não comigo.

Eu fiz uma curva à esquerda para a Rota 1. O tráfego não estava ruim para um sábado à noite, e alguns minutos depois, em um carro silencioso, visualizei a placa para a praia de Revere.

— Não está um pouco frio para nadar? — ela perguntou.

Eu bufei. — Não estava planejando nadar.

— Então, por que estamos aqui?

— Você nunca foi à praia de Revere, foi?

— Não. — ela respondeu.

— É sério que você mora em Boston há três anos? E nunca foi à praia de Revere?

— Eu vivo em Cambridge.

— Cristo, tanto faz. A primeira vez que deixou o campus foi quando veio à casa do meu pai? Ir com alguém à praia de Revere é como um rito de passagem aqui. Relaxe, você vai gostar. Então, eu vou te levar para casa.

Ela olhou para mim, sua expressão parecendo indicar que ela estava furiosa. O que eu admito livremente, eu estava. Olhei de relance para a sua bolsa, a que provavelmente continha a faca afiada. Pergunto-me se ela estava dizendo a verdade sobre isso?

— Você está ciente de que está algo como -5 graus lá fora?

— Oh, sim? Bom, o mar não vai congelar.

Ela revirou os olhos, cruzou os braços sobre o seu peito, e, em seguida, olhou pela janela. Mas o negócio é o seguinte, o meu irmão tem Asperger's. Estou acostumado às pessoas me ignorando.

Então eu dirigi, enquanto ela me ignorava, e um pouco mais tarde estávamos entrando no caminho à Praia de Revere Boulevard. À nossa esquerda tinham casas, empresas e bares ocasionais, e mais embaixo, prédios maiores. À nossa direita, um muro de cerca de um metro de altura, e do outro lado, o oceano. Mesmo no frio, havia grupo de adolescentes e estudantes universitários passeando, a maioria, sentados no muro. Não tinha álcool visível, mas quase certeza que estava lá em algum lugar.

Estacionei em paralelo na estrada ao lado da praia desliguei o motor. Julia ainda não estava conversando ou olhando para mim.

— Vamos. Você vai me agradecer mais tarde.

Sem uma palavra, ela abriu a porta do carro e saiu.

Eu prendi a respiração quando saí do carro. Um vento, muito gelado estava soprando do oceano. Se Julia não me matasse antes, o vento mataria. Eu subi o zíper do meu casaco, levantei a gola dele e coloquei as mãos nos bolsos. Julia envolveu o seu lenço no pescoço, e caminhou em direção ao muro entre nós e a praia. Era um lugar popular para sentar e observar a água.

Julia já estava no muro. Ela estava um pouco encolhida, braços envoltos ao redor do seu peito, tentando se aquecer.

— Tudo bem. — ela disse. — Então... por que estamos aqui?

Porque eu sou impulsivo? Eu não tinha uma resposta clara para aquela pergunta. Eu olhei para a água. As ondas estavam altas, fortes e quebrando na praia. O som era quase excessivo, mesmo com este vento terrível. O céu estava sombreado com nuvens negras no nordeste. Nor'easter36 estava chegando. E era emocionante, fantasticamente belo, como algo que você veria em um filme de fantasia. Os adolescentes mais próximos estavam longe o suficiente na praia no momento olhando a água, tínhamos privacidade absoluta. Eu finalmente a respondi.

36 Uma tempestade nor'easter é uma tempestade de macro-escala que se desenvolve por toda a Costa Leste dos Estados Unidos.

— Você não queria... mas você acidentalmente compartilhou alguma coisa sobre você mais cedo. E eu queria te contar alguma coisa sobre mim. Este era o local onde costumava vir à noite... quando estava com problemas, ou brigava com meu pai ou simplesmente não conseguia aguentar a pressão e loucura em casa. Meus pais não eram ruins, eles estavam fazendo o melhor que podiam, mas a situação não podia ser consertada, e estava deixando-os loucos. Então vinha aqui. Via as ondas. Me sentia com os pés no chão aqui.

Ela estremeceu e eu disse. — Deixa eu te proteger um pouco do vento. — coloquei um braço ao redor dela. Ela não se moveu, não respondeu... não se encostou em mim ou distanciou. Era como se ela estivesse congelada. Alguns flocos de neve tinham caído, e eu podia ver mais descendo sobre a praia.

— Algo sobre a água, as ondas, o vento, a imensidão pura de tudo isso... faz-me sentir como se eu tivesse um lugar neste mundo. Um lugar pequeno, mas meu.

Ela balançou a cabeça lentamente. — Eu não gosto de como parece. É selvagem, fora de controle.

Isso me fez parar. Não tinha analisado cuidadosamente os meus motivos para trazê-la aqui. Mas certamente não tinha sido para fazê-la se sentir desconfortável.

Suspirei. — Desculpe. Se você quiser ir, vamos.

— O que você quer de mim, Crank? — sua voz era crua, desesperada.

Olhei pra ela. Estava tão perto, mas podia muito bem estar a mil quilômetros de distância. Eu disse. — Eu quero que você me ame.

— Eu nem mesmo conheço você.

— Então vamos resolver isso com um encontro. Boliche?

Ela revirou os olhos. — Você realmente acabou de dizer isso?

— Eu quis dizer cada palavra.

— Eu não entendo você. É assim que você leva as meninas para a cama?

Eu balancei a minha cabeça. — Não.

— Então, o que é diferente? — ela estava começando a tremer.

— Eu não estou tentando levar você para a cama. Bem... estou. Mas não apenas temporariamente.

Ela balançou a cabeça, em seguida, olhou em direção ao oceano, com os olhos arregalados, enquanto assistia as ondas vindo. — Eu gosto de você, Crank. Mas não posso me envolver com você.

— Um encontro. É tudo o que estou pedindo. Com certeza você já teve algum encontro desde que está na faculdade. Eu sei que você saiu com aquele inglês estúpido.

Ela concordou. — Sim, eu tive.

— Algum longo?

Ela respirou profundamente. — Eu estava com um cara há dois anos. Nós terminamos na primavera passada.

— Por quê? — eu perguntei.

— Ele me pediu para casar com ele.

Engoli seco olhei para a neve. — Não entendo.

— Ele me pediu para casar com ele. Pensei que estivéssemos... não tão sérios. Honestamente, eu realmente não gostava tanto dele. Sentia-me horrível, mas quando ele me pediu em casamento, terminei com ele.

— Jesus, Julia. Por que você ficou com ele tanto tempo se você não levava a sério?

Ela olhou para o chão. Era difícil descobrir sua expressão. — Porque ele não me assustava. Não havia tanta... emoção confusa. Nós saíamos, nos divertíamos. Eu não esperava mais nada.

— Que merda aconteceu com você que te deixa com tanto medo de sentir alguma coisa?

Ela se afastou de mim. — Eu não discuto isso. Nunca.

— Tudo bem.

Ela deu alguns passos para longe de mim. — Aquela noite em Washington, por que você saiu?

— Eu já disse a você.

— Diga-me agora.

Inclinei a minha cabeça para trás, olhei para a neve. Estava aumentando.

— Eu saí porque eu estava esperando algo mais. Eu durmo com garotas o tempo todo, e qual é o ponto? Elas vão pela manhã, e era tudo diversão e jogos, mas talvez eu esteja... talvez eu precise de algo que signifique alguma coisa.

Ela balançou a cabeça, parecendo perplexa. — Podemos sair dessa neve? Eu odeio neve.

— Hum... claro. Venha.

Voltamos para o carro e o liguei para aquecer. — Temos algumas opções. — eu disse.

— Leve-me para casa.

Eu só continuei falando. — Nós temos Bill Ash's, que é a minha escolha número um. É tudo de moradores de Revere, e não um ponto turístico. Você vai gostar.

— Eu disse, leve-me para casa.

— Ou poderíamos voltar para Roxbury, e tocar algum piano juntos.

— Última chance: Leve-me. Para. Casa. — sua voz era firme e zangada.

— Sua casa. — eu respondi, tão suave quanto pude.

Eu falhei completamente. Muito. Coloquei o carro em marcha e saí apressado em direção ao sul da praia Revere Boulevard. Levaria cerca de meia hora para chegar a Harvard. E tudo indicava que seria uma meia hora desconfortável pra caramba. Estava descobrindo que me sentia triste... decepcionado. Não estou acostumado com a rejeição. Mas mesmo que estivesse, geralmente não importava. Isso era diferente. Muito diferente. Tudo o que vi da Julia me fascinou. Ela era amável, compassiva e muito inteligente, e ela era também uma cadela mal humorada. Chame-me de louco, mas aquela combinação era muito excitante. Eu queria tirá-la daquela concha e descobrir como ela era por dentro. Eu acho que tive um relance disso enquanto estávamos tocando piano juntos, quando ela deu aquele meio sorriso secreto.

Eu queria ver o sorriso dela de novo.

Suspirei. A Rota 1 estava chegando e não muito tempo depois nós estaríamos em Cambridge.

— Eu te deixei irritada. — eu disse, tentando soar muito razoável.

— Vai se ferrar Crank! — ela gritou, sua voz alta e tensa.

Eu vacilei de verdade. A neve estava caindo mais forte agora, e eu tinha que diminuir, o que significava que essa ia ser uma viagem ainda mais longa. Eu estava tenso e constrangido como nunca. Falar com ela agora era como caminhar através de um campo minado.

— Por que você não pode apenas deixar assim? — ela perguntou. Em um tom dissimulado, ela disse. — Olá, sou o Crank, sou irresistível. Deixe-me levá-la para a praia e ver se conseguimos transar.

Falei antes de pensar. O que é normal. — Talvez te levei à praia para que eu pudesse descobrir por que você é uma cadela.

Fiquei feliz por estar escuro, e estava observando a estrada atentamente, porque não poderia ver sua expressão. A voz dela quase arrancou a minha pele.

— Eu sou uma cadela porque o amor não significa nada. Atração e sensualidade não significam nada. Tudo o que eles fazem é foder a sua vida.

— Você não acredita realmente nisso. — eu disse.

— Você não me conhece. — ela respondeu — Além disso, olhe para os seus pais. Eu nunca vi um casal tão confuso na minha vida.

— Deixe meus pais de fora, garota da universidade. Você não sabe o que está falando, porra.

— Eu sei que nunca mais vou me envolver com alguém por causa de entusiasmo e atração. Nunca vou perder o meu controle novamente.

Apertei o volante forte. — Se você tem tanta maldita certeza, então por que você não vai sair comigo, caramba?

— Porque eu quero você! Tanto que posso sentir o gosto! Por que você me lembra ele!

Silêncio caiu no carro. Aquilo não era o que eu queria ouvir. Sério, quem quer? Eu lembrava o cara que a molestou quando ela tinha catorze anos? Que inferno? Aquilo não fazia sentido nenhum. Ok. Eu vou admitir, posso ser um idiota. Passei a maioria dos últimos anos evitando relacionamentos e fodendo tudo com uma saia. Mas uma coisa que nunca fiz foi forçar qualquer coisa, ou jogar estúpidos jogos de poder. Você não me quer? Bom. Têm muitas outras garotas na multidão.

Então, o que fazia Julia diferente?

Em parte era eu. Estava cansado. Cansado de acordar com meninas estranhas na minha cama. Cansado das cenas tensas e desconfortáveis pela manhã. Cansado de viver como se eu ainda fosse um inútil, fumando maconha no Pit na praça de Harvard, sem dar a mínima para o que ia acontecer amanhã. Eu queria ter uma vida que significasse algo. Chame-me louco, mas queria ser como meu pai. Queria fazer diferença. Não, não era um policial. Não protegia as pessoas, ou arriscava minha vida por outros. Mas eu sentia que poderia fazer a diferença com minha música. Como se pudesse dizer alguma coisa real sobre o mundo. E talvez ultimamente, tenho sentido como se quisesse compartilhar isso com alguém.

Julia me afetou do mesmo modo. Ela se preocupava com as pessoas; assim se importava em fazer a diferença. Ela saiu do seu caminho para ser gentil com o meu irmão, para ser uma amiga para ele, quando ela não precisava. Ela não precisava de mim... ela não precisava de ninguém. Ela faria suas próprias escolhas de vida. E aquilo era atrativo pra caramba.

Eu engoli, tentando achar as palavras que fizessem sentido, tentando achar algo para tranquilizá-la, para persuadi-la, fazê-la entender que eu não era o tipo de cara que faria com ela o que aquele cara fez. Mas quanto mais pensava nisso, mais eu percebia: não tinha nada a ver comigo. Não era sobre aquele cara, quem quer que ele fosse. Era sobre os sentimentos dela, como se ela tivesse perdido quem era, sua identidade, sua família e a sua autoestima.

Tentei imaginar como ela era aos catorze anos, e não podia. Ela era inteira mulher. Orgulhosa, irritada e isolada, e em alguns aspectos,

amedrontada pra caramba, mas não era uma garota inocente. Ela já passou por situações difíceis.

— Conte-me sobre a neve. — eu disse.

— O quê?

— Você não gosta da neve.

— Ela é fria e molhada. Que merda de pergunta é essa?

Olhei de relance para ela. Ela estava encostada na porta, me encarando.

— Conte-me. — eu disse.

Ela me olhou com arrogância. — Por que você não coloca alguma música? Alta.

Temos que parar de ter encontros como esses (Julia)

Crank estava certo. Eu estava sendo uma cadela completa. Era autodefesa, realmente. Porque quanto mais tempo eu passava ao redor dele, mais eu sentia as minhas defesas caindo aos pedaços. Não era por que ele era quente. Quero dizer, fico por perto de caras quentes. Eles são bons para olhar, mas não me fazem sentir assim. Era o seu sorriso, o seu charme, o seu senso de humor. Dentro daquele exterior rígido ele era compassivo. Insanamente protetor em relação ao seu irmão. Queria rir com seus comentários espertinhos,

e eu queria tocar as suas covinhas do canto da sua boca. Queria abraçá-lo e curar a ferida que tinha o danificado.

Queria fugir tão rápido quanto pudesse. Porque era tudo o que podia fazer para me manter presa a quem eu era.

Ele fez como pedi e ligou o rádio. 'Closer' da Nine Inch Nails explodiu de repente. Jesus. Eu quase comecei a suar. Como ele fez isso? O baixo disparou através do carro, uma das músicas mais sexy e furiosas que eu já ouvi. Fechei os meus olhos, ainda apoiando-me contra a porta, e balancei a cabeça com a música. Era luxúria, raiva e fome tudo amarrado em um nó. Então não era muito o que eu precisava ouvir agora. Mas bem como eu me sentia.

Uma grande parte de mim queria apenas dizer, foda-se. Foda-se minhas reservas. Foda-se meus muros. Entregue-se. Entregue-se para ele. Não só para um maldito encontro, mas fale para ele encostar o maldito carro agora e suba nele e lentamente desabotoe a sua camisa enquanto sussurra no ouvido dele. Esta música não estava ajudando em nada.

Eu dei em um tranco de volta à realidade quando Crank xingou de repente e desligou o rádio. Eu abri os meus olhos e percebi que o carro estava deslizando, e quase gritei. Eu estendi os braços, agarrei o painel com ambas as mãos, segurando, enquanto nós deslizávamos em direção a uma árvore. Mas um segundo depois, ele conseguiu controlá-lo.

— Desculpe. — ele disse. — Eu acho que a temperatura deve ter caído. Muito. Trecho de gelo.

Estávamos chegando à avenida Mass agora, perto do campus. Isso definitivamente parecia uma Nor'easter, a neve e o gelo estavam acumulando muito rápido agora. Já estavam uns cinco ou oito centímetros de profundidade e ficando mais profunda a cada minuto. Crank estava lutando com o carro, super compensando, que estava fazendo o carro deslizar muito para ajudar.

— Eu pensava que os motoristas de Boston eram supostamente bons. — eu disse.

Ele olhou para mim com um sorriso furioso no rosto. — Eu tenho pegado trem por toda a minha vida. Praticamente acabei de pegar a minha licença.

— Por favor, não me mate.

Ele riu. — Eu vou tentar. Estamos quase no campus, qual caminho?

Observei à frente. A neve estava caindo tão forte agora que era difícil ver muito longe. — Passe pelo campus. Siga reto mais cinco quarteirões para cima, então vire à esquerda.

Ele estava concentrado na direção, ambas as mãos no volante e inclinado para frente para ver.

— Diminua. — eu disse, quando nos aproximamos.

Ele olhou para mim, parecendo divertido e irritado ao mesmo tempo porque eu estava sendo mandona. Foda-se ele. Eu queria viver. Um momento depois, ele lentamente saiu da Avenida Massachusetts justamente quando um ônibus passou correndo, salpicando o carro de Crank com neve e lama. Eca.

— Isso é tão errado. — ele murmurou, enquanto o ônibus passava rápido.

— Vê o terreno lá em cima à esquerda? — eu perguntei, apontando.

— Sim.

— Estacione lá.

— Se eu estacionar, não vou sair de lá novamente.

— Você não pode mais dirigir nessa... sobretudo, não todo o caminho até Roxbury.

— Este é um estacionamento privativo?

— Eu tenho um passe de visitante no meu carro.

Ele concordou com a cabeça. — Tudo bem.

Muito lentamente, ele entrou no estacionamento. Eu podia sentir o carro deslizar de novo quando ele virou, mas as rodas aderiram de novo, e nós oscilamos para frente, em outra derrapagem.

— Merda. — ele resmungou.

— Pare. — eu disse.

— Eu estou tentando! — ele falou, sua voz levantada.

— Pare! — gritei.

O carro só continuou indo, deslizando adiante, a traseira do meu carro aparecendo à frente, cada vez maior, em câmera lenta.

Ele puxou o volante para o lado, tentando nos desviar, mas era tarde demais. Com um estrondo enorme que nos deu uma guinada para frente contra os nossos cintos de segurança, ele colidiu na traseira do meu carro.

Nós paramos.

Eu afundei de volta no meu banco e fechei os olhos. Isso não estava acontecendo. Não podia ser.

— Eu não posso olhar. — disse.

— É ruim. — ele respondeu.

— Ainda estamos vivos. — eu falei esperançosa.

Abri um olho. A parte de trás do meu carro e a frente do carro de Crank estavam irremediavelmente amassados. O vapor subia em uma grande nuvem da frente de seu carro. O radiador deve ter se rompido.

— Oh, Deus. — eu falei.

— Sabe. — ele disse, um pouco de malícia em sua voz. — Temos que parar de ter encontros como esses.

Eu caí na gargalhada. Realmente, uma risada histérica. Com lágrimas correndo pelas minhas bochechas. Ele sorriu, aparentemente feliz que eu não estivesse gritando com ele.

Nós dois abrimos nossas portas ao mesmo tempo, e uma rajada de ar frio bateu em mim, congelando as lágrimas nas minhas bochechas instantaneamente. A temperatura caiu muito desde que havíamos deixado a praia. O meu riso evaporou e o meu coração se desesperou, quando olhei para a extensão dos danos. Toda a parte de trás do meu carro foi... esmagada. A parte frontal do carro de Crank apenas ligeiramente melhor.

— Isso não é bom. — ele disse.

— Eu acho que mereço isso por destruir o seu outro carro.

Ele riu.

— Pare de rir, não é engraçado. — eu disse. Mas seu rosto estava tão confuso, que não pude evitar rir de mim mesma. — Oh, Deus. — eu falei, gemendo. — Os meus pais vão me matar.

Por algum motivo, ele achou ainda mais divertido, e ele encostou-se em seu carro e deu uma gargalhada. Depois de alguns instantes, ele se recompôs. — Devemos chamar alguém?

Eu balancei minha cabeça. — Deixe... você não está bloqueando as outras saídas. Vamos resolver isso amanhã. É muito tarde, é nós estamos molhados e com frio agora.

Ele concordou. — Tudo bem. — ele disse. — Eu acho melhor eu ir para o terminal.

Impulsivamente, eu falei. — Venha. Não nesse clima. Estou no Cabot Hall, bem ali.

— Você não vai ter problema em ter um cara no seu quarto?

— Na verdade não. Não que alguém fosse perceber, de qualquer maneira.

Ele deu de ombros, e nos arrastamos através da neve em direção à Cabot. Ele parou por um minuto, desviando do vento, colocando a mão em concha na boca para proteger o isqueiro e acender um cigarro. Em seguida, ele virou o rosto para cima, em direção à neve e o gelo, um sorriso em seu rosto. — Eu adoro tempestades. — ele disse.

— Vamos. — eu disse. — Eu estou congelando. E... para ser clara... isto não é um convite.

Ele me olhou com ar brincalhão e disse. — Parecia que você estava me pedindo para ir ao seu quarto.

— Eu estou. Mas eu não estou... droga.

Ele riu. — Eu vou ser bom.

— Sério.

Ele acenou com a cabeça. — Eu entendi, tudo bem? Sem tocar, sem beijar, apalpar, transar. Nada disso.

Ele era ridículo.

O Quad estava coberto de neve, e repleto de alunos brincando e fazendo guerra de bolas de neve. Estava ficando tarde, mas não tarde o suficiente para colocá-los na cama ainda. Por pouco evitei uma bola de neve voando.

— Parece divertido. — Crank disse, olhando-me.

Balancei a minha cabeça. — Eu não gosto de neve, já te contei isso.

Ele deu um suspiro dramático, e continuamos andado em direção aos degraus da frente, finalmente parando na porta e chutando a neve fora de nossos pés. Os meus pés pareciam blocos de gelo dentro de minhas botas, e não conseguia parar de tremer.

— Frio lá fora. — ele disse.

Eu concordei, ainda tentando conseguir com que alguma circulação sanguínea voltasse para os meus pés. Eu olhei a grande sala comum no térreo. Havia poucos alunos aqui, pessoas que eu conhecia, mas não muito. — Vamos. — eu falei, levando-o pelo corredor até as escadas. Não é que eu não quisesse que as pessoas nos vissem juntos.

Tudo bem, isso não é verdade. Não queria que as pessoas nos vissem subindo juntos. Não queria ser objeto de fofoca ou discussão. Minha vida não era da conta de ninguém. Se eu quisesse levar Crank para o telhado e dar-lhe um boquete na neve, era da minha conta, e não deles. Mas não era assim que as coisas funcionavam em minha vida... nunca tinha sido.

Levei-o pelas escadas de trás, em seguida, seis lances de escadas e um corredor para o quarto.

E, naturalmente, este seria o primeiro sábado que Linden, Adriana e Jemi ainda estavam todas no quarto. E pelas roupas casuais e pijamas, elas não estavam pensando em ir a qualquer lugar. As três estavam todas enroladas em cadeiras ao redor da mesa de café, bebendo chocolate quente e jogando baralho.

Naturalmente, a minha entrada com um cara não ia passar despercebida. Minha entrada com Crank Wilson, que todas conheciam, todos da sua banda e sua reputação, era algo totalmente diferente.

Adriana levantou rápido na sua cadeira, praticamente empurrando seus peitos. Linden arregalou os olhos e Jemi apenas levantou a sobrancelha ligeiramente.

— Hum... oi. — eu disse, de repente, muito desconfortável. — Hum... Crank... estas são Linden, Adriana e Jemi. Minhas colegas de quarto. Meninas esse é o meu amigo Crank.

— Como estão? — Crank disse, cumprimentando-as. Como de costume, ele tinha um sorrisinho besta no seu rosto, que eu queria nada mais do que dar um murro nesse momento.

As meninas dispararam a falar, e eu deixei fluir. Era sem sentido de qualquer modo.

— Então, hum... — eu disse sem nenhuma ideia para onde ir com isso. — Estamos indo para a cama.

Crank piscou para elas. Agarrei sua mão e o puxei para o meu quarto, e quando fechei a porta, ouvi uma rajada de sussurros. Só Deus sabe o que elas estavam dizendo. Com certeza eu não queria saber.

Capítulo Onze

Nunca confie de novo (Crank)

Julia não disse uma palavra enquanto me puxava para o quarto dela. Largou a minha mão, fechou a porta e, em seguida, tirou o seu casaco.

Seu quarto era grande para um dormitório, cerca de três metros de um lado, com uma grande janela com vista para o Quad. Lá fora, ainda podia ver os estudantes universitários brincando com a neve. Ela tinha uma mesa decente com um Power book37 em cima, com uma pilha alta de papéis próxima ao laptop. Uma estante larga que ocupava todo o comprimento da parede abaixo da janela, Exceto pela mesa e a estante, o quarto era estéril. Nada nas paredes. Sem fotos. Parecia que ela estava pronta para se mudar amanhã. Estranho.

Apesar disso, as prateleiras eram interessantes. Livros de literatura, e o que parecia ser principalmente fantasia e romances. Não era a minha praia, mas reconheci um bando deles. Sean tinha um monte dos mesmos livros. O que me levou a pensar nela sentada no quarto dele, e a conversa que eu ouvi por acaso. Eu nunca o tinha visto falar daquele jeito: abertamente.

— Você nunca disse onde você conseguiu o presente de Sean. — eu disse. — Você lê aquelas coisas?

— Mangá? — ela perguntou. — Não. Mas conheço um cara no segundo andar que é louco por isso. Ele me levou a uma loja em Somerville para ajudar-me escolher algo.

— Conheço o lugar. Sean me faz leva-lo algumas vezes. Foi... foi um presente legal. Realmente atencioso.

Ela sentou-se em uma grande cadeira estofada e começou a desamarrar as botas. — Obrigada. Eu não tinha a certeza se era a coisa certa ou não.

— Você não poderia ter escolhido algo melhor... mas, posso te fazer uma pergunta?

Ela sacudiu os ombros e voltou a desamarrar as botas. — Claro.

— Nunca vi alguém se conectar com meu irmão tão rapidamente. Como?

— Eu apenas o tratei como uma pessoa normal.

Isso foi desnecessário, e eu respondi na defensiva. — Você está dizendo que eu não?

Ela balançou a cabeça lentamente, colocou as botas próximas à cadeira. Ela tinha um pé bem pequeno. — Não, eu não estou dizendo isso. Mas... sem ofensa, mas a sua mãe e seu pai? Parece que vocês estão tão envolvidos com o Asperger's que não veem nada além.

Eu exalei, de repente, me joguei na cadeira da mesa dela. Ela estava certa. Estávamos tão envolvidos com o Asperger's, e machucou ouvi-lo dizer que ele desejava que a mamãe pudesse amá-lo por quem ele era. Por que todos nós tínhamos aquele problema.

— Você acha que isso é parte do problema dele?

— Eu não sei, Crank. Mas... não deve ser fácil ter tanta pressão sobre você, o tempo todo. É assim que eu vivo às vezes, e é uma droga.

Suspirei e olhei para fora da janela. A neve ainda estava caindo forte. — Eu não entendo como você vê tão claramente. E obviamente você vê, uma vez que funcionou.

Ela balançou a cabeça. — Eu sou boa em observar as pessoas. Mas ouça... tem sido... uma noite incrivelmente longa. E... preciso ir dormir. Tudo bem? Você se importa?

— Tudo bem. — eu disse.

Ela me encarou um momento, e depois disse. — Eu sei que isto é estranho. Mas eu não vou fazer você dormir no chão. Apenas... mantenha suas mãos para você, tudo bem?

— Por que parece que você tem que ficar repetindo isso toda hora?

— Por que você apalpa metade das mulheres que você vê?

— Porque é divertido. — eu respondi. Então pisquei para ela. Porque tenho autocontrole zero, e sabia que iria irritá-la.

Ela revirou os olhos, abriu o armário e pegou algumas roupas. — Eu estou indo colocar o pijama. Volto logo.

Sem outras palavras, ela saiu do quarto.

Pendurei minha jaqueta na parte de trás da cadeira e tirei as minhas botas. Com ou sem macacão? Optei por sem. Estava de boxer. Foda-se. Eu fiquei de camiseta. Tanto faz. Eu joguei o cobertor de volta e subi na cama dela, de frente para a janela. Essa era a noite mais estranha e desconfortável que eu tinha há anos. E normalmente, era um vencedor com todas as coisas estranhas e desconfortáveis. A coisa era... eu me importava. Importava consertar isso. Importava que eu não a desencorajasse, importava que eu não fizesse um buraco em qualquer que fosse a confiança limitada que estávamos desenvolvendo. De alguma maneira, eu tinha que convencê-la a confiar em mim. E se precisasse que eu me deitasse aqui de bolas azuis a noite toda porque não podia tocá-la, então é isso que vou fazer.

Mas eu não tinha que gostar disso.

Ouvi a sua voz, fora da porta. Ela estava dizendo algo para as outras garotas, não sei o quê. Não importava. Tenho certeza que suas colegas de quarto eram todas legais, mas elas também não eram interessantes para mim. Deus sabe o que elas estavam perguntando para ela, ou o que elas assumiram. Queria que as suas hipóteses estivessem corretas. Senti-me um moleque, e mantive os meus olhos na janela, observando a neve. Desejando... alguma coisa.

A porta se abriu, e podia ver o seu reflexo na janela, enquanto ela entrava no quarto e fechava a porta. Eu continuei olhando para fora da janela, do meu lado. Ela parou e, em seguida, desligou a luz, ouvi os seus passos leves se aproximando da cama. Em seguida, o colchão se moveu quando ela escorregou sob o cobertor, próxima a mim. Meu corpo inteiro ficou tenso. Eu podia senti-la ali. Centímetros de distância. Eu desesperadamente queria alcançar e tocá-la, sentir sua pele. Eu virei e deitei de costas. A luz tênue proveniente do Quad refletia no teto, uma nuvem de sombras de flocos de neve movendo-se através do quarto em direção à janela.

Olhei para Julia, tentei fazer isso sem que ela percebesse. Ela também estava deitada de costas com as mãos sobre seu estômago, cobertor puxado totalmente para cima. Seus olhos estavam abertos, perseguindo a sombra de flocos de neve.

O que quer que a neve a lembrasse, não sabia. Mas sua expressão era... além de infeliz. O seu corpo estava rígido, seu rosto congelado, os olhos arregalados e com lágrimas. Mas qual era a coisa certa a fazer? Queria pegá-la em meus braços, dizer que tudo ia ficar bem, dizer a ela que o que tinha acontecido no passado, não tinha que definir quem ela era agora. Que ela estava segura. Eu a alcancei, e muito lentamente limpei uma das suas lágrimas com o meu polegar.

Ela hesitou.

— Sinto muito. — eu disse. — Você apenas parecia tão triste.

— Eu fiz catorze anos cerca de duas semanas antes de conhecê-lo. — ela disse. Pareceu repentino, e prendi minha respiração, com vontade que ela continuasse. Ela continuou. — Eu ainda tinha... bonecas Barbies e bichos de pelúcia. Era jovem para aquela idade, emocionalmente. Tinha cartazes por todo meu quarto de cantores e atores. Meus pais fizeram uma grande festa para mim, e todas as crianças da embaixada vieram. Eu ainda não conhecia nenhum deles... tínhamos acabado de chegar a Pequim. Foi onde conheci Lana. Na festa. Ela terminou por se tornar a minha melhor amiga.

Mantive minha boca fechada. Melhor não dizer nada, do que dizer a coisa errada. Queria que ela confiasse em mim. Mas eu não podia forçar. Tinha que ser ela.

— Assim, no primeiro dia de escola, estava com Lana. E nós estávamos na fila do refeitório e esse cara se aproximou. Ele era lindo. O nome dele era Harry. Harry Easton. Ele era alto e jogava rugby, ele veio direto até a mim, me encarou e disse: — Quem é a sua amiga Lana? — e ele não tirou os olhos de mim. Foi avassalador. Quem era esse cara incrível, e por que ele estava olhando para mim?

Ela ficou rígida, sem se mover, mas vi a maçã do seu rosto mexer quando ela engoliu em seco, e em seguida, voltou a falar. – Então... me apaixonei por ele. Escapava do nosso apartamento e ia encontrá-lo no meio da noite, onde quer que ele dissesse. Ele me levou a jantares incríveis em restaurantes em Pequim. Me levou ao mercado da Seda, e à Cidade Proibida, ao Panda House, realmente, todas as coisas maravilhosas na cidade. Não conseguia estar em torno dele sem me derreter. Mas era tudo tão confuso. Eu o amava... eu estava... consumida por ele.

Ela pausou, e outra lágrima correu lentamente pelo canto do olho, ao lado do seu rosto em direção a sua orelha.

— Eu não estava pronta para ter relações sexuais ainda. Nem perto disso. Ainda era apenas uma menininha. Mas ele queria, e ele apenas... tomou. A primeira vez me assustou muito, eu fiquei apenas... paralisada. Não me movi,

não disse nada. Estava com tanto medo. Tinha medo que ele me odiasse se eu dissesse não. Eu tinha medo de... tudo.

— Depois disso, foi como... se eu não tivesse qualquer controle sobre minha própria vida. Ele ficava louco se saísse com a Lana sem ele. Ele ficava bravo se eu mesmo falasse com um cara da minha idade. Parecia como se ele estivesse tentando me isolar de tudo. E os meus pais: eles eram tão ocupados, tão envolvidos em si mesmos, eles não perceberam o que estava acontecendo. Minha irmã Carrie tinha nove anos na época, e Alexandra quatro. Era demais para a minha mãe. Ela não conseguia prestar atenção na sua estudante do ensino médio. Eu era invisível.

Então, ela caiu em silêncio, os olhos ainda acompanhando os flocos de neve, o que, além de qualquer coisa, tinham aumentado a intensidade. Eu me lembrava disso, me sentir invisível. Eu me lembrava disso muito bem.

— Quando fiquei grávida, não sabia o que fazer. Não tinha nem certeza o que era aquilo. A primeira menstruação não veio, nem a segunda. Eu estava doente constantemente. E então ele trouxe um teste de gravidez pra mim e deu positivo. Harry nem sequer perguntou o que eu queria fazer sobre isso. Ele simplesmente... assumiu. Dois dias mais tarde, ele apareceu no apartamento e praticamente me mandou sair. Pegamos um táxi por um longo caminho, Pequim é uma cidade enorme, muito maior do que Boston, ou até mesmo Nova York. Há enormes distritos inteiros onde ninguém fala inglês. Não sei como ele conseguiu o endereço do lugar. Algum funcionário da Embaixada Britânica que faria o que fosse para evitar um escândalo. E... seria um escândalo. Ele fez dezenove naquele outono, e eu tinha acabado de completar catorze. Há um monte de lugares nos Estados onde você poderia acabar na prisão por causa daquilo.

De repente ela se virou de frente pra mim, de lado. E ela continuou falando sua voz caindo a algo próximo de sussurro. — O médico e os enfermeiros, eles não falavam inglês. Fizeram-me deitar e me deram uma injeção. E então eu senti. Dentro... senti cãibras, um pouco de dor. Então muita. Não conseguia nem entender o que estava acontecendo. Eles estavam... usando sucção. Sugando meu bebê para fora de mim.

Ela fechou os olhos e começou a tremer. Estendi a mão e coloquei sobre o seu ombro, e ela suspirou em um tom maldoso. — Não me toque. Você prometeu.

Abalado, puxei a minha mão.

— Deixe-me terminar. — disse ela.

Eu assenti e ela continuou.

— Quando eles acabaram, eles me envolveram com uma gaze e praticamente me empurraram pela porta. E... Harry tinha ido embora. Eu não sei o por quê. Eu nunca fiquei sabendo por que ele foi... por que ele não podia sequer se incomodar em me levar para casa. Não sabia onde eu estava, e não falava a língua e ninguém falava Inglês na vizinhança em que eu estava. Começou a nevar, e apenas andei. Podia... eu podia sentir... o sangue escorrer pelas minhas pernas. E enquanto andava, as pessoas apenas viravam as costas para mim. Elas viam uma garota americana andando pelas ruas, e não queriam se envolver. Comecei chorar, estava com tanto medo, mas ninguém ia me ajudar. Eu só continuei andando, andando. Estava tão frio. E tudo que eu podia pensar era que eu queria a minha mãe. Eu queria encontrá-la, abraçá-la e fazer com que todo esse medo e dor e frio fossem embora. Eu queria voltar a ser a menina dela, ter a sua proteção e fazer tudo melhor.

Ela tomou um fôlego profundo soluçando. — Finalmente encontrei um policial que falava inglês, e acenei para o meu passaporte diplomático e gritei com ele. Ele me colocou na garupa de sua moto e me levou para o complexo. E me largou no portão. Acho que ele estava com medo de se envolver com alguma coisa... que o porteiro iria querer alguma informação, e ele acabaria em problemas. Eu não sei. Mas era quase dez horas da noite quando cheguei em casa, e Alexandra estava fazendo uma birra, e minha mãe estava enlouquecendo, e ela me agarrou pelos braços, quando eu entrei e gritou comigo. Como eu ousava sair e não ligar, ou contar a eles onde estava indo, ela me bateu, e eu corri para o meu quarto. Eu queria morrer. Eu... eu realmente queria morrer.

Ela inalou varias vezes através do seu nariz, fungando muito e alto, e enxugou os olhos furiosamente. Então ela me olhou, seus olhos mortos. — Nunca disse a alguém tudo isso. Ninguém.

Apenas acenei com a cabeça e calmamente sussurrei. — Você pode confiar em mim, Julia.

— Eu fiquei doente. Realmente doente. Eu não acho que houve muita perda de sangue, mas durou quase uma semana. E ter ficado no frio, molhada, todas àquelas horas. Então eu passei uma semana inteira fora da escola com uma gripe. Eu mal vi a minha mãe. Carrie vinha e sentava comigo um pouco depois da escola, mas minha mãe a fazia ficar do outro lado do quarto, no caso de ser contagioso.

Ela deu uma risada amarga. — Não foi muito diferente depois. Porque ela decidiu que eu ser uma vagabunda era contagioso.

Estremeci com a ira de suas palavras.

— Quando voltei à escola, vi Harry no corredor. Ele encontrou os meus olhos e apenas virou. Ele nunca mais falou comigo de novo. Acho que foi um alívio quando ele me viu de volta na escola, que não tivesse morrido ou causado algum grande incidente diplomático que o colocaria em problemas. Mas eu finalmente quebrei e contei para a Lana. Por um tempo, ela não estava falando comigo também, porque eu tinha ficado tão distante quando estava com o Harry. Mas pela primavera, éramos amigas de novo, e assim ficamos a maior parte restante do tempo que fiquei em Pequim.

— A coisa é. — ela disse. — Quando você confia nas pessoas elas podem te machucar. E na minha última semana lá, nós tivemos uma briga. Uma briga ruim. E Lana mandou um e-mail para todo mundo da minha classe sobre como eu supostamente seduzi Harry e fiquei grávida. Ela disse no e-mail que nós transamos no prédio da escola. E ela contou como eu abortei e que essa foi a única razão pela qual eu perdi uma semana de escola antes do natal. E... ela incluiu uma foto que alguém tirou. Uma... foto horrível. O negócio é que, eu nem mesmo me lembro dela. Harry me levou a uma festa e eu falei para os meus pais que eu ficaria na Lana. Ele ficava me falando que eu tinha que beber. Eu apaguei... não me lembro daquela noite. Mas alguém tirou uma foto minha, e ela era... horrível. Alguém direcionou o e-mail para os meus pais.

Mãe de Deus, eu pensei.

— A coisa é... eu reorganizei a minha vida. Eu tive alguns amigos... e eu jurei para mim mesma, que nunca mais deixaria aquilo acontecer comigo de novo. Eu não saía para encontros. Eu não... eu nem saía muito com os outros garotos da escola. Eu me prendi a mim mesma e à Lana, e isso foi muito. Eu trabalhei duro. Aprendi Mandarin, fluentemente, para que nunca mais me sentisse perdida na cidade de novo. Eu nunca mais iria ser uma garotinha fraca, amedrontada. Mas quando Lana me traiu... isso... isso estragou tudo. E a história me seguiu de volta para os Estados Unidos. Assim, todo o meu último ano no ensino médio, eu era... vagabunda ... prostituta. Os caras me faziam propostas no corredor, ou agarravam meus peitos ou bunda, e a escola não fazia nada sobre isso. Eles têm o bullying apurado como ciência na BBC. Então quando chegava em casa era pior, porque meu pai era para estar em Moscou naquela época. Mas Maria Clawson de algum modo conseguiu pegar aquele e-mail. Ela tirou o meu nome, porque eu ainda não tinha dezoito. Mas ela publicou o resto e o senador Rainsley segurou a nomeação do papai e sentou nela. E então todo dia quando vinha para casa, minha mãe estava cada vez mais louca. Porque ela achava que a carreira do meu pai ia acabar com um escândalo. Clawson deixou subentendido em seu blog que meu pai sabia do aborto... que ele tinha feito os arranjos para isso. E a minha mãe... não usava as mesmas palavras da escola. Mas ela queria dizer a mesma coisa. Que eu era uma vagabunda imprestável.

Santo Cristo, por quê, em nome de Deus seus pais não a ajudaram? Eu engoli em seco. — Você passou por isso de alguma forma.

Ela confirmou lentamente. — Na virada do ano 2000.

Ela levantou o seu pulso direito na frente do rosto dela, e deslizou os braceletes que ela sempre usava o seu braço, bloqueando seu pulso, então o virou em minha direção. — Se você olhar de perto. — ela sussurrou. — Você verá as cicatrizes.

Me contive em um rápido fôlego. Mal podia vê-las, três longas cicatrizes verticais, que subiam uns oito centímetros por seus pulsos.

Cicatrizes ruins. Com cautela, eu as toquei, corri meus dedos nelas. Quando eu fiz... quando fiz aquele contato, lágrimas começaram a fluir dos meus olhos, muitas para estancar ou engolir de volta.

— Eu cortei meus pulsos na banheira. E isso não foi um grito por socorro. Eu cortei profundo e forte, eu iria rápido. Eu podia me sentir morrendo, escorregando. — ela soluçou. — E então eu percebi que podia ouvi-lo rindo. Lá estava Harry, aquele bastardo, rindo de mim. Porque eu deixaria que ele controlasse a minha vida, mesmo em anos depois que ele tinha ido. E eu não podia deixá-lo ganhar. Não poderia deixar que ele controlasse a minha vida mais. Não podia deixar que ele fosse a razão da minha morte. Eu achei que fosse tarde demais, mas... enrolei uma toalha no meu pulso, apertando tão forte quanto podia. E eu deixei a água drenar. Estava tão debilitada, pensei que eu fosse morrer de qualquer jeito. Mas eu... eu esvaziei a banheira, de modo que você não pudesse ver o sangue. E fui para a cama. Quando acordei na manhã seguinte, tinha sangue no meu lençol, mas muito sangue. Mas... não tinha sido suficiente para me matar. Então eu levantei e joguei fora o lençol e saí, como se estivesse indo para a escola, mas, em vez disso, saí e sentei-me em um café no centro o dia inteiro. E prometi para mim mesma que nunca mais seria fraca daquele jeito. Podia suportar mais cinco meses da escola, e, em seguida, sairia de casa e nunca mais voltaria. Nunca confiaria de novo. Nunca... me debilitaria de novo.

Ela se calou, eu ainda podia ver a sombra de flocos de neve pelo quarto. Tomei um fôlego profundo, e ela também. Ela parecia... vazia. Seus olhos só estavam meio abertos, pupilas dilatadas, focadas em lugar nenhum. E então eu sussurrei minhas próximas palavras. — Então?... Por que você está falando agora?

Seu rosto parecia que iria quebrar, seus olhos, de repente se enchendo muito de lágrimas, e ela soluçou. — Porque eu estou cansada de ser tão sozinha!

Ela colocou as mãos em seu rosto e começou a tremer com grandes e terríveis soluços, e eu ignorei os seus avisos para não tocá-la. Eu a puxei para mim e segurei-a bem apertado, e ela se quebrou completamente, chorando no meu ombro, seus punhos enterrados nas minhas costas. Naquele momento eu não queria nada mais no mundo do que encontrar um caminho para dar a ela um minuto, uma hora, um dia de felicidade. Nós ficamos daquele jeito até que ela chorou até dormir.

Só por agora (*Julia*)

Quando acordei de manhã, o sol brilhava através da janela, refletido na neve do Quad e iluminava as paredes com luz branca. Eu rapidamente me dei conta de três coisas. Primeiro, Crank estava de conchinha atrás de mim, seus lábios roçando o meu pescoço. Aquilo estava... muito bom. Segundo, o seu braço direito estava enrolado em torno da minha cintura, e a mão esquerda estava em um dos meus seios. Não exatamente o jeito que eu imaginava acordar. Finalmente, ele tinha uma ereção. Não havia dúvida de que era aquilo que estava pressionando o meu traseiro.

Ele estava em sono profundo, e a última coisa que queria fazer com ele nesta condição era acordá-lo. O que me apresentou um problema. Como eu ia erguer a sua mão folgada do meu peito e sair debaixo do seu braço, sem acordá-lo? Porque, se ele acordasse, ele iria querer fazer algo sobre aquele outro problema. E, honestamente, sentindo sua respiração, e um ligeiro toque de suspiro contra a parte de trás do meu pescoço, para não mencionar sua mão... me fez querer fazer algo sobre aquilo, também.

Eu me sentia... diferente esta manhã. Emocionalmente drenada. Ontem... do confronto entre Sean e seu pai, a cena inacreditável de tristeza entre Jack e

Margot, sem mencionar Crank... derramando a minha história... tudo isso foi demais. Eu sentia como se alguém tivesse passado uma escova de aço pela a minha pele. Mas eu senti algo mais, e era estranho e confuso.

Acordei feliz.

Parte de mim se perguntava se em vez de tentar escapar do braço de Crank, eu deveria me aconchegar, acordá-lo, acordar aquilo e fazer algo sobre isso.

Parte de mim ainda estava apavorada. Ele me segurou apertado, enquanto eu chorava sem sentido. Eu não podia me lembrar a última vez que aquilo tinha acontecido. Tudo bem. Porque nunca aconteceu. Eu não podia me lembrar a última vez que me senti segura e confortável.

Eu fechei os meus olhos e só fiquei deitada lá. Eu estava quente, e nesse exato momento, eu só esperava que ele não acordasse. Era mais fácil não ter que decidir nada agora, não sentir nenhum tipo de pressão. Talvez fosse melhor só levar as coisas devagar. Eu estava saindo para São Francisco em poucos dias para os feriados. Isso me daria algum tempo para explorar isso e descobrir exatamente onde estava com cabeça.

Eu não estava ansiosa para ir para São Francisco de jeito nenhum. Eu tinha conseguido administrar para não ir à Ação de Graças esse ano, mas Natal era outra coisa. Eles me esperavam, e não havia saída. A faculdade ficava fechada da metade de dezembro até final de janeiro, cinco semanas inteiras. Cinco semanas com a minha mãe me intimidando diariamente, me dizendo que decepção eu era, que ela não me criou para ser uma prostituta.

Eu não era o que ela achava que eu era. Eu nunca teria sido. Mas ela não tirou tempo para descobrir. Ela escolheu o lado de uma fofoqueira maldosa sobre a sua própria filha. Ela acreditava nas coisas que Maria Clawson tinha escrito sobre mim. E eu sabia o por quê. Porque era mais fácil do que olhar para si mesma. Era mais fácil do que olhar de perto para o fato de que durante o mesmo período que estive envolvida com Harry, ela tinha seus próprios segredos.

Mas por agora. Por agora eu estava enrolada na cama com o Crank. E não sabia para onde estava indo: não sabia o que isso significava. Mas por agora, me sentia segura. Então decidi fechar os olhos e ir com ele. Me assustava pra caramba. Mas algumas vezes você tem que andar pelo medo. Então, apertei minha mão sobre a dele e me deixei ir.

Ele despertou quando toquei sua mão. A respiração dele acelerou, e ele espreguiçou, o que teve o efeito de pressioná-lo contra mim. Senti uma mistura de ansiedade e excitação. Em seguida, ele congelou e disse, muito calmamente: — Bem, isso é estranho.

Eu podia fingir que estava dormindo e deixá-lo se afastar. Mas eu não queria, então sussurrei. — Só se você deixar ser.

Ouvi-o parar de respirar por um segundo. E ele disse: — Você está acordada, me desculpe, eu não queria... — e ele começou a puxar a sua mão.

Eu a segurei, não deixei sua mão ir.

Sua respiração acelerou. E em seguida ele sussurrou algo que trouxe lágrimas repentinas aos meus olhos. — Eu não quero estragar tudo, Julia. E nunca quero ser uma pessoa que vai machucar você. Nunca.

E então ele beijou a parte de trás do meu pescoço, seus lábios tocando apenas a parte superior da minha coluna, e senti por todo o meu corpo até os meus dedos dos pés. Fechei meus olhos com força, sentindo seu corpo ao longo do meu e sua mão pressionou com mais força o meu peito. Seus lábios se moveram lentamente, apenas mal tocando a minha pele, ao longo do meu pescoço, até o lado do meu rosto. Virei a minha cabeça para a direita, trazendo os meus lábios aos seus. Ele era lento, hesitante, seus lábios tocando os meus. Minha boca se abriu, apenas um pouco, e a dele abriu, e apenas por alguns poucos segundos nossas línguas se tocaram, e eu tremi, meu corpo inteiro repleto de sensações. Ele correu a língua ao longo da borda dos meus lábios, me senti sorrindo. Virei meu corpo em direção a ele, meus braços envolvendo seu corpo.

Quando me virei, ele abaixou a cabeça, trazendo seus lábios para a base da minha garganta. Sua barba estava áspera no meu pescoço, e eu prendi a respiração, o meu corpo pressionando contra o seu, como se tivesse uma mente própria. Seus lábios traçaram a borda do meu maxilar, até minha orelha, e me encontrei inclinando minha cabeça para trás, dando-lhe espaço. Deixei escapar um suave gemido de prazer, toda a minha atenção concentrada naquele local, onde seus lábios tocaram meu corpo.

Eu suspirei quando de repente, ele se afastou e eu abri meus olhos. Ele tinha recuado, e disse. — Eu quero ver você. Você inteira.

Ele não tinha que pedir duas vezes. Eu balancei a cabeça rapidamente, ele chegou para frente e levantou minha camisa, abaixando o rosto para a minha barriga. Eu choraminguei um pouco quando sua língua explorou o meu umbigo, mesmo quando ele passou a minha camisa pela minha cabeça com as mãos. Ele levantou a cabeça, e correu sua língua ao longo do meu peito e eu agarrei seus ombros, sentindo o músculo rígido, enquanto ele me provocava, movendo-se em volta, mas não realmente tocando meu mamilo direito. Em seguida seus dentes roçaram no meu mamilo, e eu ofeguei. Uma parte de mim não podia evitar, exceto mentalmente comparar isto com Willard, que teria tido terminado tudo por agora, deixando-me aborrecida e me sentindo um pouco usada. Crank era... diferente. Nunca estive com um homem que se focasse em como eu estava me sentindo. E estava muito, muito dolorosamente claro que o meu prazer era o principal na mente dele. Por um segundo, eu pensei que ia gritar quando ele me mordeu, e encontrei-me pressionando minha mão na parte de trás da sua cabeça, desejando que mordesse mais forte.

— Isso é bom? — ele perguntou, seu tom profundo e tranquilizador.

— Não pare. — eu sussurrei.

Ele deslizou para cima do meu corpo e sussurrou no meu ouvido.
— Tem certeza? Isso está indo muito rápido?

Abri meus olhos e olhei nos dele. Então agarrei seu rosto em minhas mãos. — Não se atreva a parar agora.

Ele sorriu, então agarrou minha calça de pijama, tirou e a jogou pelo quarto. Eu soltei um grito quando sua língua tocou a sola do meu pé, me fazendo cócegas, enviando uma sensação que corria pelo meu corpo inteiro. Ele agarrou a minha perna direita com as duas mãos, segurou-a, então começou a trabalhar sua língua na lateral do meu pé, depois minha perna. Ele moveu uma mão para minha outra perna, acariciando minha coxa. Minhas pernas estavam tremendo, todo o meu corpo arrepiado, quase convulsionando, enquanto sua língua corria a parte interna da minha coxa. Lentamente, dolorosamente lento.

Então a sua língua estava dentro de mim, e eu quase gritei, minhas mãos em punho segurando os lençóis, joguei minha cabeça para trás. Eu não sabia se eu estava com dor ou prazer, ou o quê. Nunca tive um homem que fizesse isso. Era algo inteiramente novo, assim, eu estava apenas perdida na sensação. Eu gemi, alto, mais alto, fechando meus olhos com vontade de gritar.

Eu achei que ele fosse parar, e não queria que parasse. Mas ele continuou, e eu me perdi em onda após onda de sensações. Meus olhos reviraram, e eu senti meus dedos juntarem e então eu não pude evitar. Deixei escapar um grito.

Ele parou em seguida. — Cuidado, você vai acordar as suas colegas.

— Foda-se. — eu disse, minha voz feroz.

— Isto não seria nem de perto tão divertido quanto isso.

— Cale a boca. Continue.

— Como quiser. — ele disse, provocante, então mergulhou de volta aos negócios, e as minhas costas arquearam, enfiei meu rosto no travesseiro, tentando desesperadamente não gritar mais uma vez, lágrimas corriam pelo meu rosto, e senti de repente vertigens quando todo o meu corpo estremeceu.

Tirei o travesseiro, minha respiração começando a desacelerar, e sussurrei. — Isso nunca aconteceu antes.

Ele riu. — O prazer foi meu. — e então beijou minha barriga novamente, os meus seios, e mudou o seu caminho de volta até a minha boca. Eu sentia seu

pênis, ereto e quente entre as minhas pernas, me pressionei para ele. — Eu quero você dentro de mim.

Ele fechou os olhos por um segundo. — Eu não tenho qualquer tipo de proteção comigo.

— O quê?

Ele suspirou. — Eu não tinha... planejado isso.

Eu queria gritar de frustração. Mas certamente eu não tinha qualquer preservativo no quarto, e eu não estava tomando a maldita pílula, e... porra!

— Deite-se. — eu disse.

— O quê?

— Você me ouviu, punk. Deite-se. Você não pode fazer isso por mim e não receber o favor de volta.

Ele deitou. — Meus sonhos acabaram de se tornar realidade.

— Fique quieto.

E, então ele ficou.

Capítulo Doze

Por que deveria fazer sentido? (Crank)

*N*ão podia pensar em mais nada no mundo que teria gostado mais do que ter apenas ficado na cama com Julia. O dia todo. Todas as noites. Todos os meses. O que for. Infelizmente nós tínhamos alguns problemas para lidar, ela tinha um grande trabalho para segunda-feira, e nós tínhamos dois carros batidos do outro lado da rua. Eu não ia sugerir que adiasse os trabalhos de segunda-feira: Julia era muito esperta para isso. E os carros, bem, nós não poderíamos apenas deixá-los.

Assim, tomamos nossos banhos, nos vestimos para o frio e passamos uma boa parte da manhã no telefone com as nossas respectivas seguradoras. Isso ia ser muito, muito ruim para a minha tarifa do seguro. Nem queria pensar sobre isso.

Finalmente, aquilo estava resolvido, e estávamos ambos tentando descobrir o que fazer a seguir. E aquilo era estranho, porque, na verdade, não tínhamos realmente resolvido nada. Nós tínhamos tido só um caso de uma noite, e ninguém me contou? Eu realmente não sabia a resposta. Éramos amigos? Mais do que amigos? Amantes? Merda, se eu soubesse. E corajoso como eu sou? Eu estava com medo de perguntar.

Era hora de eu ir, e não queria ir, e daquilo que eu podia adivinhar, ela não queria que eu fosse também. E então meu telefone tocou.

Eu olhei para ele. Papai. Meu pai raramente me ligava, a menos que fosse algo importante, assim, eu atendi imediatamente.

— Alô?

— Dougal, ouça... preciso que você venha em casa. Esta tarde.

— Pai... é uma hora ruim, o que é?

— Se eu quisesse discutir por telefone, não pediria para você vir, pediria espertinho? Apenas passe por aqui.

Eu suspirei. — Ouça... eu meio que destruí o meu carro ontem à noite. E o da Julia também.

— Você o que? Caramba, como você conseguiu isso?

Eu balancei minha cabeça, ficando frustrado. — Gelo, quando eu estava levando-a para casa.

— Bem, pegue o trem, então. Mas preciso que você venha para a casa, tudo bem? É importante. De qualquer forma, onde você está?

Engoli em seco, em seguida, disse. — Estou em Cambridge.

Sua voz caiu. — Em Harvard? Com ela?

Tossi. — Sim.

— É melhor você não estar fazendo qualquer coisa que acabe machucando essa menina, Dougal. Eu te amo, mas eu te conheço, garoto, você é ruim com as meninas.

— Não mais. Não dessa vez. — a minha resposta foi firme e não defensiva.

Ele não respondeu imediatamente. Julia estava sentada no outro lado do quarto, com uma expressão curiosa no rosto. Aquela seria uma conversa difícil de explicar. Esperava que ela não perguntasse.

— Tudo bem, garoto. Apenas venha. Quando você pode chegar aqui? Vou buscá-lo na Broadway.

Verifiquei o despertador dela, em cima da mesinha. Passava um pouco do meio-dia.

— Eu estarei lá a uma.

— Tudo bem. Não se atrase.

Ele desligou sem dizer adeus. Meu pai sempre foi um modelo de boas maneiras.

Dobrei o telefone e enfiei no meu bolso. — Ouça, Julia... tenho que ir para a casa do meu pai. Não sei o que é, parece que ele quer falar sobre algo, mas ele não me pediria se não fosse importante.

Ela acenou com a cabeça e perguntou. — Quer que eu vá junto?

— Eu realmente quero. Mas você não precisa fazer o seu trabalho?

Ela deu de ombros. — Vou levá-lo comigo. A menos que você queira ir sozinho...

Eu olhei para ela e levantei as sobrancelhas. — É claro que quero que você venha.

— Está decidido então. Dê-me um segundo para eu me arrumar.

Assim, alguns minutos depois, estávamos marchando na neve para a praça de Harvard. De mãos dadas. Aquilo era... estranho. E legal. E não resolvia nenhuma das minhas perguntas. O dormitório dela, ou casa, ou o que quer que seja como chamam, era separado do resto do campus e da Praça de Harvard por vários blocos. E com bons vinte e cinco centímetros de neve no chão, parecia ser uma longa distância. Mas nós finalmente chegamos à praça, pegamos algumas xícaras de café no Au Bon Pain e caminhamos para entrada do terminal.

Por trás da banca de jornal tinha um anfiteatro no subsolo que todo mundo chamava de Pit. Mesmo com este tempo, havia uma dúzia ou mais de pessoas se encontrando no pit, a maioria amontoada sob o abrigo do terminal. O meu tipo de pessoas: elementos desajustados, principalmente Punks com nenhum outro lugar para ir.

— Ei Crank!

A voz veio de um dos rapazes amontoadas em um agasalho no Pit. Era o Lenny. Cerca de vinte e três, talvez vinte e quatro anos, ele é um cara magro, pele pálida com dreadlocks e vários piercings no rosto. Não sei se Lenny é o seu verdadeiro nome, mas ele tinha sido regular ao redor do Pit durante anos. Nós costumávamos pagar os caras para ir ao bar conseguir bebida para nós, então ficarmos bêbados fedidos no cemitério.

Eu realmente não sinto falta daqueles dias.

— Lenny... ei cara.

Nós batemos os punhos. — O que você está fazendo Crank?

— Indo para casa do meu pai. — eu disse. Virei para Julia. — Julia, este é Lenny. Nós costumávamos sair.

Lenny disse: — Sim, antes de você ficar todo famoso e toda essa merda.

Balancei minha cabeça. — Eu sou um monte de coisas, Lenny, mas famoso não é uma delas.

— Prazer em conhecê-lo, Lenny. — Julia disse. Os olhos dela estavam arregalados, e quando olhei para ela e para Lenny, eu percebi o abismo que estava atravessando aqui. Os caras que eu costumava sair aqui no Pit, e apenas pela cidade: a maioria desabrigados ou revezando sofás. Drogas, bebidas. Cortei fora a maior parte daquela merda. Não havia futuro nisso, e eu podia não ser um garoto de faculdade, mas estava planejando chegar a algum lugar.

Lenny olhou para ela, e acho que ele viu a mesma coisa que eu, porque ele disse. — Então agora você namora barneys? Que inferno, homem?

Senti uma onda de irritação e disse, em um tom amistoso. — Se você quiser manter os seus dentes, Lenny, você nunca ouse dizer qualquer coisa como essa novamente.

Ele levantou as mãos. — Ei, sem ofensa, cara. Eu sei como é isso. Você ganha um pouco de dinheiro com a sua música e nos joga fora. Não é grande coisa.

— Para com isso, cara. Eu sou o mesmo cara de sempre.

Ele deu de ombros. — Seja como for cara. Nada mais é o mesmo, de qualquer maneira. Não desde Ewa.

Murmurei uma maldição. — Sim, eu sei. O que está acontecendo com aquilo?

Julia parecia curiosa, quando Lenny disse. — Eles querem que um bando de nós testemunhe. Não falo com os polícias, cara. Mas... caramba.

— Você devia fazer isso. — eu disse. — Por ela.

— Sim. Por Ewa.

— Escute, temos ir, tudo bem? Meu pai tem algo de importante para falar.

— Eu achei que você nem falasse com ele.

Dei de ombros. — As coisas mudam, cara.

— Tudo bem, fique frio. — quando começamos a virar, ele disse. — Ei, Crank. Posso pegar um par de dólares? Pelos velhos tempos?

— Claro. — eu passei-lhe alguns dólares e fomos para a estação.

Julia esperou até que estivéssemos na plataforma antes que perguntasse. — O que foi aquilo?

Fiz uma careta. Não gostava de falar sobre isso. — Ewa... ela era uma dos inúteis do Pit. Uma garota havaiana, costumava sair com o pessoal. Um bando de caras fingindo ser do Crips38, se mudou para lá no último outono, eles estavam tentando conseguir vagabundos para roubar as pessoas. Ela se recusou, então eles a mataram e a jogaram no rio.

Ela estremeceu. — Sinto muito. — disse ela, sua voz baixa. Enrolou uma mão em volta do meu braço e se encostou um pouco contra mim.

Eu encarei o chão. — Eu não a conhecia tão bem. — disse. — Lenny estava certo, em certo ponto. Eu não saio mais. Eu mudei em várias maneiras. Não sei exatamente quando aconteceu, mas deixei essa vida para trás. — era verdade. Por anos, tinha estado sem propósito. Correndo com a turma do Pit, saindo, bebendo em Cemitérios, ficando bêbado e transando. Mas algo tinha mudado. Ao menos, desde que havíamos formado a Morbid Obesity, senti como se tivesse sentido na vida. Pelo menos sentido suficiente para que eu conseguisse um trabalho, começasse a pagar o aluguel, começasse a pensar em mais do que apenas esta semana. Não queria foder por aí. Eu queria conduzir a Morbid Obesity para o sucesso. Nós não iríamos apenas ser uma banda que funcionaria apenas alguns anos, então romperíamos e seguiríamos em frente. Eu podia sentir isso. Podia sentir o gosto.

O trem parou na estação, esbofeteando-nos com o ar gelado, por isso, paramos de conversar. As portas se abriram e nós embarcamos, sentamos juntos na parte de trás do trem.

— Isso não é uma coisa boa? — ela perguntou.

— O quê? — perguntei, minha mente ainda sobre as estranhas mudanças na minha vida nos últimos dois anos.

— Seguir em frente. Para coisas novas.

Eu levantei uma sobrancelha. — O que, me tornei projeto de aperfeiçoamento para você?

— O que é que isso significa? — a sua cabeça estava inclinada, com uma expressão confusa.

— Não incomoda você que abandonei a escola e tenho uma banda de rock?

Um olhar um pouco divertido apareceu no seu rosto, seus lábios apenas com um sorriso no canto da boca. — Não. — ela disse. — Isso não me incomoda.

O trem sacudiu ligeiramente para frente e, em seguida, começou a rolar, acelerando rapidamente.

— Não deveria? — perguntei. — Há alguma esperança de um futuro entre um vagabundo do Pit e uma garota de Harvard?

Ela inclinou-se contra mim. — Não estou pronta ainda para pensar a respeito do futuro. Por favor, não me peça para fazer isso. Vamos aproveitar o agora, ok?

Ok. Hora de mudar de assunto. Virei e sussurrei em seu ouvido. — Eu consigo pensar em várias maneiras de fazer algo mais divertido.

Ela sussurrou de volta. — Não estamos sozinhos no trem.

Mordi levemente o lóbulo de sua orelha, e ela fechou os olhos, inclinando-se mais perto de mim, então deixei minha mão esquerda flutuar, deslizando por baixo do tecido de sua roupa na parte interna da coxa. Ela virou seus lábios para os meus, e eu mordi seu lábio inferior enquanto pressionava minha mão contra ela. Ela gemeu suavemente.

— Quieta. — sussurrei — Você não quer perturbar os passageiros.

Felizmente, éramos as únicas pessoas neste vagão, porque ela se moveu de seu banco e veio para o meu colo, escarranchada em mim, pressionando duramente a minha virilha. Suas mãos repousavam sobre os meus ombros, enquanto ela devolvia o longo, lento beijo. Minhas mãos deslocaram-se para a sua cintura, puxando-a mais perto de mim, tão perto quanto podíamos ficar, totalmente vestidos com casacos de inverno. Deslizei minha mão ao redor dela, acariciando sua bunda, e ela desceu sua boca para o meu pescoço, beijando-o, e, depois, mordendo.

Eu queria gritar. Queria rasgar suas roupas ali mesmo.

Ela sussurrou: — Do que seu amigo me chamou? Uma barney? O que é isso?

Gemi. Realmente não queria falar sobre isso. Mas respondi. — Barney, hum... você sabe... Harvard Yard... barn...

— Isso não faz nenhum sentido. — ela sussurrou.

— Por que deveria fazer sentido? — perguntei.

Vamos fazer isso (Julia)

Quando chegamos, Jack disse. — Eu tenho algo para falar com vocês. Você pode vir junto Julia, se quiser. — ele parecia tão sério, que fui junto, preocupada com a forma como os dois irmãos iriam reagir a qualquer que fosse a notícia.

—Sean! — Jack chamou. — Você pode vir na cozinha?

Momentos mais tarde, eu ouvi Sean descendo as escadas, seus tênis batendo alto em cada degrau. Ele chegou à cozinha e disse. — Sim, Papai?

— Sente-se filho.

Sean sentou-se.

Em seguida, quando Jack começou a falar, suas palavras caíram sobre Sean e Crank como uma bomba.

— Minha unidade de polícia foi ativada para preparar as tropas para combate no Kuwait.

Crank ficou boquiaberto com seu pai, e Sean cruzou os braços sobre o peito, como para se proteger, e imediatamente começou a balançar para frente e para trás no seu assento.

— Eu não achava que isso fosse acontecer, mas recebemos as ordens na noite passada. Eles estão dizendo, que provavelmente vamos passar pelo menos um ano.

Sean não falou nada, Crank disse. — Um ano? Eles podem fazer isso?

— Sim, eles podem fazer isso, Dougal. Não há nada que possa fazer, exceto aceitar e cumprir as ordens.

Eu encarei Jack horrorizada. Estava tentando imaginar que impacto teria sobre esta família que de alguma forma eu estava entrelaçada. Quem iria cuidar de Sean? Ele tinha dezessete, mas tinha a maturidade emocional de alguém muito mais jovem. Ele não estava pronto para ficar por conta própria.

Crank sacudiu a cabeça. — Não consigo acreditar. Estamos realmente indo para a guerra por lá.

— Eu tenho dito a você, garoto.

— Quem vai ficar com Sean?

Assim que Crank disse as palavras, Sean se levantou e deixou escapar. —Eu não vou para a casa do vovô novamente. Você não pode me obrigar. — e ele saiu da cozinha.

Jack suspirou. — Eu estava com medo disso.

— Você pode culpá-lo? — Crank perguntou. — Vovô o tratou como se fosse merda quando você foi chamado no ano passado.

— O que aconteceu no ano passado? — eu perguntei, colocando uma mão sobre o ombro do Crank. Sean tinha me contado um pouco. Lembrei dele dizendo: Eu os odeio.

— O meu pai não entende o Asperger's. — Jack disse. — Ele parece acreditar que um grito e um chute na bunda é tudo que precisa para Sean ser normal. E quando fui chamado depois do 11 de Setembro, Sean ficou com ele durante quatro semanas. Não deu muito certo.

Crank falou, seu tom baixo e quase quebrado. — Foi um desastre.

— Eu vou falar com a sua mãe...

Jack parou, e ambos estremeceram em seus lugares com o som de um barulho muito alto na sala de estar. Nós três pulamos de pé e corremos para a sala de estar.

Sean tinha derrubado a estante de dois metros, livros, fotos e bugigangas espalhadas pelo chão. Ele estava próximo a ela com os braços cruzados, com as mãos fechadas em punhos e o seu rosto tenso, as sobrancelhas para baixo com raiva. — Eu não vou para casa do vovô! Não vou! Ele me odeia!

Eu quase gritei quando Sean começou a socar a sua testa e, em seguida, bateu novamente, selvagemente, com o outro punho. Ele soltou um grito animal, Crank correu e pôs seus braços ao redor de seu irmão. — Você não vai ter que ir! — Crank disse com urgência.

— Eu vou, eu vou voltar para casa. Vou ficar com você, Sean. Você é meu irmão. Vou estar aqui para você.

Sean olhou para seu irmão, seu rosto confuso, irritado e triste, e ele começou a lamúria. — Eu não posso ir para a casa do vovô, não posso!

Crank sacudiu a cabeça. — Eu vou cuidar de você, Sean, tudo bem? Você não tem que ir a qualquer lugar, você vai ficar bem aqui, comigo, tudo bem? E vamos esperar que o papai venha para casa. Vai dar tudo certo com o papai. Você ouviu? Ele vai ficar bem.

Jack lentamente caminhou para seus dois filhos e colocou seus braços ao redor de ambos e os segurou apertado. Sean estava se acalmando agora, sua respiração abrandando a um ritmo regular. Eu fiquei assistindo, admirando o contraste da minha própria distância, pais controladores com este homem forte

que segurava seus filhos em seus braços, segurando-os juntos com amor e uma força que não podia compreender.

Senti-me como uma intrusa, testemunhando um momento intimamente privado que nunca foi feito para ser compartilhado. Calmamente dei um passo para trás, para ir me sentar na cozinha, mas de alguma forma Jack sentiu isso e disse. — Venha aqui mocinha.

Eu queria olhar por cima do meu ombro e apontar para mim mesma e dizer. — Eu? — mas não podia ser mais ninguém, então eu caminhei para lá também, evitando os objetos derrubados das prateleiras e os detritos espalhados pelo chão. Jack estendeu a mão e puxou-me pelo braço para o abraço em família, e quase caí no choro. De alguma forma, o momento em que ele me puxou para o abraço, ele trouxe todas as vezes que precisei que minha mãe fizesse o mesmo. Todas às vezes que fiquei sozinha, ou na garagem com Barry na Bélgica. Todas as vezes que precisei da minha mãe para me segurar e dizer que iria ficar tudo bem, e ela não estava lá.

E, assim, sussurrei uma promessa, que era muito impulsiva, mas me comprometia muito mais do que estava disposta, uma promessa que significava que eu ficaria por perto por um tempo. Sussurrei para Jack. — Tudo vai dar bem enquanto você estiver fora. Vou tomar conta dos dois.

Jack respondeu me abraçando mais apertado.

Alguns momentos mais tarde, Jack quebrou o abraço. — Tudo bem. Vamos arrumar essa estante.

Os olhos de Sean estavam apontando para o lado, longe do seu pai, enquanto ele disse. — Desculpe por ter derrubado a estante.

Jack sorriu. — Se eu tivesse que ir morar com o meu pai de novo, provavelmente iria derrubar algumas coisas também. Mas não faça mais isso novamente, ok? Só espero que não tenha quebrado nada.

Então Crank, Sean e Jack colocaram a estante no lugar, em seguida, todos nós quatro pegamos os livros e itens espalhados pelo chão.

Uma moldura de vidro tinha quebrado. Recolhi-a, tomando cuidado com ovidro quebrado.

A foto era de um Jack e Margot muito mais jovens. Crank estava na foto, talvez dez anos de idade, vestindo uma camisa pólo verde e branca listrada e um sorriso enorme no rosto dele, enquanto ele lambia o algodão doce. Ele estava segurando a mão de Sean, que tinha talvez quatro anos na foto.

Jack deu um suspiro profundo então delicadamente tomou o porta retrato de mim. — Tenho que substituir essa moldura. — ele disse, com sua voz grave.

— Tudo bem, crianças. Tenho que me reportar ao Fort Devens em menos de uma semana. O que significa que temos alguns planejamentos para fazer. Vamos sentar e deixar isso pronto.

Crank respondeu. — Sean e eu vamos conversar, a Julia tem alguns trabalhos para fazer.

Balancei a cabeça tristemente. O fato era que se não chegasse logo a ele, não terminaria em tempo. Por isso, peguei minha mochila, me uni a eles na cozinha e abri o meu Power Book. Enquanto eles conversavam a logística de Crank mudar de casa, mexer com as contas bancárias, escola, e mais, eu fazia o meu trabalho, que se tratava de flutuação nas taxas de juros após a crise S&L da década de 1980. Coisas emocionantes.

Periodicamente, olhava para Crank. Nunca tinha visto ele assim. Sério. Organizado. Estava tomando notas detalhadas e fazia sugestões ao seu pai sobre como lidar com questões legais e pagamento das contas em sua ausência. Em suma, agindo como um adulto. O que com Crank, não era sempre o caso.

— Segunda à tarde é o meu último dia de trabalho. Então vou precisar que você esteja aqui, Dougal.

Crank estremeceu. — Segunda-feira é ruim. Estamos no estúdio.

— Não tem algum jeito de você reagendar? — Jack olhou frustrado em ter que fazer a pergunta. Eu podia imaginar o que ele estava pensando, ele estava

possivelmente indo para a guerra e Crank estava preocupado com tempo de estúdio?

— Vai ser difícil, pagamos adiantado, várias centenas de dólares. Gravação do novo single. Eu apenas perderia meu dinheiro, mas o resto da banda colocou muito dinheiro nisso.

Me inclinei para frente e disse. — Eu posso fazer isso.

— O quê? — Crank disse, enquanto Jack olhou para mim.

— Venho para cá depois da aula e fico com Sean. Vamos fazer uma noite, certo Sean? Você pode me ensinar a fazer uma pizza sem glúten.

Sean sorriu, que era outra expressão facial que eu tinha visto além de raiva.

Jack correu os olhos para trás e para frente entre nós dois. — Se você tiver certeza. Não quero que você se sinta obrigada... isso é um problema familiar.

Coloquei as minhas mãos sobre a mesa e olhei Jack nos olhos. — Sean é meu amigo, e você cuida dos seus amigos, ok?

Ele sinalizou um sorriso para mim - o mesmo sorriso encantador, o mesmo sorriso charmoso de menino que Crank tinha obviamente herdado dele. — Bem, então, está resolvido. Dougal, você vai gravar a sua música, eu vou estar no trabalho e Julia estará aqui.

Voltei para o meu trabalho.

Um pouco mais tarde, enquanto eu estava resolvendo uma equação espinhosa, Crank disse. — Eu acho que isso é tudo.

Jack respondeu, sua voz baixa e calma. — Não. Não é tudo.

Algo sobre o seu tom me chamou a atenção. Olhei para cima, perplexa. Crank estava sentado em frente ao seu pai, expressão de expectativa em seu rosto. Sean estava lendo seu livro de medicina de novo.

— Temos que falar sobre sua mãe.

Os olhos do Crank arregalaram em direção ao Sean, e ele disse. — Não vejo porquê.

Crank se levantou, e andou para geladeira, pegou uma cerveja e abriu. Estava tenso, seus movimentos agressivos. Finalmente voltou para a mesa, batendo forte a cerveja sobre a mesa. Bateu com um estalo alto. Parei fingindo estar interessada no meu laptop.

— Tudo bem, pai. Fale.

Jack fechou os olhos e suspirou. — Acho que ela está pronta para voltar para casa. Nós falamos sobre isso na noite passada por um longo tempo.

Sean virou a página do seu livro muito rapidamente. A página rasgou. Os olhos de Crank se estreitaram e lançaram para o seu irmão de novo. — Não precisamos dela. Ela não tem estado aqui há anos. Por que ela deve voltar para casa agora? — enquanto fez a pergunta, torceu a garrafa e tomou um longo gole.

O rosto de Jack se contraiu, uma mistura de raiva inexpressiva e tristeza em seu rosto. Bem calmamente, ele disse. — Ela é a sua mãe.

— Não. — respondeu Crank, seu rosto determinado. — Ela é a mulher que nos deixou.

— Você nunca mais fale da sua mãe dessa forma, Dougal! — Jack falou com um tom de voz duro.

— Por que não? — Crank respondeu com um tom de voz levantada. — Ela deixou você, Papai. Ela deixou todos nós!

Jack fechou os olhos. Seu rosto tinha ficado vermelho, e ele estava visivelmente fazendo um esforço para não explodir. Finalmente, ele disse em um tom triste, torturado. — Você preferiria que ela estivesse morta? Porque essa era a escolha que nós tínhamos.

— Do que você está falando, Pai? Por que ela estaria morta? — Crank inclinou-se para frente, cada linha do seu corpo rígida. Nunca tinha visto ele

daquele jeito. Mas essa parte era seu núcleo, a raiva guiava a sua música e a vida que ele viveu.

— Ela saiu porque era isso ou cometer suicídio! Ela não nos deixou, eu a fiz ir! — Jack gritou.

Sean olhou para cima de repente, seu rosto chocado, e levantei a minha mão para a minha boca. Crank ainda estava inclinado sobre a mesa, e os seus olhos arregalados com choque e raiva. Ele agarrou a borda da mesa com as duas mãos, o seu corpo todo tremendo.

O rosto de Jack mudou. Em vez de raiva, seu rosto estava torcido com dor. Seus olhos ficaram vermelhos, injetados, e ele continuou, eu queria dizer-lhe para parar, para por favor parar, não diga mais nenhuma palavra. Não sobre suicídio. Por favor, não. Mas ele continuou.

— O estresse estava matando-a, certo? Cheguei em casa uma noite, e ela estava na banheira sangrando! Então a deixei ir. Porque eu a amo, e porque ela é a sua mãe, e se você disser outra palavra contra ela, eu te juro que vou te bater pra caramba!

Crank estava abalado, em silêncio. Soltou um suspiro alto e sussurrou. — Você está de brincadeira comigo?

Jack balançou a cabeça. Uma lágrima correu pelo seu rosto, e ele a limpou com raiva.

— Por quê? — Sean perguntou. Sua voz era a mesma de sempre: alta, monótona. Mas ele falou rapidamente e mais alto que o habitual. — Eu era tão ruim?

— Oh, Deus não, garoto. — Jack disse, já não sendo capaz de reter as lágrimas. — Ela só o amava muito. Os dois. Olha... a sua mãe sempre teve... depressão... tristeza. Mesmo quando a conheci. Antes de vocês nascerem. Mas ela era boa em tudo. Tudo o que ela tinha feito era como ouro. E ela pensava que poderia curar a síndrome de Asperger. Pensava que poderia ser a mãe perfeita. Então... você sabe como era. Médicos e mais médicos. Tratamento. Não é que

ela não amasse você, é porque ela te amava demais. Queria dar de tudo na vida. E quando isso não funcionou... foi demais para ela. Demais. — a voz dele caiu. — Ela parou de cuidar de si mesma. Sua mãe... ela se envolveu com tudo o que havia para curar você. E você não pode curar o autismo. Mas ela ia fazer isso mesmo que a matasse. E... estava. Autismo estava matando-a.

Seu rosto se contorceu de tristeza. — Aquela mulher amável, doce, maravilhosa. Ela era a minha vida, ela era tudo para mim, e estava assistindo-a morrer diante dos meus olhos. Não podia deixar continuar.

Crank sussurrou. — Ela realmente tentou se matar?

Jack desviou seu olhar, seu rosto parecendo... velho. Triste. De luto. — Sim. — ele disse. — Ela tentou. Então... tive que colocá-la no hospital. Aquele dia... ela mandou Sean para a Sra. Doyle. Ela foi para o andar de cima e cortou os pulsos.

Enquanto ele dizia as palavras, encarei o pesado pacote de bra-celetes que eu usava para cobrir as cicatrizes no meu próprio pulso. Eu nem sabia o que estava sentindo. Eu nunca sequer pensei como teria sido para a minha família. Se Carrie ou Alexandra ou uma das gêmeas tivessem sido as primeiras a entrar no banheiro e me encon-trar, flutuando na água, sangrando até a morte... nem sequer pensei sobre elas. Mesmo a minha mãe, por mais que brigássemos, por mais que eu as quisesse fora da minha vida, eu jamais desejaria aquele tipo de dor para ela.

— Alguma coisa - algo sobre seu jeito naquela manhã me assus-tou. Durante semanas ela esteve chorando. O tempo todo. Ela me disse que queria morrer. Ela me falou mais de uma vez. Eu a escuta-va... mas não ouvia. Nunca achei que ela realmente queria dizer isso. Não fiz nada sobre o assunto. E então naquela manhã, ela estava bri-lhante e alegre. Ela disse que estava indo te levar para o parque, Sean.

A voz de Crank era áspera, e eu podia ver as lágrimas em seus olhos. — Isso foi logo depois que tivemos aquela briga grande. E eu fugi.

Jack olhou para o filho mais velho, os olhos tristes. — Sim. Foi quando aconteceu. Então eu estava preocupado. E liguei para casa... mas não houve resposta. E eu pensei, bem, ela tinha levado Sean ao parque. Mas eu liguei de novo, meia hora depois. Então quinze mi-nutos depois. Em seguida, entrei no meu carro-patrulha e segui com meu rabo para cá. Não conseguia achar o Sean, mas o banheiro do andar superior estava trancado, e eu podia ouvir a água correr. Eu chutei a porta e a encontrei.

Ele fechou os olhos, e a sua voz de repente parecia quase um lamento, e ele disse. — Ela não estava respirando. Nunca tinha visto tanto sangue em minha vida. Puxei-a para fora de lá, envolvi suas feridas e chamei a emergência, e a segurei em meus braços e rezei e rezei.

Sua voz caiu para um sussurro. — Eu pensei que fosse tarde de-mais. Quando a ambulância chegou lá, eles não conseguiam que eu a deixasse ir. Então Tony chegou, e eu o acertei uma vez. Ele teve que lutar comigo no chão.

Jack deixou cair o rosto em suas mãos. — Ela ficou no hospital por um período de seis meses. E... vocês eram muito jovens. Muito jovens para saber o que aconteceu. Então... simplesmente não falamos sobre o assunto.

Crank bateu com o punho na mesa. — Nós não falamos sobre isso? — ele gritou. — Por que não porra? Nossa mãe se foi por quase cinco anos e você não podia nos contar o porquê?

Jack caiu. Pela primeira vez desde que o conheci, ele parecia velho, as linhas em seu rosto acentuadas pela dor de longa data. — Eu não sabia mais o que fazer, gente. Eu simplesmente não sabia. Como falar para os seus filhos que você tinha internado a mãe deles em um hospital psiquiátrico?

— Então, o que aconteceu depois disso? — exigiu Crank.

— O médico dela acreditava que ela precisava de mais tempo. Tempo longe... para se curar, para ter a sua saúde mental de volta. E eu concordei. Então ela passou um ano em um grupo de casa, e em seguida, alugamos um pequeno lugar no Leste de Boston. E ela tem se curado. Tocando piano novamente. Aprendendo a viver. Mas ela sente tanto a falta de vocês garotos,

que está matando-a. É por isso que ela começou a vir nos feriados de novo no ano passado.

Eu estava sentada atrás do meu laptop, chorando silenciosamente, mas depois daquilo percebi que não poderia ficar calada. — Diga-nos algo feliz, Jack. Por Favor? Diga-nos como você conheceu Margot.

Crank e Jack me olharam como se fosse louca. Então eu disse. — Você contou para eles a parte ruim e a mágoa. Agora conte para eles algo de bom. Diga para eles da Margot que você se lembra. É óbvio que você a ama mais do que qualquer outra coisa em sua vida. Diga-nos por quê.

— Deus te abençoe, menina. Espero que você acabe na nossa família algum dia. — Jack sussurrou.

Eu congelei com suas palavras. Não estava pronta para pensar sobre o futuro. Eu não estava pronta para pensar na próxima semana, muito menos algo a longo prazo.

— Conte para nós. — Sean disse. — Eu quero saber sobre a mamãe.

— Eu também. — disse Crank. Ele estendeu a mão e agarrou a minha como se dissesse, obrigado.

Jack falou calmamente. — Oh Deus, a sua mãe era incrível. Ela era uma pianista com o Boston Pops. Uma noite, ela estava saindo do teatro e foi assaltada. Fui chamado. Ela era uma coisinha... e tão bonita. Oh, meu Deus, a mãe de vocês era tão preciosa. Ela tinha aqueles enormes olhos verdes claros e um cabelo quase preto, e eu sabia que não tinha nenhum jeito dela sair comigo para jantar. Mas eu chamei de qualquer maneira. E nós nos apaixonamos. A sua mãe... ela acreditava em... em felicidade... em mudar o mundo. Ela acreditava que se você trabalhasse duro e acreditasse o suficiente, você poderia fazer qualquer coisa no mundo. Então mesmo que o pai dela tenha ficado puto, ela casou-se com um pobre policial irlandês de Boston.

Crank apertou minha mão de novo, em seguida, disse, sua voz sóbria. — É minha culpa. Eu estava dividindo toda a família.

— Oh, cale-se, Dougal. Você não entende? Não é culpa de ninguém. Não é culpa do Sean, não é sua, não é minha. Sim, o estresse em casa não ajudou. Mas isso foi apenas a cereja no topo do bolo. Vocês nunca souberam realmente sobre isso, mas a família inteira dela a abandonou depois que nos casamos. Foda-se Brahmins39. Além disso, se eu tivesse sido um pai melhor, nunca teria deixado você chegar até o fundo do poço daquele jeito, de qualquer maneira. Eu sabia o que você estava fazendo, desde a primeira vez que você entrou em problemas. Mas eu estava tão preocupado com as finanças, o meu trabalho e a sua mãe, para fazer alguma coisa sobre o assunto.

Jack virou-se para mim, mas apontou o dedo à Crank. — Você sabe o que esse palhaço fez? Ele se levantou na frente de Deus e de todos, quando tinha um papel principal em uma peça na oitava série e gritou, 'Foda-se a polícia'. — Trouxe a casa a baixo, deixe-me lhe dizer algo. — ele se virou para Crank. — Eu entendi isso garoto. Nós não estávamos lá para você quando precisou de nós. E você foi à loucura. Eu aposto que você transou um monte.

Crank riu, e eu também, e de repente, estávamos todos rindo, até Sean.

Depois de alguns momentos, Sean virou-se para Crank. Os olhos dele estavam arregalados, e fez uma coisa que nunca o tinha visto fazer antes. Ele olhou nos olhos do seu irmão e disse. — Crank... podemos pedir para a mamãe vir para casa?

Os olhos de Crank se encheram de lágrimas de repente, e ele sussurrou: — Sim, vamos fazer isso irmãozinho.

CAPÍTULO TREZE

Eu amo a música (Crank)

Era tarde quando Julia e eu saímos da casa do meu pai. Sentamos juntos na volta de trem, em seguida, nos despedimos com um beijo no Street Park onde troquei para a Linha Verde para voltar para Roxbury.

Dormi como os mortos naquela noite. Na manhã seguinte, bem, isso é um termo relativo, era quase meio-dia, nós carregamos a van e nos dirigimos para o estúdio.

Estava tomando uma pequena pausa para fumar quando ela ligou.

— Você não vai acreditar nisso. — disse Julia. — Eu recebi um telefonema da minha irmã Carrie na noite passada.

Mudei meu telefone para minha orelha direita e acenei com a mão para Serena, sinalizando 5 minutos. — Como ela está?

— Ela está bem. Pronta para sair de casa, acho. Ela foi aceita em uma decisão antecipada na Columbia. Ela se forma em junho. Mas de qualquer maneira... aqui está a novidade. Depois que me recusei a ir para São Francisco no dia de Ação de Graças... meu pai comprou passagens para toda a família. Eles estão vindo para cá.

Meus olhos se arregalaram. — Você está falando sério? — eu disse, quando balancei um cigarro do pacote e o acendi.

— Sim.

— Então eu vou conhecer seus pais?

— Estamos prontos para isso?

— Por que não? Seu pai era um embaixador? Não me intimida. Meu pai é um policial de Boston.

Ela riu, um belo e rico som que eu adoraria ouvir umas mil vezes por dia. Mas eu estava sem tempo.

— Crank. — Serena gritou. — Está na hora!

— Sim, sim. Já vou. — gritei de volta. — Tenho que ir. Conversamos mais tarde?

— Tchau! — ela disse.

Desliguei o telefone, guardei no bolso e voltei para o estúdio. Estávamos gravando na Division em Somerville. Fizemos o nosso EP original em um estúdio de baixa qualidade no Jamaica Plain. Este era melhor. Incrível, na verdade. Caro pra caramba, também. Nós tínhamos quatro horas para gravar, regravar, editar e aperfeiçoar a nova canção. E eu estava determinado a fazer isso. Esta era a nossa chance de fazer uma impressão seriamente boa.

Jon, o engenheiro, tinha chamado seu amigo da Division Records depois que ouviu a nossa primeira execução esta manhã. Aquilo, aparentemente, gerou outra chamada, e logo após, Jon nos deu a notícia. Ron Murray, o cabeça da Division Records, queria passar por aqui e ouvir a nossa última passada.

Estava suando muito. Mas tínhamos tudo arrumado hoje. Estávamos como nunca tínhamos sido, e se houvesse um dia para ele aparecer, era hoje.

Lá dentro, desliguei meu telefone e engoli um pouco de água. Mark tocou seu baixo e, em seguida, disse: — Cara, algo está diferente em você.

Serena olhou por cima de seus óculos de plástico para Mark.

— Ele está apaixonado. — disse ela. Ela estava usando os óculos há dois dias. Ela não precisava. Só gostava deles.

Mark revirou os olhos. — Seja como for, homem. As drogas são mais confiáveis do que essa merda.

— Façam-me um favor. — eu disse. — Todo mundo cale a boca e vamos tocar. Jon, você está pronto?

O engenheiro de som estava no painel do outro lado do vidro, mostrou o um polegar para cima.

— Tudo bem... vamos fazer isso.

Apontei para Pathin para sinalizar, e ele bateu na caixa de percussão para a contagem, então tocamos. Serena empurrou isso após a segunda vez que tocamos, 'Julia, aonde você foi?', na frente de uma plateia ao vivo. Ela argumentou que precisávamos gravar essa música de imediato. Não é que nosso público não tenha gostado da nossa música antes. Mas eles nunca tinham reagido assim, pelo menos cem pessoas haviam postado em nosso site, perguntando quando iríamos lançar a música. Ninguém nunca tinha perguntado aquilo antes. Era bom: uma canção pesada, com uma raiva, tensa, mas sexualmente carregada. Seria um mentiroso se não admitisse que essa é a melhor música que já escrevi.

A questão agora era, Ron Murray concordaria? Nós não esperávamos que um executivo da gravadora viesse. Ele tinha a capacidade de nos levar a lançar um single se ele achasse que a música valesse a pena. Então, me concentrei na música e nada mais. Mas enquanto cantava, pensava nela. Pensava nela, no escuro; sombras de flocos de neve através do teto enquanto ela contava a sua história, as lágrimas escorrendo pelo rosto dela.

Quando as últimas notas desapareceram, olhei para cima. Jon deu mais polegares para cima através da janela, e então percebi, de pé mais atrás no estúdio, atrás de Jon, próximo a porta: Ron Murray. Chefe da gravadora. Fiquei tenso. O que ele achou? Foi bom? Ele não tinha saído do estúdio, isso era um bom sinal. Ele não iria perder seu tempo se não gostasse da música. Podia ver

Jon e Murray conversando um com o outro, mas os microfones de lá estavam desligados, então não sabia o que eles estavam dizendo.

Nenhum de nós disse uma palavra. Serena encontrou meus olhos e cruzou os dedos.

Murray caminhou até a porta da cabine de som e abriu.

— Então vocês são a Morbid Obesity? Eu sou Ron Murray, administro a Division Records.

No início, ficamos todos em silêncio, então todos nós tentamos responder na mesma hora. Finalmente os outros calaram a boca, e eu disse: — Sim, somos a Morbid Obesity. Sou o Crank... esta é Serena... Mark... Pathin.

— Eu amo a música. — ele disse. Ele segurava um cartão para mim. — Peça ao seu empresário para me ligar hoje, se não for muito cedo. Nós vamos fazer uma música e ver aonde vai nos levar.

Balancei a cabeça e disse as palavras que raramente, se não nunca, saíram da minha boca. — Sim, senhor. Agora mesmo.

Murray virou-se e saiu da sala. Assim que a porta fechou-se, Serena soltou um grito alto, e então estávamos todos gritando e rindo e aplaudindo tudo de uma vez.

Depois de alguns minutos, Pathin disse: — Um problema. Como é que vamos pagar um empresário? Nós não podemos nem pagar o aluguel.

Todos nós olhamos um para o outro e Serena disse: — Crank, e a sua namorada? Você disse que ela é estudante de negócios ou algo assim? Você não disse que ela fez um estágio aqui?

Todos olharam para mim. Dei de ombros. — Eu vou falar com ela. Não prometo nada.

Serena colocou as mãos nos quadris e me deu o olhar. Sim, aquele olhar. Como se ela fosse minha mãe. — Eu quero conhecê-la. Traga-a amanhã?

Você está sendo dramática (Julia)

Na terça-feira, depois que eu saí da aula, andei seis quadras para o Hotel Charles, onde um carro alugado estava esperando por mim. Era útil ter pais com um monte de dinheiro e uma boa apólice de seguro, mas era realmente muito ruim que Crank não pôde pegar um carro alugado imediatamente. Seu seguro não cobria. Em qualquer caso, peguei o carro, coloquei meu destino no GPS e me dirigi para Roxbury.

Demorou cerca de 30 minutos para chegar à casa de Crank. Quando cheguei lá, não tinha certeza se era o lugar certo. O edifício tinha a aparência de um armazém abandonado em um bairro ruim. Metade do lugar era coberto com grafite extenso e colorido, e várias janelas estavam quebradas, substituídas por madeira que tinha poeira do tempo.

Estacionei o carro em uma pequena vaga ao lado e o tranquei, em seguida caminhei até a porta de aço. Tinha várias travas nela. Eu bati e a abri. Um corredor escuro estendia-se, com um par de escritórios aparentemente abandonados à esquerda.

— Olá? — eu gritei.

— Aqui atrás! — uma voz feminina gritou com um sotaque inglês indiano. Essa deveria ser Serena. Andei pelo corredor até o final, onde outra porta estava quebrada. Dentro estava o piso principal do armazém, cerca de trinta e cinco metros quadrados. O equipamento da banda estava em uma extremidade,

rodeado por quatro aquecedores elétricos, que pareciam ter sido pegos em um mercado de pulga da década de 1970.

Pathin, que tinha visto algumas vezes, agora, estava sentado na bateria. Mark estava descansando em um sofá, afinando seu baixo. Serena levantou-se, uma guitarra pendurada em sua alça, e olhou para mim com uma expressão que não conseguia interpretar. Seus olhos me observaram: calculista, pensativa. Crank se aproximou rapidamente e me deu um beijo no rosto, em seguida, puxou-me em direção ao grupo.

— Mark e Pathin, vocês já conhecem a Julia. Serena... essa é a Julia.

— Olá. — eu disse. Este foi o mais próximo que tinha visto Serena. Ela era impressionante, com cabelo preto separados severamente no meio e amarrado em um rabo de cavalo baixo. Ela não se parecia com a maioria das meninas indianas que conhecia... ou na verdade, qualquer uma das meninas que conhecia. Ela usava uma jaqueta de couro curta com spikes40 embutidos nas lapelas. Por baixo, uma camiseta branca com ousadas letras pretas escrito "fêmea alfa". Uma tatuagem verde e azul de uma cobra subindo de seu peito e enrolando ao redor do pescoço. Calça jeans com reluzentes botas de couro preta. Outra tatuagem, de uma borboleta, enfeitava apenas na ponta da sobrancelha esquerda. Ela era incrivelmente sexy.

— É bom conhecer a garota que conseguiu roubar o Crank. — ela disse, com a voz soando com insinuações.

Eu endureci.

Crank bufou. — Em primeiro lugar, ninguém pode roubar o que você nunca teve, Serena.

Os olhos de Serena se fixaram nele por alguns segundos, depois de volta para mim. Ela se movia como um predador muito calmo, muito perigoso. Eu não gostava dessa sensação.

Nem sequer sei por que Crank me pediu para vir esta tarde, mas ele disse que era importante. Se fosse para me fazer desfilar em frente de sua banda, eu não ia ficar feliz. Nem um pouco. Não estava interessada em entrar em qualquer tipo de conflito com Serena, e não conhecia o suficiente da história deles para saber o que estava acontecendo aqui. Crank e Serena estiveram envolvidos? Ou pior, ele tinha dormido com ela em algum ponto e terminado com ela? Ou... quem sabe? Será que ao menos me importo? Não sabia onde estávamos indo, se estávamos indo. As perguntas giravam na minha cabeça, e eu as varria para longe. Eu não ia me envolver nisso. Não agora. Mas certamente discutiria isso com Crank mais tarde. Em particular. E ele não iria gostar dessa conversa.

Virei-me para ele, levantando uma sobrancelha. — Você vai me dizer sobre o que é isso?

Serena disse: — Eu acho que devíamos deixá-la ouvir a gravação primeiro. — ela praticamente ronronou.

Crank falou. — Você está sendo dramática.

Ela inclinou a cabeça para frente, apenas levemente, com os olhos nele. — Não, estou falando sério. Quero que ela saiba exatamente com o que estamos lidando aqui.

— Tudo bem. — disse Crank. Ele caminhou até um aparelho de som e pressionou alguns botões, então a música começou a tocar.

Reconheci a música. Era a que tinha ouvido naquela noite no Bill's & Lounge... "Julia, Aonde Você foi?" mas isso era diferente. Aquilo tinha sido um show ao vivo e a primeira vez que eles tocaram. Aqui... eles tinham aperfeiçoado as transições, o tempo, fizeram alguns trabalhos no refrão. Estava... incrível. Já tinha ouvido todas as músicas da banda, mas esta era uma ordem de magnitude melhor. O tipo de música que poderia virar hit no rádio.

Quando acabou, olhei para os quatro. — Vocês têm um possível hit ai. Um grande.

Serena sorriu, mas ainda não foi amigável, e Pathin e Mark entreolharam-se. Crank ficou quieto.

Serena finalmente falou. — O presidente da Division Records estava no estúdio ontem, quando fizemos essa gravação. Ele quer se encontrar com o nosso empresário. Para negociar um contrato.

— Isso é ótimo. — eu disse, sentindo-me um pouco hesitante. Por que eles me trouxeram aqui para dizer isso?

— Nós não temos um empresário. — disse ela. — E nós não podemos nos dar ao luxo de contratar alguém.

Oh. Não. Ela tinha que estar brincando comigo.

— E então? — eu disse.

— Você está no último ano de negócios em Harvard. Quando você se forma?

— Junho.

— Crank disse que estagiou na Division Records?

Balancei a cabeça. — Sim, eu estagiei. Um verão. E fiz todos os cursos que estavam relacionados com a indústria da música.

— Planejando em ir à graduação?

Fiz uma careta. Em seguida, respondi. — Eu estava. Mas, honestamente, tenho algumas dúvidas... não tenho certeza se quero ir na direção que meus pais querem. E isso é uma entrevista de emprego?

Crank riu, e Serena tinha um sorriso feroz em seu rosto. — Pense nisso assim. — disse ela. — Mas não seja uma empresária cara.

— Estou longe de ser uma especialista no setor.

— Isso é bom. — disse Serena. Ela tinha os braços cruzados sobre o peito, uma carranca em seu rosto. — Nós não temos dinheiro para pagá-la. O que quero saber é: você tem bolas para fazer?

Eu não gostei da sua atitude. Ela agiu como se eu estivesse pedindo um favor para eles, não o contrário. Eu a encarei de volta, e Crank, ao meu lado, se mexeu desconfortavelmente. Ele ficaria muito mais desconfortável quando nós conversássemos mais tarde. Eu não gostei de ser trazida aqui sem saber do que se tratava.

— Eu poderia. — eu respondi. — Se valer a pena o esforço. O que exatamente você tem em mente?

— Primeira coisa, negociar o single. Nos levar ao melhor negócio possível. Até agora, tenho estado em contato com agendamentos de nossos shows. Mas você assumiria essa parte. Se o single decolar... queremos sair em turnê. Gravar um álbum de verdade. Abrir um show para alguém, o que for. Seria o seu trabalho arrumar isso. Se você acha que pode lidar com isso.

Estava começando a gostar de Serena. Ela estava sendo um pouco cadela, mas não havia nada de errado com isso. Ela era confiante, ousada pra caramba. — Ok, deixe-me ver se entendi direito. Você quer que eu pegue minha mínima experiência com a indústria da música e sua completa falta de dinheiro, e transforme isso em uma banda de sucesso. Transformá-los em um negócio bem sucedido, sim, porque é assim que você precisa pensar.

Serena assentiu. Crank apertou minha mão levemente. Pensei sobre isso por um minuto. Isso era tão longe da minha área. Nem sequer sabia o que pensar. Só que isso poderia ser divertido pra caramba. Poderia passar mais tempo com Crank. Poderia fazer algo completamente diferente do que o meu pai e minha mãe haviam planejado para mim desde que tinha três semanas de vida.

Eu respirei fundo e disse: — Se eu fizer isso, quero deixar uma coisa clara. Vocês não me tratam como a namorada de Crank. Se vou ser a empresária da banda, sou a empresária. Isso significa que vou fazer ligações e alguns de vocês podem não gostar. E a menos que vocês decidam me demitir mais tarde, vocês têm que viver com essas decisões. Vou me consultar com vocês, saber as suas

opiniões e pensamentos, e colocaremos as maiores coisas para todo o grupo. Mas por outro lado, vou tomar as decisões.

Mark sentou-se, costas retas e as sobrancelhas tensas. — Nós somos a banda, nós tomamos as decisões.

Pathin franziu a testa. — Mark, cale a boca. Ela está certa. Se nós vamos contratá-la como a empresária, ela organiza o show. Você não pode executar um negócio com uma comissão.

— Ela não sabe nada sobre o negócio da música. Ela disse isso.

Serena virou os olhos de desprezo em Mark. — Nem você. Eu estou de acordo com as condições dela. Pathin?

Pathin assentiu. — Precisamos de alguma organização. Ela disse palavras que gostei: negócio de sucesso. Vamos brincar pela garagem como um bando de garotos, ou vamos para algum lugar? Estou a bordo.

— Crank?

Crank deu de ombros. — Você sabe onde eu estou.

Serena se virou para encarar Mark, todos os olhos nele. — Mark?

Mark olhou para mim, depois para os outros. Finalmente, disse:
— Tudo bem. Estou dentro.

Serena se virou para mim. Ela ainda não estava sorrindo. — Eu não tenho certeza se você pode fazer isso, garota de Harvard. Mas nós vamos dar-lhe uma chance.

Eu tomei uma respiração profunda. Eles estavam confiando em mim, aparentemente uma estranha, com algo precioso para todos eles. Mas, tão louco como era, fazia sentido. E, pela primeira vez em muito tempo, estava animada com alguma coisa. Essa era uma oportunidade de me afastar de todos os limites e muros que meus pais tinham definido. Era uma oportunidade de traçar o meu próprio caminho, fazer algo que importava para mim.

Olhei para eles. — Ok. Preciso dos números dos celulares de todos e endereços de e-mail. Seu horário de ensaio. Qualquer show próximo. E Serena, vou precisar de seus contatos nos clubes e onde mais vocês têm tocado. A primeira coisa que temos a fazer é chegar a um contrato entre nós cinco. Isso, e fazer as coisas acontecerem com a gravadora. Com quem eu devo falar?

E bem daquele jeito, eu me tornei parte da equipe.

CAPÍTULO QUATORZE

Realmente não posso falar agora (Julia)

8*:58* da manhã.

Eu estava olhando para o relógio.

Estava de pé desde as quatro da manhã, porque não conseguia dormir. Passei as últimas cinco horas on-line, buscando informações sobre como a indústria da música trabalhava, pesquisando temas como: 'Como negociar um contrato de gravação'. Variações sobre a mesma questão. Lendo e relendo. Todo mundo descrevia o processo de forma diferente. Todos tinham conselhos diferentes. Sabia um pouco, a partir do momento que passei a estagiar na Division e pelos trabalhos que tinha feito em várias aulas, mas não o suficiente para me dar alguma confiança.

Porém tinha algo a meu favor. Na segunda-feira, todos estariam de volta ao campus. Incluindo Mitch Roark, cujo pai, Allen Roark, era uma estrela de Rock de primeira. Tinha enviado um e-mail a Mitch, pedindo para nos encontrarmos e incluí a canção no anexo. Se havia alguma vantagem sobre ir para Harvard, uma das grandes, era sobre contatos.

Tinha olhado sobre os detalhes financeiros de todas as grandes gravadoras e também das menores. Division era de menor para média. Mas de grande preocupação, eles estavam em uma situação financeira muito precária, e

oIRS41 estava investigando Ron Murray. O que significava que precisava sermuito cuidadosa sobre os termos de qualquer contrato que fizesse, ou a Morbid Obesity ficaria à mercê de uma empresa que não poderia cumprir.

8:59 da manhã.

Crank e eu jantamos depois do ensaio da banda. Nada de especial, apenas pizza. Eu saí cedo, sabendo que eu tinha essa ligação para fazer na parte da manhã. Isso para não falar em meus pais e minhas irmãs que chegaram à cidade muito tarde na noite passada e apareceriam aqui para me buscar em algum momento da manhã. Estava desesperada para ver as minhas irmãs, que eu realmente sentia falta. Meu pai, também, embora a verdade seja que ele sempre foi um bocado distante. Porém minha mãe, nem tanto. Também... precisava de alguma distância, de algum tempo para pensar sobre onde essa coisa com Crank estava indo, e se queria ir a algum lugar. Estava apavorada, já estava muito ligada a ele, muitas conexões, muito comprometimento.

Às vezes, ele me dava esses olhares... olhares que me assustavam. Olhares que me diziam que ele ia me dizer que me amava. Parte de mim queria isso desesperadamente. Mas eu sabia que era perigoso. Não era nem Crank que me assustava mais. Era eu. Eu estava me perdendo.

9:00 da manhã. Peguei o telefone e disquei.

O telefone tocou várias vezes, em seguida, uma voz feminina alegre atendeu. — Bom dia, Division Records.

— Olá. — disse, tentando manter minha voz calma e profissional. — Meu nome Julia Thompson. Estou ligando para falar com o Sr. Murray, em nome da Morbid Obesity. Ele está esperando a minha ligação.

— Por favor, aguarde.

Silêncio por apenas um segundo e, em seguida, uma música de espera. Não era instrumental; em vez disso, era uma mulher com uma voz estridente no microfone. Sem dúvida, um dos artistas da gravadora. Murray provavelmente não atenderia a minha ligação, e tenho certeza que ele não tinha ideia de quem eu era. Os estagiários eram muito invisíveis para os CEOs.

Depois de cerca de quarenta e cinco segundos de espera no telefone a uma boa distância de minha cabeça, a chamada foi atendida.

— Alô?

— Oi! Meu nome é Julia Thompson, estou ligando em nome de Morbid Obesity.

— Certo. Sou Terry Woolard. O Sr. Murray disse-me para esperar sua ligação. Você é a empresária da banda?

— Sim, sou. — eu me senti muito estranha dizendo isso. E muito bem.

— Bom. Tenho os termos básicos descritos aqui, se você quiser discutir isso agora.

— Eu estou pronta.

— Ok. O que estamos vendo é um single. Royalties de quatro por cento. Podemos fazer um adiantamento de dois mil dólares. Nós incluímos uma cláusula no contrato que se essa única música progredir, então dobramos, nós vamos oferecer um contrato de gravação padrão para o álbum completo.

Sentei-me de volta no meu lugar. De tudo o que eu tinha lido, quatro por cento era o valor inferior ao que geralmente ofereciam. E a progressão era quase insultante. Se Crank soubesse aceitaria isso em um piscar de olhos. Mas eles me contrataram para gerenciar, e era isso que ia fazer.

— Por quanto tempo são os termos de contato?

— Cinco anos.

Meus olhos se arregalaram. — Eu acho que um adiantamento de dois mil dólares com royalties tão baixos, é pedir muito.

— É a nossa oferta padrão para novos artistas.

— O Sr. Murray realmente gostou do single. E vocês não têm nenhum custo inicial... a banda já pagou o estúdio e o tempo de edição.

— Tudo bem, Srta. Thompson. Diga-me o que você está procurando.

Fechei os olhos. — Dez por cento. Dez mil de adiantamento. Gravação e contrato, se progredir, com um orçamento total para o álbum. E contrato de três anos.

Quase podia ouvir Woolard revirar os olhos através da linha telefônica. — Senhorita, ou você é muito nova para a indústria, ou você acha que a sua banda é a coisa mais próxima de Deus. Nós não fazemos contratos como esse.

Eu estava arriscando muito aqui. Mas fui em frente. — Então me faça uma contraoferta que não insulte os meus rapazes. Eles estão comendo macarrão e arroz e vivendo em um armazém de pouca qualidade, a fim de pagar por tempo de estúdio. Esta banda vai direto para o topo. Vocês são locais, e gostaria de aceitar a sua oferta, mas se for essa baixa?

Eu deixei minha voz morrer. E então ouvi alguém batendo na porta da suíte. Vários golpes. Alto. Não permita que seja a minha família. Não agora, enquanto eu estou no telefone.

— Qual é o seu endereço de e-mail? — perguntou Woolard. — Vou discutir com o Sr. Murray, ele estará de volta ao escritório na segunda-feira. Talvez você devesse vir para um almoço na próxima semana.

Dei-lhe o meu e-mail e combinamos de nos encontrar no escritório para almoçarmos na quarta-feira. O que significava que teria que faltar a aula. Mas era por uma boa causa.

A batida na porta ficou mais alta. Jemi provavelmente estava na academia. Eu desliguei o telefone com Woolard o mais rápido que pude, então saí para a sala comum e abri a porta.

— Julia. — gritaram as gêmeas, que vieram pulando e me agarrando. Jessica e Sara eram gêmeas fraternas e não se pareciam de jeito nenhum. Jessica tinha cabelo loiro e olhos verdes e Sarah cabelo castanho, quase preto, com olhos azuis muito claros. No entanto, minha mãe insistia em vesti-las de forma idêntica. Elas tinham acabado de fazer seis anos alguns meses atrás, e eu tinha que admitir, pareciam adoráveis, ambas em vestidos cor de safira com sapatos de verniz.

Meu pai se aproximou e me abraçou. — Julia. — ele disse. — É muito bom te ver.

Papai parecia diferente. Por um lado, ele deixou a barba crescer, desde que todos voltaram de Moscou para os Estados Unidos. Ele estava aposentado agora, embora estivesse vestido formalmente, como sempre. Sua única concessão para aposentadoria era um terno cáqui em vez de cinza escuro, preto ou azul. Mas ele parecia mais relaxado do que já tinha visto. A barba lhe caía bem.

Minha mãe simplesmente balançou a cabeça para mim. Ela estava pensativa, sua boca em uma linha fina, correndo os olhos ao redor da sala comum como se estivesse procurando evidência de homens ou drogas.

— Olá, mamãe. — eu disse. Ela estava segurando a pequena mão de Andrea. Andrea tinha quatro anos e era adoravelmente bonita. Ela usava um vestido verde, que de outra forma combinava com as gêmeas. Abaixei-me, de frente para ela. — Olá, Andrea. Eu ganho um abraço?

Andrea era apenas um bebê quando eu saí para a faculdade. Ela parecia nervosa. Ela me conhecia, é claro, das visitas em casa, mas para ela, era apenas mais um adulto a quem ela raramente via. Ela deu um passo à frente e colocou os braços em torno de mim, e eu a abracei de volta. — Oh, é tão bom ver você. — eu disse.

Ela deu um passo para trás e agarrou a mão da mamãe novamente. Meus olhos se demoraram por um momento. Minha mãe segurava minha mão assim quando era dessa idade? Eu acho que sim. Tinha poucas lembranças da escola primária ou até mesmo de antes, mas algumas delas... há um tempo, eu e minha mãe não éramos tão estranhas.

Fiquei de pé, banindo as memórias. Carrie e Alexandra estavam na porta. Carrie, 1,83 de altura com 17 anos de idade, era mais alta do que qualquer um da família. Ela era absolutamente impressionante. Poderia ter sido uma modelo, com facilidade, mas passava o tempo todo enterrada nos livros didáticos de ciências em vez disso. Ela sorriu, deu um passo para frente e agarrou-me. — Eu senti tanto a sua falta, irmãzona. — ela sussurrou. — Temos muito o que conversar.

Alexandra deu um passo adiante, e Carrie e eu a agarramos e puxamos para um abraço. Ela tinha crescido muito desde que saí para a faculdade, quase não a reconheci. Doze anos agora, ela estava começando a puberdade, e com seus longos cabelos castanhos e olhos incrivelmente verdes, pensei que ela acabaria sendo uma beleza também, embora todos nós empalideçamos ao lado de Carrie.

Senti um pequeno corpo colidir com as minhas costas. Era Jessica. Ela gritou. — Queremos abraços, também! — então a puxei para um abraço de grupo e, em seguida, comecei a fazer cócegas no seu lado. Ela começou a se contorcer e rir.

Então, o abraço de grupo acabou. Carrie disse: — Lugar legal que você tem aqui. Não é todo seu não, é?

— Não, eu compartilho com outras três meninas. Adriana e Linden estão fora da cidade, mas imagino que Jemi vai estar de volta em breve. Ela vai para a academia quase todas as manhãs.

— Qual é o seu quarto? — meu pai perguntou.

Dirigi toda a turma para o meu quarto, que de repente parecia muito menor. Alexandra iniciou uma pequena revolução, arrastando as duas gêmeas e

Andrea para a cama, onde as quatro começaram a saltar e rir. Sarah e Jessica seguravam as mãos de Andrea enquanto saltavam, Alexandra soltou um grito de riso quando as quatro caíram em uma pilha.

De qualquer modo, eu não tinha arrumado a cama.

— Meninas! — disse minha mãe. — Vocês são melhores do que isso.

Meu pai olhou ao redor, com os olhos arregalados. — Quando fui para Harvard... — disse ele. — Este era Radcliff College e a escola nem era para ambos os sexos.

— Eu acho que isso foi muito na Idade das Trevas, pai. — respondeu Carrie.

— Mocinha. — minha mãe repreendeu.

Papai apenas riu. — Acho que era. Eu nunca imaginei que teria uma filha em Harvard. A ideia de mulheres aqui... só parece muito radical para mim.

Eu sorri para o meu pai. — Os tempos mudaram, não é mesmo.

Por esta altura, a minha mãe estava olhando para minha mesa e para a tela do computador. — O que é isso, Julia? Contratos com gravadoras?

Meu pai levantou as sobrancelhas. Mesmo as meninas mais jovens se acalmaram um pouco. Elas sempre souberam quando algo estava no ar com meus pais.

Respondi com sinceridade, mas encontrei-me minimizando. — Eu consegui um emprego. É mais ou menos em tempo parcial agora. Gerenciando uma banda... os contratos de gravação deles, esse tipo de coisa.

Meu pai olhou intrigado, então disse: — Eu pensaria que um estágio em um dos consulados ou na Escola Fletcher fizesse mais sentido. Falando nisso, como estão indo as suas inscrições? Você já definiu qual a pós-graduação?

Engoli em seco. — Não, pai. — eu disse. Não disse que não estava inteiramente certa de que queria ir para a escola de pós-graduação. Ou para o

Foreign Service, que era o que ele esperava de mim há tempos. Isso era apenas suposto. Iria para Fletcher. Carrie e Alexandra iriam para a faculdade de direito. As gêmeas, quem sabe? Aos seis anos, suas vidas não estavam totalmente sob controle ainda. Mas estariam.

Minha mãe me deu um longo e especulativo olhar, como se ela soubesse o que estava pensando.

Para ser honesta, estava começando a ficar sobrecarregada aqui com três crianças menores de seis anos pulando na minha cama, uma pré-adolescente, uma adolescente, meus pais e eu. Meu quarto era espaçoso, mas não o suficiente para oito pessoas.

Então, meu celular tocou. Ele estava sobre a mesa tocando e vibrando ao mesmo tempo, movendo-se e ligeiramente andando pela superfície da mesa.

— Oh, querida. — minha mãe disse. — Eu odeio essas coisas.

— Deixe-me pegar isso. — eu disse, alcançando o telefone. Eu o abri e atendi. — Alô!

— Você está sozinha? — Crank perguntou, sua voz pesada, quase um rosnado.

— Ei. — eu disse. — Não, na verdade a minha família acabou de chegar.

Percebi que não era apenas o meu quarto que estava lotado, com meus pais, as gêmeas, uma menina de quatro anos de idade, outra de doze e uma de dezessete, assim como eles estavam conseguindo bloquear qualquer saída ao redor da cama, e todos ficaram me observando enquanto falava ao telefone.

— Não posso realmente falar agora, com convidados, sabe?

— Tudo bem. — ele disse. — Eu vou ficar sentado aqui sozinho. Imaginando você sem suas roupas.

Senti o sangue subir à minha cabeça. Meu rosto e pescoço ficaram quentes, mesmo embora eu soubesse... ou pelo menos esperava... que meus pais não pudessem ouvir o que ele estava dizendo. Estou bastante certa, porém, que minha cara demonstrou, pois Carrie sorriu para mim, meu pai olhou para longe, e a expressão da minha mãe tornou-se sombria. Eu virei, para a janela, sentindo-me quase nua.

Encontrei-me na esperança de que uma das gêmeas começasse a saltar novamente, ou fazer alguma coisa para chamar a atenção dos meus pais. Talvez Sarah quebrasse alguma coisa?

— Isso parece ótimo. — disse, mantendo minha voz calma. — Eu vou te ver de manhã?

— Só uma pergunta: você falou com Murray?

— Sim... ou melhor, o assistente dele, Terry Woolard. Vamos almoçar na próxima semana para elaborar os detalhes.

— Então, ainda não há um acordo?

— Não, ainda não. Nós vamos ter que fazer algumas negociações.

— Eles fizeram uma oferta, apesar disso?

— Sim. Mas muito baixa. Eu vou te encher sobre todos os detalhes mais tarde, mas tenho que ir agora.

— Tudo bem. Amanhã. — ele disse.

— Tchau. – eu falei.

— Tchau – ele respondeu.

Não queria desligar o telefone, mas fiz. Lentamente. Fechei o telefone e virei para enfrentar a minha família. — Então... vamos?

Muito bom para você (Crank)

O que você faz quando não há absolutamente nada que você pode fazer? Eu desesperadamente queria ligar para Julia de volta. Conseguir todos os detalhes da sua conversa com o assistente de Murray, cada nuance da conversa. O que exatamente ele ofereceu? O que ela quis dizer com: 'Nós temos algumas negociações para fazer?'

Andei no meu quarto em círculos, frustrado pra caramba. Almoço na próxima semana? Por que diabos ele vai levar tanto tempo para chegar a um acordo? Poderia enlouquecer em uma semana.

Finalmente, agitado, desci as escadas para o estúdio e sentei na frente do teclado. Estava lutando com a mesma música por quase duas semanas. Algo simplesmente não estava funcionando e não tinha sido capaz nem de começar qualquer outra coisa, enquanto esta ainda estava presa na minha cabeça, não, exatamente lá. Tentei vinte arranjos diferentes, mas todos viravam a mesma coisa. Precisava de quatro mãos nesse teclado para essa música funcionar.

Frustrante. Estava preso.

— Alguma coisa está faltando. — Serena falou da parte inferior das escadas. Estava tão ocupado, passando pelo refrão mais e mais uma vez, que nem notei que ela desceu.

— Sim, eu sei. — disse.

— Está quase lá. — ela respondeu. Estava vestindo um top apertado com alças finas e capri branca. O suficiente para excitar alguém, mas ela estava segura comigo. A banda era mais importante, sempre tinha sido. E agora... Julia. Aquilo mudou tudo. Exceto que talvez não tenha, porque a única coisa que Julia se comprometeria era a me confundir pra caralho.

Isso não significava que eu não podia olhar.

— O que você achou de Julia? — perguntei. Ok. Isso pode ter sido um pouco passivo-agressivo da minha parte.

Ela me deu um olhar azedo. — Você está todo amarrado nela, não está?

Dei de ombros, tentando não demonstrar nada.

— Eu não queria gostar dela. — disse Serena. — Eu realmente não queria. Mas não pude evitar. Ela é inteligente. E tenho a sensação de que ela não vai se intimidar com qualquer merda de Mark. Ou sua.

Suspirei e girei de modo que estava sentado de costas para o piano. — Que merda de mim?

Ela riu e olhou diretamente para mim. Era um olhar sedutor. — Você sabe do que eu estou falando. Eu não acho que puxar as meninas para o palco e agarrar os peitos delas está em seu futuro, Crank. Ou levá-las para casa depois.

— Isso estava ficando velho, de qualquer maneira. — eu disse. — Por que você se importa?

Ela deu de ombros. — Eu não me importo. Exceto, como sempre, como isso afeta a banda.

Eu disse: — A única maneira que posso ver isso afetando a banda é se você deixar.

Ela balançou a cabeça e me deu um sorriso irônico. — Você é muito cheio de si mesmo, não é?

Bufei.

— Sério, Crank. Tem sido divertido fingir que tinha uma queda por você nos últimos dois anos. Mas nunca confunda com ter algo sério com você. — ela se aproximou e sentou-se no banco perto de mim.

— Como é que eu deveria saber o que pensar?

— Você não sabe, Crank. Esse é o ponto. — ela revirou os olhos, enquanto disse.

— Eu não entendo.

— Isso é porque você não sabe nada sobre mim.

— Você nunca fala sobre qualquer coisa de antes da sua vinda para Boston.

— E por que deveria? — ela perguntou. — Não é como se você já tivesse perguntado.

Inclinei-me para frente e disse. — Eu estou perguntando agora.

Ela balançou a cabeça. — Eu não tenho nenhuma história triste e horrível para te contar, Crank. Os meus pais emigraram da Índia e me tiveram. Fugi quando tinha dezoito anos para evitar um casamento arranjado. E aqui estou.

Eu cerrei os meus olhos. — Você disse casamento arranjado?

— Sim. Meus pais queriam que eu me casasse com um porco desagradável de Lansing. É comum na Índia, mas não muito aqui.

— Então o que aconteceu, exatamente?

Ela encolheu os ombros. — Eu quebrei o nariz dele. E comprei uma passagem de ônibus para Boston.

— Você quebrou o nariz dele? Isso é realmente hilário. — eu disse.

Ela sorriu para mim. — Meus pais não acharam isso. Mas temos nos falado de novo recentemente. Realmente poderei ir vê-los em breve.

— Então... como é que você acabou saindo com a gente? No Pit?

— Até Ewa ser assassinada, era difícil imaginar um lugar mais seguro para uma sem teto de 18 anos de idade ficar. Os policiais não mexiam muito com a gente e tínhamos um grupo seguro. — ela balançou a cabeça e disse suavemente. — Seguro.

Tomei uma respiração afiada. Ewa. Ela e Serena costumavam sair.

— Ela era uma boa garota. — eu falei.

— Sinto falta dela. — Serena respondeu. Seus olhos estavam secos e pareciam estar fixados no lugar, todo o seu corpo completamente imóvel. — Os primeiros dois anos que estava em Boston, ela foi minha melhor amiga. Nós cuidávamos uma da outra, sabe? Mas então, quando entrei na banda e fui morar com vocês, começamos a nos separar. Tentei fazer com que ela se mudasse com a gente, mas ela não queria, dizia que estava feliz lá embaixo.

Por um segundo, parecia quase como se seus olhos fossem lacrimejar. Então ela olhou para mim e disse. — Então. Isso é tudo que você vai conseguir. Falar sobre toda aquela merda não vai torná-la melhor.

Mexi-me no meu assento. Não sabia qual a coisa certa a dizer. Nenhum de nós da antiga galera sabia. O assassinato de Ewa tinha deixado uma ferida aberta. Destruiu completamente a noção que tínhamos de que pudéssemos viver dia a dia, fazer música, falar besteira, ficar bêbado e que nada de ruim aconteceria, enquanto estivéssemos juntos.

— Você sabe que pode conversar comigo. — disse. — Posso ser um idiota às vezes, mas ainda sou seu amigo.

— Você é muito egoísta para ser um bom amigo, Crank.

Balancei minha cabeça. — Talvez. — eu disse. — Mas todos nós aprendemos à medida que avançamos.

— Bem, vou te dar um pequeno conselho não solicitado. Amigo. Não ferre com Julia. Não tem nada demais em esquecer. Se estivermos na estrada e alguma fã quente engatinhar em seu colo, jogue-a fora e rápido. Porque se você quiser ter qualquer tipo de vida com aquela lá, você vai ter que respeitá-la.

— Essa conversa está me irritando. — eu disse. Minha reação foi automática. Mas a verdade era que Serena não estava me dizendo nada que eu já não tivesse pensado. Não queria estragar tudo, mas não tenho exatamente o melhor histórico quando se trata de mulheres.

— Não gosta de ter o espelho apontado para você? — ela perguntou.

— Você está bêbada? — perguntei.

— Claro que não, cabeça oca. Você está tão acostumado a ouvir o que você quer, que você não pode aceitar quando alguém diz a verdade pra você?

— Vamos lá. — eu respondi. — É de mim que você está falando. O que você acha que sou?

Ela balançou a cabeça. — Eu acho que você é uma bagunça. Acho que você é um homem oco que agarra a bebida e a mulher mais próximas quando a vida começa a te derrubar. E estou com medo de que no momento em que as coisas ficarem difíceis, você vai ferrar com Julia. E, apesar de todas as suas falhas, acho que você merece alguém como ela.

Suas palavras caíram pesadas, fiz uma careta. Era como se alguém tivesse acabado de atirar em mim pequenas bolas da verdade e elas machucavam. Homem oco. Por que ela diria isso? E o negócio era, a expressão dela estava me dizendo que ela estava sendo sincera. Exatamente o que ela pensava.

Eu respondi com bravata... a única maneira que eu conhecia. — Não alguém como você?

Ela levantou uma sobrancelha e curvou os lábios ligeiramente no canto. — Eu sou muito boa para você, Crank.

Com isso, ela se levantou e foi embora.

Capítulo Quinze

Quase na hora (Julia)

Foi um dia agradável com a minha família, apesar da tensão com minha mãe e os olhares de questionamento do meu pai. Passamos o dia fazendo turismo em Boston, em seguida, voltamos ao Charles Hotel onde o meu pai tinha alugado uma suíte de três quartos no piso superior. A certa altura, Carrie e eu perseguíamos Alexandra, as gêmeas e Andrea em seu quarto e fazíamos cócegas nelas. Alexandra ficou tão excitada pelo clima reinante, que vomitou, mas dez minutos mais tarde, ela estava em um novo pijama e brincando novamente.

Ainda achava difícil de acreditar o quanto ela tinha mudado... o quanto todas mudaram. Especialmente Carrie, que tinha crescido uns trinta centímetros em algum período do ano passado. Ela era desajeitada, insegura de si mesma, mas fantasticamente linda de uma forma esbelta que me fez pensar em uma modelo de passarela. As gêmeas, eram apenas crianças quando saí de casa, tinham crescido mais e estavam diferentes em personalidade. Jessica era tranquila, quase estudiosa e tendia a ficar perto de mamãe. Sarah era extravagante, conversando e rindo, correndo sem parar.

Gostava de vê-las e sentia certa satisfação em saber que um dia, Sarah provavelmente iria deixar minha mãe completamente louca.

Depois que Alexandra e as meninas mais novas foram para a cama, Carrie e eu sentamos juntas no chão, encostadas na cama, no quarto que ela estava compartilhando com Alexandra.

— Alguma coisa está diferente em você. — ela disse.

Levantei uma sobrancelha.

— O que seria?

— Eu não sei como dizer isto sem ser ofensiva. — ela falou.

Dei a ela um olhar interrogativo: — O que foi que eu fiz?

— Não é isso. É que... você parece... bem... feliz. Acho que nunca tinha percebido isso antes, mas você não sorri. Nunca. Mas, hoje, você está sorrindo muito. É muito bom.

Meus olhos piscaram com lágrimas.

Ela se inclinou para frente e disse. — Me desculpe, não queria...

— Não, está tudo bem. — eu disse. — Você está certa. Nunca fui uma pessoa muito feliz.

— Por causa de você e mamãe?

— Por que você diria isso? — perguntei, desviando da sua pergunta.

Ela mordeu o lábio, aparentando insegura consigo mesma, e, em seguida, parecia ter se decidido sobre algo — Vamos lá, Julia. Posso ser mais jovem do que você, mas não sou uma idiota. Você nunca saía do seu quarto, no seu último ano na escola, exceto quando vocês duas estavam gritando uma com a outra. Nunca vi alguém tão desesperadamente infeliz. É como se tivesse uma nuvem sobre você, o tempo todo. Mas algo parece diferente agora... eu vi mamãe lhe dando aqueles olhares, mas você só a ignorou. O que aconteceu entre vocês duas?

Olhei para a minha irmã mais nova, então, pela primeira vez. Ela estava se tornando uma jovem mulher, inteligente e segura de si, e, aparentemente muito mais consciente sobre o que se passava em torno dela do que eu percebia. E talvez o erro da confissão tivesse chegado a mim, ou alguma coisa assim, mas eu descobri que queria falar com ela. Queria ter uma irmã que pudesse confiar,

alguém que poderia ser uma amiga e confidente. E então fiz algo que realmente me surpreendeu. Eu estendi minha mão, com a palma para cima. Ela tomou-a, e deslizei a minha manga para trás, e o conjunto de pulseiras que sempre usava.

A minha pulseira da amizade, feita no ensino médio. No meu sétimo ano, Barry voltou de férias dos Estados Unidos e me trouxe o kit para fazê-las. Trabalhei com elas pelo que pareceu uma eternidade naquele inverno e na primavera. Fiquei com uma, rosa e branca muito desgastada agora, porque nunca tirava. O relógio ele também me deu, no Natal, depois da oitava série. Eu os estimava. Mas agora, os deslizei para trás, longe o suficiente para que aparecessem as cicatrizes no meu pulso.

Ela respirou fundo quando as viu. As pessoas raramente notavam, principalmente por causa de toda a porcaria que uso no meu pulso.

— Isto foi no meu último ano do ensino médio. — disse.

Seus olhos estavam arregalados e ela olhou pra mim e disse: — Foi tão ruim assim?

Balancei a cabeça. — Sim, foi.

— O que aconteceu, Julia?

E assim, hesitante, em rajadas lentas de palavras, disse a ela a história. Mas primeiro olhei sobre seu ombro para ter certeza que Alexandra estava completamente adormecida. Era uma coisa discutir este assunto com Carrie, que faria dezoito anos, em mais alguns meses. Outra coisa é discutir, com uma menina de doze anos de idade.

Quando terminei a história, ela disse: — Eu não tinha a menor ideia.

— É claro que não. Quer dizer... você estava com nove anos? E no meu último ano, você estava no ensino médio, e eu estava tão... tão isolada. Depois do que Lana fez para mim, não achei que poderia confiar em alguém novamente.

Ela olhou pra mim, séria, e perguntou: — Então, por que agora?

Crank tinha feito a mesma pergunta: Por que agora? A razão que tinha dado a ele parecia ainda se destacar. Estava cansada de ficar sozinha.

— Bem. — eu falei. — Vai soar estranho. Mas conheci um rapaz. Ele acabou de fazer dezessete anos a algumas semanas. Ele tem Asperger's. Sabe o que é?

— Sim, eu conheço um casal com Asper na escola.

— Eles são intimidados?

Carrie sorriu. — Costumavam. Mas nós meio que temos um... bando. Nós não deixamos que ninguém mexa com eles.

Sorri de volta para ela. — Deus, Carrie, eu te amo.

— Então, o que aconteceu? Você está namorando este rapaz? Dezessete não é um pouco jovem para você?

Eu ri. — Não, sem namoro. Eu estou... bem... estou vendo seu irmão mais velho. Você vai conhecê-lo amanhã. Mas Sean, o Aspie, que estava te falando, ele está passando por um momento difícil, especialmente na escola. E é muito parecido com o que já passei na escola. E de alguma forma nós conversamos. E eu disse a ele toda a história. Isso vai parecer maluquice, mas me sinto, não sei. Livre. Como nunca me senti antes.

Ela colocou uma mão no meu ombro. Carrie era muito mais alta do que eu, e ela não teve que se esticar de jeito nenhum para fazer isso.

— Ter pessoas que você pode confiar faz isso. — ela disse — Então, mamãe... ela não sabe o que aconteceu, sabe?

— Ela acha que sabe. Ela sabe sobre o aborto. Mas não as circunstâncias. — suspirei. — Ela nunca me deu a oportunidade de explicar, de falar sobre isso. Apenas assumiu o pior.

Carrie fez uma careta. — Sim, ela é capaz de fazer isso, não é?

Bufei, e ela me fez outra pergunta que me abalou. — Você já se perguntou, sobre o bebê?

Oh Deus, já? O tempo todo. Como não poderia? Tive que lutar para conter as lágrimas, quando disse: — Ela teria a mesma idade que as gêmeas. E nunca vou saber... o que ela se pareceria. — comecei chorar mais uma vez, silenciosamente, e disse: — Deus, eu poderia ser mais patética? Não consigo parar de chorar. Fiz isso com Crank na semana passada, também.

Minha irmã me abraçou apertado. — Talvez seja necessário.

— Sim. — eu sussurrei.

— Prometa-me uma coisa, Julia?

— O quê?

— Vamos fazer um acordo. Se nossas irmãs alguma vez precisarem de nós... como você precisou da mamãe... nós estaremos lá para elas. Não importa oque aconteça. Ok? Ela quer fazer bem, mas... ela não é muito boa nisso. Maseu não quero que elas nunca passem por isso. Combinado?

Carrie não tinha ideia de que ela tinha acabado de dizer e fazer exatamente a coisa certa. Agarrei-a em um enorme abraço, e sussurrei: — Combinado. Vamos protegê-las.

Fui para a cama me sentindo bem. Muito bem. O que Carrie disse sobre proteger as nossas irmãs tinha me lembrado de que existiam quatro meninas que precisavam de mim. Tinha feito tudo o que podia nos últimos anos para evitar ser necessária para qualquer pessoa. Tinha feito tudo o que podia para evitar precisar de alguém. Mas alguma coisa nas últimas semanas me fez perceber que não queria estar sozinha. Não queria ser isolada, blindada, na defensiva o tempo todo e não conseguir me conectar com outras pessoas. E sabendo que em Carrie eu tinha uma amiga e aliada a isso? Fez uma grande diferença.

Mamãe e papai insistiram em um café da manhã cedo na manhã seguinte, na sala de jantar do hotel. Eles não tinham ficado felizes de jeito

nenhum quando contei que ia almoçar com a família de Crank, mas não tinha dado muita opção. Eles ficaram ainda menos felizes quando informei que ia trazer um convidado para o jantar de Ação de Graças. Mas novamente, não tinha dado nenhuma opção. Se eles me quisessem lá, eles teriam que aceitar Crank lá também. Então, o café foi um pouco tenso. Mas isso era bom. Depois disso, entrei no meu carro e dirigi para a casa de Jack.

Eram quase onze horas da manhã quando eu estacionei o carro alugado atrás da casa. Estava frio lá fora, o céu cinza como aço, alguns flocos de neve caindo aqui e ali, não o suficiente para importar, especialmente tendo em conta os montes de neve empilhados ao lado da estrada, da nevasca do fim de semana anterior.

Saí do carro, com cuidado para não arrastar o meu vestido na neve velha encrustada da semana passada, em seguida, peguei no carro a sobremesa que tinha mandado entregar no hotel naquela manhã, um bolo de café e amora sem glúten. Poderia dizer que ganhei peso só de olhar para ele. E eu queria olhar, e muito. Foi um desafio encontrá-lo, acabei conversando com uma padaria especializada no Brookline para consegui-lo. Mas não iria trazer nada para casa que Sean não pudesse comer, se pudesse evitar.

Senti uma ponta de ansiedade quando cheguei ao último degrau. Podia ouvir gritos no interior. Parecia Sean e Jack.

Suspirei e fechei os olhos. Se Sean estivesse tendo um colapso, precisava me preparar mentalmente. Importava-me muito com Sean. Mas ele era emocionalmente instável, e passei a minha vida adulta evitando as pessoas emocionalmente voláteis e esse tipo de situações.

Era difícil não questionar. Estar envolvida com Crank, com esta família, era a coisa certa a fazer?

Claro, era um pouco tarde para fazer esta pergunta, não era?

Bati na porta com o nó dos dedos e esperei um pouco, pulando para cima e para baixo sobre as pontas de meus pés para permanecer aquecida. Minha

mãe olhou com desaprovação para as minhas botas esta manhã. Ela não gostava de botas com vestido. Ela não gostava de muito do que eu fazia.

Um Crank parecendo muito exausto atendeu a porta, vestido de jeans rasgado e uma camiseta esfarrapada. Seus olhos brilharam quando me viu. Ele me colocou para dentro, com um sorriso em seu rosto. — Estou tão feliz em vê-la. Não se preocupe com eles. — disse ele, apontando vagamente para frente. Podia ouvir Jack gritando algo.

— O que está acontecendo? — eu perguntei.

Crank suspirou. — Sean entrou em problemas na escola ontem de manhã, grandes problemas.

Fiz uma careta. — E eles ainda estão brigando por isso? — perguntei.

— Meu pai disse algo que o tirou do sério.

Suspirei e segui Crank para a sala de estar. — Posso colocar isso na geladeira? — perguntei.

— Vou levá-lo. — ele falou. — Passar por eles pode ser um desafio.

Passei o bolo para Crank e tirei meu casaco dos ombros, colocando-o sobre o encosto de uma cadeira. Um momento depois, ele estava de volta na sala de estar, com seus olhos arregalados.

— Você parece... exuberante. Quase comestível. — os seus olhos me percorreram de cima a baixo, como holofotes, e de repente me senti incrivelmente autoconsciente. Estava usando um vestido cinza sem mangas, apertado no corpete, com uma saia até os tornozelos. Ele se aproximou, colocando suas mãos na minha cintura. — Eu realmente gostaria de te beijar agora.

— Hum... eu gostaria disso. — eu disse em voz baixa.

Ele inclinou sua cabeça mais perto e mordiscou meu lábio inferior com um sorriso e me beijou. Minha boca abriu, nossas línguas apenas tocando.

A porta da frente abriu de repente, sacudindo o batente.

— Mãe de Cristo, está frio lá fora! — gritou Tony quando entrou. Crank e eu nos separamos, apenas levemente e Tony gritou: — Não deixem que eu impeça vocês de beijar.

Ri um pouco, nós encostamos nossas testas por apenas um segundo. Então eu me afastei. — Tony, você é sempre assim tão chato?

— Apenas em torno de mulheres bonitas. — ele disse. — Por que você acha que eu ainda estou solteiro?

Ele entrou na cozinha, rindo. Um momento mais tarde, ouvi Jack dizer. — Você pode apenas parar com isso! Nossos convidados estão chegando.

Sean não teve uma chance de responder, porque Tony gritou. — Quem você esta chamando de convidado?

Alguns segundos mais tarde, Sean veio de forma tempestuosa para a sala de estar. Ele me viu e parou.

Sorri para ele. — Oi Sean. Eu gostaria de abraçar você, mas você parece tão bravo, você está me assustando um pouco.

O rosto de Sean imediatamente relaxou. Seus olhos estavam em algum lugar perto da prateleira quando ele disse. — Sinto muito. Oi, Julia.

Andei para frente e o abracei. — Feliz Dia de Ação de Graças. — eu falei.

— Você também. — ele disse. Desajeitadamente segurou os meus ombros, em seguida, deu um passo para trás.

— Você está bem? — eu perguntei. — Crank disse que teve alguns problemas na escola... se você quiser conversar, estou aqui.

— Não quero falar sobre isso. — ele disse, seus olhos deslizando para o lado.

— Está tudo bem.

Não consigo sequer começar a descrever os contrastes e as diferenças entre passar Ação de Graças com a minha família e com a de Crank. Na maioria dos anos, na minha família, a Ação de Graças era composta de funções oficiais, em embaixadas e consulados ao redor do mundo. Menos formal quando era mais jovem, mas com o tempo, quando estava no ensino médio, as responsabilidades do meu pai significavam que muitas vezes, tivemos que receber grandes jantares, oficiais da embaixada, exilados importantes em qualquer país que estávamos, assim como a importante visita ocasional do principal funcionário do Estado.

Em outras palavras, quando penso em Ação de Graças, penso em jantares formais, trajes formais, cadeiras de apoio rígido e aplicadas, silêncio absoluto para todos com menos de trinta anos. Também muitas vezes pensava no Oficial Lewis. Três anos consecutivos, na Bélgica, Carrie e eu sentamos junto em uma mesa a uma distância razoável de meus pais. Ele nos esgueirava balas e doces, contava piadas bobas, e geralmente, nos mantinha entretidas. Não consigo imaginar o que ele achava de tudo isso. Em que mundo que um fuzileiro naval dos Estados Unidos basicamente acaba como uma babá, de uma menina pré-adolescente e muitas vezes suas irmãzinhas? Mas o que quer que ele pensasse, ele nunca falava nada, simplesmente mantinha uma brincadeira sobre carros, meninas, crescer no Texas, o seu fascínio sobre luta livre profissional e os caprichos de serviço na Corporação.

Eu estava doente para ir a quaisquer das funções de Ação de Graças no primeiro ano do ensino médio. Não percebi na época que já estava grávida, só sabia que acordei naquela manhã e imediatamente tive que vomitar minhas tripas fora. Estranho, agora que penso nisso, que a minha mãe não pensou em chamar um médico. Passei aquela Ação de Graças na cama em nosso apartamento no complexo diplomático. Alexandra era muito jovem para participar do jantar, então nós duas ficamos a maior parte da noite, jogando pega peixe e mais tarde assistindo um filme juntas, enroladas na cama.

Ação de Graças na casa de Jack? Totalmente diferente.

Em primeiro lugar, ninguém estava vestido formalmente. Estava inadequada com o meu vestido formal, mas todos foram muito legais sobre isso.

Segundo, todo mundo levou um prato. Fiquei tão feliz por ter pensado em trazer algo... que não ocorreu a Crank me avisar, é claro. Sra. Doyle realmente empurrava um pequeno carrinho na rua, com pratos cobertos cambaleando precariamente no topo. Margot trouxe torta de abóbora e Tony trouxe vinho. Vinho italiano, o que me fez rir e fez Jack explodir em uma série de maldições coloridas. A mesa era uma mistura dispersa: um gordo peru que Jack tinha levado metade da noite acordado cozinhando, o purê de batatas amanteigadas, meia dúzia de legumes trazidos pela Sra. Doyle em seu carrinho, lagosta fresca, que me chamou a atenção imediatamente e tortas caseiras.

Nunca tinha comido uma torta caseira na minha vida. Acho que choquei a Sra. Doyle quando a abracei e disse a ela que foi a melhor torta que já tinha comido.

Os pais de Jack também apareceram. Imagine o charme de Crank e o humor de Jack e a amabilidade de um homem de setenta e cincos anos. Ryan Wilson era um policial aposentado de Boston, que chegou aos Estados Unidos com seus pais, aos quatro anos de idade, apenas alguns meses antes da queda da Bolsa de valores em 1929. Ele cresceu durante a Grande Depressão e fugiu para se alistar no Exército aos 16 anos. O Exército o enviou para a Europa, onde ele terminou como parte da força de invasão que desembarcou na Praia de Omaha.

Após o jantar, onde descaradamente me enchi até as goelas, acabei sentada ao lado de Margot no sofá, enquanto Jack contava histórias do que ele chamava de antiga Southie, quando gangues rivais dominavam toda a vizinhança. Tony se sentou no chão ao lado de Sean, os controles na mão, enquanto eles jogavam um dos jogos de vídeo game que Crank deu para Sean de aniversário. Em um determinado momento, pulei quando Tony deu um grito alto. Ele tinha morrido, partes do corpo voaram por toda parte. Foi terrível. Sean começou a falar mais rápido e animado.

Margot se inclinou perto de mim e disse, em uma voz suave: — Estou tão feliz que você pôde vir.

Dei a ela um sorriso tímido. — Obrigada, eu realmente passei um tempo maravilhoso. Nunca imaginei uma Ação de Graças como esta.

Ela me deu um estranho olhar curioso. — Como o quê?

Olhei ao redor da sala. Então, suspirei. — Você tem uma família maravilhosa aqui. É tão acolhedora.

Ela olhou para baixo. — Acho que sei o que você quer dizer. Você sabe que a Sra. Doyle... ela é uma viúva. Sr. Doyle estava na força, ele foi baleado durante um assalto à loja de bebidas em... oh, acho que foi em torno em 1985. Jack apenas... adotou-a direto para dentro da família, é o mesmo com o Tony, realmente, desde o seu divórcio, ele passa todos os feriados aqui.

— Jack é um cara maravilhoso.

Ela piscou os olhos, olhando para o marido. — Ele é. Ele é o homem mais generoso que eu já conheci.

Ela me deu um olhar avaliador. Alguma coisa nele me fez sentir nua. — Posso te fazer uma pergunta?

— Claro. — o que eu realmente queria dizer era, não, por favor, não.

— Você e Dougal... vocês estão sérios? — ela estava me estudando abertamente agora.

Respirei fundo, olhando de volta para ela. — Não sei.

Ela me deu um ligeiro sorriso, mas poderia dizer que não estava muito contente com a resposta. — Bem... isso é honesto.

— Acho que é muito cedo para dizer. — eu disse. Não gostei dessa linha de questionamento. Nem sabia como me sentia sobre Crank. Como é que ia explicar isso para ela?

Ela assentiu com a cabeça. — Eu entendo. Tudo o que eu vou dizer é... o meu filho teve uma vida difícil em alguns aspectos, ele é um jovem muito forte, mas essa força vem de muita mágoa. Muita.

Balancei a cabeça e continuei a ouvir.

— De qualquer maneira. — disse ela, olhando para as suas mãos. Estava segurando-as juntas, movendo-as sem parar, como se ela estivesse insegura. — Não é da minha conta. Mas estou esperando que você não vá... estou na esperança de que você não vá machucar meu filho. Você parece ser uma garota legal, e ele nunca trouxe ninguém para casa antes. Acho que ele pode estar mais sério sobre você do que você sobre ele. E isso me preocupa.

Olhei para Margot. Não queria fazer desta mulher um inimigo, ou ofendê-la. Meu coração doía pelo que ela passou. Mas eu precisava definir alguns limites e rapidamente. Gostava dela, mas o que quer que estivesse acontecendo entre Crank e eu, era entre nós.

Sentei ereta, coloquei uma mão na outra. Em um tom suave, mas firme, eu disse: — Entendo a sua preocupação. Mas... não posso te ajudar com isso. Isso é novo para nós dois, e está indo para onde tiver que ir... e isso é apenas entre nós. Espero que você entenda.

Seu rosto ajustou em um falso sorriso, ela começou a dizer algo, mas eu continuei. — Nunca vou machucá-lo intencionalmente. Mas nenhum de nós tem exatamente uma boa história quando se trata de relacionamentos.

— Talvez vocês devessem considerar ir mais devagar. — ela disse, encontrando meus olhos.

Balancei minha cabeça e disse algo que não deveria dizer. — Você está certa. Não é da sua conta.

Ela congelou no lugar, seu sorriso fixou automaticamente, como uma máscara que ela tivesse vestido para uma festa.

Tentei suavizar o golpe do que tinha dito. — Margot, me preocupo muito com ele. Será que podemos deixar isso assim? Por favor?

— Acho que é justo. — ela respondeu.

Olhei para o meu relógio, emaranhado em meu pulso com minhas pulseiras. — Está ficando perto da hora de irmos.

Seus olhos estreitaram, e ela estendeu a mão e tocou o meu relógio. E senti uma sensação de vazio. O relógio era delicado, em uma corrente fina que eu possuía desde que tinha dezesseis anos e ela não servia mais.

Seus dedos tocaram a corrente, em seguida, trilharam até as cicatrizes no meu pulso, a bordas apenas aparecendo debaixo das pulseiras. Em seguida, seus olhos saltaram para os meus, e ela disse: — Desculpe-me se te julguei cedo demais.

Quase levantei e corri, quase perguntei, como ela ousa? Mas não fiz. Apenas suspirei e disse: — Às vezes, as coisas não são o que parecem. Todos temos feridas que não mostramos.

Ela mordeu o lábio e assentiu. Então, disse algo que me surpreendeu. —Acho que deveríamos nos conhecer. Talvez possamos nos encontrar para um almoço um dia destes?

Não queria fazer isso. Não queria conhecer melhor a Margot. Uma coisa era sentar aqui, com todos rindo e felizes, e parte de uma grande família adotada que Jack tinha reunido. Outra coisa totalmente diferente era me abrir para uma mulher que tinha o abismo de dor que Margot carregava. Não queria me abrir com ela, ou dizer qualquer coisa sobre mim. Queria correr. Queria dizer a ela para ir ao inferno e se preocupar com seu próprio negócio. Mas não o fiz. Em vez disso, menti e disse: — Eu gostaria disso.

Então, nós trocamos os números e, em seguida, me levantei, e disse para Crank: — Está quase na hora.

Ele sorriu para mim, aquele sorriso de menino, que fazia com que meu coração derretesse cada vez que via. E só por causa daquilo, tudo estava bem.

CAPITULO DEZESSEIS

Blue Ginger (Crank)

Você não vai vestido assim realmente, vai?

Quando Julia me fez essa pergunta, olhei para mim mesmo. Acho que realmente não tinha pensado sobre isso. Estava vestindo minha camiseta dos Dirty Rotten Imbeciles, o que acontece de eu amar, apesar de estar gasta e desbotada, por ter sido usada por muitos anos. E minha calça, desbotada e rasgada, era a que sempre usava. Mas meu cérebro deu um clique de que Julia estava vestindo um vestido formal.

Tossi. — Hum... acho que não pensei sobre isso. Onde exatamente estamos indo?

— Blue Ginger... é um... restaurante francês asiático. Em Wellesley.

Wellesley? Onde diabos fica isso?

— Hum... por quê?

Ela revirou os olhos: — O meu pai fez reservas. Aparentemente, o chef é famoso ou algo assim, eles ganharam um monte de prêmios.

— Tudo bem. — eu disse — Neste caso, precisamos ir às compras.

— O quê?

— Certo... manhã de Ação de Graças. Tudo vai estar fechado. Espera.

Então fui para Sean. Éramos aproximadamente do mesmo tamanho. Ele me emprestou um par de calças pretas simples e uma camisa preta de botões. Depois que me troquei, eu olhei no espelho. Quase não me reconheci. Tirei vários dos meus brincos, deixei apenas um em cada orelha e guardei o resto no bolso da minha camisa.

Eu tirei as correntes da minha bota. Não estava usando um sapato de Sean, não importa se o pai dela era o presidente dos Estados Unidos. Além disso os pés de Sean eram enormes.

Voltei para baixo, com a camisa para dentro e vestindo um cinto e tudo. Então, é claro, o meu pai teve que fazer comentários espertinhos, mas eu ignorei isso. Nós abraçamos todos e saímos de lá. Julia estava dirigindo um carro alugado, e no segundo que entramos, acendi um cigarro e abri um pouco a janela para deixar a fumaça sair, então, perguntei: — Se importa que eu fume?

Ela me deu um olhar irônico e disse. — Não, vá em frente.

Nós estávamos a caminho. Mal tínhamos saído da calçada e eu estava dizendo: — Então... nós não tivemos a chance de conversar. O que aconteceu com Ron Murray?

— Tudo bem. — ela disse. — Aqui está a coisa. Eles estão tentando te trancar em um péssimo contrato. Querem pagar dois mil adiantados, que provavelmente não é tão ruim, mas eles querem um contrato de cinco anos. E sem garantia que vocês vão conseguir um contrato para gravar um álbum.

— Droga. — murmurei. — Mas eles querem a música?

— Sim, eles querem lançar um single. Eu disse para eles que o negócio não era bom o suficiente e fiz uma contraproposta, que era muito mais do que você vai conseguir, mas queria começar exorbitante e negociar o nosso caminho.

Mas que diabos? Ela não sabia que eles podiam nos dispensar? Esta foi a maior oportunidade que já tivemos e ela estava exigindo condições exorbitantes?

— Gostaria que tivesse me contado antes de fazer uma contraproposta.

— Bem, nós estávamos no telefone, e então eu tinha que dizer alguma coisa. Vou encontrá-los para almoçar na quarta-feira. Mas vou ser honesta com você... eu tenho dúvidas sobre a Division Records.

— Que tipo de dúvidas?

— Você pode acabar com um contrato de cinco anos com uma empresa falida. Murray está sendo investigado pela Receita Federal.

— Oh, porra! — eu disse. — Então, devemos mudar imediatamente. Retire o single enquanto podemos.

Ela fez uma careta. — Você ficaria preso depois disso. Me dê uma chance de trabalhar isso, ok? Pode demorar alguns dias, mas...

— Mas nada. — eu disse, começando a ficar irritado. — Esta é a melhor oportunidade que já tivemos e você está virando o seu nariz para ela?

Sua resposta foi rápida e a sua voz tinha um tom duro nela. — Não. Estou negociando. O que você e a banda me pediram para fazer.

— Julia. — eu disse. — Por favor, não...

— Pare. — ela interrompeu. — Ou vocês confiam em mim para fazer isso, ou não. O que eu disse para o resto da banda se aplica a você. Se você quer que eu gerencie esta coisa, então me deixe fazer. Você não vai controlar cada pequeno passo só porque somos... o que quer que sejamos.

— O que é que isso quer dizer?

— Exatamente o que disse, Crank. Estou tentando conseguir um negócio muito melhor do que você conseguiria de outra forma. Você não pode simplesmente agarrar a primeira oferta, especialmente quando se trata de uma

ofensiva. Eles acham que você está tão desesperado que vai aceitar qualquer coisa.

— Nós estamos!

— Não estamos não. Vocês têm talento de verdade, Crank. Você tem um inferno de uma canção lá. Não se venda por tão pouco.

Joguei meu cigarro para fora da janela e imediatamente acendi outro. Ela estava virando na Mass Pike. Isso nos levaria vinte minutos ou mais, para sair em direção a Wellesley daqui.

— Julia, preciso que você me ouça. Isto não é um jogo para mim. Esta é a minha vida.

— Eu sei. — respondeu ela. — E você está tão perto dela, está tão envolvido emocionalmente, que não está sendo racional.

Todos os tipos de pensamentos passaram pela minha cabeça quando ela disse isso. Não estou sendo racional? Quem era ela para falar isso? E porque iria querer ser racional sobre algo tão importante, afinal?

— Pelo amor de Deus, Julia. Pedi para negociar um contrato com a gravadora e não assumir a minha vida!

Seus olhos se estreitaram e ela apertou o volante, suas mãos comprimindo em punhos, então disse: — Não. Você me pediu para gerenciar a banda. Agora você vai me deixar fazer isso?

Furiosamente dei uma tragada no meu cigarro e olhei para fora da janela. Então, disse: — Talvez seja uma má ideia misturar a nossa vida pessoal e a banda.

— Um pouco tarde para isso. Porém, se você quiser juntar a banda e me demitir, sinta-se livre.

Sua voz tremia, quando ela disse isso. Não sabia se era de raiva ou tristeza. Então, respondi: — O que eu quero é que você me ouça. Algumas

bandas passam anos, muitos anos, sem nunca conseguir uma oportunidade como esta. Isso é tudo o que sempre sonhei.

Ela gritou: — Sei disso, Crank! Sei disso! E estou fazendo tudo que posso para que funcione! Preciso que você recue e tenha alguma confiança em mim, tudo bem? A menos que você tenha planejando fazer isso por você mesmo e me ter como fachada, que neste caso você pode tomar esta coisa e enfiar no seu rabo!

O telefone dela tocou. Cristo. Joguei o meu cigarro e acendi outro. Estava irritado. Ela se atrapalhou com o telefone por um segundo, em seguida, atendeu e rosnou. — Alô?

Um momento depois, ela disse: — Desculpe... eu estava tendo um momento aqui. — pausa. Então, em uma voz excitada, ela disse. — Oh, meu Deus, você fez? O que ele achou?

Olhei para ela, seu rosto estava animado, entusiasmada, estava... estava como eu sempre quis vê-la.

Um momento depois, ela disse: — Sim, é claro. Quando?

Ela fez uma careta. — Não sei se vou ser capaz de pegar um voo em tão pouco tempo. Vou tentar.

Um voo? Onde ela estava indo?

Ela escutava, um vinco aparecendo em sua testa, e, em seguida, ela disse: — Ok. Está bem. Sim, tudo bem. Vou Ligar de volta para você em poucos minutos.

Ela desligou o telefone e, em seguida, disse: — Preciso que você dirija. — e desviou em todas as três faixas, para o acostamento.

— Que diabos? — perguntei.

— Apenas... troque comigo, ok? Tenho que fazer isso agora.

Sem outra palavra, ela desligou o carro e pulou para fora. No momento em que tirei meu cinto de segurança e comecei a sair do meu lugar, ela já estava ao redor do carro. Eu estava perplexo. Não disse uma palavra, apenas andei ao redor e entrei, em seguida, comecei a dirigir.

Ela já estava discando no telefone. Pelo menos isso era melhor do que discutir com ela.

— Olá... preciso comprar dois bilhetes, Boston para Los Angeles, viagem de ida e volta... amanhã, o seu primeiro voo.

Que diabos? Planejamos passar o dia juntos amanhã. Era a primeira sexta-feira em semanas onde não tinha trabalho ou ensaio.

Ela pegou um pequeno caderno da sua bolsa e começou a escrever. —Reserve se você puder... do contrário, qualquer que seja. — ela fez uma careta. — Primeira classe é tudo o que você tem? Quanto isso vai custar?

Jesus. Primeira classe de um voo amanhã? Isso ia custar uma fortuna. Ela fez uma careta. Eles devem ter dito o preço.

— Tudo bem, tudo bem. — ela deu o seu nome e, em seguida, disse: —Crank... na sua carteira de motorista realmente está Crank?

— Sim. — eu disse, ainda confuso.

— Está bem... o outro passageiro é Crank Wilson. C-R-A-N-K Sim, realmente.

Ok, agora eu estava... completamente amedrontado. Ela estava comprando passagem para nós dois. Para voar para LA. Por razões que eu não sabia. No que diabos ela estava metida?

— Ok, deixe-me confirmar, 6:45 de Boston. Voo de retorno sai de LAX às 21:35, chegando a Boston 9:30 na manhã de sábado?

Ela fez uma pausa, depois disse: — Visa. — e recitou um número de cartão de crédito.

Um momento depois, ela disse: — Obrigada! Feliz Ação de Graças! — e desligou o telefone.

Dirigi em silêncio. Um segundo mais tarde, ela disse: — Oh, meu Deus. Quase quatro mil dólares. Meu pai vai me matar quando ver a conta. A banda vai ter que me reembolsar depois que conseguirmos o adiantamento.

Tossi e disse: — O que foi aquilo?

— Ah, merda. — ela disse. — Espera um pouco. — e, então, começou a discar novamente. Oh, pelo amor de Deus. Eu estava absolutamente na parte mais inferior da sua lista de pessoas com quem falar hoje?

— Mitch? Olá, é Julia. Tudo bem... estamos na American Airlines, nosso voo chega às 10:05 da manhã. Devemos ir de táxi até o escritório? Oh! Excelente. Bem, acho que vamos nos ver amanhã, então! E Mitch? Obrigada. Muito obrigada. Obrigada. Você não tem ideia de quanto devo a você.

Ela ouviu por um segundo e em seguida, riu. — Tudo bem. Feliz Ação de Graças para você, também.

Ela desligou o telefone e, em seguida, sentou e sorriu.

Estava rangendo os meus dentes a essa altura. Acendi outro cigarro. Normalmente não fumo tanto assim, mas ela estava me irritando.

— Derrame. — eu disse.

Ela sorriu. — Allen Roark vai nos levar para encontrar o presidente da White Dog Records amanhã.

Prendi minha respiração, tentando processar o que ela tinha acabado de me dizer. — Allen Roark... o Allen Roark?

Ela assentiu com a cabeça.

— Mitch tocou a música para ele, esta manhã. E por isso Roark chamou o Presidente de White Dog, disse para ele que tínhamos que nos encontrar imediatamente... e... por isso você e eu voaremos para LA pela manhã.

Dirigi e dei uma tragada no meu cigarro. E eu dirigi um pouco mais. Ela olhou pra mim, esperando eu responder. Eu dei outro trago no meu cigarro e então falei.

— Esta é a parte onde digo que sinto muito? Que nunca deveria ter duvidado de você?

Ela pareceu pensativa e disse: — Por que não guardamos isso para quando você realmente me irritar?

Explodi em uma gargalhada e sacudi a cabeça. — Eu não posso acreditar que vamos encontrar com Allen Roark amanhã.

— E o presidente da White Dog Records. — disse ela, esfregando as mãos.

— Ele realmente gostou da música?

— Ele marcaria uma reunião neste curto espaço de tempo se não tivesse gostado? No dia de Ação de Graças, de todos os outros?

— Eu acho que não. Posso contar para Serena?

Ela olhou para mim, levantando as sobrancelhas. — Serena não duvida de mim.

— Oh merda! — eu disse. — Sinto muito, realmente sinto.

— Eu vou te perdoar, eventualmente.

— Temos que ir comer com os seus pais? Vamos para um quarto em um hotel e ter um sexo selvagem em vez disso.

Ela sorriu para mim. — Temos que acordar cedo amanhã.

— Você está me matando.

E assim, ela me orientou com o seu Map Quest e nos levou para os subúrbios selvagens de Boston, onde passei exatamente nenhum momento durante a minha vida. Eu era vagabundo do Pit e passei muitos anos saindo com os punks e crianças sem-teto nos arredores de Cambridge e Somerville para me

sentir ao menos confortável no primitivo, subúrbios de classe média alta. Fiquei esperando ser atropelado por uma multidão de mamães de futebol dirigindo SUVs. Mas aqui estamos nós, indo para um restaurante cinco estrelas, com um premiado chef e os pais de Julia. Esperava que pudéssemos ser breves. Ela poderia usar a desculpa do voo. Claro, seu pai, então, saberia como ela pagou pelas passagens de primeira classe para LA. Melhor não mencionar o voo, pensei, já que ele era o único a receber a conta.

Mesmo que fosse difícil fazer com que a minha mente se acostumasse. Quem dá a seus filhos cartões de crédito? Especialmente um com limite alto o suficiente, que você poderia comprar quatro mil dólares em passagens de avião em um minuto? Isso era loucura. E como ela tinha arranjado o encontro com Allen Roark, ou mesmo conseguido que ele ouvisse a nossa música? Ele deve ter mil bandas por semana enviando demos. Julia tem sido empresária da banda exatamente por dois dias. E já tinha arranjado isso. De certa forma, nem sequer parece justo. Era realmente tudo sobre quem você conhecia?

Não. Talvez nos levar até Roark tão rápido fosse sobre quem ela conhecia. Mas ele gostar da música? Isso era tudo sobre a música. E eu tinha isso.

Finalmente chegamos. E avistei uma família entrando. Os homens estavam em terno e gravata. As mulheres em vestidos.

Olhei para mim mesmo. — Eu realmente não estou vestido direito para isso, não é?

— Não se preocupe com isso. — ela disse. — A menos que você aparecesse com um milhão de dólares na parte de trás de sua própria limusine, meus pais nunca iriam aprovar você. Não há muito que podemos fazer sobre isso.

Olhei para ela e sorri. — Quem sabe, Julia? Nós temos uma reunião com Allen Roark e o presidente da White Dog Records? Talvez um dia desses vamos nos enrolar na parte de trás de uma limusine.

Ela riu. — Não tenha esperanças muito altas.

E, então, disse algo que não deveria ter dito, algo que nunca disse antes para uma mulher. E acabou saindo, e no momento em que o fiz, o meu coração começou a correr em pânico. — Acho que estou me apaixonando por você.

Ela congelou. Literalmente... apenas... congelou no lugar. Seus olhos desviaram para o lado, e ela me lembrou muito de Sean. Eu queria gritar. Não deviria ter dito isso. Era muito cedo e sabia que ela não estava pronta para ouvir isso. Mas dane-se. Era verdade.

Depois de meu coração parar alguns segundos, ela olhou para mim e me deu um pequeno sorriso tímido. — Não estou pronta para isso.

E, então, abriu a porta do lado do passageiro e saiu do carro batendo a porta.

Droga!

Saí do carro, ela havia deixado o casaco no carro e parou ali, tremendo, com os braços cruzados sobre o peito. Não conseguia superar como ela era linda de tirar o fôlego. E apesar de que ela se abriu muito, ainda era difícil de ver. Andei até ela. — Tudo bem. Deixe-me reformular. Acho que você está perversamente linda.

Sua boca se curvou em um lado.

— Eu também acho que você está quente vestindo roupas sexy como estas. Tenho essa vontade insaciável de alcançar a parte de trás do seu zíper...

— Pare. — ela disse.

Inclinei-me para perto e sussurrei. — Posso apenas morder sua orelha? Só mordiscar um pouco?

— Meus pais provavelmente podem nos ver. — ela respondeu, sua voz quase um sussurro.

— Vamos chocá-los. — eu disse.

— Vamos para onde está quente.

Inclinei-me para trás e pisquei para ela. Ela caiu na gargalhada e descruzou os braços, então peguei a sua mão na minha e entramos no restaurante.

Ok, definitivamente mal vestido. Poderia ter escapado com a falta de gravata, mas o meu casaco de couro, cravejado com pontas, remendos de banda, corrente embutidas nas mangas? Todos os olhos do restaurante correram em minha direção quando entramos. A recepcionista, uma mulher na casa dos trinta, me olhou com desaprovação ao entrarmos. Mas de alguma forma ela sorriu para Julia, que estava a dois centímetros de mim. Vai entender.

— Posso ajudar?

— Reunião da família Thompson, por favor.

— Por aqui. — ela disse. Ela nos levou para a parte de trás do restaurante, para o que parecia ser uma sala privada. E, então, entramos em outro mundo.

Os pais de Julia se sentavam em extremidades opostas de uma longa mesa. O pai sentado na cabeceira da mesa estava vestido com um terno de tweed, com um colete e uma gravata borboleta. Não estou brincando. Ele tinha uma barba espessa, mas bem aparada e cabelo grisalho, com rugas finas, como pés de galinha, em torno de seus olhos. Ele se levantou quando entramos, arregalando seus olhos... sem dúvida, em resposta à minha aparência.

A mãe de Julia do outro lado da mesa, ela tinha longos cabelos negros volumosos e usava um vestido não muito diferente de Julia. Ela levantou também, e ambos os pais se aproximaram de nós de lados opostos da mesa.

Enquanto se aproximavam, os meus olhos percorreram a mesa. Dois assentos estavam vagos, próximos ao pai dela. Obviamente, onde Julia e eu estaríamos destinados a nos sentar.

Próximo a esses lugares, em frente um do outro, estavam duas irmãs de Julia: uma garota de tirar o fôlego, com cerca de dezoito, que também se levantou quando chegamos. Ela tinha facilmente 1,82 de altura, com cabelos negros soltos quase até a cintura, usando um vestido vinho longo, que destacava

sua longa, forma magra. Em frente a ela uma de onze ou doze anos de idade, ainda sentada, olhando sobre a sua cadeira em minha direção com os olhos arregalados e quase alarmados. Próximo a elas, em frente uma da outra, estavam as gêmeas, com cerca de seis anos de idade. Não eram nada parecidas, uma morena e a outra loira. A menina mais jovem se sentou ao lado de sua mãe. As mais novas me olhavam como se eu tivesse sido pego em um beco atrás do estádio e elas estavam preocupadas que iria roubar a bolsa de alguém.

Que não era tão diferente da expressão da mãe. Decidi encarar essa merda sendo tão encantador quanto possível. — Sra. Thompson. — disse, estendendo minha mão e sorrindo. — Agora eu sei de onde Julia herdou a sua beleza. Sou Crank Wilson.

Ela sorriu para mim. — Crank. — ela disse. — Que nome intrigante. Este é meu marido, Richard.

Apertei a mão do pai de Julia. Ele tinha uma expressão preocupada no rosto, os seus olhos, principalmente deslizando para Julia.

Julia e sua mãe se beijaram na bochecha. Não parecia muito sincero.

— Venham sentar. — disse o Sr. Thompson. — O jantar estará aqui em breve, estamos bebendo uma taça de vinho.

Tomei o lugar indicado, à direita do Sr. Thompson, próximo à menina de doze anos de idade.

— Olá, sou Crank.

Ela sorriu para mim. — Sou Alexandra. O seu nome é realmente Crank? Ou você fez isso? — fiquei surpreso ao ver um copo de vinho ao lado de seu prato. Sempre ouvi dizer que era um costume europeu, e Julia e sua família passaram a maior parte de sua vida viajando. Vai entender. As gêmeas tinham chocolate quente.

Julia abafou uma risada.

— Não se atreva. — eu disse para Julia.

Que só a fez rir mais. Então, eu disse: — Os meus pais inicialmente me chamaram de outra coisa. Mas eu mudei. Agora é Crank e Crank sempre será. Posso te chamar de Alex? — pisquei para Alexandra e ela riu.

— Nos conte sobre você, hum, Crank. — disse o Sr. Thompson.

Oh, inferno, isso era estranho. Julia me salvou.

— Crank é um músico muito talentoso.

— Oh, realmente. — disse a Sra. Thompson. — Isso deve ser... interessante.

A alta e assustadoramente bela menina ao lado de Julia disse. — Sou Carrie. — ela estendeu a mão para mim, a peguei, suavemente. Ela era tão fina, parecia que podia se quebrar só do vento soprar muito forte. — Ouvi a sua música. É intrigante.

Sr. Thompson disse. — Espero que não seja grosseiro dizer, é que estou curioso sobre... as perspectivas de negócios de um músico profissional. Você toca em... bares e clubes? Como é que isso realmente funciona?

Na maioria das vezes tocávamos por cerveja. Apesar de que podemos esperar por mais.

— Estamos negociando um contrato para um single agora. — eu disse. — É uma tarefa difícil, sem dúvida, mas estou confiante.

Julia pulou na conversa. — Na verdade, vamos nos encontrar com o presidente da Gravadora White Dog amanhã. Allen Roark marcou a reunião para nós.

— Não estou familiarizado com ele. — disse o Sr. Thompson. Carrie, no entanto, olhou para a irmã, com os olhos arregalados. — Oh. Meu Deus, você vai a uma reunião com Allen Roark?

Julia sorriu e acenou com a cabeça. — Temos um voo para LA, é a primeira coisa pela manhã. Não é uma coisa certa, ainda... vamos ver.

— Isso é tão excitante! — disse Carrie.

A Sra. Thompson se inclinou para frente em seu assento. Como um gato, se preparando para atacar. — Nós? Qual é exatamente o seu envolvimento com isso, Julia?

Julia congelou e, em seguida, olhou para longe de sua mãe com desprezo. — Estou gerenciando a banda. Contei para você ontem.

Sr. Thompson disse. — Bem, então. Isso é um interessante... passatempo. Tem certeza de que tem tempo para isso? Se preparar para escola de pós-graduação deve tomar muito do seu tempo.

Senti uma sensação de vazio. Isso não estava indo bem. Bem de jeito nenhum. Olhei para as gêmeas e a irmã mais nova. Não tinham sido apresentadas, nem tinham falado uma palavra em toda a conversa. Era normal? Deve ser.

A gêmea morena, Sarah, me viu olhando para ela, e seus olhos se arregalaram. Então a coisa mais engraçada aconteceu. Ela mostrou os dentes para mim, como se estivesse rosnando e, em seguida, levantou os olhos, abriu um maior que o outro. Ela estava rosnando para mim. Silenciosamente.

Sufoquei uma risada, e depois devolvi um sorriso feroz, e ela riu.

— Sarah, fique quieta. — a mãe dela murmurou.

O rosnado de Sarah desapareceu instantaneamente, e ela olhou de volta para seu chocolate quente. Seus olhos correram de volta para mim um momento depois, então pisquei para ela. Ela deu um sorriso e voltou para a sua bebida.

Aquela garota iria dar trabalho um dia.

Julia olhou o pai nos olhos. — Sei que isto vai incomodar você, mas estou pensando em não ir para a escola de pós-graduação de imediato.

A mãe dela murmurou algo, não sei o quê, e seu pai disse: — Gostaria que você reconsiderasse. Se você quer realmente o Foreign Service, você precisa fazer sua pós-graduação.

— Não tenho certeza sobre o Foreign Service, papai.

A mesa ficou em silêncio por apenas um segundo e, em seguida, Alexandra disse: — Estou com fome, quando o jantar vai estar aqui?

— Lembre se seus modos, senhorita. — disse a Sra. Thompson.

O Sr. Thompson estava olhando para Julia, como se nela tivesse crescido uma cabeça extra. — Não compreendo. — disse ele. — Você sempre quis ir para oForeign Service.

Julia olhou diretamente para o seu pai. — Não sei de onde você tirou esta ideia. Nunca, nem uma vez, nunca, manifestei o desejo de fazer isso.

— Não seja boba. — a mãe dela disse — Esse sempre foi o plano.

Julia levantou uma sobrancelha. — Plano de quem?

— Então, o que você pretende fazer? — o pai dela perguntou.

— Honestamente, estive muito ocupada ultimamente tentando descobrir isso.

— Então, você ainda não resolveu.

Julia balançou a cabeça.

— E quanto à quarta-feira? — sua mãe perguntou.

— O que tem quarta-feira? — Julia perguntou.

O Sr. Thompson parecia um pouco desconfortável. Ele começou a falar, mas, naquele momento, os garçons entraram na sala, e ele parou.

Rapidamente, a equipe do restaurante serviu uma enorme refeição. Era uma refeição de Ação de Graças, acho, mas nada como já tive na minha vida. O peru estava fatiado e vitrificado, com algum tipo de caramelo e ervas desconhecidas. E um molho que eu não daria para alimentar a turma do Pit na Harvard Square. Estava tudo muito artisticamente apresentado e completamente desprovido de qualquer coração. Fiquei feliz que já tivesse

comido muito, porque só ia ser capaz de beliscar isso. Para não mencionar, que a desaprovação que estava chovendo de ambas às extremidades da mesa não estava ajudando.

Ficamos em silêncio até que os garçons haviam terminado de reabastecer as taças de vinho e serviram a nossa refeição. Uma vez que isso foi feito, o Sr. Thompson limpou sua garganta. — Como você sabe Julia, saio para Bagdá na próxima sexta-feira, como parte da equipe de negociação. O Presidente nos convidou para jantar na Casa Branca, com alguns seletos convidados na noite de quarta-feira.

— Tenho uma reunião na quarta-feira. — Julia disse.

Não fiquei estarrecido com ela. Mas quase. Ela estava sendo convidada para a Casa Branca. Não é algo que você recusasse, especialmente para uma reunião com uma gravadora em situação de quase falência.

— Não posso imaginar que reunião você pode ter, que possa ser mais importante do que um convite para jantar com o Presidente dos Estados Unidos.

Julia disse: — Acho que prefiro colocar um prego no meio da minha própria testa a me reunir com o Presidente.

A Sra. Thompson arfou, em seguida, disse: — Julia... não use essa linguagem na frente das suas irmãs.

As meninas estavam boquiabertas. Elas claramente não estavam acostumadas a ver alguém desafiar os seus pais. Os olhos de Carrie estavam correndo para trás e para frente, entre mim, Julia e seus pais.

O Sr. Thompson simplesmente sorriu. — Muito adulto, Julia. Mas, no caso de você decidir ir para o Foreign Service... ou se importa, qualquer outra coisa que possa envolver o governo... isso poderia ser algo inteligente para você participar, afinal, o Presidente provavelmente irá ganhar um segundo mandato. Para não mencionar, mesmo se sua política discordar dele, ainda é uma honra.

Julia balançou a cabeça. — Sério, Pai. Tenho muito orgulho de você. Tenho muito orgulho de você fazer parte da equipe de negociação. Mas, você não tem a sensação de que está tudo planejado antecipadamente? Que você está indo à Bagdá apenas de fachada? Eles já estão ativando as tropas para a implantação. O pai de Crank acabou de ser chamado, e ele está saindo para o Kuwait na próxima semana. Não vejo como você pode tolerar trabalhar para aquele homem.

O Sr. Thompson fez uma careta. — Tenho certeza que você sabe que o papel de um embaixador é ser apartidário, Julia.

— Então, por que exatamente eu vou?

— Alexandra e as outras meninas são jovens demais, mas você e Carrie virão. E espero que você se comporte diplomaticamente.

Julia olhou para o seu pai. — Posso ser diplomática quando preciso, pai. Mas se você quer minha sincera opinião? Acho que é tudo inventado. O Presidente quer ir para a guerra no Iraque, e não importa o que você faça, o que as equipes de fiscalização vão fazer, o que a ONU faça. Eu... eu gostaria que você pudesse voltar atrás e não ser parte disso.

O Sr. Thompson fechou os olhos. — Eu vou fazer o possível para evitar isso.

— Está bem. Mas isso não muda a minha decisão original. Tenho uma reunião na quarta-feira ao meio-dia.

O pai dela deu de ombros. — Isso nós podemos resolver. O jantar não é até as oito, então vamos colocá-la no voo das três horas. Tudo bem?

— Suponho.

Estava sentado em minha cadeira, fingindo comer, e olhei para esta família. Pensei que a minha família era ferrada. Mas alguma coisa aqui fazia minha pele arrepiar. Especialmente o silêncio absoluto exigido das crianças mais novas. Mesmo Carrie não tinha falado muito, e Alexandra e as mais novas, não tinham dado um pio. Isso nunca teria fluído em minha casa.

Tentei organizar minha mente, voltei para a Julia que conhecia. Este era oEmbaixador Thompson, discutindo o jantar na Casa Branca com a sua esposae filhas. Geralmente não sou intimidado por nada. Mas isso era como se estivesse em outro planeta. Estava cometendo um erro em me envolver com Julia? Ela foi brilhante, entrando em Harvard, e, se ela quisesse, poderia ter um futuro frequentando jantares na Casa Branca, um futuro viajando por todo o mundo, um futuro como uma possível embaixadora ou… quem sabe?

O que é que eu tinha a oferecer que comparasse a isso?

Absolutamente nada, maldição.

CAPÍTULO DEZESSETE

Não diga sim a qualquer coisa (*Julia*)

or que diabos temos que estar lá tão cedo? — per-guntou Crank pelo que parecia ser a centésima vez.

— Segurança, Crank. Desde o ano passado. — respondi. Ele tinha vivido debaixo de uma pedra desde o onze de setembro? Eu o deixei em casa após o jantar, e disse que estaria de volta às quatro da manhã para buscá-lo.

Quando cheguei lá, não na melhor vizinhança do mundo, ele ainda estava dormindo. Bati na porta do armazém, mas não podiam me ouvir no andar de cima, então comecei a ligar para ele metodicamente, por isso, quando ele não atendeu, liguei para Serena.

Ela atendeu no primeiro toque.

— O que é?

— É a Julia. Eu tenho que pegar Crank para um voo para LA. Onde ele está? Desculpe te acordar.

Dez longos minutos mais tarde, Crank apareceu à porta, arrastando uma mochila. — Desculpe, babe. — ele disse.

— Não me chame de babe. — respondi. — Estamos atrasados.

Ele me deu um olhar não muito amigável, e nós estávamos em nosso caminho.

No aeroporto, fizemos o check-in e nos dirigimos para os portões de segurança. Nenhum de nós despachou qualquer mala, já que era uma viagem de um dia. Ela ia ser longa. Na fila de segurança, tirei meus sapatos, meu laptop da minha bolsa e coloquei meu casaco na outra caixa. Em seguida, tive que parar e mostrar para Crank o que fazer.

— Você nunca voou antes? — perguntei.

— Não. — ele disse — O que há com os sapatos?

— Hum... bomba no sapato? Declarou-se culpado no mês passado, estava no noticiário.

— Sim, ouvi sobre isso. O que diabos está acontecendo com isso? Colocar seu sapato em chamas?

Passamos pela segurança e, finalmente chegamos ao portão, com cerca de vinte minutos de sobra antes do embarque. — Cuida das malas? — perguntei e fui encontrar café. Poucos minutos depois, estava de volta com dois copos grandes, fumegantes de café do Dunkin' Donuts.

— Oh, Deus. — disse ele. — Você atendeu as minhas preces. Estava aqui sentado verificando o sapato de todo o mundo.

Ele disse com uma cara séria. Suspirei, sentando ao lado dele, e disse: —Desculpe, eu estava tão... cranky44.

Ele riu da minha falta de jeito e disse: — Está tudo bem. Desculpe não acordar. Dormi direto com o alarme. Essa á a hora em que normalmente vou para a cama.

Poucos minutos depois, embarcamos. Não costumava voar de primeira classe, a menos que estivesse viajando com toda a família, então isso era legal.

Crank e eu tínhamos poltronas grandes e confortáveis ao lado um do outro na segunda fileira do avião. Claro, nós estávamos pagando mais do que valia a pena por isso, e se não conseguíssemos um contrato, iria ser um problema muito real. Não queria pensar no que o meu pai dirá quando vir a fatura com essas passagens, mas às vezes, você tem que aproveitar a chance. Esta era uma delas.

Crank estava parecendo uma criança que tinha acabado de descobrir doce pela primeira vez. Primeiro, ele brincou com o cinto de segurança, em seguida, as luzes e os bicos do ar condicionado. E depois, ele deslizou a persiana de plástico para cima pressionando seu rosto contra a janela, olhando para fora na escuridão, para os outros aviões.

O sinal de cinto de segurança acendeu, e poucos momentos depois, o avião começou a se mover. A atendente da primeira classe se levantou apenas alguns centímetros de distância, uma vez que estávamos na frente e começou a dar as instruções de segurança. Crank obedientemente abriu as instruções de voo da companhia aérea e acompanhou. Fechei os olhos e encostei no meu assento.

Um momento depois, ele me cutucou no lado. Abri um olho e olhei para ele. Ele tinha uma expressão preocupada no seu rosto.

— O quê? — eu perguntei.

— São as instruções de segurança. Isso é importante.

— Me deixe em paz. Já escutei umas quinhentas delas.

A expressão em seu rosto era quase cômica. E era também o espelho da expressão preocupada que seu pai ocasionalmente dava tanto a Sean quanto para Crank. Era bonita e agradável e às cinco horas da manhã, malditamente irritante. Fechei os olhos novamente, mas podia me sentir sorrindo um pouco.

Pouco tempo depois, estávamos no ar. Crank passou o tempo todo mexendo e olhando para fora da janela. Passei o tempo todo bocejando. Finalmente, alcançamos altitude e as luzes da cabine foram apagadas, eu disse: — Vou dormir.

Ele me olhou como se fosse louca, mas se você voasse com tanta frequência quanto eu, um voo parecia muito com o outro. Empurrei o braço entre os nossos assentos para cima e, em seguida, deitei, me apoiando contra ele, e fui dormir.

Quatro horas mais tarde, estávamos em Los Angeles.

É sempre um pouco desorientador ir de um clima para o outro. Por semanas em Boston, tinha sido escuro, frio, o céu cinza-claro atenuado. Nunca estive em LA, mas no momento em que saímos do avião, sabia que iria adorar. Final de Novembro, e o sol estava brilhando, estava brilhando aqui fora. Crank e eu fizemos a caminhada mais curta para um stand de café, e, depois, para fora do portão de segurança.

Assim que passamos pela segurança, vi o motorista, um homem segurando uma placa com o meu nome. Acenamos e fomos.

— Você precisa pegar bagagem? — ele perguntou.

— Não. — respondi. — Apenas bagagem de mão.

Vinte minutos mais tarde, estávamos claramente fora do LAX e nos dirigindo para cidade. No carro, alcancei a minha bolsa, tirei meu salto e troquei as sandálias de dedos que estava usando no voo.

— Isso é loucura. — disse Crank. — Não posso acreditar que estamos fazendo isso.

Inclinei-me e beijei sua bochecha. — É a música que mereceu. — eu falei.

— Então, qual é o plano?

— Quero que você seja simpático e encantador. Não diga sim para qualquer coisa. Você é o policial bom. Você será agradável e acolhedor, e fará amigos. Vou fechar o negócio. Isso funciona?

Ele riu. — Tudo bem. Você não confia na minha capacidade de negociação?

— Não é nada disso. Você me contratou para isso. Além disso, desta forma você faz amizade com as pessoas que você precisa ser amigo. Sabe o que quero dizer?

— Sim. — ele respondeu. Ele olhou para fora da janela e, em seguida, olhou para mim e disse. — Julia? Obrigado.

Dez minutos mais tarde, o motorista disse: — Aqui estamos. Sétimo andar. Suíte 720. Estamos um pouco adiantados, então comunique à recepcionista que você está aqui, e eles vão assumir de lá. E boa sorte.

Sorri para o motorista e saímos.

Crank parou ao lado de fora da porta do edifício. O tráfego rolava na rua na nossa frente, e os pedestres se aglomerando por nós.

— Estamos adiantados. Preciso de um cigarro. — ele acendeu e começou a andar, as pernas compridas o levando de um lado para o outro com passos nervosos. Depois de um minuto, ele se virou e disse: — O que acontece se isto não der certo? E quanto a todo o dinheiro que acabamos de gastar?

— Não sei. — eu disse. — Meu pai vai ter um ataque cardíaco, isso é certeza.

— Você arriscou muito por mim? — ele disse.

Tomei um fôlego e depois balancei a cabeça. — Não.

Ele deu uma tragada em seu cigarro. — Eu não entendo.

Mordi o lábio, olhei para o chão, e disse: — É assim. Quem você acha que escolheu o piano para mim quando eu tinha dois anos?

— A sua mãe?

Assenti. — É... e não sou ingrata. Eles queriam me expor à música, portanto, me colocaram em aulas Suzuki. Estou feliz por terem feito. Agora... a cada três anos da minha vida, nós nos mudávamos.

Não para um bairro novo… não para um novo estado. Para um novo país. Antes de ter dezoito anos, eu vivi

na China, Bélgica, na Indonésia, no Japão e na França. Você sabe o quanto de participação eu tive nisso?

Ele deu de ombros. — Nenhuma? — respondeu.

Assenti. — E… como você acha que eu acabei em Harvard?

Ele fez uma careta. — Seus pais.

— Sim, e você os viu ontem à noite. — em um tom amargo, zombei das palavras do meu pai. — "Julia, você sempre quis ir para o Foreign Service". Eles nem sequer me veem. Eles não sabem o que quero, ou quem sou, ou o que quero da vida.

Ele parou de andar, verificou o seu relógio e acendeu outro cigarro. — O que você quer?

— Não tenho a menor ideia! — eu disse. — Nunca tive uma chance de descobrir isso. Então… estou arriscando por mim. Porque talvez eu precise descobrir o que quero fazer. Talvez eu queira fazer algo completamente diferente. Mas se não tentar, nunca vou saber.

— Posso entender isso. — ele disse. — Tive que seguir meu próprio caminho. Meu pai e avô eram polícias. Tenho certeza que eles queriam que eu fizesse isso também.

— Então… é por isso que eu fiz isso, porque talvez em vez de ir para o Foreign Service e viver o resto da minha vida solitária, me mudando para um novo país a cada três anos, talvez eu possa me fixar em algo que eu gosto. Algo que seja importante para mim.

— Como música. — disse ele.

— Sim, como música. Nunca vou ser uma musicista, mas eu acredito que posso ser uma empresária de banda do caramba.

Ele sorriu. — Você já provou isso.

Bufei. — Não conte seus frangos antes que choquem, Crank. Podemos deixar LA com nada.

Ele acenou com a cabeça. — Sim. Mas vamos dar o nosso melhor. Vamos lá.

Quero vocês (Crank)

Então nós caminhamos para os elevadores, eu fiquei um pouco atrás dela, para que pudesse olhar para sua bunda enquanto ela caminhava. Nunca disse que não era um pouco porco... ou talvez muito. Mas algumas coisas você só tem que apreciar. E Julia, mesmo com uma saia de negócios e um casaco, é muito quente para não olhar.

Pisquei para ela quando entramos no elevador. Ela pareceu intrigada, mas isso era muito bom. Um pouco de mistério nunca machuca. Mas no segundo que a porta do elevador fechou, me aproximei e a olhei nos olhos.

— Preciso de um beijo. Seu. Para sorte. Agora.

Seus olhos se arregalaram, e ela corou um pouco. Essa era toda a permissão que eu precisava. Puxei-a para perto e me inclinei, nossos lábios se tocando, apenas levemente. Sua língua roçou os meus dentes, e, em seguida, todo o nosso corpo estava se tocando, e me sentia vivo, bêbado com a sensação.

O sino do elevador soou, e dei um passo atrás. Seus olhos estavam dilatados, seu rosto corado, e eu a queria de volta nos meus braços desesperadamente. Mas as portas se abriram, e nós saímos do elevador, havia portas de vidro com o logotipo da Gravadora White Dog estampado sobre ela.

Tive que parar por um segundo e apenas respirar. Minha garganta estava apertando. Estava prestes a entrar no escritório de um dos melhores estúdios de gravação do país. E me encontrar com Allen Roark, que era um dos meus heróis. Para não mencionar o presidente do estúdio. Meu coração estava batendo forte, e tive que dar algumas respirações profundas para me acalmar. A maior parte dos últimos cinco anos eu passei pendurado no Pit, surfando, virando hambúrgueres. E tocando guitarra até que as pontas dos meus dedos sangravam algumas vezes. Tinha tocado em bares e clubes; tinha tocado em casas abandonadas e armazéns. Uma vez, tocamos em um celeiro, e caramba, estava tão frio, que minhas cordas ficavam arrebentando e desafinando, e os meus dedos estavam muito rígidos para fazer solos.

Poderia fazer isso.

— Vamos. — Julia disse. Acho que ela percebeu o que estava passando pela minha cabeça naquele momento, mas tomou o meu braço e me puxou para frente. Assim que entramos na porta, ela se apresentou para a recepcionista, e nós sentamos e esperamos um pouco enquanto eu olhava ao redor.

O escritório era menor do que eu havia esperado. Mas nas paredes em torno de nós estavam algumas das bandas que eu praticamente idolatrava. Capas dos álbuns, fotos autografadas, uma parede inteira coberta de prêmios. Estava levando tudo que tinha para eu não ficar intimidado. Não tivemos que esperar muito tempo. Cerca de três minutos depois que chegamos, um cara saiu da parte de trás. Ele era obeso, provavelmente 130 kg, seu terno largo como se ele tivesse alguma vez sido um pouco maior. Seu cabelo era ralo, o rosto vermelho, como se tivesse bebido muito. Já tinha visto aquele olhar em muitas pessoas ao longo dos anos.

Julia se inclinou perto de mim e falou, sua voz um sussurro: — Este é Boris Dombrovski, ele é o presidente da gravadora. Vamos.

Ela se levantou, e eu também, sentindo os meus joelhos fracos.

Julia lhe deu um sorriso amplo e com um aspecto profissional.
— Sr. Dombrovski? Sou Julia Thompson e este é Crank Wilson. Somos da Morbid Obesity.

Boris sorriu, em seguida, estendeu a mão e pegou a dela. — Senhorita Thompson, é um prazer conhecê-la, e... Crank? Sério? Chame-me de Boris. É um prazer conhecer ambos. Vamos lá para trás. Estou tendo uma tempestade de ideias45 com Allen, nós não percebemos que vocês tinham chegado.

Apertei a mão de Boris e senti o meu coração batendo, muito rápido. Ele estava na parte de trás, em uma "tempestade de ideias" com Allen. Allen Roark. Apenas o mais bem-sucedido cantor e compositor de rock alternativo que já tinha ouvido falar. Puta merda. Estava realmente fazendo isso.

Mantive minha boca fechada e, segui Boris e a Julia para a parte de trás.

Boris tinha um grande escritório de canto. À distância, podia ver o letreiro de Hollywood, nas colinas. O escritório era confuso, sua mesa alta com papéis empilhados. Um sofá diante de duas cadeiras e uma pequena mesa de café baixa próxima da porta, e revistas do setor estavam espalhadas por toda a mesa de café.

Allen Roark estava sentado em uma das cadeiras, ele se levantou e sorriu. Pessoalmente e fora do palco ele era menor do que esperava, o seu longo cabelo amarrado em um rabo de cavalo. Usava uma camiseta preta sem mangas, ambos os braços completamente cobertos de tatuagens. Ele saiu da mesa de café e se aproximou de mim, estendeu a mão.

— Você é Crank Wilson? Meu filho Mitch mostrou sua música para mim ontem. Puro gênio, homem, é um prazer te conhecer.

Engoli e balancei a sua mão, falei com minha voz falhando um pouco, porque minha garganta estava muito seca. — É uma verdadeira honra te conhecer, Sr. Roark.

Ele riu. — Santo Cristo, é Allen. Por favor, não me chame de Sr. Roark. Sério. Não faça isso.

Sorri. — É justo.

Boris disse: — Sentem-se. Vocês querem um café? Vieram direto do aeroporto?

— Sim, café seria ótimo. — Julia disse. — Creme e açúcar?

Boris pegou o telefone e falou, em seguida, acenou para a mesa do café. Julia e eu sentamos ao lado um do outro no sofá e, Boris e Allen sentaram à nossa frente.

— Tudo bem. — disse Boris. — Vou direto ao assunto. Allen me ligou ontem falando sobre esta canção que você escreveu, Crank. Ele disse que temos de assinar com você imediatamente. Eu nem atendo chamadas no feriado, mas era Allen, por isso dei ouvidos. E gostei. Muito. Nós podemos fazer alguma coisa com isso.

Allen disse: — Ouvi o resto das suas músicas na noite passada, pelo menos, o que você tem no site. É uma coisa sólida.

Senti-me começando a sorrir.

— Então, qual é a sua posição, Crank?

Julia gentilmente colocou uma mão no meu joelho. Sabia o que ela estava tentando me dizer. Cale a boca. Ela se inclinou para frente, toda negócios. — Temos uma oferta para um contrato de gravação da Division Records, mas não assinamos ainda.

Boris inclinou a cabeça. — Diga-me por quê.

Ela respondeu. — Para ser honesta, estou preocupada com a estabilidade financeira da Division. Não estamos procurando por um negócio de uma canção. A banda está nisto por um longo tempo, ou seja, queremos um contrato que irá servir melhor do que isso.

Boris assentiu. — Que tipo de negócio você está procurando?

Senti minha garganta apertar. Queria pular dentro. Vou pegar qualquer coisa. Single? Acordo de gravação? Seja o que for! Quando Julia falou, ela quase fez os meus ouvidos sangrarem, e queria dizer para calar a boca agora e aceitar seja o que for que eles oferecessem.

— Idealmente, quero um contrato para gravar um álbum completo, além de uma imediata liberação do single. Orçamento para o álbum. Royalties decentes, e um adiantamento grande o suficiente para deixar a banda livre do miojo nesse meio tempo. Algumas apresentações para nos ajudar a conseguir contrato, como abrir uma turnê…

Allen pulou. — Vocês querem abrir? Nós acabamos de demitir a nossa banda de abertura para a turnê deste verão. Quero vocês.

Ela sorriu. — Excelente. Esse será um grande passo, eu acho.

Boris olhou para ela e fez uma oferta de mais dinheiro do que alguma vez vi na minha vida.

Puta merda.

Ela empurrou. Por apenas um segundo, eu quase deixei escapar. Nós vamos levar! Porque ela com calma, e com uma cara séria, dobrou os números que ele tinha oferecido.

Boris fez uma careta. — Se fizermos isso, quero uma opção exclusiva para os próximos dois álbuns.

— O que acontece se aceitarmos?

— Faremos um contrato de três anos. Renovável se ambos os lados concordarem. Exclusivo. E se não levarmos os álbuns adicionais, então, vocês estão liberados no final de três anos.

— Tudo bem. — ela disse. — Qual é o orçamento em álbuns futuros?

— Depende das vendas com o primeiro. Eu trabalho com a escala padrão, mas é a linha final, se você quiser mais do que o orçamento inicial, então o álbum precisa render mais de duzentos por cento.

Boris me olhou. — Crank, você tem algo a acrescentar?

Balancei a minha cabeça, ainda tentando fazer o meu coração batendo se acalmar. — Acho que ela tem tudo sob controle.

— Cara inteligente.

Julia sorriu. — Acho que nós temos um acordo?

Boris estendeu a mão e apertou a dela, lutei para me impedir de surtar. Porque aqui, neste escritório, tudo o que sempre sonhei, acabou de se tornar realidade. Não sei como é que ela fez isso. Não me importo como ela fez isso. Tudo o que sabia era que naquele segundo eu queria pular para cima e para baixo e gritar com todo o meu coração.

Vocês dois são tão fofos (Julia)

Estava em transe no momento em que saímos da sala de Boris.

Após a reunião acabar, Allen e Crank se sentaram falando de música, enquanto me sentei com a assistente do Boris. Ela escreveu os termos que tínhamos acordado, inserindo os números em seu contrato padrão. Eu o li cuidadosamente e, em seguida, assinei em nome da banda. E daquele jeito, a Morbid Obesity assinou com uma grande gravadora.

Enquanto assinava o contrato, tomei minha decisão. Eu não ia voltar. Não iria para a escola de pós-graduação, a menos que fosse mais tarde, em meus próprios termos. Sem Foreign Service, sem faculdade de direito, nenhuma das coisas que os meus pais estavam me forçando. Em vez disso, eu iria gerenciar esta banda, através da turnê e posteriormente. Este era o meu trabalho, agora e daqui para frente.

Agora, como fazer isso virar lucro. Enquanto apertávamos as mãos, e nós saíamos do escritório, levando o contrato e um cheque enorme, a minha mente estava girando com uma série de perguntas. Publicidade, camisetas, sites. Mas isso não durou, pois o momento em que entramos no elevador, Crank soltou um grito, me agarrou e começou a me beijar. Esqueci o contrato e o cheque e passei os meus braços em torno dele.

— Não consigo acreditar. — disse ele.

— Não consigo também.

Então estávamos nos beijamos e toda a conversa foi esquecida, até que as portas se abriram e um cara de terno entrou no elevador e murmurou: —Arranjem um quarto.

— É uma grande ideia. — disse Crank.

Caí na gargalhada. Mas também senti o meu estômago apertar, o calor inundando o meu corpo. Talvez realmente fosse uma ótima ideia. Mas só tínhamos três horas antes de ter que voltar ao aeroporto. Aproximei de Crank quando o elevador começou a se mover novamente e sussurrei: — Em breve.

Ele sorriu e colocou o braço em volta da minha cintura, e começamos a rir novamente e, então, eu disse: — Tomei a minha decisão.

— Sobre?

— Escola de graduação... carreira... tudo isso.

Ele levantou as sobrancelhas. — Oh, o que você decidiu?

— Acho que vou gerenciar a Morbid Obesity. Tempo integral.

O elevador parou no andar térreo, e ele disse em um quase grunhido. — Você sabe falar para um cara o que ele quer ouvir.

Pisquei para ele. — É hora de você começar a escrever algumas músicas novas, amigo. Temos um álbum para gravar.

Ele riu, e saímos para a rua. Ele se virou para mim, me puxou para perto e disse: — E quanto a nós? — ele estava olhando para os meus olhos quando disse as palavras, e o que eu queria dizer era isto: eu sou sua. Queria dizer a ele que estava tão comprometida com ele quanto com a banda, com o nosso futuro juntos. Queria lhe dizer... que eu o amava.

Não estava preparada para isso. Olhei para trás, sentindo como se seus olhos olhassem direto na minha alma. — Estou pronta para assumir alguns riscos. — disse. Isso foi o mais longe que eu pude ir.

— Vamos assumir juntos. — ele respondeu — Leve seu tempo, Julia. Sei que você não está pronta para se comprometer ainda. Mas preciso que você saiba: eu quero você na minha vida. Não só com a banda, e não só passando tempo com a minha família. Quero você.

Estava tremendo, e o meu corpo inteiro respondeu, meus mamilos apertando sob meu sutiã, o meu corpo aquecendo. Não sabia como responder a isso. Nem sequer sabia o que pensar sobre isso. Mas o meu corpo parecia saber oque queria, o que quer que meu cérebro estivesse fazendo. Porque meu corpoestava cedendo a suas palavras, me empurrando mais perto de uma forma que era quase impossível resistir.

— Não sei como responder a isso. — disse, minha voz caindo para um sussurro. —Não consigo nem pensar em tudo isso.

— Você não tem que responder Julia. — sua voz era como uma carícia. —Mas se você não vai me deixar te levar para um quarto agora neste segundo e ter sexo selvagem, então, é melhor irmos comer, porque estou com tanta fome agora que poderia gritar.

Não acho que ele quis dizer que ele estava com fome para um café da manhã. Mas para hoje, em Los Angeles, era tudo o que ele iria conseguir. Era tudo que eu iria conseguir, e agora, queria muito mais.

Então andamos, encontramos um lugar para comer, sentamos e fizemos opedido. E pensamos em uma agenda, para escrever e gravar o álbum, até ofinal de Janeiro, para que pudesse ser lançado a tempo para a turnê de verão. Falamos de sites e na construção de uma base permanente de fãs além da cena da música local de Boston. Era hora de mudar as coisas, e agora temos os recursos para fazer.

Estávamos sonhando alto, e por agora, isso era suficiente.

Quando terminamos o café, ele disse: — O resto da banda vai pirar. Nenhum de nós esperava mais do que um single.

— O que você acha que vão dizer?

Ele riu. — Serena me disse para ser bom para você.

— Ela o quê?

— Ela disse alguma coisa nas entrelinhas quê... sou um homem oco. E que precisava tomar cuidado e não estragar as coisas. Porque você merece algo melhor do que aquilo que normalmente costumo oferecer.

Não sei por quê, mas eu achei a ideia da Serena e de Crank discutindo sobre mim... perturbadora. — Quão próximo você e Serena são? — perguntei.

Ele me olhou um pouco de lado. — Somos amigos próximos. Mas não desse jeito.

— Não foi isso que eu quis dizer. — sim, foi.

— O que você quis dizer?

— Só estou curiosa. — disse, mentindo. — Não sei sobre o resto da banda também.

— Bem... Mark é de Somerville. Nós nos conhecemos saindo no Pit, quatro, talvez cinco anos atrás. Costumávamos ficar bêbados no cemitério.

— Sério? — perguntei, tentando não rir.

— Sim. É como um rito de passagem, de onde eu venho.

— Então, vocês são amigos há muito tempo?

— Não diria isso... a gente se espancou na primeira vez que nos encontramos. Foi por causa de uma garota. Ela saiu comigo, e ele não gostou.

— Ai. — eu disse.

— Sim. Bem, eu era um verdadeiro idiota. Mas ele superou isso, e somos amigos. E começamos a banda juntos. Bons tempos na época. Tínhamos acabado de montar... em qualquer lugar, até que a polícia veio e nos expulsou. O meu pai acharia totalmente uma merda, porque estaria em apuros, os polícias me pegariam, e, em seguida, eles o chamariam. Constrangedor para um policial ter seu filho com tantos problemas o tempo todo.

— Gosto do seu pai.

Crank sorriu. — Fico feliz . Ele é um ótimo pai. Para ser honesto, adoro o chão que ele pisa. Mesmo que tenhamos passado metade da minha vida brigando. Eu só queria que ele não tivesse que ir para o Kuwait. Isso é uma merda total.

Suspirei. — Acabou de me ocorrer agora, o que vai acontecer com Sean? Quando formos para a turnê?

Ele brincou com o seu garfo por um segundo. — Levamos conosco. Ele vai ficar bem. Aposto que ele vai adorar a viagem, ele nunca saiu de Boston.

Isso seria um... desafio.

— Você não acha que vai ser muito difícil com ele? Ele não lida com mudança muito bem.

— Vai mudar, não importa o que fizermos com o pai fora. E... mesmo que minha mãe volte para casa, não sei se ela está pronta para passar o verão apenas os dois.

Talvez ele tenha razão. Não competia a eu falar. Mas tinha a sensação de que Sean e sua mãe poderiam ambos ter outras ideias.

Depois do nosso café da manhã, ainda tínhamos tempo para matar, mas não o suficiente para fazer o que nós dois obviamente queríamos. Por isso, andamos por aí conversando, simplesmente desfrutando da companhia um do outro, no que era para nós, sol e calor fora de época.

Podia tanto me ver morando em LA.

Por fim, acenamos para um táxi e voltamos ao aeroporto, e, em seguida passamos por toda a rotina: check-in, passar pela segurança, então, encontrar o nosso caminho para o portão e esperar. Faltava cerca de uma hora para ir e entramos em uma conversa sobre música. Quem gostava do quê. Quais bandas foram as mais inovadoras. Ele estava muito focado sobre a eclética pseudo-punk ao redor de Boston. Sou um pouco mais ampla no meu gosto, por isso, a nossa conversa tendia a vaguear por todo o lugar.

Crank estava me encarando em choque, dizendo: — De jeito nenhum você pode gostar deles. — quando o anúncio veio pelo intercomunicador. O nosso voo foi cancelado.

Fomos ao primeiro guichê da fila. Discutimos, suplicamos, imploramos, mas não havia mais voos para o leste naquela noite.

— Tudo o que podemos fazer é reservar um hotel para vocês passarem a noite. — a atendente disse. — Vamos levá-los, e depois, buscar de manhã, vocês podem pegar o primeiro voo de volta na parte da manhã.

Não havia escolha. Nem sequer tenho uma muda de roupa. Eca. Balancei a cabeça.

— Vocês estão viajando juntos? Um quarto ou dois?

— Um. — disse Crank, exatamente quando eu disse — Dois.

A boca da atendente se curvou em um pequeno sorriso.

Crank falou: — O que ela quiser. Dois quartos está bem.

Dane-se isso. — Vamos pegar um. — eu disse, rangendo os meus dentes.

— Um quarto então. — disse ela, digitando em seu computador. Ela estava sorrindo agora.

Dei um olhar sujo para Crank. Ele piscou para mim.

— Vocês dois são tão fofos. — disse a atendente.

Ótimo. Ela pensa que somos fofos.

— Bem, então... ok. Reservei para vocês no aeroporto Sheraton. Deixe-me imprimir isso, e vocês podem pegar o serviço de transporte perto da esteira de bagagem. Basta seguir as placas. O seu voo de partida é amanhã de manhã, às dez horas.

Isso nos colocaria novamente em Logan, dez da noite. O que me deixaria atrasada na escola, porque tinha um trabalho para escrever. Droga. Acho que poderia fazer no avião amanhã.

Um momento depois, ela entregou a Crank a reserva para o quarto de hotel, e estávamos fora.

Capítulo Dezoito

Ela não deve (Crank)

Eu sou um maldito idiota. Não é como se eu não estivesse fazendo avanços sexuais lascivos em Julia durante todo o dia. Não acho que havia uma chance no inferno de ela levar isso adiante. Mas aqui estávamos, no ônibus, no nosso caminho para o hotel, e estávamos dividindo um quarto, e ela estava encostando contra mim de uma forma que significava apenas uma coisa, e eu não tinha nenhuma camisinha.

Repito: Eu sou um maldito idiota.

Tinha oficialmente algo como seis semanas desde que eu tinha transado, sem contar nosso quase momento em seu quarto há algumas semanas. Que foi incrível, mas a sério, estava como uma virgem corando neste momento.

Agora que pensei sobre isso, a última vez que eu tive sexo foi na noite antes que eu conheci Julia.

Eu não sou de quebrar a cabeça com grandes mistérios, ou o que isso significa, ou mentalmente me masturbar em uma grande emoção perguntando-me onde a minha vida estava indo. Mas até eu mesmo tinha que admitir - que de alguma forma eu tinha caído em uma relação monogâmica. Com uma mulher que não poderia, ou não iria se comprometer. E que não tinha transado comigo ainda. Apesar de tudo, eu sabia que ia ser quente. E Cristo, apenas um beijo dela me levava ao limite, o seu toque me deixava louco, e a única vez que tínhamos brincado na cama dela tinha preenchido meus sonhos de todas as noites desde então.

O ônibus parou na porta do Hotel Sheraton e nós saímos, marchando para o hotel. Estávamos esgotados. Era onze horas, o que significava que eram duas da manhã em Boston. Nós estávamos acordados há quase vinte e quatro horas. Ou ela estava, de qualquer jeito... eu dormi por quatro horas antes de Serena me acordar atirando a bola de basquete de Mark em mim. Mas eu não estava cansado demais para isso. Isso não era mesmo possível.

Então, quando nós terminamos o check-in, eu disse: — Eu preciso comprar uh... um maço de cigarros. Encontro com você no quarto?

Ela se encostou em mim por apenas um segundo e me beijou.

— Ok, vejo você lá em cima. — eu esperei com ela o elevador, e no momento que ela entrou e as portas se fecharam, corri para a recepção. — A loja de presentes ainda está aberta? — eu perguntei, com urgência.

A mulher na recepção, que parecia saber o que estava acontecendo, me indicou a direção certa.

Uma mulher nos seus sessenta anos estava trocando o sinal de néon: 'Presentes'.

— Espere! — eu gritei, correndo até ela.

—Desculpe, estou fechando agora.

— Por favor? Eu estou desesperado. — eu tentei o sorriso do meu pai. Geralmente fazia maravilhas com as senhoras.

— Bem... se está desesperado, eu suponho que...

— Eu preciso de um pacote de Marlboro, e um... — eu olhei ao redor, procurando freneticamente, por preservativos.

— E... o quê?

— Hum... — merda, esta mulher era mais velha do que a minha avó. — Você vende preservativo?

— Claro. — ela disse. Então, ela apontou para um rack. Eles estavam misturados com aspirina, tampões e cremes de hemorroida. Não é surpresa que não pude vê-los. Eu peguei uma caixa e lancei-a sobre o balcão, e ela registrou no caixa.

— Que Deus te abençoe. — eu disse. — Você salvou a minha vida.

A senhora se elevou. Ela piscou, sua expressão lasciva. — Divirta-se. Não faça nada que eu não faria.

Foi a primeira vez que uma mulher de sessenta anos de idade me fez corar. Eu sorri para ela e disse: — Uhh... obrigado. — e corri para os elevadores.

Não estava cansado agora. Eu estava saltando sobre os meus pés, pronto para começar o inferno no andar superior. A música instrumental estava tocando ao fundo do átrio, tremendamente relaxante. Eu podia ver uma fonte jorrando. Eu estava imune à serenidade. Eu queria chegar ao andar superior agora. E o elevador estava demorando muito. Eu poderia ter subido as escadas mais rápido do que isso.

Finalmente a campainha soou, as portas do elevador se abriram, e eu estava dentro. Apertei o número oito e virei, olhando para fora através do vidro.

Era bom, eu tinha que admitir. Eu nunca fiquei em um hotel antes, embora saísse no beco, atrás do Charles Hotel e fumasse com os meus amigos. O lobby aqui era enorme, com uma grande fonte no centro, e quartos virados para dentro. Estávamos no oitavo andar. Eu precisava estar no oitavo andar. Agora.

As portas finalmente se abriram e quase corri pelo corredor, passei o cartão-chave, e estava dentro.

Então parei e tomei um fôlego.

Julia tinha se despido, deixando somente um sutiã de renda muito sexy, o cobertor abandonado. Ela estava impressionante e, aparentemente, esperando por mim. E enquanto esperava, ela caiu morta dormindo. Eu suspirei. Então, tirei o meu casaco e coloquei-o sobre o encosto da cadeira.

Caminhei e ajoelhei ao lado da cama, os nossos rostos separados por centímetros. Ela parecia tranquila, com um meio sorriso no seu rosto. Eu me perguntava se ela já estava sonhando, e se estava, sobre o quê. Queria estar dentro da sua cabeça e saber tudo sobre ela. Mas por agora, beijei suavemente sua bochecha, puxei o cobertor e a cobri.

Em seu sono, ela parecia tão inocente. Exceto que eu podia ver as cicatrizes. Ela colocou um monte de pulseiras sobre a cabeceira, deixando apenas a desgastada rosa e branca pulseira da amizade. Seus lábios estavam um pouco curvados, e dormindo, ela parecia despreocupada, jovem.

Os meus olhos caíram para as cicatrizes novamente. Eu mataria qualquer um que a machucasse.

Deveria acordá-la.

Não. Eu não deveria.

Ela pode gostar se eu fizer isso.

Ela pode não gostar.

Ela precisava dormir. Suspirei e caminhei para a porta de vidro de correr, então escorreguei para fora na varanda e acendi um cigarro. Estava tranquilo aqui, embora eu pudesse ver o tráfego na rodovia abaixo. Dei uma tragada, e olhei para trás através da janela. Ela tinha rolado para o lado dela, puxando as cobertas ao seu redor.

Eu não sabia como fazer isso. Não sabia como estar em um relacionamento. Especialmente com alguém que não acreditava em amor ou relacionamentos. É uma loucura. Sou o cara que pega uma menina no meio da multidão e transo com ela, em seguida, a mando para sua casa em um táxi pela manhã. Se muito. De muitas maneiras, passei a minha vida sendo um canalha completo.

Não queria ser um canalha mais.

O que não significava que eu não olhava para Julia como um objeto sexual. Eu não tinha de repente virado um santo, e olhando para ela, era inevitável. Mas ela também era inteligente pra caralho e determinada, e ela pegou aqueles caras da indústria de gravação como ninguém. Ela se importava com Sean, e amava música, e embora ela não fosse admitir isso, nem para ela mesma, estava começando a pensar que ela poderia me amar.

Além disso, a partir de hoje, eu era oficialmente uma estrela do rock. Então, foda-se.

Joguei meu cigarro, observando a cinza quando ela voou para fora de vista e abri a porta. Havia duas escovas de dente no hotel, uma delas ainda embalada em plástico no banheiro. Eu espirrei água na minha boca e deslizei na cama com ela, em vez de na outra cama.

Eu me enrolei atrás dela, coloquei meu braço ao seu redor e dormi.

Você está falando sério? (Julia)

Um despertador estranho estava gritando para mim. E o braço de alguém estava enrolado apertado em volta da minha cintura.

Lutei para abrir os meus olhos e descobrir exatamente onde no inferno estava, quando me lembrei. Los Angeles. Era Crank enrolado em mim. E o alarme estava tocando. O que significava que precisávamos estar no aeroporto em uma hora. Estiquei-me e desliguei o alarme.

Eu gemi, então rolei e enfrentei Crank.

Vinte e quatro horas de barba brotaram no seu rosto, protegendo o queixo e me fazendo querer perder aquele avião. Mas tinha aula na segunda-feira, e ele tinha que trabalhar, então não havia tempo, e dane-se isso. Eu me inclinei para frente e beijei-o, duro nos lábios. Os olhos dele abriram imediatamente, e eu disse com força. — Você não presta!

Ele estava assustado.

— Levanta. — eu disse. — Temos de chegar ao aeroporto.

— Oh, merda! — ele falou. — Estamos atrasados? O que foi que eu fiz?

— Deixou-me esperando. — eu disse. — Para poder comprar cigarros.

Afastei-me e sentei. A minha cabeça estava nadando, meu relógio biológico fora do lugar agora.

— Na verdade. — ele murmurou, muito discretamente. — Eu fui comprar preservativos. Mas você estava dormindo quando eu cheguei aqui.

Eu me inclinei para frente e ri, mas aquilo fez a minha cabeça começar a doer. — Você está falando sério? — eu perguntei.

— Sim. — disse ele, constrangido.

— Eu vou tomar banho. — eu falei.

Levantei e me arrastei até o chuveiro, enquanto ele gemia e se sentava. Então caminhei até minha bolsa próxima à porta e abri a caixa dentro. Ele estava de costas para mim, então ele deu um pulo quando eu joguei o primeiro pacote nele, golpeando-o na parte de trás da cabeça com um preservativo embrulhado.

— Que diabos foi isso? — disse ele, apontando. O próximo pegou no lado do seu rosto.

— Camisinhas, punk. — eu disse, lançando outro. Aquele ele pegou. Levantou-se e sacudiu a cabeça, resmungando.

Fui para o banheiro e escovei meus dentes. Deus. Não conseguia acreditar que ele tinha ido comprar preservativos. Por que ele simplesmente não disse algo?

Liguei a água, mexendo com a temperatura até que estava boa, então tirei meu sutiã e calcinha e entrei no chuveiro.

Enfiei minha cabeça sob o fluxo de água, fechei os olhos e suspirei, já sentindo a minha dor de cabeça começando a clarear. Eu precisava disso. Geralmente mantinha horários regulares, enquanto não estou propensa ao fuso horário, ficar acordada por 24 horas seguidas não é o normal para mim.

Teria muito prazer em ficar mais tempo acordada, se ele tivesse subido. Eu me senti estúpida: eu cuidadosamente arrumei o quarto, e eu mesma, o mais provocativamente quanto possível. Então fitei o teto, ficando cada vez mais e mais frustrada, enquanto meus olhos se tornavam mais e mais pesados. A próxima coisa que percebi foi que o alarme estava tocando.

Tirei a minha cabeça debaixo da água e comecei a alcançar o xampu quando ouvi a voz dele.

— Você tem dez segundos para dizer não, ou jogar algo em mim, ou gritar ou o que quer que seja. Caso contrário, vou entrar.

Eu congelei. Meu coração de repente estava batendo muito rápido, meu peito apertado e me senti tonta. Eu não esperava isso. No chuveiro? Eu tinha namorado Willard por quase dois anos, e nunca, nem uma vez tinha acontecido algo como isto. Ele era um missionário convicto na posição, uma vez por semana, como um relógio. Houve algumas vezes que tive dificuldade em me manter acordada quando estávamos juntos.

Agora não. Eu senti um formigamento quando a água bateu contra os meus seios, e então atrás de mim, a cortina do chuveiro deslizou.

Não me mexi. Eu não podia. Eu literalmente não podia mover um músculo. Depois, de repente, senti suas mãos deslizarem em torno de mim e seus lábios contra o meu pescoço.

Deixei escapar um pequeno gemido quando seus lábios roçaram contra meus ouvidos, e a sua mão direita segurou o meu seio. Em seguida a sua outra mão desceu entre minhas pernas, e me pressionei contra ele, com força. Ele me puxou contra ele mais apertado, e eu torci minha cabeça para a esquerda para encontrar os seus lábios. Sua língua escorregou para minha boca, e eu fechei os olhos, gemendo.

— Fique imóvel. — ele disse e se separou de mim. A separação brusca foi quase dolorosa. Mas então ele estava de volta, e sussurrou: — Tenho que lavar o seu cabelo. — e ele começou a esfregar xampu em meu cabelo, correndo seus dedos contra o meu couro cabeludo, massageando.

— Eu amo o seu cabelo. — ele disse. — Eu poderia fazer isso o dia todo.

Eu poderia também. Meu corpo estava escorregadio com o xampu, deslizando contra o dele, enquanto ele lentamente lavava meu cabelo, então ele começou a esfregar o conteúdo do pequeno frasco de condicionador no meu cabelo. Tudo o que poderia fazer era permanecer respirando, enquanto ele mordiscava minha orelha esquerda e, em seguida, começou a esfregar sabonete líquido em mim.

A tensão estava me matando. Meu corpo inteiro estava formigando, e eu estava respirando com fôlegos curtos e rápidos. Eu tinha de fazer alguma coisa para conseguir o controle, e eu sussurrei: — Por que deveria lhe dar o que deseja depois que você me deixou esperando na noite passada?

Ele rosnou no meu ouvido. — Porque nenhum de nós pode parar agora.

Oh meu Deus, ele estava certo. Ele passou suas mãos sobre cada centímetro do meu corpo, meus seios, minhas costas, minha bunda... deixando os nervos de todo o meu corpo em chamas. Depois que ele me lavou, desligou a água. Imediatamente arrepios apareceram, e ele saiu do chuveiro, pegou uma toalha e a envolveu em mim.

Em seguida, ele pisou para fora e secou-se rapidamente, enquanto assistia. Ele era bonito, não construído maciçamente, mas muscular em todos os

lugares que importavam. Prendi a minha respiração, enquanto o observava. Em seguida, ele olhou para cima e encontrou meus olhos. — Cama. Agora.

Ele não teve que pedir duas vezes.

Eu tenho que ir (Crank)

Pela centésima vez eu me vi desejando ter parado de fumar a muito tempo, enquanto corríamos pelo terminal para o nosso avião, que estava decolando em menos de vinte minutos. Mas ainda assim mantive-me com Julia, que é uma atleta maldita. Eu já tive bom sexo. Mas, uau.

Antes que você pense que eu sou um completo porco... não importa. Eu sou. Eu estava intencionalmente correndo atrás dela quando nós atravessávamos o terminal.

Chegamos ao portão com trinta segundos de sobra. Que Deus abençoe-a pelos bilhetes de primeira classe, por que isso nos coloca na primeira fila do avião. Fomos para os nossos lugares, guardamos nossas mochilas, cintos de segurança e em seguida encostamos um ao outro com falta de ar, enquanto os atendentes fechavam as portas do avião e preparavam para a decolagem.

Inclinei-me para perto e sussurrei: — Você vai precisar de outro banho.

Ela me golpeou no ombro, e sorri satisfeito comigo mesmo.

— Então... o que fazemos a seguir?

Ela fez uma careta para mim. — Você pode dormir ou o que quer que seja. Eu tenho um trabalho para terminar.

Droga.

Uma vez que atingimos a altitude, ela tirou o seu notebook. Eu li uma revista de bordo (chata), assisti um filme (também chato, alguns filmes para mulheres), então li sobre o seu ombro (mais chato ainda, ela estava escrevendo um artigo sobre economia).

Por outro lado, quando estava lendo sobre o seu ombro, podia sentir o cheiro dela. E isso foi bom.

Depois de alguns minutos de sua digitação e a estudando de muito perto, ela perguntou em uma voz meio divertida. — O que você está fazendo?

— Aprendendo sobre economia. — respondi na voz mais suave que poderia usar.

Ela bufou. — O que exatamente você aprendeu até agora?

Dei a ela o meu melhor sorriso encantador e com o rosto completamente sério, eu disse: — Que algumas coisas são extremamente raras e preciosas.

Ok. Eu estava mentindo. Mas dane-se. Eu queria mais do que companheirismo ocasional e sexo. Eu a queria.

Ela franziu o nariz para mim e voltou a escrever. Droga.

Ela finalmente terminou o relatório, e o avião aterrissou. Meia hora depois, estávamos no carro, em direção à minha casa para encontrar com a banda. Eu tinha ligado esta manhã e dito para todos estarem lá. Não disse o porquê. Agora, andando de carro com Julia, podia sentir a ansiedade chegando. Eles iriam surtar completamente. Mas tão louco quanto parece, a minha mente ainda não estava nisso.

Estava no fato de que Julia estava dirigindo de volta a minha casa. Agora. De noite.

— O que é que você vai fazer amanhã?

— Estudar. — ela respondeu. — Por quê?

— Por que você não fica para dormir?

Seus olhos correram em mim, depois voltaram para a estrada. E ela ficou em silêncio. Por um logo tempo. Finalmente ela disse: — Crank... eu preciso que você saiba... eu não sou... eu não... merda!

Ah, não. — Esqueça isso. — eu falei. — Foi apenas uma sugestão.

— Eu não quero que você fique amarrado em mim.

Tarde demais para isso. Eu não respondi.

Um momento mais tarde, ela disse: — Droga! Eu já estou muito envolvida.

Não pude evitar. — O meu pai costumava dizer, 'já que entrou, não faça pela metade'.

— Idiota. — ela disse.

— Não chame meu pai de nomes.

Ela revirou os olhos. — Eu quis dizer você.

— Então nós voltamos a isso, né?

— Voltamos para quê?

— Você sendo uma cadela completa porque sou legal com você.

Ela agarrou o volante, olhou para mim por um segundo, e então olhou de volta para a estrada.

— Você deveria parar de ser legal comigo. — disse ela.

— Continue assim e eu posso.

Ela suspirou. — Sinto muito, estou apenas... não estou disposta aquele tipo de compromisso. Eu falei isso para você. Não quero acabar te magoando. E você está tornando isso realmente difícil para mim.

— Eu não entendo como. Não é como se eu não fosse muito bom de cama.

Ela ficou silenciosa por apenas um segundo e depois, riu. Eu sorri para ela, o que a fez rir. Eu amava quando ela ria. Todo o seu rosto se iluminava, o que era uma completa transformação. Se eu pudesse fazê-la rir a cada momento do dia, eu faria.

— Melhor? — eu perguntei.

— Eu vou ficar hoje à noite. Mas é só diversão, ok? Não é... seja o que for... que... — ela suspirou incapaz até mesmo de dizer o que ela não queria.

Ok. Eu não ia forçar. Não agora. Isso tudo era muito novo. Eu entendi. Ela precisava de algum tempo, algum tempo para confiar. Ou... o que quer que fosse. Honestamente, não sabia qual era o problema. Quer dizer, eu sabia. Ela havia conversado - só aquela vez - sobre a sua experiência na escola, com um cara que a ferrou. Eu entendi aquilo. Mas por que tanto ceticismo sobre relacionamentos? Se alguém deveria ser cético sobre isso, era eu. Mas aqui estava eu, pronto para saltar para dentro, e ela não estava. Nem mesmo perto disso. Na verdade, ela ficava com raiva de mim a qualquer momento que eu sugeria isso.

Pelo menos ela estava disposta a dizer que estávamos namorando. Balancei a cabeça e olhei para fora da janela, e nós ficamos em silêncio até que poucos minutos mais tarde, ela estacionou próximo ao armazém. Tomei uma respiração profunda e saí do carro. Está bem. Estava exausto, tinham sido dois dias longos. Ela olhou para mim e deu-me um sorriso hesitante. Eu sorri e, em seguida, caminhei ao redor do carro para ela.

Ela começou a falar. — Não estou tentando ser uma cadela, eu só...

Ela não terminou porque eu peguei as mãos dela, puxei-a para mim, trouxe a minha boca à dela e a beijei. Quando nossos lábios se encontraram, o
dela abriu um pouco, e então ela apertou-se contra mim, puxando mais perto. Seus braços vieram a minha volta, os dedos cavando em meus ombros.

Nós nos separamos por apenas um segundo, e tomei fôlego. — Eu poderia fazer isso a noite toda, mas eles estão nos esperando lá dentro.

Seus lábios se levantaram em um sorriso peculiar. — Tudo bem, vamos. — ela agarrou a minha mão e entramos.

Mark, Pathin e Serena estavam todos no que se passava por uma sala de estar no andar de cima, Mark e Pathin sentados em cadeiras em frente ao outro jogando cartas e Serena espreguiçando-se lânguida no sofá. Mark e Pathin abaixaram as cartas quando entramos.

Não sabia por onde começar.

Serena olhou para nós através de suas pálpebras meio fechadas. — Eu espero que aonde quer que você tenha ido, era importante o suficiente para você perder o ensaio de hoje Crank. Vocês dois parecem satisfeitos consigo mesmos. Vocês fugiram e se casaram?

Dificilmente, eu pensei. Não há muita chance disso.

Congelei por um segundo. Eu acabei de ter este momento de decepção cínico? Sobre a ideia de nós... não. Não e não. Nem mesmo vá lá.

Decidi começar sendo direto. — Então, nós saímos e almoçamos com Allen Roark e...

Mark soltou uma gargalhada.

Eu sorri para Mark, ele olhou para mim e então parou de rir.

— Sério? — ele disse. — O que está acontecendo?

— Diga a eles. — falei para Julia. — Isso não teria acontecido se não fosse por você.

Ela olhou para nós três, olhos redondos e animados. — Vocês caras, vão abrir a Turnê de Allen Roark nos EUA neste verão.

Um silêncio atordoado. Serena sentou-se, não mais relaxada no sofá. Mark e Pathin pareciam congelados no lugar.

— Você está falando sério? — disse Serena.

Julia acenou com a cabeça. — Isso não é tudo... a partir de ontem, a Morbid Obesity assinou com a White Dog. Vocês têm um contrato de gravação, e eles vão lançar o single imediatamente.

Os olhos de Serena dispararam para mim, e balancei a cabeça, sorrindo. Seus lábios lentamente enrolaram em um sorriso, e ela levantou-se, e de repente Mark e Pathin estavam de pé também, e gritando, e Serena se aproximou de Julia e colocou os braços em torno dela. Então Serena fez algo que nunca pensei que poderia ver na minha vida. Ela irrompeu em lágrimas. Mark e Pathin começaram a me bombardear com perguntas, e eu tentei respondê-las, mas o pandemônio geral demorou alguns minutos para se acalmar.

Finalmente Julia disse: — Olhe... estamos ambos... muito cansados. Tem sido dois dias longos. Eu vou responder a mais perguntas amanhã. A principal coisa agora é que vocês vão ter que trabalhar. Precisamos do álbum concluído até 30 de janeiro. O que significa que vocês têm músicas para começar a compor e gravar imediatamente.

— Temos um orçamento para gravação? — Pathin perguntou.

— Sim. Muito.

— O inferno, sim! — Mark gritou.

— Além disso, o adiantamento. Nós vamos sentar e descobrir a contabilidade sobre isso. Precisamos segurar um pouco para a publicidade, iremos trabalhar os detalhes. Mas, eu preciso ser reembolsada das passagens para a Califórnia, que não foram baratas.

Serena olhou para Julia. — Parece que você conseguiu o trabalho. Você é a chefe agora. Basta dizer-nos o que fazer.

Julia balançou a cabeça. — Deixe-nos dormir um pouco?

— Uma coisa primeiro. — disse Mark.

Julia levantou as sobrancelhas. Mark tinha sido hostil sobre ela gerenciar a banda desde o momento em que a ideia veio à tona. Fiquei ligeiramente tenso, pronto para dizer a Mark para calar a boca quando ele se aproximou dela. — Desculpe-me. E... muito obrigado.

Julia sorriu. — Obrigada a você, Mark.

Senti o meu corpo relaxar. Mark era imprevisível, nunca se sabia o que ia sair de sua boca em qualquer momento. Foi um alívio saber que não ia ter que dar uma surra nele.

— Vamos para a cama. — eu disse em voz baixa, pegando a mão dela e levando-a de volta para o meu quarto.

No momento em que ela entrou, o seu rosto levantou em um sorriso. — É seguro dormir aqui?

Eu dei a ela um olhar azedo, mas depois dei um segundo olhar ao redor do quarto, e acho que consegui entender o que ela quis dizer. O lugar estava uma bagunça. A parte superior da minha cômoda velha e assustadora, que peguei ao lado da calçada, estava marcada e repleta de papel, anotações musicais principalmente. O piso, ou o que você poderia ver dele, tinha um carpete sujo, mas minhas roupas estavam bem distribuídas ao redor do piso, escondendo isso completamente.

Os lençóis estavam limpos, mas amarrotados.

De fato, o único local verdadeiramente limpo no quarto era o canto oposto à janela, onde minha guitarra estava apoiada.

Eu resmunguei: — Uma vez que a luz estiver apagada, você nem vai perceber.

Ela riu, e eu passei meus braços em torno dela, sentindo o seu calor contra o meu peito.

— Estou orgulhoso de você. — eu disse. — Ninguém mais poderia ter feito oque você fez neste fim de semana.

— Não. — ela disse. — Foi sua música que fez isso. Tudo o que fiz foi dar a música a um amigo e pedir-lhe para passá-la ao seu pai.

— Minha música, que teria vendido barato para um estúdio indo à falência.

Ela deu de ombros.

— Nós formamos uma boa equipe. — ela disse.

Inclinei-me para frente, juntando os nossos lábios. Ela respirou profundamente, pressionando contra mim, enquanto nossas línguas brincavam uma contra a outra, molhadas, apaixonadas. Pela primeira vez desde que estava no ensino médio, os meus lábios estavam realmente doloridos de tanto beijar. Deslizei as mãos para baixo colocando na sua bunda e ela gemeu, de repente seus dedos estavam arranhando minhas costas, puxando-me mais perto, parecia que ela estava tentando entrar em mim.

Minha boca caiu para o seu pescoço, e ela suspirou e empurrou-me para a cama. Puxei-a junto, deitando-me com ela em cima de mim e então seus lábios estavam se movendo para baixo na base da minha garganta, e sussurrei: — Deus, eu te amo.

Ela congelou, o seu corpo todo de repente ficou rígido.

Porra!

Ela estava longe de mim, movendo-se em direção à porta.

— Eu tenho que ir. — ela disse com a voz tremendo.

— Julia espere!

— Não! — ela gritou. Seus olhos lacrimejavam e ela disse: — Por que razão no inferno você tinha que dizer isso, Crank?

Em seguida, ela abriu a porta e saiu correndo para fora.

Eu a segui, correndo pelo corredor atrás dela e agarrei seu pulso. Jesus, tinha que pará-la.

— Julia pare! Espere só um segundo!

— Deixe-me ir! — ela gritou, puxando o seu braço para longe de mim. — Por que você tem que estragar tudo? Por quê? Acabou aqui.

Estendi a mão para ela novamente, e ela bateu no meu peito, me empurrando para longe e, então, bateu com mais força, se afastando de mim.

— Julia, por favor!

— Você nunca diga isso para mim. Nós não somos... seja lá o que for que você pensa que nós somos. Nós nunca seremos.

Então ela virou e saiu.

Eu caí contra a parede com a raiva e a tristeza em conflito dentro de mim, meu estômago apertado. Fechei meu punho, bati com ele na parede e gritei uma maldição. Mas que diabos? Eu não entendia.

Eu não entendia. Não entendia como tinha me apaixonado por esta garota, e não entendia por que ela fugiu. Nada fazia sentido, e não sabia como consertar isso. Senti-me fora de controle, desesperado, e queria correr atrás dela para fazê-la explicar.

Mas eu sabia que ela não iria.

Uma suave voz ao meu lado, afiada com raiva. — O que você fez Crank?

Debrucei-me contra a parede, de repente exausto, a emoção drenando para fora de mim, como se alguém tivesse acabado de puxar o plugue. Serena estava de pé ao meu lado, com um olhar misto de preocupação e desprezo no rosto dela. Ela tinha visto as meninas correrem para fora daqui antes, mas essa era diferente. Essa era Julia.

Ela fez a pergunta novamente, sua voz insistente.

— O que você fez com ela? Por que ela saiu daqui assim?

Eu tomei uma respiração profunda e respondi honestamente.

— Eu disse a ela que a amava.

CAPÍTULO DEZENOVE

Como poeira (Julia)

Era meia-noite quando cheguei ao meu quarto. Felizmente, nenhuma das minhas colegas de quarto estava. Adriana e Linden tinham ido para casa para o feriado, e Jemi estava fora, não sabia onde. Eu não queria lidar com as perguntas delas sobre a repentina viagem para Califórnia, então estava tudo bem. Eu caí em um profundo sono sem sonhos.

O sol estava alto no céu quando acordei na manhã seguinte com o som do meu celular zumbindo no criado-mudo ao lado da minha cama. Estendi a mão e peguei, respondendo com um grogue. — Alô?

— Julia, é Serena.

Lutei para abrir os olhos e deixe-os lentamente se concentrarem sobre o relógio. Quase meio-dia.

— O que é?

— Você está dormindo?

— Eu estava.

— Desculpe-me. — ela disse. — Estava apenas ligando para checar.

Minha testa franziu. — Checar... por quê?

Então, saquei. Ela estava ligando para mim porque corri para fora do armazém na noite passada. Uma pontada de ansiedade passou por mim.

— Hum... você parecia bastante chateada ontem à noite.

— Não se preocupe com isso Serena.

Eu não queria dizer, não é da sua conta. Mesmo que não fosse claramente da conta dela.

— Desculpe. — ela disse. — Eu não quero me intrometer. Eu só queria apenas ter certeza... que estamos bem com a banda.

Eu pisquei. — É claro que estamos.

— Você e Crank, hum...

— Serena, ouça. O que aconteceu entre Crank e eu é... particular. Ok? Não quero falar sobre isso, e isso não afetará nosso relacionamento com a banda.

— Oh, fico feliz. — ela disse. Ela não parecia feliz. Ou aliviada, ou qualquer outra coisa. Finalmente ela disse. — Apenas para que você saiba... Crank está... chateado como eu nunca vi antes. Ele está realmente destruído por você deixá-lo.

Fechei os olhos, deitando de costas no travesseiro. Meu coração estava martelando no meu peito, e uma tristeza inexplicável correu através de mim.

— E é exatamente por isso que eu tive que sair. Não vou falar nenhuma outra palavra sobre o assunto, certo? Se Crank está chateado, diga-lhe para ir pegar uma garota, tenho certeza que ele vai tirar isso do seu sistema.

Antes que ela pudesse responder, desliguei o telefone. Enrolei para o lado, olhando a parede. Tinha o que eu queria, não é? Eu tinha a minha independência, tinha a minha segurança: sem vínculos para me quebrar. Sem riscos, nada me esmagando, sem ficar fora do controle com as emoções tomando conta de mim e me obrigando a fazer as coisas que não queria fazer.

Então, por que diabos me sinto tão inconsolável?

Meus braços estavam enrolados na minha frente, e poderiam facilmente traçar as linhas das cicatrizes no meu pulso daquele terrível ano, quando finalmente desisti e quis morrer. Olhar para as cicatrizes me deu força. Isso me lembrou de que ser dependente das pessoas que você ama não é nada exceto uma muleta. Que o resultado inevitável do amor é o coração partido. Fez-me lembrar de que o outro lado daquelas emoções esmagadoras era a morte.

E não estava disposta a ir até lá. Eu não estava disposta a fazer mal a mim mesma nunca mais. Nunca mais iria ver o meu próprio sangue escorrendo de mim em uma banheira porque precisava de pessoas na minha vida. Ia viver a vida com os meus termos ou em nenhum.

Era amargo, como poeira, uma paisagem lunar nua dentro do meu coração, ao invés de flores, coelhinhos ou corações ou o que diabos as outras pessoas queriam sentir. Mas também era a sobrevivência, era a vida. E era a minha. Não importa o quanto o meu coração ansiava por Crank, não importa o quanto o meu corpo o queria, minha mente sabia que era um erro.

Ver você ir (Crank)

Eu mostrei claramente que eu não estava disposto a falar com qualquer pessoa desde o momento que Julia me deixou. Mark e Pathin evitaram-me cuidadosamente o domingo todo, até que Serena finalmente invadiu o meu quarto e perguntou: — Você não deveria estar se mudando com seu irmão hoje?

— Sim. — eu murmurei. — Eu vou pegar o trem daqui a pouco.

Ela acenou com as mãos para todo o meu lixo. — E sobre tudo isso?

Eu dei de ombros. — Eu não dou a mínima agora.

Ela balançou a cabeça com impaciência. — Você vai sair dessa Crank? Eu nunca te vi assim.

— Foda-se.

— Não, obrigada idiota. Faça as malas, talvez o seu pai possa tirá-lo desse humor antes dele sair.

Eu suspirei. A culpa me moveu. Meu pai estava nos deixando na primeira hora amanhã. E não estaria de volta por um ano ou mais. Com Julia ou não, tinha que chegar lá. Por Sean.

— Tudo bem. — eu disse, sentando. Comecei a encher roupas largas em uma bolsa.

— Eu conversei com Julia. — ela disse calmamente.

— Isso é engraçado. — eu disse. — Porque ela não atendeu minhas ligações.

— Não entendo o que está acontecendo com vocês dois.

Eu balancei minha cabeça: — Somos dois então.

Ela se aproximou de mim e apontou o dedo no meu peito e cutucou. —Bem, não deixe que isso estrague a sua banda Crank. Você me ouviu? Ela é a melhor coisa que aconteceu para nós durante um longo tempo.

O pensamento que passou pela minha cabeça foi este: Foda-se a banda. Mas de jeito nenhum que eu falaria isso em voz alta. Ou até mesmo internamente, se eu pudesse evitar. A banda era a minha vida. Julia era apenas uma garota.

Isso é o que tentei dizer a mim mesmo. Mas sabia que aquilo era uma merda absoluta. Ela era tudo, exceto apenas uma garota. De alguma forma, em

questão de poucas semanas, ela virou a minha vida de cabeça para baixo. E não entendi o porquê ou como ela estava disposta a apenas me deixar.

Eu terminei de colocar as coisas na bolsa, e Mark me deu uma carona até a casa do meu pai. Ficamos calados durante a viagem. Estava pensando, e ele parecia distraído, quase com raiva. Provavelmente estava. Pelo que a banda sabia, Julia era linda e com a riqueza e sendo uma pessoa boa. Qualquer coisa que a irritasse, fazia-os brigarem.

Foda-se eles. Eles não escreviam a música, eu sim. Sem a música, não havia nenhuma banda, nem contrato, nem nada.

Sim, eu estava em uma porcaria de humor.

Era cerca de quatro horas quando cheguei a casa. Joguei minha bolsa no ombro e disse a primeira palavra civilizada do dia: — Obrigado.

Mark assentiu com a cabeça, colocou a van em movimento e partiu. Virei e me arrastei escada acima.

Papai estava na cozinha, como sempre, mas poderia dizer que era diferente, porque Sean, anormalmente, não estava na sala de estar jogando ou lendo histórias em quadrinhos. Em vez disso, ele estava sentado na mesa da cozinha. Eu gritei: — Oi. — e levei a minha bolsa no andar de cima e joguei-a em meu antigo quarto. Meu novo quarto, eu acho. Então voltei lá para baixo.

Sean ainda estava na cozinha. Ele estava falando, sem parar, sobre um de seus mangás. Papai geralmente tentava pará-lo e mudar de assunto, por que senão a conversa unilateral tendia a ficar atolada em detalhes excruciantes, mas essa noite parecia contente em apenas ouvir.

Não interrompi. Em vez disso, entrei e peguei uma cerveja da geladeira e me sentei à mesa em frente de Sean.

Alguns minutos mais tarde, Sean pausou seu monólogo e disse. — Onde está Julia?

Merda.

Eu suspirei, olhando para o meu pai. Ele levantou as sobrance-lhas.

— Nós tivemos uma briga. — eu disse com minha voz soando derrotada.

— Ela não vem? — Sean perguntou.

Eu sacudi minha cabeça. — Eu acho que não.

Ele se levantou e gritou: — Eu sabia que você ia estragar tudo. Eu finalmente fiz uma amiga e você estragou isso. Bem, vá se foder!

— Sean! — papai gritou.

Sean já tinha saído, batendo os pés no andar superior. Eu afun-dei minha cabeça em minhas mãos.

Papai resmungou por um minuto, em seguida, sentou-se à mesa na minha frente.

— Tudo bem, garoto. O que está acontecendo? Você parece como se alguém apenas tivesse mijado no seu cereal.

Fechei meus olhos com força, então os abri e olhei para o meu pai. Ele tinha um olhar de preocupação real em seu rosto.

Abri minha boca para falar e não podia nem mesmo começar. Eu murmurei: — Merda. — e olhei para o teto.

— Eu sei que não estou vendo isso. Cara, parece que você está prestes a chorar.

Eu resmunguei. — Você acreditaria que... eu consegui um con-trato de gravação, pai. Contrato de três anos, e vamos abrir o show para a maior banda de rock do momento em turnê neste verão.

Ele abriu a boca, mas falei primeiro.

— E... eu só quero me enrolar e morrer.

Papai sentou-se em sua cadeira. Ele não disse nada, apenas espe-rou que eu continuasse.

Eu não sabia como, por isso depois de alguns minutos, ele disse: — Por quê? O que é que aconteceu?

Eu olhei para ele. — Eu não sei.

— Uma merda. — respondeu ele. Meu pai é um cara tão sensí-vel.

Balancei minha cabeça. Então eu disse a ele: — Eu disse a ela... eu disse a ela que a amava e ela fugiu como o diabo foge da cruz.

Ele olhou para mim, perplexo. Só então ele se inclinou para frente, apoiando os braços sobre a mesa e esfregou a ponta de seu nariz, olhando ao redor como se estivesse procurando algo para dizer, e por último, ele perguntou: — Você?

— Eu o quê?

— Você a ama?

Eu não precisei pensar sobre isso. Eu apenas respondi. — Sim. Sim, eu a amo.

— Diga-me o porquê?

— Que porra é essa, pai?

— Não use essa linguagem comigo, seu merdinha. Eu ainda posso dobrar você sobre o meu joelho. Diga-me porquê.

Sentei-me para trás e dei um profundo suspiro. — Pela primeira vez na minha vida pai, eu quero ser... mais. Não apenas a banda, embora isso seja parte dela. Ela... me faz querer ser uma pessoa melhor. Eu amo o quão inteligente ela é. Sua integridade. Sua compaixão. E o sexo é fora deste mundo.

— Eu não quero ouvir sobre isso. — ele interrompeu.

— Bem, de qualquer maneira, foi o que aconteceu. Eu disse a ela que a amava, e ela... correu.

Ele se inclinou para perto, e olhou-me nos olhos. — Você me disse tudo sobre você. E sobre ela, rapaz? O que você quer para ela?

Engoli em seco. — Eu quero que ela seja feliz. Eu quero que ela... quero ver um sorriso no seu rosto, sempre.

— Isso soa como um clichê, garoto. E isso é uma porcaria como nenhuma outra coisa no mundo, mas se você a ama... você tem que dar a ela o que ela precisa, mesmo que isso signifique a deixar ir.

Oh, maldição. Pensei em minha mãe e meu pai, abraçados na porta, as cabeças inclinadas juntas, enquanto as lágrimas escorriam pelo seu rosto. Pensei sobre o quanto isso deve ter doído para ele deixá-la ir. Desta vez meus olhos se encheram d'água.

— Pai, você é um saco.

— Sim, ás vezes a verdade é um saco.

— Eu não quero perdê-la pai. Ninguém nunca significou tanto assim para mim.

— Então faça a coisa certa, faça a coisa que ela precisa e talvez ela venha para você. Se ela não vier... bem... então não era para ser.

Nós dois nos viramos quando a campainha tocou.

— Chega desta merda de depressão. — disse ele. — Estou saindo para o Kuwait amanhã, no caso de você ter esquecido. Este é o nosso último jantar em família por um tempo. Vá abrir a porta, provavelmente é a sua mãe.

— Tudo bem. — meu pai levantou, virando de volta para o calor das panelas sob o fogão, e saí da cozinha. Parei na porta. — Pai?

— O quê? — ele respondeu, em um tom irritado. Esse era o pai que conhecia e amava.

— Muito obrigado.

— Dê o fora daqui e abra a porta. — disse ele, em uma voz rouca.

Eu andei até a porta e a abri.

Se houvesse moscas em Boston durante o frio no final do mês de novembro, uma poderia ter voado direito para minha boca e se estabelecido para uma estadia agradável, por que não era a minha mãe na porta. Era Julia, embrulhada no seu casaco vermelho e preto, um cachecol ao redor do seu pescoço e boné na cabeça.

Eu apenas fiquei ali, boquiaberto.

Suas sobrancelhas se moviam juntas, formando rugas em sua testa. Ela às vezes fica assim antes de começar a xingar. — Você vai me convidar pra entrar, ou o quê?

Automaticamente me afastei da porta. — Entre.

Ela entrou e tirou o cachecol e o casaco. — Não tem aquecedor no estúpido carro alugado.

— O que você está fazendo aqui? — eu perguntei.

Ela me olhou, os nossos olhos se encontrando apenas o tempo suficiente para quebrar o meu coração. Então ela disse: — Seu irmão e o seu pai me tratam como se eu fosse da família. Como... como a minha família nunca fez. O que quer que aconteça entre nós, eu... eu não poderia deixar de vir.

— Podemos conversar mais tarde?

Ela fechou os olhos e disse quase monótona: — Não há nada para falar Crank.

Em seguida ela me entregou o casaco e caminhou para a cozinha. Merda.

Eu queria caminhar atrás dela, agarrar-lhe o braço e perguntar que merda ela estava pensando? Queria exigir respostas. Queria insistir para ela me dizer por que razão que a incomodava muito ter alguém dizendo essas três pequenas palavras, palavras que nunca na minha vida disse para uma mulher, exceto a minha mãe.

Mas então ouvi o meu pai dizer. — Ei criança. — para ela. Eu andei até a cozinha e observei, ele estava abraçando-a como se ela fosse uma filha. Dei um passo para trás, fora de vista, e coloquei o casaco no armário pendurando-o. Meu pai gritou lá para cima. — Sean! Julia está aqui! — como se não tivesse havido uma briga antes, nenhuma discussão, nada de confissões sinceras. Subi as escadas. Se Sean estivesse com seus fones de ouvindo ou jogando um jogo, ele não iria ouvir.

Como suspeitava, ele estava sentado em seu computador, com os fones de ouvido. Eu bati no batente da porta e acenei para ele. Ele tirou um fone e disse. — Ela está aqui.

Ele balançou a cabeça, colocando o fone novamente.

Seja como for, não estava com disposição para correr atrás dele também.

A campainha tocou novamente. Então seria a Sra. Doyle ou a minha mãe. Durante anos, a casa do meu pai tinha sido hospedagem nos jantares de sábado para quem quisesse vir. Esta semana, era domingo, pelo fato de que ele não ia estar aqui na próxima semana, ou em qualquer outra semana de um futuro próximo. Tony com certeza estaria aqui esta noite.

Era a minha mãe. — Oi mãe. — eu disse. Eu ainda me sentia… muito estranho. Ela estava se mudando de volta para casa após o seu contrato acabar em Janeiro e havia prometido a sua volta antes disso. Mas cinco anos de raiva e decepção não iam simplesmente desaparecer. Nós estávamos dando pequenos passos por estar na mesma sala.

Ela me abraçou, sem jeito. Poucos minutos mais tarde Tony chegou e anunciou que estava tudo bem para iniciar a festa, e não muito tempo depois a Sra. Doyle se juntou a nós.

Finalmente todos se sentaram à mesa com o meu pai servindo e parecia como qualquer outro sábado á noite. Exceto que de vez em quando sentia como se todos os olhos estivessem em mim e quando olhava para Julia, ela estava sempre olhando para outro lugar. Somente uma vez, olhei para ela e os nossos olhos se cruzaram, e engoli, tentando me impedir de saltar para fora cadeira, pois olhar nos olhos dela estava trazendo o pior de mim. Especialmente porque, apesar do fato de que ela estava sorrindo e rindo com todos, algo sobre isso parecia falso. O seu riso não atingia os olhos.

Eu queria que atingisse. Mais do que qualquer coisa, eu queria que ela fosse feliz.

O meu pai estava certo, mas quando olhei pra ela, percebi que existe uma coisa que ele se esqueceu. Se eu a deixar ir. Tudo bem, eu poderia suportar isso, ele estava certo. Se ela estava indo para ser feliz então tudo bem, eu poderia viver sem ela, mesmo que isso rasgasse o meu coração. Porém eu não ia deixá-la ir, sem dizer exatamente como me senti.

Depois de terminado, meu pai limpou a garganta, um som que me fez estremecer, e em seguida se levantou. — Certo, todo mundo calado por um segundo.

Tony amassou um guardanapo e lançou-o contra o meu pai. Meu pai fechou um punho, empurrando um dedo e apontando-o para Tony — Você também, amigo.

Todos nós ficamos quietamos e observamos o meu pai.

— Tudo bem. Eu quero dizer algumas coisas para vocês, mas em primeiro lugar, Crank tem algumas novidades. Você quer dizer a eles?

Mas. Que. Inferno? Ele seriamente queria anunciar que Julia e eu nos separamos? Na frente de todos? Olhei ao redor desesperado, meus olhos indo para Julia e ela corou seu rosto ficando vermelho. Então eu entendi. Mas que diabos? Era uma medida do quão ferrado eu estava por causa de Julia, que a maior notícia da minha vida tinha sido ofuscada por ela.

Tomei um profundo suspiro. — Ok, então esta semana Julia assumiu o gerenciamento da banda.

Tony soltou um ânimo desagradável e eu disse. — Essa não era realmente a notícia.

— Huh. — Tony disse e tomou um longo gole de cerveja.

— A notícia é que na sexta-feira, ela negociou um contrato de gravação. Um grande contrato. E estamos abrindo para Allen Roark em sua turnê de verão.

Isso provocou suspiros e verdadeiras exclamações de Tony, minha mãe e a Sra. Doyle. Minha mãe virou-se e abraçou Julia dizendo: — Estou tão orgulhosa de você!

— Nós não poderíamos ter feito isso sem ela. — eu falei. — Eu ainda não consigo acreditar o quão rápido tudo aconteceu.

— Tudo bem. — papai disse. — De qualquer forma, o que queria dizer era... isto... vocês são minha família, todos vocês. — ele disse por último, enquanto seus olhos passavam em Tony, a Sra. Doyle e finalmente Julia. — Julia, sei que só nos conhecemos há dois meses. Mas quero que você saiba que penso em você como uma filha, você é sempre bem-vinda na minha casa.

Seus olhos olharam para mim, e não estava certo de como traduzir o que diabos ele estava tentando dizer. Era... aqui Crank, estou fazendo a você um favor convidando-a? Ou era, não estrague tudo Crank, porque ela está aqui e não importa o que você acha? Eu realmente não tinha qualquer forma de saber.

— Enfim, chega de tudo isso. Como todos sabem estou indo embora amanhã. Espero que não seja por um longo tempo, e eles vão encontrar o que estão procurando, e essa coisa vai acabar e poderei voltar para casa em breve. Mas enquanto isso, quero vê-los cuidando uns dos outros certo? Sem merdas.

Tony inclinou para frente. — Jack, você está me fazendo querer chorar pequenas bolas de syrup46. Apenas cale a boca e volte para casa em segurança, tudo bem?

46 Xarope usado para cobertura de panquecas e waffles.

47 Banco imobiliário.

— Você tem isso certo. — papai disse.

Após o jantar, jogamos Monopoly47 até cerca de oito horas, quando Julia disse: — Eu realmente tenho que ir. Tenho aula manhã.

Ela olhou para o meu pai e sorriu, e ele retribuiu o sorriso.

— Vou levá-la até a porta. — eu disse.

— Não é necessário. — ela respondeu.

— Eu quero.

Ela balançou a cabeça em movimentos bruscos.

— Sério. — eu falei, lutando para manter minha voz firme. — Eu insisto.

Em vez de fazer uma cena, ela revirou os olhos. Eu tomei isso como um sim, então peguei o casaco e cachecol e ela se agasalhou. Papai caminhou até ela e a agarrou em um abraço de urso. — Se cuide. — disse ele.

Ela fungou. — Se cuide lá. Volte para casa seguro.

— Ah, nada desse negócio de chorar. — ele cutucou uma lágrima do rosto dela com um dedo. — Eu vou ficar bem.

Ela assentiu com a cabeça e virou-se para a porta. Eu a abri para ela e saí. Estava congelando. O carro dela estava na metade de um quarteirão abaixo, estacionado em uma das poucas vagas. Andamos lado a lado, em silêncio.

No meio do caminho para o carro, eu disse: — Eu tenho algo a dizer, e você precisa me ouvir.

Ela fez uma careta e balançou a cabeça. — Não há nada a dizer Crank.

Peguei em seu braço e a segurei, meu tom crescendo duro. — Talvez você não tenha nada a dizer, mas eu tenho. E você me deve a gentileza de ouvir.

Ela congelou, pedra nos seus olhos enquanto ela falava. — Tira a mão do meu braço.

Eu deixei ir. — Dois minutos. Apenas ouça.

— Eu estou escutando. — ela não parecia que queria dizer isso. Na verdade, parecia tão zangada que pensei que ela estava querendo me bater.

Engoli em seco. — Se o que você precisa para ser realmente feliz... ser feliz com quem você é, de estar... satisfeita com a sua vida... é ir embora, irei aceitar sua escolha.

— O quê?

— Droga, Julia. Eu não sei como você fez todo seu caminho para dentro de mim do jeito que você fez, mas o fato é que eu amo você.

Ela se encolheu quando eu disse as palavras.

— É verdade. — eu disse. — Eu amo você e quero que você seja feliz, quero que você tenha a vida que você merece. E se isso significa que... se significa que tenho de ficar aqui e ver você ir embora, então vou fazê-lo. Eu não vou ser feliz por isso, pois irá quebrar o meu coração, mas... se é o que você realmente precisa, então está feito.

Ela me olhou, sua expressão mudando, e não consegui descobrir o que estava acontecendo lá dentro.

— Antes de você ir. — eu disse. — Você precisa saber que faria qualquer coisa por você. — eu me aproximei, estava tão perto que estávamos quase nos tocando. — Até mesmo te dar um beijo de adeus e ver você ir.

Então eu me inclinei para frente e coloquei um suave, quase casto beijo em seus lábios. Dei um passo pra trás. A confusão e medo no seu rosto estavam em guerra um com o outro. Disse o que precisava ser dito. Talvez tenha plantado uma semente. Talvez não. Só o tempo diria, e isso dói mais do que tinha imaginado que uma mulher poderia me machucar.

Seus olhos lacrimejavam, seu rosto mostrando nada além de dor. Finalmente ela virou-se e, sem dizer uma palavra, entrou em seu carro e foi embora, deixando-me ali sozinho.

CAPÍTULO VINTE

Mão da minha irmã (Julia)

*E*u me afastei por dois quarteirões da casa de Jack antes que tivesse que encostar. Eu estava chorando tanto que não conseguia ver. Não queria nada mais do que dirigir de volta para dizer a Crank que estava arrependida, que queria estar com ele, que o amava, e que tinha sido um grande erro. Senti-me como se tivesse um buraco gigante no meu estômago, a minha visão estava turva e não conseguia parar de tremer.

Mas sabia que não era um erro. O erro foi deixá-lo sob a minha pele em primeiro lugar. Soube no dia em que nos conhecemos em Washington que havia algo sobre ele que me atraía. Essa descarga inicial de luxúria e intriga, no entanto, se transformou em muito mais. Vê-lo tocar sua guitarra, os olhos fechados, perdido em sua música; vê-lo cuidar de Serena, Mark e Pathin como se fossem seus filhos; vê-lo proteger o seu irmão. Tudo isso me fez sentir uma intensa necessidade de estar com ele, não importava a que custo. Mesmo se o custo fosse minha autonomia, o meu autocontrole, minha vida.

Não podia permitir que ele fosse mais longe. Estava tão perigosamente perto.

Perto de perder-me.

Então, eu me recompus. Eu parei de chorar, fiquei em ordem e dirigi de volta para Cambridge. Então me esquivei das perguntas das minhas colegas de quarto e caí em um sono longo e conturbado.

Na segunda-feira de manhã, eu estava uma bagunça. Acordei tarde e tive que correr para a aula. Não consegui tirar minha mente de Crank: sua mágoa, a expressão frustrada quando corri para fora do armazém sábado à noite. E as palavras que ele disse após o jantar de seu pai. Você precisa saber que faria qualquer coisa por você... mesmo te dar um beijo de adeus e ver você ir.

O que diabos isso significava? Incrivelmente, mesmo que sabia que não poderia fazer isso, não poderia estar em um relacionamento com ele e não poderia amá-lo. Eu ainda assim me senti perdida. E com raiva. Era confuso, fora de controle, o sentimento que tinha tentado evitar em primeiro lugar. No entanto aqui estava eu, incapaz de me concentrar, incapaz até mesmo de pensar, mesmo que tivesse feito exatamente o que precisava fazer.

Pela a primeira vez em minha carreira acadêmica, fui chamada por um professor por não prestar atenção. Apenas sentei, olhando pela janela o cinzento céu de inverno e depois a Professora Simpson chamou o meu nome.

— Senhorita Thompson, se você não estiver bem o suficiente para prestar atenção, deve considerar voltar outro dia.

Olhei para ela um momento, balancei a cabeça, então peguei a minha bolsa e saí. O que é algo que nunca tinha feito antes.

Eu estava um pouco melhor na terça-feira. Ligeiramente. Mas para ser honesta, não foi exatamente o melhor dia que já tive. Finalmente, na quarta-feira de manhã eu perdi a aula completamente, peguei minha bolsa, incluindo o meu melhor vestido cuidadosamente embalados em um saco de roupa e parti para o aeroporto.

Às cinco horas estava em um táxi em Bethesda. Respirei profundamente estremecendo quando saí do táxi e olhei para o prédio. Não importa o que aconteceu, nunca entraria neste lugar. Nunca seria capaz de separá-lo do pesadelo que foi o meu último ano na escola. Eu havia me tornado mais velha e mais sábia, e tinha ganhado certa distância dos acontecimentos daquele ano. Mas levou somente um olhar para as cicatrizes que tenho no meu pulso para trazer tudo de volta.

Por isso já estava tensa quando tomei o elevador para o andar do apartamento dos meus pais. Eu não poderia pensar nisso como minha casa, mais do que poderia a moradia em San Francisco. Em suma, a minha atitude deixou muito a desejar.

Quando cheguei à porta, senti-me estranha e desconfortável simplesmente por destrancá-la e entrar, me senti apenas estranha por bater. Qual era a coisa mais adequada? Eu decidi que realmente não importava. Independentemente da forma como entrasse, estava numa noite não muito agradável. O estresse sempre trouxe à tona o pior de minha mãe, e um jantar na Casa Branca? Era estressante.

Então coloquei a minha mochila no chão, destranquei a porta e entrei, arrastando minha mochila atrás de mim.

Estava um caos, o meu pai estava longe de ser visto... provavelmente fechado no escritório. Sarah, Jessica e Andrea estavam na mesa de café, brincando com uma jovem da minha idade, talvez um pouco mais nova. Ela parecia estressada e era provavelmente sua última governanta.

Alexandra estava em lágrimas e soluçando, enquanto minha mãe mexia com ela. Ela estava vestindo um vestido turquesa requintado, muito manchado pelo que parecia ser sorvete de chocolate, ainda pingando na frente do vestido.

— Não sei como você espera ser capaz de participar de funções adultas Alexandra, quando você não consegue nem manter seu vestido limpo! — suas palavras eram provavelmente para seu bem, mas sua voz estava cheia de ira e desprezo. Reconheci aquele tom e ouvi-lo sendo usado em minha irmã trouxe à tona toda a dor e raiva e... e magoa que eu sentia em relação a minha mãe.

Mesmo sem uma saudação, eu disse: — Talvez se os adultos não tivessem vestido uma menininha em roupas formais horas antes do evento, isso não teria acontecido. — eu rebati.

Minha mãe virou-se para mim com os olhos faiscando. Por trás dela, eu vi Carrie entrar na sala, quando Sarah disse: — Mãe, por que eu não posso ir para a Casa Branca? Alexandra vai! Isso não é justo!

Minha mãe ignorou Sarah e se aproximou de mim com um olhar de raiva e aversão em seu rosto. — Eu vejo que você veio de jeans e uma camiseta. Você pelo menos trouxe algo para se trocar? Ou você espera que eu ofereça tudo?

Em uma voz calma e fria, eu disse: — Mãe, eu parei de esperar qualquer coisa de você desde que eu tinha quatorze.

Ela ficou como se eu tivesse batido nela. Eu rapidamente me virei para Alexandra. — Vamos Alexandra, vamos ver se nós podemos encontrar algo para você vestir. — estendi a minha mão, e ela a pegou. Caminhando para o hall eu tentei sinalizar para Carrie com os olhos que ela devia me seguir e ela entendeu a mensagem.

— Qual é o quarto da Alexandra? — eu sussurrei urgentemente.

Alexandra, parecendo instável, apontou.

Arrastei-a para o quarto e Carrie seguiu, fechando a porta atrás dela.

— A mamãe está um caso perdido hoje. — disse Carrie. — Estou tão feliz que você está aqui.

Alexandra tinha lágrimas escorrendo no seu rosto. — Eu não queria derramar o sorvete no meu vestido. Eu realmente não queria. — ela tinha começado a chorar.

— Oh querida. — eu disse. — Tudo bem, foi um acidente. — me sentei na cama e puxei-a para o meu colo.

— Eu senti sua falta Julia. — ela disse.

Carrie caiu na cama ao meu lado. — Eu também. Não tinha ninguém para fofocar comigo. E mamãe e papai estavam loucos por que você estava em LA com Crank. Como é que foi?

Prendi a minha respiração, e não conseguia parar o tremor em minha voz. — Foi ótimo. Temos um contrato com uma gravadora, um realmente muito bom. E eu briguei com Crank.

Para o meu horror, eu chorei na última palavra.

— Você o que? Por quê?

Engoli em seco. — Eu... eu não quero falar sobre isso.

— Eu gosto do Crank. — Alexandra disse. — Ele foi legal comigo.

— Julia. — Carrie disse. — Você é tão cheia de si. Você não pode me dizer isso e não contar o porquê. O que é que aconteceu?

Balancei a minha cabeça. Carrie pôs o braço em volta de mim e inclinou perto, sussurrando. — Nós prometemos cuidar de nossas irmãs Julia, o que inclui você também.

— Ele disse que me ama. — eu falei. — Então... eu o deixei.

Carrie piscou. — Você não está fazendo nenhum sentido Julia. É claro que ele ama você, mesmo os nossos garçons poderiam ver isso. Você podia ver isso, não podia Alexandra?

Alexandra assentiu, em seguida, acrescentou. — E ele é realmente muito bonito.

Carrie falou novamente. — Do que você tem medo?

Sussurrei. — Tudo. E realmente não temos tempo para fazer isso agora.

Ela estreitou os olhos para mim. — Sim eu sei, mas nós não terminamos aqui Julia.

Eu balancei a cabeça tristemente e olhei ao redor. — Eu não me lembro desse quarto. Você acha que há qualquer coisa aqui?

Carrie levantou uma sobrancelha. — Como você pode não se lembrar Julia? Este foi o seu quarto.

Fiquei rígida. Alexandra saiu do meu colo, então me levantei e olhei ao redor do cômodo. Quando eu estava aqui há cerca de dois meses, eu tinha dormido no sofá. E olhando ao redor deste quarto... era estéril. E quase não

tinha me lembrado disso. Eu supus que tinha sido o meu quarto, mas quando vivi aqui, nunca o decorei. Nunca coloquei nada nas paredes, nunca senti que este era o meu lar. Era apenas... um quarto. Não tenho qualquer sentimento por isso. Tudo o que eu conseguia lembrar claramente, com vivacidade, era o banheiro. Cada azulejo. Cada barulho na calefação. Cada gota do meu sangue. Eu balancei minha cabeça. — Tem certeza?

Carrie assentiu com a cabeça, infeliz. — Você realmente... não se lembra Julia?

Eu sacudi minha cabeça. — Eu deveria, eu acho. Mas eu nunca... senti-me em casa aqui.

Ela sussurrou. — Julia, talvez você deva ver alguém.

Fiz uma careta. — O que, um médico? Um psiquiatra?

Carrie se aproximou de mim e sussurrou: — Talvez. Às vezes com coisas traumáticas, precisamos de alguma ajuda. Julia, você estava no último ano do ensino médio, isso foi apenas há quatro anos. Eu não vejo como você poderia esquecer o seu próprio quarto.

Fechei os olhos. Eu pensei sobre o estado que tinha ficado no último ano. O nevoeiro constante sobre minhas emoções. A constante auto recriminação. O abuso na escola e o abuso em casa. O meu quarto tinha sido um refúgio. Mas, quanto mais pensava sobre isso... não era o quarto que me lembrava. A maior parte do tempo que passei nesse quarto foi enterrada em um livro ou com um cobertor puxado sobre a minha cabeça.

No meu primeiro ano em Harvard, fiz aula de Psicologia. E nós abordamos depressão, entre um monte de outras coisas. Mas até este momento, em pé aqui nesse quarto que não me lembrava, nunca ocorreu que talvez seja aplicado para mim. Eu nunca sequer pensei em conversar com o médico sobre o assunto. Era só quem eu era. Morta por dentro.

— Talvez você esteja certa. — eu disse.

Ela olhou-me, mais do que um pouco de preocupação em seus olhos. — É melhor ficar pronta, ou a nossa mãe vai explodir. Eu já volto... provavelmente tem alguns vestidos do tamanho de Alexandra no meu quarto.

Claro que ela teria. Quando vivemos aqui há quatro anos, ela não era muito mais velha do que Alexandra é agora. Eu tentei lembrar qualquer momento que passamos juntas naquele ano. Tínhamos ido ao zoológico juntas? Passeios escolares? Um museu?

Eu não tinha ideia, e isso me assustou.

Com um pouco de ajuste, Alexandra estava arrumada em um bonito vestido verde que tinha sido de Carrie, que todas nós usamos. Eu só estava terminando de ajustar minha maquiagem quando nossa mãe bateu na porta.

Minha mãe fez o seu melhor para encarar-me em sua apresentação durante os próximos noventa minutos quando terminamos de ficar prontas e entramos na van que meu pai alugou. Como sempre, meu pai estava indiferente. Alexandra sentou-se no banco de trás, lendo um livro, enquanto Carrie e eu sentamos no meio, tranquilamente conversando. Ela estava agora procurando ansiosamente por uma escola. Aparentemente, apesar dos deslocamentos de ir a três diferentes escolas (uma em Bethesda, uma em Moscou e agora em San Francisco), ela se estabeleceu e encontrou um local para si. Eu encontrei-me invejando isso. Minha própria experiência no ensino médio era nada mais que um pesadelo após o outro, e era difícil de imaginar o quão diferente nossas vidas eram a este respeito.

Mas seriamente, e então? Tinha encontrado um lugar para mim, mesmo que tenha sido recentemente. Estava lentamente me aproximando de Jemi, embora muitas vezes fosse estranho e esquisito. E Jack, Margot e Sean realmente fazem como se eu tivesse uma família em Boston. Era além de estranho que em uma casa geminada em South Boston, eu tinha encontrado pessoas que se importavam comigo tanto quanto me importava com eles. Brevemente, me perguntei como Jack estava. Na segunda-feira, ele mobilizou sua unidade, e eles iniciaram o processo de implantação no Kuwait. Eu não

tinha ideia de quanto tempo esse tipo de coisa levava. Eles já estavam por lá? Em alguns acampamentos no deserto? Não tinha a menor ideia.

Pensando em Jack levei minha mente de volta para Barry Lewis, que tinha sido meu guarda-costas e quase um irmão mais velho no ensino médio. Jack tinha sugerido que experimentasse o localizador mundial do Pentágono. Se ele ainda fosse da marinha, eles o encontrariam. Pensei muito sobre isso. Será que ele ainda se lembra de mim? Era apenas uma criança que ele tinha de proteger - de alguma forma tinha certeza que essa relação não tem o mesmo significado para ele como para mim. Ele proporcionou uma... estabilidade, um carinho que nunca tinha tido antes, e que realmente não tinha experimentado, até conhecer a família do Crank. Algum dia eu queria lhe agradecer.

Carrie parecia ter evitado um monte disso. Na verdade, ela parecia muito bem ajustada e feliz. Era estranho. Nossas vidas foram vividas fora da sequência da outra, a distância de idade agravada por muitos movimentos. Eu não poderia evitar, mas me pergunto o que seria da vida de Alexandra, ou das gêmeas, ou especialmente Andrea, que cresceria muito jovem para se lembrar do Foreign Service e se mudando a cada três anos.

Nós acalmamos quando a van se aproximou dos portões da Casa Branca. Um jipe militar estava estacionado no cruzamento, mais uma relíquia de 11 de Setembro. Perguntava-me se eles estariam lá permanentemente. No portão meu pai entregou sua identificação, e os guardas do Serviço Secreto brilharam lanternas na van, depois apontaram para o meu pai onde estacionar. Dois guardas seguiram para o espaço de estacionamento e se colocaram a distância, enquanto nós saíamos da van.

Estava frio do lado de fora, apenas um pouquinho de garoa ameaçando se transformar em neve. A Casa Branca estava iluminada na escuridão, e nós seguimos nossa escolta para uma porta na Ala Leste. Uma vez dentro, passamos por detectores de metais e em seguida o guarda levou-nos para o interior.

Uma jovem mulher nos encontrou esperando. — Embaixador Thompson e família? Venham por aqui, por favor.

Ela virou-se, levando-nos através de uma porta trancada, passando por uma silenciosa agente dos Serviços Secretos e subindo um lance de escadas. Um momento mais tarde, estávamos na residência. Nós a seguimos por um corredor acarpetado, forrado com retratos de ex-presidentes e primeiras-damas, e em um pequeno cômodo onde eu estava cara a cara com um pesadelo.

— Embaixador Thompson, posso apresentar o Embaixador Easton, que irá representar o Reino Unido?

Eu mal notei quando o meu pai e o Embaixador Easton apertaram as mãos e começaram a apresentar suas famílias. A esposa de Easton estava um pouco deselegante com seu vestido de veludo preto. De pé ao lado deles, seu rosto empalideceu. Era Harry Easton.

Congelei.

O meu pai e Easton riram quando apertaram as mãos. — Nós já nos conhecemos. — meu pai disse. — Ronald estava no seu último ano em Pequim quando chegamos lá.

Easton disse: — Richard, não sei se você se lembra dele, isso foi há muito tempo, mas este é o meu filho Harry. Ele é atualmente um júnior no consulado em Nova York.

Minha mãe sorriu e apertou as mãos dos Eastons, então disse: — Julia, você não ia para a escola com Harry?

Eu não conseguia responder. Estava paralisada com o choque, uma onda de emoções confusas passaram através de mim, colidindo umas com as outras. Eu quase poderia sentir o sangue correndo nos meus ouvidos, queria recuar, fugir - fazer qualquer coisa para sair dessa sala agora.

Harry, em seu característico sotaque de Eton que ele compartilhava com oseu pai, simplesmente disse: — Julia e eu estamos... familiarizados.

Carrie deu um passo ao lado de mim e apertou a mão de Harry. Ele estendeu sua mão para eu apertá-la, mas não podia me mover. E nem em um milhão de anos, sob quaisquer circunstâncias, iria tocá--lo novamente. Meu

estômago estava virando. Bem na minha frente estava o homem que tinha arruinado minha vida. E a ironia? Eu o amei quando tinha quatorze anos, tinha sido absolutamente obcecada por ele, mesmo depois que ele me tratou como se não valesse nada, e olhando para ele agora? Eu não conseguia entender como fiquei atraída por ele. Ele era menor do que me lembrava, embora ainda muito bonito, se você gostasse de babacas de sangue frio.

Depois de um momento dele ali com a mão estendida, Harry recuou parecendo desconfortável. Ambos os pais ficaram em silêncio. Suponho que o meu comportamento foi indelicado o suficiente para pegar sua atenção. Não me importava. Apenas queria vomitar ou correr. Ou bater nele. Estava tremendo, e quando Carrie deu um passo para longe de Harry, ela andou de volta para o meu lado, encostou a cabeça perto de meu ouvido e sussurrou: — Você está bem?

Balancei minha cabeça muito ligeiramente. Parte de mim se perguntava se alguma vez iria ficar bem novamente.

Então Alexandra se adiantou para ser apresentada, o Embaixador Easton e sua esposa murmuraram sobre ela, então ela apertou a mão de Harry. Ele tentou ser charmoso, dando-lhe um sorriso, dobrando sobre sua mão. — É um prazer conhecer você senhorita Alexandra.

Tudo o que poderia não fazer era chutá-lo. Raiva me inundou por que ele ainda estava falando com a minha irmãzinha, que era um pouco mais nova do que eu era quando o conheci.

A mulher que nos trouxe até aqui disse: — O Presidente e a Primeira-Dama estarão aqui em baixo em poucos minutos. Entretanto, sintam-se livres para desfrutar de uma bebida, por favor. — ela apontou para um bar perto da parede. Uma bartender de branco estava atrás do bar.

Eu rapidamente fui para o bar, Carrie se arrastando atrás de mim. — Gin com tônica, por favor. — eu falei.

Ambas as cabeças dos meus pais giraram na minha direção, a minha mãe olhando assustada e meu pai intrigado. Foi quando Harry decidiu aproximar-se de mim e de Carrie no bar.

— Olá Julia. — ele disse em um tom baixo.

Sussurrei, minha voz tremendo tal como o resto de mim. — Não chegue perto de mim Harry. Não fale comigo e nem com minhas irmãs.

Ele congelou no lugar. Tomei metade da minha bebida de uma só vez. Carrie olhou para trás e para frente entre nós e sussurrou. — Eu acho que não preciso perguntar se este é o Harry que você me falou.

Balancei minha cabeça.

Fiquei intrigada com a minha reação. Eu não senti dor ou tristeza. Apenas ira, raiva e nojo. Por essa altura, todos na sala estavam olhando para nós, e Harry se afastou balançando a cabeça para nós em uma ultra educada maneira. Lembrei-me daquele olhar, que era o seu 'O que foi que eu fiz?' que tinha visto uma centena de vezes quando éramos adolescentes. Seu olhar que diretamente colocava a culpa de qualquer situação em mim. O seu olhar que dizia que ele não era responsável por nada; que dizia que eu era nada.

Afastei-me dele, terminei a minha bebida e pedi outra. Os olhos de Carrie arregalaram enquanto tomava a segunda bebida. — Tem certeza que é uma boa ideia? — ela sussurrou.

— Nada sobre estar aqui é uma boa ideia. — murmurei.

Um momento depois, senti uma presença familiar e desagradável ao meu lado. Minha mãe.

— Eu não sei o que você pensa que está fazendo Julia, mas o seu comportamento é imperdoável. — sua voz era tranquila, mas urgente.

Eu dei a ela um olhar de soslaio e respondi igualmente tranquila. — Então o que há de novo, mãe? Tudo sobre mim sempre foi imperdoável.

Ela empalideceu, virei e andei para longe do bar, posicionando-me de costas para a parede, onde poderia ver todo mundo na sala e tomar a minha bebida. Meu pai estava conversando com o Embaixador Easton, alheio as correntes ocultas na sala. Harry voltou para o lado de seu pai, tentando

preservar sua preciosa posição sob os olhos de seus pais. Minha mãe segurou a mão de Alexandra ao lado de Carrie, enquanto a Sra. Easton falava com ela em um tom animado, suas mãos acenando. Os olhos de minha mãe dispararam para mim. Passei vinte e dois anos ouvindo sempre o que ela falava. Gastei uma vida ouvindo-a dizer que o meu comportamento, meu vestido, minhas escolhas, minha própria vida, eram inaceitáveis. Eu estava farta. Não aguentaria mais.

Olhei ao redor da sala, momentaneamente sozinha, exceto o agente dos Serviços Secretos que me olhava de perto. Era difícil dizer se ele achava que eu era uma possível assassina ou se ele estava apenas despindo-me com os olhos, mas o efeito era o mesmo. Eu me senti desconfortável sob o seu olhar examinador, e a pele na parte de trás do meu pescoço começou a esquentar.

Por que eu estava aqui? Essa não era a vida que eu queria. Esta não era a vida que eu pedi. Tenho certeza que muita gente teria matado por uma oportunidade de jantar aqui nessa companhia. Eu não era uma delas. O que realmente queria era voltar para Boston, voltar para a banda. Queria encontrar um lugar legal, seguro. Um lugar que fosse todo meu, onde poderia viver sem me mudar pelos próximos trinta anos. Queria certa estabilidade na minha vida. Apesar dos problemas que eles tiveram em suas vidas, queria o que Jack e Margot tinham trabalhado para dar a seus filhos: uma vida decente e estável.

Mais dois agentes do Serviço Secreto entraram na sala, ocupando a sua posição em ambos os lados da porta. Momentos mais tarde, o Presidente e a Primeira-Dama entraram.

O Presidente andou um pouco saltitante, um sorriso de lado no rosto, quando ele se aproximou do meu pai e o Embaixador Easton. Como os dois embaixadores, ele vestia o uniforme exigido em Washington, um terno escuro e uma camisa branca com uma gravata listrada. O meu pai e o Presidente Bush usavam a obrigatória bandeira Americana na lapela, algo que tinha notado nas notícias desde 11 de Setembro, mas que não tinham sido parte do uniforme antes disso.

Os homens apertaram as mãos e depois o Embaixador Easton e o meu pai apresentaram suas famílias. Eu fui chamada e apertei as mãos do Presidente e a Sra. Bush.

— Minha filha mais velha, Julia. — meu pai disse. — Ela está no seu último ano em Harvard.

O Presidente sorriu e disse no seu sotaque suave do Texas. — Bem, você deveria ter considerado New Haven, mas eu acho que não se pode ter tudo.

— É um prazer conhecer você, senhor. — eu disse. Eu queria dizer à minha mãe, viu, eu posso ser educada, mas isso teria sido... indelicado. Em vez disso sorri para o Presidente, jogando a referência de Yale de volta para ele. — Você deveria ter considerado ir para a faculdade em Cambridge, Senhor Presidente. Nunca é tarde demais para voltar.

Ele riu e de repente me senti bem sobre ele, mesmo que desprezasse sua política.

Meu pai parecia estressado. Eu me senti tonta. O presidente Bush parecia divertido.

O meu pai disse: — Julia está planejando sobre a pós-graduação no ano que vem, depois me seguir no Foreign Service.

— Oh, isso não é ótimo? — a Sra. Bush disse.

— Na verdade estou indo para a indústria da música. — disse. — Eu gerencio uma banda de punk rock.

O Presidente levantou as sobrancelhas, e o meu pai com uma alteração em seu tom, disse: — Agora pode não ser o melhor momento para discutir isso, Julia.

— Certo, tudo bem papai. Você trouxe o assunto.

Agora o Presidente realmente riu e em seguida, ele se inclinou para perto de mim. — Eu sei como se sente ao ser empurrado para uma carreira. O meu pai queria que eu fosse o presidente.

Todos riram educadamente. Minha mãe parecia que ia desmaiar.

— Eu não sei sobre vocês. — disse o presidente. — Mas eu poderia comer um cavalo. Vamos jantar.

Então, todos nós fomos para a sala de jantar na porta ao lado.

Em funções oficiais, o protocolo exige que todos devem se sentar segundo a classificação. Consequentemente meu pai e o Embaixador Easton estavam sentados em frente um do outro ao lado do Presidente. Minha mãe e a Sra. Easton estavam no pé da mesa com a Sra. Bush, e no meio Alexandra e Carrie se sentaram em frente à outra, enquanto eu estava presa em frente a Harry.

Quando todos se sentaram, os garçons trouxeram o vinho. Tomei um gole saudável do meu enquanto Harry se inclinou para frente. — Barrett Randall me ligou há algumas semanas, e mencionou que tinha te encontrado num trem, e que vocês dois estavam planejando um jantar. Você está em Harvard agora? Faz um tempão desde quando nos conhecemos, não é?

Eu o ignorei. Não tinha intenção de falar com Harry. Minha mãe atirou-me um olhar, as suas sobrancelhas traçadas em conjunto.

Harry se aproximou, e sua voz caiu. — Eu não entendo por que você não vai falar comigo.

Realmente não queria fazer uma cena ou causar um incidente diplomático, mas tive o suficiente. Eu me inclinei para frente também e encontrei com os seus olhos. Sorri, não sinceramente, e disse em um tom de conversa. — Prefiro comer vermes vivos a falar com você. Por que não podemos apenas fingir que não há ninguém sentado em frente de nós, e este jantar pode correr bem para todo mundo?

A Sra. Bush cobriu a boca e riu quase uma risada sem rodeios. Minha mãe parecia que queria deslizar para debaixo da mesa e morrer. Um ponto para Laura Bush. Eu gostava dela agora também.

O meu pai, sentado ao lado de Harry e o Presidente do outro, parou de falar no meio da frase. Seus olhos se arregalaram em estado de choque, seu

rosto um pouco pálido. O Presidente sorriu e se inclinou para perto do meu pai sussurrando algo. Não penso que o meu pai achava que era engraçado, mas os ombros do Presidente Bush tremeram. Então ele virou-se para mim. — Senhorita Thompson... Julia, certo?

Eu sorri para ele. — Sim, Senhor Presidente.

— Diga-me o que os seus colegas pensam da situação no Iraque.

Eu pensei sobre a questão. — Acho que em Harvard a maior parte deles está indiferentes, Senhor Presidente. Eles estão muito ocupados com o excesso de privilégios e competindo uns com os outros. Por outro lado, um bom amigo meu de Boston? A unidade de Guarda Nacional do seu pai já foi ativada, e eles vão para o Kuwait.

O Presidente concordou com a cabeça. — Eu entendo. E você?

— Eu, senhor?

— Sim, eu estou sempre curioso sobre o que as pessoas pensam.

Meu pai a essa altura tinha fechado seus olhos. Ele não podia deixar de estar consciente de que eu tinha um papel a desempenhar, pequeno no entanto, no enorme protesto aqui em Washington em Outubro.

— Honestamente, Senhor Presidente, a impressão que tenho das notícias é que nós estamos indo para a guerra no Iraque não importa o que aconteça. Acho que é uma pena.

O Presidente concordou com a cabeça. — Bem, então. Vamos esperar que você esteja errada. Tenho grandes esperanças para a missão de seu pai lá. Tudo que Saddam tem que fazer é entregar suas armas de destruição em massa, e não teremos guerra. Vê? Simples assim. — em seguida ele se inclinou sobre a mesa, plantando um cotovelo sobre ela enquanto falava comigo. — É bom ouvir uma opinião. Não tenho muitas pessoas em volta de mim que realmente dizem o que pensam. Tem certeza de que não está interessada em serviços do governo?

— Obrigado senhor, mas não. Eu passei a maior parte da minha vida indo de um lugar a outro seguindo o Foreign Service. Estou indo em uma direção diferente agora.

A Sra. Bush entrou na conversa. — Você sabe, com toda essa conversa de guerra às vezes me deixa triste que ninguém dá atenção para a agenda nacional de George. Ele tem um monte de ideias importantes para resolver, questões internas.

Meus olhos dispararam para Harry e deixei escapar. — Como violação estatuária?48

48 No original statutory rape, que pode significar também estupro.

Minha mãe suspirou e Harry ficou absolutamente imóvel. A Sra. Bush simplesmente ficou intrigada. — Bem, eu suponho, mas tinha em mente prioridades como a economia.

— Oh, eu entendo. — Carrie tinha razão. Eu não deveria ter tomado dois gin com tônica. Substitui pelo vinho. Eu virei ligeiramente na cadeira, acenando para um dos garçons vestido de branco em pé em torno da borda da mesa. Ele olhou para mim e apontei para o meu copo vazio. Iria ser uma longa, longa noite, e não tinha combustível suficiente.

Alexandra disse. — O que é violação estatuária?

Minha mãe de dentes cerrados, respondeu. — Eu não acho que é realmente um tema apropriado para a mesa de jantar Julia.

Seja como for. Praticamente tive o suficiente de qualquer coisa que a minha mãe pensava. Eu iria permanecer civilizada o resto do jantar aqui na Casa Branca, pelo menos tanto quanto poderia imaginar. Mas é melhor ela não dizer nada para mim em particular, ou estava seriamente excluindo-a. Não me importava. Já era hora de ela saber.

Felizmente o restante do jantar foi relativamente tranquilo. Depois de um olhar de advertência feroz do seu pai, Harry não tentou falar comigo novamente,

e logo em seguida a equipe trouxe o jantar. Concentrei-me em comer e manter a minha boca fechada antes que dissesse algo realmente embaraçoso. Minha cabeça estava nadando no álcool, e nada mais, não queria dar o mau exemplo para Alexandra. Ela era realmente um doce de criança e não tinha ideia do que estava acontecendo comigo de qualquer maneira.

Carrie, em solidariedade a mim, ignorou completamente Harry. Ele estava falando com o meu pai e com o seu, bem como o Presidente Bush. Os quatro pareciam bem. O meu pai e o Embaixador Easton riram das piadas do Presidente, mesmo quando elas não eram engraçadas, que era a maioria. No extremo lado oposto da mesa, minha mãe, a Sra. Easton e a Sra. Bush conversavam sobre as diferenças na educação pública entre os Estados Unidos e oReino Unido. Eu não estava interessada em qualquer conversa. Por isso mevirei para Alexandra e perguntei a ela sobre a escola, e como estava se adaptando à vida nos Estados Unidos novamente depois de estar em Moscou. Ela prontamente relatou que era muito mais quente em San Francisco, e que os rapazes na sua escola eram muito mais bonitos.

Senti uma dor no meu peito. Ela tinha apenas doze anos. Era jovem demais para estar pensando nos meninos. Eu queria dobrá-la em meus braços e protegê-la. Queria dizer a ela para ficar longe de homens e meninos e seus estúpidos e destruidores jogos. Mas sabia que não ia demorar muito antes de eles começassem a persegui-la. Ela tinha aqueles enormes olhos verdes e longos cabelos exuberantes, teria matado, e com a puberdade seu corpo já está mudando de forma.

Não, iria levar muito tempo antes que os meninos começassem a persegui-la. Por apenas um momento, lamentei a vida em Boston, os milhares de quilômetros de distância. Como poderia protegê-la dessa distância? Eu tinha dez anos a mais que Alexandra. Mesmo ainda mais velha do que as gêmeas ou Andrea, que na verdade mal conhecia. Senti-me inútil. Mas uma coisa que já sabia é que a minha mãe, não importa quais suas intenções, não ia fazer-lhes qualquer bem quando ela tinha que proteger dos danos. A única coisa que ela sabia fazer era colocar culpa e magoa.

Por fim, o jantar excruciante chegou ao fim. O Presidente pôs-se em pé e disse algumas palavras que desejava aos dois embaixadores sucesso em sua missão. Todos nós nos levantamos e apertamos as mãos dizendo as nossas despedidas, e começamos a caminhar de volta para a van, escoltados por um agente do Serviço Secreto uniformizado. Saímos e de repente me bateu que exceto as loucas emoções que aconteciam em mim, Crank e Harry não tinham absolutamente nada em comum. Nada. Durante semanas tinha associado Crank com Harry... a pressa de emoções conflitantes, os sentimentos fora de controle.

Mas Harry tinha sido muitas vezes frio e superior - quase desprezível com a minha própria juventude. Educado, com modos requintados, as atitudes da classe alta e uma grande necessidade de poder; nessa idade, eu não era para ele. Ele tinha forçado o seu caminho para a minha vida e tentou controlar tudo o que eu fazia. E eu deixei.

Crank tinha sido nada além de atencioso. Amável. Ferozmente protetor. Mesmo quando tinha mandado ele para longe dos meus braços, constantemente afastando-o, ele deixou claro que sua principal preocupação era eu, seu irmão, seu pai... nunca si mesmo.

E eu tinha sido horrível para ele inúmeras vezes.

Eu fui tirada de meus pensamentos no momento em que entramos na escuridão do lado de fora da Casa Branca. Ignorando o agente do Serviço Secreto que nos escoltou, minha mãe virou-se para mim.

— Como se atreve a se comportar dessa forma, Julia? É o seu objetivo destruir a vida de seu pai? Eu sabia que você não deveria ter vindo aqui esta noite, disse a ele, mas ele não quis ouvir.

Eu parei. Olhei para trás e para frente entre o meu pai com sua expressão de dor e tristeza e minha mãe que olhava para mim com raiva.

Levantei-me imediatamente e disse: — Mãe...

Ela me interrompeu: — Você apenas pode me dizer mocinha, o que os Eastons já fizeram para você? Que direito tinha de fazer um... um espetáculo lá de si mesma?

Eu me sentia tão cansada. Cansada de proteger os segredos da minha mãe, quando ela não me dava nenhuma delicadeza. Cansada de ser repreendida, tratada como uma marginalizada. Cansada dessa família. Tranquilamente eu disse: — Mãe, já se passaram muitos anos para você perguntar o que Harry fez para mim. Se você tivesse perguntado há alguns anos atrás, talvez pudéssemos ter tido uma vida diferente juntas.

Abruptamente me virei para o agente do Serviço Secreto. — Será que você pode me escoltar até o portão? Vou pegar um táxi diretamente para o aeroporto.

— Sim senhora. — ele disse.

Carrie falou: — Eu vou com você. Posso tomar um táxi de volta para o apartamento depois.

— Você não vai! — a minha mãe gritou. — Carrie, você não vai a lugar algum.

O meu pai, que tinha uma expressão intensamente triste em seu rosto, disse: — Adelina, eu acho que...

Minha mãe voltou a ele com fúria e ele vacilou. Mas então ele continuou. — Adelina, é hora de parar. Eu não sei o que foi tudo isso esta noite, mas vamos deixar Julia ir, e Carrie também. Carrie, eu espero que você volte para casa até meia-noite. E Julia... por favor, me ligue. Eu não entendo o que está acontecendo aqui.

Ela começou a girar sua língua sobre ele, dizendo dramaticamente. — Eu não acho que você tem o direito de...

Suavemente ele falou: — Adelina, cala a boca. Deixe-as ir e entre no carro.

Inesperadamente, senti um caroço na minha garganta. Nem uma só vez, em todos esses anos, o meu pai tinha interferido. Nenhuma vez ele parou isso. E eu precisava que ele fizesse. Porque não sei quando, mas em algum lugar ao longo da linha, minha mãe tinha se tornado quase agressiva, e por anos ela fazia isso para mim e em uma menor medida, para minhas irmãs. Precisava de alguém para me proteger, especialmente no último ano do colégio. Mas ele estava preocupado demais com o trabalho, com as suas pesquisas acadêmicas, até mesmo para perceber a minha existência.

A minha mãe agarrou a mão de Alexandra saiu em um acesso de raiva. Alexandra, por sua vez, torceu a cabeça e o corpo dando um adeus para mim. Dei-lhe um sorriso, e ela mandou-me um beijo antes que minha mãe praticamente a jogasse na van.

Virei para seguir o agente dos Serviços Secretos, quando meu pai falou: — Julia... espere.

Parei, mas não me virei. Não queria encará-lo. Não podia.

Ele disse: — Eu sei que não tenho sido o melhor... o melhor pai. Mas preciso que você saiba que eu amo você e quero que você seja feliz.

Deixei escapar um feio, meio soluço abafado. Carrie agarrou minha mão, segurando-a com firmeza. — Pai, acho que você precisa deixá-la sozinha agora. Eu vou falar com ela, e podemos lidar com isso durante as férias.

Eu balancei minha cabeça. — Eu acho que não vou voltar para casa para o Natal deste ano, Carrie. Eu não posso estar na mesma casa com ela mais.

Ela sussurrou. — Mas... Julia...

A voz aflita do meu pai veio por detrás de nós. — Julia... por favor? Dê-nos uma chance. Quero dizer isso. Venha para casa. Você é nossa filha.

Estava tremendo, e a única coisa que queria fazer era correr para casa. Não para a Califórnia, que nunca foi uma casa para mim, mas para Boston, para aquela casinha em Southie onde eu encontraria Crank, Sean e Margot e, possivelmente um vizinho perdido ou dois. Essa era a minha casa agora. Mas...

não podia fazer isso com minhas irmãs, não agora. Não quando apenas recentemente começamos nos aproximar.

Assenti. — Eu vou pra casa no Natal. — sussurrei. — Mas eu não prometo nada depois disso.

Comecei a caminhar em direção ao portão, segurando a mão de minha irmã todo o caminho.

Capítulo Vinte e Um

As luzes se acenderam (Crank)

Cinco minutos. — Julia disse, colocando a sua mão para cima e espalhando os dedos para indicar visualmente o tempo restante. Era necessário: o clube estava barulhento pra caramba. Então ela virou-se e desapareceu pela porta. Eu só a vi por alguns minutos hoje à noite, assim que chegamos, ela nos levou para a sala verde na parte de trás do clube. Ela parecia sutilmente diferente. Tinha pintado oseu cabelo e parecia relaxada, vestindo um macacão desbotado e uma denossas novas camisetas da Morbid Obesity, com um casaco preto.

As camisetas eram novas. Ela apareceu no nosso show há duas semanas com um monte delas, e pelo que podia ver, olhando para a multidão, ela deve ter vendido duzentas delas na primeira noite. Nós nunca tentamos isso antes.

Julia tinha me evitado nas últimas três semanas. Ela apareceu nos ensaios duas vezes, para agendar a gravação e ouvir as novas músicas. E ela tinha aparecido nos jantares na casa do meu pai, agora minha casa. Aquelas noites foram dolorosamente embaraçosas para mim, mas a presença de Sean e minha mãe, Tony e a Sra. Doyle ajudaram a aliviar a tensão.

Ela deu à banda um prazo rígido de até 15 de Janeiro para que as músicas estivessem prontas para o álbum. Nós começaríamos a gravar durante a terceira semana de janeiro. Todos, incluindo Mark, consentiram com a programação sem argumento.

Então ela se virou e deu-nos uma programação de shows, reservado a cada sexta-feira e sábado à noite pelos próximos três meses. Ela estava levando isto a sério e executando-o como um negócio. Eu não tinha quaisquer objeções. O single será liberado amanhã de manhã, e nós tínhamos ganho mais com os nossos shows nas duas últimas semanas do que nos três meses anteriores.

Julia tinha sido uma dádiva para a banda. Porém ela deixou muito claro. Ela não queria ter nada comigo. A observei durante os shows, esperando poder pegá-la olhando para mim. Isso nunca aconteceu. Eu a via ocupada pechinchando com os proprietários dos clubes, vendendo camisetas, negociando com os fornecedores ou os fãs que queriam chegar aos bastidores. Mas nunca a vi ficar parada, e nunca a vi olhando para mim.

Era irritante. E exceto persegui-la um pouco, não havia absolutamente nada que pudesse fazer sobre isso. Minha vontade de dar-lhe espaço e tempo estava acabando. O que eu esperava era que algumas semanas seria tempo suficiente para ela repensar as coisas. E continuei a voltar para as palavras que o meu pai disse. Se você a ama, você deve deixá-la ir.

Isso era muito difícil quando a via o tempo todo por causa da banda. Além disso, ela e minha mãe vinham conversando. Tinham até mesmo saído para almoçar, algo que nunca teria percebido se minha mãe acidentalmente não tivesse deixado escapar em um jantar de sábado. Por que diabos Julia estava saindo com a minha mãe? Não fazia sentido, exceto em um contexto. Em alguns sentidos, Julia havia se tornado uma ponte entre minha mãe e Sean. Nem sequer comecei a compreender a dinâmica por detrás disso.

Ela ia voar para San Francisco no período da manhã e estaria de volta antes do início da gravação em janeiro. Talvez fosse uma coisa boa. Precisava de espaço para caramba, porque a tensão de vê-la constantemente e não ser capaz de falar com ela estava me deixando louco.

Julia reapareceu na porta. — Tá na hora! — ela chamou, apontando em direção a porta do palco. Olhei para ela, mas ela cuidadosamente evitou os meus olhos. Levantei e entrei no palco, abalado e chateado.

Enquanto caminhávamos no palco, um locutor chamou a nossa apresentação e a multidão gritou. Julia tinha plantado rumores na imprensa local que o nosso single seria lançado essa semana, e os nossos fãs tinham entendido imediatamente. Reconheci muita gente no meio da multidão, incluindo os caras que costumava sair no Pit, mas havia muito mais. Este era o nosso maior público, facilmente quatrocentas pessoas lotaram o clube.

Nós estávamos na posição. As luzes não estavam acesas ainda, e podia ver Julia, de pé ao lado do bar perto da saída. Braços sobre o peito, observando. Em seguida as luzes vieram, se acenderam, tornando impossível vê-la. A multidão começou a gritar, Pathin bateu os tambores e começamos.

Diga-o novamente (*Julia*)

Os acordes da canção que Crank escreveu para mim soaram e a multidão enlouqueceu gritando, enquanto os refletores estavam entre Serena e Crank. Engoli em seco, mantendo meus braços sobre peito. Por enquanto o meu trabalho estava feito, e nas próximas duas horas eu poderia assistir.

Cada vez que ouvia essa música, sentia calafrios na espinha. E tinha ouvido muito ultimamente, porque White Dog Records a colocou em cada estação de rádio no país. Eu estava lançando para blogs e jornais local, e trabalhando com as pessoas da imprensa de Boris para conseguir todos os lugares que podíamos. O lançamento foi nessa parte da manhã, e o zumbido estava construído. Esta canção - esta canção muito pessoal - balançou-me no coração. Todas as pessoas com quem falei na indústria estavam dizendo a mesma coisa: iria ser um sucesso.

Pela milésima vez, pensei que deveria ir até ele logo após o show. Para dizer que sinto muito, e que eu o amo.

Porque finalmente admiti para mim mesma. Eu o amo. Com todo o meu coração, eu amo Crank Wilson.

Mas estou com muito medo.

Um garoto bêbado da fraternidade se aproximou de mim, derramando metade de sua cerveja. Antes que ele pudesse chegar a mim, George ficou no caminho e bloqueou-o não muito suavemente. George era um segurança e muito protetor. Gostei de tê-lo por perto. Alguns dos clubes em que havíamos estado tinha sido uma luta para manter os bêbados longe. Eu emitia algum sinal que atraía os idiotas?

Não sei, mas tinha aprendido a fazer amizade com os seguranças dos clubes em que a banda tocava. Porque ia a todos os shows agora.

Este já ia ficar bom. Eu tinha vendido quase três mil dólares em camisetas e distribui panfletos sobre o novo single. Nós íamos espalhar a letra.

Minha guarda estava baixa quando eu olhei para Crank. Ele me pegou olhando assim que lançou o refrão, cantando as palavras. — Julia, para onde você foi?

Eu não podia quebrar o contato com seus olhos e senti os meus lacrimejarem. Caramba, por que ele tem que me afetar assim? Por que será que não podemos ser só amigos? Ele cantou o refrão olhando diretamente para mim, ignorando o resto do público. Mordi o meu lábio e murmurei uma maldição porque senti uma lágrima rolar na minha bochecha. Com raiva a limpei e esperava que ele não pudesse ver claramente lá de cima.

O meu telefone tocou no meu bolso. Oh, pelo amor de Deus. Era Barrett. Eu deixei muito claro para ele que nada iria acontecer entre nós. Mas ele me ligou de novo ontem à noite, pedindo-me para encontrá-lo esta noite. Irritada atendi ao telefone, andando em direção à porta da frente do clube: — Alô? — eu gritei.

— Julia? É Barrett.

— Oi Barrett, o que foi?

— Eu pensei que você estaria trabalhando esta noite. Parece que você está em uma balada.

Balancei minha cabeça. — Barrett, eu gerencio uma banda de rock. Eles estão tocando no The Cave esta noite, por isso estou aqui. O que você quer?

— Apenas querendo saber se você mudou de ideia.

Suspirei, mas poderia ser boa sobre o assunto: — Você é um doce Barrett, mas não. Não estou realmente pronta para namorar agora.

— Você está no The Cave? Em Somerville?

— Barrett, estou trabalhando.

— Eu quero apenas te ver um pouco.

Mas que inferno? — Eu não vou ter tempo para te ver, me desculpe.

— Não se preocupe. — ele respondeu — Eu quero dar uma olhada nesta banda.

Eu fiz uma careta. Ele queria ver a banda? Tanto faz.

— Tenho que ir Barrett.

— Espera...

Eu fechei o telefone e coloquei-o de volta no meu bolso. Quando voltei para dentro, a primeira música tinha acabado e Crank estava cantando "Fuck the War" - melhor escolha. Eles tinham refeito esta música como preparação para o álbum. Estava muito melhor... bem alto, tocando a guitarra, gritando as letras. Eles transformaram-na em um dueto, e a voz clara e trágica de Serena transformou a música em algo totalmente novo. Tinha discutido liberar aquela música como single com o Boris, mas ele queria esperar até que a gravação do álbum fosse concluída antes de tomar uma decisão. Eu poderia viver com isso.

Era muito mais fácil pensar sobre a banda e os negócios do que pensar no que estava ou não acontecendo entre Crank e eu.

Avistei Craig Owens, o proprietário do clube, em pé perto da porta do palco no lado esquerdo do bar. Fiz o meu caminho para chegar nele. Ele era um cara grande, dois metros e cinco, com uma barba cerrada, e tinha um passado como um motociclista.

— Ei Craig. — disse.

— Eles estão arrebentando esta noite Julia. Os fãs estão felizes.

Eu sorri. — Eu queria falar com você sobre algumas datas no final da primavera, antes de sairmos em turnê.

— Claro que sim! Tenho alguns fins de semana abertos em maio. Está bem para você?

Eu balancei a cabeça. — Eu vou lhe enviar um e-mail.

— Parece bom. A Banda está feliz? Bebidas e tudo mais estão bem?

— Sim, estamos prontos para ir. — eu disse.

Estávamos amigáveis agora, mas há duas semanas tinha sido uma história diferente. Fiquei durante uma noite negociando a taxa da banda para tocar aqui. Eles estavam sendo pagos cem dólares por noite, mais as bebidas, quando a banda estava trazendo facilmente três ou quatro centenas de pessoas cada vez que tocamos aqui. Nossa conversa resultou na taxa ficando maior, além da adição de vendas de mercadorias. A banda provavelmente sairia com três mil dólares após o pagamento de todas as despesas esta noite. Isso seria desse jeito. Uma vez que Craig percebeu que era inevitável, ele desistiu e concordou.

Outra canção. Estava quase na hora do intervalo. Este era mais um dueto, Serena e Crank explodiram com as guitarras, cantando no mesmo microfone, o nível de energia elevado. Um casal de bêbados tentou subir no palco e George, o segurança, caminhou na direção deles rapidamente e facilmente os convenceu que não era uma boa ideia.

— Julia!

Girei para a minha direita, era Barrett Randall. Irritante, mas suponho que eu sobreviveria a isso. Mas logo atrás dele... Harry Easton. Os músculos em meus ombros e a parte de trás do meu pescoço ficaram tensos.

Barrett mostrou o caminho. — Olá Julia. Eu sei que você disse que está trabalhando hoje à noite, mas Harry estava na cidade e queria realmente ver você. Ele insistiu.

O meu olhar passou para Harry, e eu disse: — Eu pensei que havia deixado claro que não quero ver você. Em qualquer lugar. Nunca mais.

Barrett recuou, com mãos no ar. — Eu vou deixar vocês dois... conversarem. — ele sorriu. — Eu vou assistir a banda. — ele apontou para Harry. — Me encontre quando terminar.

Harry se aproximou, lentamente. Ele parecia fora de lugar aqui, em uma camiseta preta e blazer, com sapatos perfeitamente engraxados, abotoaduras de ouro e cabelos excessivamente penteados. Como que eu sequer pensei que era apaixonada por este cara? É claro, eu tinha catorze anos de idade. Ele era encantador, popular e de boa aparência.

— O que é que você quer?

— Eu só queria falar com você Julia. Estou em Boston só para te ver.

— Foi uma viagem desperdiçada. — respondi e comecei a virar as costas.

Ele estendeu a mão para tocar em meu braço, e me afastei um pouco, me odiei mesmo por uma simples encostada. Na parte de trás da minha mente, ouvi um barulho alto de acorde errado vindo de Serena ou Crank. Estremeci, mas mantive os olhos grudados em Harry.

— Qual é Julia, isso foi há muito tempo. Eu não entendo por que você está tão chateada, e certamente não consigo acreditar nas coisas que você disse na frente do meu pai, na frente do Presidente. Nós éramos crianças naquela época.

Em sua palavra, meu estômago apertou-se. — Tecnicamente, eu era uma criança Harry. Você tinha dezoito.

— Nos éramos crianças.

Vendo Harry agora, trouxe tudo de volta.

O que me lembro: Harry agarrando meu braço, com força suficiente para deixar hematomas, porque tinha falado com Clint Lawson no refeitório.

Harry dizendo-me que ele não iria me amar mais se não transasse com ele.

Perder minha virgindade nos bastidores do teatro, o meu rosto e o peito encostados contra a parede, sua respiração quente no meu ouvido, vergonha e a tristeza em mim enquanto ele me apalpava como um animal.

Lembro-me de Harry insistir para eu tomar outra bebida, outra e mais outra, até que não podia ver ou pensar claramente, até que não podia andar, então o seu corpo nu em cima de mim no escuro enquanto eu lutava para manter o licor e não vomitar sobre todo o piso.

Lembro-me do sangue, sangue que escorria entre minhas pernas enquanto lutava para não chorar naquela noite no teatro. Ele disse: — Isso não foi de todo ruim, não é? — eu sussurrei. — Não. — enquanto lutava para não chorar. E ele disse: — Diga-me que você gostou, eu sei que gostou. — e dei-lhe um falso sorriso mesmo enquanto pensava que estava morrendo por dentro. Lembro-me de estar envergonhada, porque não disse não, porque não contei que não estava pronta, porque pensava que era minha culpa eu não ter gostado daquilo.

Lembro-me da vergonha e horror quando a minha melhor amiga no mundo enviou uma foto minha, bêbada e nua, na saída da escola secundária, contando uma história de bebidas e drogas, sexo e aborto, que era tudo mentira.

Lembrei-me do sangue escorrendo de minhas veias, espalhando-
-se lentamente na água de uma banheira. Formando pequenos pa-
drões, cada gota pesada espalhando enquanto batia na água. Lembrei-
-me da dor aguda da

lâmina enquanto cortava meus pulsos, prometendo alívio, prometendo que finalmente não teria que sentir a dor dentro de mim.

— Fique longe de mim Harry, ou juro por Deus, eu vou...

Ele estendeu a mão e agarrou o meu braço com força. Assim como
ele fez quando eu tinha catorze anos. Ele pressionou. — Você vai o
que? Você vai me denunciar? Eu vi as histórias sobre você, Julia. Você
é nada mais que uma vagabunda. Ninguém nunca iria acreditar em
você.

A raiva me inundou, e eu gritei: — Nunca me chame disso! Tira
suas mãos de mim!

A música parou abruptamente e a multidão começou a gritar. Eu
tentei puxar meu braço, mas ele não estava me deixando ir. Então girei
para o outro lado batendo-lhe na garganta. Ele me deixou ir, segurando sua garganta.

Então Crank estava em pé na minha frente, de costas para mim,
de frente para Harry.

— Mantenha as suas mãos de merda longe dela, idiota. — Crank
disse. Alguém na multidão gritou: — Volte para o palco Crank! — e
houve risos.

— Fique fora disso. — Harry respondeu. — Isto não é da sua
conta.

Crank moveu-se de repente, acertando um punho, depois outro,
e Harry caiu para trás. Alguém gritou, e Crank lançou outro soco
pegando Harry no olho. Em seguida, Harry estava contra a parede e
Crank bateu-lhe mais uma vez, e Harry se dobrou. A multidão foi à
loucura, alguns gritando, alguns rindo e apontando.

George apareceu do nada e puxou Crank para fora. Crank lutou,
gritando: — Eu vou matar esse filho da puta!

Crank é um cara grande, mas George passava dele uns cinquenta
quilos facilmente, e empurrou-o para longe de Harry tão facilmente
como um pai carregando um filho de doze anos de idade. Eu joguei
meus braços em volta de Crank. — Para, por favor.

Ele congelou. — Quem é esse cara?

— Espere. — eu disse. Então dei um passo à frente. — Harry, saia daqui. Se algum dia te ver novamente... alguma vez... a minha próxima ligação será para a polícia e em seguida, a mídia. Você tem razão, talvez ninguém vá acreditar em mim, mas garanto, isso será o suficiente para arruinar a sua carreira e reputação. Eu posso fazer isso. Posso arruinar a sua vida, assim como você fez com a minha. E eu vou, se te encontrar de novo.

Harry olhou para mim, depois cuspiu um bocado de sangue no chão.

— Saia. — eu disse.

George colocou as suas grandes e carnudas mãos no braço de Harry. — Você ouviu a senhorita. Caia fora do bar, agora! E nunca mais volte. — ele agarrou Harry pela parte de trás de seu blazer e empurrou-o em direção a porta. Um copo voou pelo ar, jogado por um fã entusiasmado demais, e ricocheteou nas costas de Harry. Em seguida, a multidão estava cantando. — Sai fora, porra!

Eu vi Barrett agitar-se na multidão. Ele deu-me um sorriso, quase um sorriso malicioso, em seguida virou-se e seguiu George e Harry para a porta. Idiota.

Virei e atirei meus braços em torno de Crank, desesperada por essa sensação de calor, afeto e casa que ele me dava. Ele colocou seus braços em volta de mim, e eu disse: — Obrigada, você não precisava fazer isso.

Sua voz era baixa, um rosnado formigante. — Uma porra que não tinha de fazer. Ninguém toca em você. — então ele puxou-me mais apertado, e não me senti esmagada ou fora de controle, me senti segura.

Serena e Mark ficaram lá em estado de choque.

Serena, parecendo desconcertada disse: — Vocês estão bem?

— Eu estou bem. — falei. — Apenas um pouquinho do meu passado. Isso não vai acontecer novamente.

Quando disse as palavras, percebi que era verdade. Eu estava bem, estava melhor do que bem. Pela primeira vez que eu pude me lembrar, me senti livre. Livre do meu passado. Livre de Harry e o mal que ele tinha feito comigo quando eu era apenas uma criança. Livre do horror que foi o ensino médio. Eu olhei para Crank e encontrei-me desejando não tê-lo magoado tanto, que eu não tivesse o empurrado quando disse que me amava.

Talvez, só um pouco, até queria ouvi-lo dizer novamente.

Capítulo Vinte e Dois

Porque eu tenho medo (Julia)

Cinco segundos depois de ter saído dos portões de segurança, quase fui atropelada por um cabelo castanho desfocado quando Alexandra correu até mim e me abraçou. Eu ri e retornei o abraço. Ela me olhou, olhos verdes grandes e redondos. — Tinha medo que você não viesse para casa para o natal.

Ajoelhei-me, ficando no nível dos seus olhos. — É claro que viria para casa. Como poderia perder o natal com você?

Ela sorriu. — Eu aprendi uma nova canção, você quer ouvir?

— Pode ser quando chegarmos em casa? Vou precisar de algo para manter a mãe longe de mim, podemos ir até o seu quarto.

Ela concordou sorrindo, e olhei para cima quando Carrie se aproximou. Ela estava vestindo uma linda minissaia preta e camiseta rosa sem manga, e parecia positivamente linda. Um empresário que estava sentado duas fileiras na frente de mim no avião passou por ela, com a cabeça girando enquanto passava, andando até que ele esbarrou em um policial.

Ri quando me levantei. Carrie estava completamente alheia do efeito que ela tinha sobre os homens. Ela caminhou para frente, e nós nos abraçamos.

— Somos apenas nós. — ela disse se aproximando — A mãe está em casa com as gêmeas e Andrea. Ela tem algum tipo de coisa de festa acontecendo para as crianças mais novas esta tarde.

Levantei as sobrancelhas. — Além disso, aposto que não quer me ver.

— Bem… vocês duas tem brigado.

Dei de ombros — Está tudo bem.

— Você precisa pegar as malas?

Eu balancei a cabeça. — Algumas. Eu mandei um monte de coisas também, eu poderia ter encontrado alguns presentes para as crianças.

Peguei a mão de Alexandra na minha, e nós três fomos à busca da bagagem. Enquanto andava, falei: — Você já ouviu o rádio esta manhã? — eles estavam tocando a música de natal no aeroporto.

Ela balançou a cabeça. — Na verdade não, por quê?

— Hoje é o dia do lançamento do álbum da banda. Espero ouvi-la no rádio.

Ela sorriu. — A mãe teve um acesso de raiva quando ouviu você dizer ao Presidente que vai para a indústria de música.

Paramos no carrossel de bagagens. Estava girando, mas ainda não havia bagagens.

— Você vai mesmo? — Alexandra perguntou. — Você vai estar em uma banda?

Olhei pra ela. — Eu não estou na banda... sou a empresária dela. Eu posso programar seus shows e organizar as coisas, ajudá-los a gravar, e... outras coisas assim.

— Crank está na banda?

Assenti. — Ele está. Ele toca guitarra e canta.

— Eu gosto do Crank. Ele é realmente estranho. Posso ir a um de seus shows? Quantos brincos ele tem?

— Por uma questão de fato, Alexandra, nós saímos em turnê neste verão. Com Allen Roark. E vamos tocar em dois shows em San Francisco em Agosto. E sim, você pode vir. Nos bastidores até.

Os olhos delas se arregalaram. — Bastidores?

Carrie disse com sua voz beirando a histeria: — Isso é tão louco. Mal posso esperar. — então ela me deu um sorriso astuto. — Você acha que pode me dar um par extra de passes para os bastidores para os meus amigos? Eles vão morrer.

Coloquei o meu braço em volta de sua cintura e puxei-a para mim. —Qualquer coisa para a minha irmã.

— Você acha que quando eu crescer, eu poderei estar numa banda de rock? — Alexandra perguntou. — Eu poderia aprender tocar guitarra, não parece muito diferente do violoncelo.

— Eu acho que você pode fazer qualquer coisa que você quiser. — disse-lhe.

— A mãe ficaria realmente louca. — ela respondeu.

Não podia discutir com isso, mas falei: — Eu sei. Mas às vezes temos de seguir o nosso próprio caminho. Crank me disse uma vez que todo mundo tem de ter algo para se rebelar contra. Eu não sei o que de vocês vão ser, mas o meu é decidir a minha própria vida.

Alexandra ficou pensativa. Então ela disse: — Minha mãe não gosta do Crank, mas eu sim. Ele me chamou de Alex. — ela sorriu.

Gostaria que falasse de outra coisa que não fosse Crank. — Vamos falar de outra coisa, certo?

Carrie me deu um olhar de lado, e eu perguntei a Alexandra. — Como está indo na escola?

Ela franziu a testa. — Eu não gosto de ser a nova garota novamente. Quero dizer, aqui.

Oh Alex, eu suspirei. — Sinto muito. — falei. — Eu passei por isso quando estávamos em Bethesda, foi muito difícil.

Ela disse: — Fiz uma amiga, apesar de tudo. O nome dela é Michelle, e está na minha sala da aula. Almoçamos juntas. Minha mãe disse que posso ir para a festa de Michelle no Ano Novo, se me comportar no Natal.

— Eu estou contente que você fez uma amiga. — eu disse.

Dez minutos mais tarde, estávamos indo para casa na minivan da mamãe. Eu tive que tirar o meu casaco pesado e luvas, que eram adequadas para Boston, mas certamente não aqui. Carrie ligou o rádio e mudou para uma estação diferente.

Eu congelei.

Acordes familiares foram saindo dos alto-falantes, então eu ouvi a voz do Crank.

— Oh meu Deus. — eu disse. Uma coisa era ouvi-lo ao vivo ou em uma gravação. Era algo totalmente diferente ouvi-lo pelo rádio.

— É essa? — perguntou Carrie.

Eu assenti. Alexandra inclinou-se entre os bancos. — Essa é a sua banda?

— Sim. — eu disse, e ela gritou.

No momento em que chegamos à estrada, Carrie olhou para mim e disse: — Essa música é sobre você.

Afirmei com a cabeça, sem dizer nada.

Seus olhos estavam arregalados e ela tinha um enorme sorriso no rosto. Com uma voz rápida e animada, falou: — Oh meu Deus, isso é tão legal.

Sorri de volta, mas me senti um pouco apreensiva. Sabia que ia ser uma questão de segundos antes que ela me perguntasse sobre Crank.

Nem durou esse tempo.

— Então, o que está acontecendo entre você e Crank?

— Nada realmente. — disse.

Ela olhou-me. — Fale comigo Julia. Ele fez algo? Eu só... não entendo. Não estou tentando te importunar, mas... sendo honesta? Nunca vi você feliz antes. Nunca. E quero ver isso novamente.

Fiz uma careta. — Harry apareceu em Boston.

— Oh não. — ela disse, com a voz baixa.

— Ele apareceu no clube no qual estávamos tocando na noite passada, e Crank o espancou.

Carrie disse: — Estou amando Crank cada vez mais que você fala dele.

— Eu também. — sussurrei.

— Então por que você terminou com ele?

Balancei minha cabeça. — Porque estou com medo, ok? Pela primeira vez na minha vida, estou... fazendo o que quero. Estou vivendo uma vida que é minha, que escolhi. Tenho medo de perder isso.

Ela ficou em silêncio por alguns instantes. — Olha, não é da minha conta. Mas... acho que você está cometendo um erro. Você não é a criança que você era na China. Você precisa olhar no espelho e ver a si mesma. Quando olho para você, vejo alguém que se preocupa. Você é inteligente, organizada pra cacete e você tenta tratar as pessoas do jeito certo. E você é muito mais forte do que pensa que é.

— Sou um monte de coisas. — eu disse. — Mas acho que forte não é uma delas.

Ela revirou os olhos. — Julia...

Levantei uma mão. — Apenas... pare, ok? Sei o que você está tentando fazer, mas tenho que trabalhar isto sozinha, tudo bem?

Então senti uma mão no meu braço. Uma pequena mão. Virei no meu lugar, e Alexandra se inclinou para frente dizendo: — Quero que você seja feliz também.

Pisquei para conter as lágrimas e segurei a mão dela.

Sempre perdoe (Crank)

Cliquei no botão play, e o meu próprio mix de músicas de natal começou a tocar. Tinha os tradicionais que todo mundo ama, mas também tinha alguns dos meus favoritos: músicas como The Vandals. — 'Oi to the World' e 'Hang Myself from the Tree.'

Você tem que ter um senso de humor sobre estas coisas.

Uma vez que a música estava tocando, me sentei no sofá me estirando, olhei para o teto.

Sean estava estressado sobre minha mãe estar em casa. Ele estava fazendo seu melhor para conter, mas podia ver na forma como ele andava na sala de estar, seu temperamento um pouco mais curto que o normal. Minha mãe estava estressada por estar em casa. Ambos estavam estressados. Além disso, estávamos nos perguntando se o papai seria capaz de ligar hoje à noite, como ele havia dito. É uma coisa esperar e planejar, mas quando você está em uma implantação estrangeira com os militares, não há garantias.

Eu odiava que ele estava lá fora, vivendo em algum acampamento no Kuwait, em vez de em casa com a gente. É claro que ele poderia muito bem ter acabado com o seu dever por esta noite… ele era um policial afinal de contas. Mas a polícia volta pra casa no final de seu turno. Os soldados têm de esperar muito mais tempo.

Claro, a missão diplomática para o Iraque havia fracassado. Julia me disse semanas atrás que ela não acreditava que iria ser sucedida. Fachada. Perguntei-me como o seu pai se sentia sobre isso. As chances nós não sabíamos.

Coloquei minha mão em meu bolso, sentindo o telefone celular pela centésima vez e querendo pegá-lo para ligar para Julia. Mas não queria importunar. Não queria ligar várias vezes. Não ia fazer nada, e isso me deixou louco, porque o que queria fazer era persegui-la e fazê-la falar comigo. Fazê-la finalmente admitir que me ama.

Ontem à noite, brevemente, pensei que ela ia vir aqui. Quando ela olhou para mim da plateia, eu a vi enxugando os olhos. Quando ela colocou os braços em torno de mim e disse: — Obrigada. — mas não muito depois disso, ela parecia se calar e ficar distante novamente. Não muito tempo depois do show, ela fez as malas e desapareceu sem sequer dizer adeus.

Estava lentamente começando a aceitar que Julia nunca mais ia voltar para mim.

Nós seríamos amigos. Colegas. Ela iria continuar gerenciando a banda, mas o que queria dela era muito mais.

Minha mãe entrou na sala de estar de onde ela estava arrumando a cozinha. Olhei pra ela e dei um sorriso triste.

Era tão estranho tê-la aqui. Estranho que não estava zangado com ela. Por qualquer coisa, estava me achando protetor. Querendo protegê-la das explosões ocasionais de Sean, que era sempre duro com ela. Não entendia muito. Estava com raiva há tanto tempo. Como, porque ela tinha ido, com raiva por que ela me deixou. Mas quando o meu pai disse-nos o que aconteceu naquela noite... era como se alguém tivesse tirado toda a pressão, toda de uma

vez, e não poderia estar zangado com ela mais. Era uma sensação estranha e esquisita, e não tinha certeza do que fazer com isso ainda.

Tenho certeza que era o mesmo para Sean, porém mais ainda. E por falar nisso, nem sequer entendo por que ele tinha me perdoado. Porque o deixei também.

Só queria que o meu pai estivesse em casa, para vê-la aqui, para ver todos aqui, juntos.

Ela me olhou por um momento, e depois disse: — Quando você sorri assim, você me lembra tanto seu pai. Ele sorriu desse jeito para mim na noite em que nos conhecemos, e achei que os meus joelhos iam derreter.

Ri e disse: — Eu gostaria que eu fosse a metade do homem que ele era.

— Você estava parecendo um pouco triste aqui. Pensando em Julia?

Suspirei e acenei com a cabeça. — Sim.

Ela se aproximou e se sentou na cadeira ao meu lado. Mudei de posição, colocando os meus pés no chão e encarando-a.

— Ela e eu almoçamos algumas vezes, você sabe. — ela disse.

— Eu sei.

Ela me olhou, com os olhos tristes. — Não desista dela Crank. Se você a ama, não desista.

— Meu pai disse que se eu a amo, eu deveria deixá-la ir.

Os olhos da minha mãe ficaram vermelhos, e ela cobriu a boca para abafar um soluço. Depois de um segundo, ela se recompôs. — E o seu pai estava certo. Julia é uma menina inteligente. Ela é inteligente o suficiente para saber que ficar com você realmente é o que ela deseja. Eu acho que ela vai voltar.

Balancei minha cabeça. — Eu não sei. Ela passou por algumas coisas bastante complicadas.

Minha mãe concordou. — Eu sei, e ela está apenas começando a realmente lidar com isso. Ela me disse que você faz parte da razão para isso.

Inclinei-me para frente, repousando meus cotovelos sobre os joelhos; o rosto enterrado nas mãos e dei um longo suspiro. O negócio era, estava óbvio que ela estava trabalhando nisso. Cada vez que a via, ela parecia mais confiante. Ela estava perdendo o olhar assombrado em seu rosto.

Fiz uma careta. — Mãe? Você quer saber o que é doentio? Eu sei que ela está crescendo. Sei que ela está trabalhando as questões do seu passado. E estou com medo. Tenho medo de que ela cresça bem sem mim e acabe se apaixonando por algum idiota que tenha tudo que ela precisa.

Ela não disse nada. Mas colocou a mão no meu ombro. E ela estava tremendo quando fez isso. O que era a coisa mais louca. Quer dizer - esta era a minha mãe. Minha mãe que eu mal falei em anos. Era como se tivéssemos dando pequenos passos de bebê em direção ao outro. E essa conversa foi muito além de passos de bebê.

Ela estava tremendo porque pensava que eu poderia rejeitá-la. Como fiz tantas vezes nos últimos anos.

E isso me fez pensar no passado. Natais passados, há muito tempo. Minha mãe, a pianista. Ensinando-me tocar piano desde que eu era pequeno.

De repente me levantei. — Venha aqui. — falei. Caminhei até o piano e sentei-me em um dos lados do banco.

Ela inclinou a cabeça e me olhou.

— Apenas veja. — eu disse. — Sean vai vir correndo. Quer dizer... você se lembra que costumávamos fazer na véspera de natal.

Ela assentiu com a cabeça e piscou para conter lágrimas, enquanto ela se pôs de pé e veio se sentar ao meu lado no banco do piano.

Quando ela se sentou, eu coloquei as minhas mãos sobre o teclado e toquei os acordes de abertura de 'Carol of the Bells'. Eu poderia tocar isso no

meu sono. Quando tinha quatro anos, ela tinha feito um arranjo de quatro mãos especial, baseado na versão de George Winston. A abertura era assustadora, e ela juntou-se imediatamente, as ondas de som ressoando pela casa.

A cada nota, cada medida, cada estrofe, me senti perdido em memórias de quando era mais jovem. Memórias felizes. Nós quatro sentados na sala de estar bebendo chocolate quente e jogando jogos de tabuleiro durante toda a noite da véspera de Natal. Minha mãe rindo e corando quando o meu pai sussurrava algo em seu ouvido, enquanto Sean e eu fingíamos não perceber. Sean sorrateiramente subindo na cama comigo, como se especulasse como que seria o dia. Em seguida, a chamada geralmente em torno de sete horas na manhã de Natal, quando meu pai gritava nas escadas: — Tudo bem crianças, venham aqui! — já acordados, descíamos as escadas sendo recebidos por abraços e risos, então abríamos os nossos presentes. A cada ano, meu pai fazia um enorme café da manhã com bacon, ovos e panquecas depois dos presentes, então Sean e eu brincávamos até tarde, quando nossos familiares e amigos iam embora.

Senti uma lágrima escorrendo pelo meu rosto. Esta música era uma maldita assombração. Eu estava no ensino médio quando isso começou a desmoronar. Lembrei-me do meu natal quando estava na sexta série. Foi simples, porque os meus pais tinham gasto quase todas as economias em hospitais e consultas médicas para Sean. E eu era horrível. O culpava e fazia birras mais parecendo uma criança de cinco anos do que alguém na sexta série. Meu pai me disse para calar a boca, e minha mãe começou a chorar.

Quando nossas mãos se moveram juntas no teclado, meus pensamentos passaram por todas essas memórias. Nunca percebi o quão difícil deve ter sido para ela.

Assistir o seu filho mais jovem, incapaz de lidar com as pessoas, e o seu filho mais velho não o querendo.

Quando o natal da minha oitava série se aproximou, foi cerca de um mês depois que soltei minha façanha Foda-se a polícia na peça da escola. Meu pai estava pegando um monte de horas-extras para pagar as contas médicas, e

minha mãe estava tão estressada que ela bebeu muito naquela noite, e foi à primeira véspera de natal, pelo que me lembro, que ficamos sem tocar piano juntos. Estava silencioso e solitário. Desesperadamente solitário. Eu senti muito a falta da minha mãe naquele ano.

Balancei em meu lugar enquanto tocava, e ouvi Sean dizer num tom triste: — Não chore mamãe. Papai vai voltar para casa.

Quando ele disse essas palavras, ela chorou alto.

Eu olhei para ele, e percebi que eu estava chorando muito, assim como Sean. Eu vacilei na música e falei em uma voz falhando: — Mãe, me desculpe por eu ter sido um idiota com você. Nunca quis te afastar.

Ela parou subitamente e jogou os braços em volta de mim.

— Nunca diga isso. — ela disse, sua voz urgente. — Você não me afastou, fui eu que fiz por mim mesma. E te perdoo por qualquer coisa que você fez. Eu sempre vou te perdoar.

Ela agarrou Sean e puxou-o, e nós colocamos nossos braços em torno dele e choramos pelos anos que perdemos.

Meu irmão mais velho (Julia)

Ao meio-dia na véspera de Natal o meu telefone tocou e eu quase não atendi. O número de telefone exibido era uma longa sequência de números, mais do que qualquer sentido. Chamada internacional. Peguei-o para a irritação da minha mãe. Apenas alguns minutos antes, ela havia reunido Carrie, Alexandra e eu na mesa da sala da família para jogar cartas.

— Alô?

— Ei, estou tentando falar com Julia Thompson. — a voz soava familiar, mas muito longe. A conexão estava ruim.

— É ela.

— Julia? É Barry Lewis.

Engoli em seco, os olhos arregalados, a mão voando para o meu peito. — Oh meu Deus, sério? — coloquei o telefone longe da minha boca. — Desculpa, eu tenho que atender essa ligação. Já volto. — eu saí da sala, passando pelo corredor e sentei na escada. Podia sentir o meu coração batendo acelerado.

— Barry... eu não posso acreditar que é você! O que... onde está você?

— Antes de dizer qualquer outra coisa... há cerca de mil caras na fila atrás de mim para usar o telefone também. Por isso, deixe-me o seu endereço de e-mail.

Eu dei a ele e em seguida ele disse: — Eu recebi uma mensagem sua há alguns dias atrás, mas esta é a primeira vez que encontramos telefone. Estou em algum lugar esquecido por Deus no Kuwait.

Eu engolido em seco. — Kuwait, sério?

— Sim, eu estou em Recon estes dias. Não é grande coisa, apenas areia pra caramba em todo lado. E você? Eu não consegui acreditar quando recebi a sua mensagem. Quanto tempo faz, quase dez anos?

— Quase... eu, hum... eu moro em Boston agora. Mas estou em San Francisco visitando a minha família.

— Ah é? Você acabou a escola?

— Estou no meu último ano em Harvard.

Ele riu. — Isso é o que eu estou falando. Eu sempre soube que você era uma garota inteligente. Você vai para o Foreign Service como o seu pai?

— Não. — eu disse — Eu tenho... acredite ou não, eu fiquei na gestão de uma banda de rock. E realmente adoro isso. Estou indo para a indústria da música.

Esta conversa era tão estranha. Depois de tanto tempo, nem sabia o que dizer a ele. — O que aconteceu com você? Eu estava tão aborrecida na época que eu nunca cheguei a dizer adeus. Isso pode soar bobo, mas sempre pensei em você como um... irmão mais velho. Família.

Houve uma pausa, e então ele disse: — Isso tudo não soa nada bobo, garota. Eu estou honrado em ter você como uma irmã. Eu sempre pensei o mesmo de você. Deus sabe que minha irmã nunca me ajudaria a reconstruir um motor. — ele riu. — Você se lembra do dia em que puxou o tampão de drenagem enquanto você estava debaixo dele? Eu pensei que a sua mãe ia me matar.

Os meus olhos se encheram com lágrimas, e cruzei os braços sobre o meu peito enquanto ria. — Sim, eu me lembro. Foi uma bagunça.

— Quando esta estúpida guerra acabar, eu estou pensando em sair e começar a minha própria loja de restauração em Houston. Se este show de música não funcionar para você, você sempre pode vir e trabalhar para mim.

Funguei e pisquei. — Eu poderia pensar sobre isso.

— É engraçado. — ele falou. — Estava falando com Dea sobre você não muito tempo atrás. Você sabe que eu me casei, né?

Eu estava atordoada. Barry tinha sido famoso por perseguir cada menina na embaixada.

— Não!

— Sim. Sosseguei e temos duas meninas. A mais velha me lembra você. Ela é uma completa espertinha.

Eu ri. — Isso não é bom.

— Claro que é. E você sempre foi. Eu me preocupava com você, sabe. Você era uma criança tão solitária, mas corajosa pra caramba. Fico feliz que você tenha encontrado um lugar para si mesma. Quantos anos você tem agora, vinte um? Vinte e dois?

— Vinte e dois.

— Namorando alguém?

— Existe um cara... não tenho certeza se namorar é a palavra.

— Bem, me diga sobre esse cara, ele fez algo para te machucar? Pois irá haver alguém muito puto da Recon Gunnery Sergeant vindo atrás dele.

Eu disse hesitante. — Eu acho que o amo. — quando eu disse as palavras, ouvi a minha voz quebrar um pouco. Era a primeira vez que eu dizia isso em voz alta.

Ele respondeu com seu tom morno. — Sério? Eu estou feliz. Você merece alguém bom. Quando nos conhecemos, sabia que estava sempre perseguindo o próximo rabo de saia, mas tenho que dizer-lhe garota, Dea me fez ser diferente. Família importa mais do que qualquer coisa. Ter um lugar que você pode chamar de casa? Isso é realmente algo bom.

Ter um lugar que você pode chamar de casa. Será que tenho isso? Talvez, um pouco, em Boston. Mas estava apavorada que tivesse estragado tudo. Eu estava apavorada, por ter magoado tanto Crank, que ele não iria querer mais nada comigo. Estava apavorada que ele não iria me querer. Eu me senti paralisada.

— Eu nunca me senti em casa em qualquer lugar. — eu disse.

— Não é de admirar, vivendo como um bando de vagabundos. — ele falou. — Mas vou lhe dizer o que penso. Casa é onde as pessoas que você ama estão. É sobre encontrar as coisas que realmente são importantes para você, mantendo-as e tomando conta delas. Você faz a sua própria casa, onde quer que esteja. Garota... você é família tanto quanto me lembro. Mantenha o queixo para cima, você encontrará o que precisa.

Lutei para sorrir. Queria poder ser tão confiante. Gostaria de ter qualquer pista sobre o que eu precisava. — Quando você voltar para casa, eu quero te ver.

— Lógico. — disse. — Eu estou tentando imaginar o quanto você cresceu. Pode me enviar fotos por e-mail?

— Eu vou. Mande você também.

— Ok, o meu tempo acabou.

Eu funguei novamente e enxuguei meus olhos. Eu não queria deixá-lo ir. — Barry? Antes que você vá... obrigada. Você não sabe... você me deu muito mais do que imagina, deixando-me junto com você todo o tempo na Bélgica. Eu te devo isso.

— Você não me deve nada. Você é minha irmãzinha, ok? Nós cuidamos da família.

— Ok. — eu disse, começando a chorar. — Cuidado aí, tudo bem? Senão eu vou ficar muito preocupada.

Ele resmungou com ceticismo. — Eu estou em Recon, garota. Em civil, significa invencível. Tenho que ir. Vou te enviar o e-mail amanhã. Feliz Natal garota!

Fechei o telefone encostando-me na parede e deixei as lágrimas virem. Tinha perdido tanto tempo. Tanta vida. Embrulhei-me dentro de mim, protegida de modo apertado dentro do meu próprio casulo onde nada poderia me machucar, nada poderia me tocar. Todas essas emoções que sinto... cruas, perigosas, fora de controle.

Mas essas emoções... elas também me fizeram sentir viva. E estava começando a querer isso. Estava começando a querer viver, realmente viver, me deixar ser o que realmente era. Sem embrulhar-me para me proteger, sem me embrulhar para me odiar.

— Você está bem?

Olhei para cima. Era Carrie. Ela estava de pé, encostada na parede com os braços cruzados e uma expressão preocupada em seu rosto.

Pensei sobre isso por um segundo. Então eu disse. — Sim, eu estou. Talvez melhor do que eu já estive.

— Quem era?

— Você se lembra do Cabo Lewis? Da embaixada em Bruxelas? Ela balançou a cabeça.

— Acho que você era muito jovem. Ele era... o meu irmão mais velho.

Ela me deu um estranho olhar questionador.

— Estou bem Carrie. Realmente.

Ela inclinou-se e beijou a minha testa. — Você sabe que pode sempre falar comigo, né?

Estendi minha mão e peguei a sua, apertando-a. — É, eu sei.

Eu levantei. — Quão irritada a mãe está?

— Seus dedos estão brancos e seu rosto está todo tenso como se ela tivesse comido algo azedo.

Eu disse: — Bem, acho que está na hora de ir enfrentar o dragão. Isso deve ser divertido.

— To indo. — ela disse. Segurando as mãos, andamos de volta para a sala.

Alexandra estava sentada, se mexendo desconfortavelmente em seu assento. Minha mãe sentou-se em frente a ela, embaralhando o deck de cartas em suas mãos e falando: — Os Brewers estarão aqui para o jantar esta noite, e espero que você esteja em seu melhor comportamento mocinha.

— Sim mamãe. — disse Alexandra.

Nós nos sentamos, enquanto ela continuava falando.

— Você deve estabelecer uma relação de amizade com o jovem Randy. Ele é um bom rapaz.

— Ele é mau para as crianças na escola. — ela disse. — Ele é um valentão.

— Não discuta comigo, mocinha.

Alexandra se calou. Olhei para trás e para frente entre as duas, e queria gritar. Alexandra estava sentada, olhando para a mesa, com a cabeça virada para baixo. Sozinha. Triste.

Era Véspera de Natal, caramba. Ela não deveria estar assim. Ela devia estar rindo e se divertindo. Estudei minha mãe.

O que aconteceu para deixá-la tão odiosa? O que aconteceu para que ácido pingasse de sua língua, para que ela falasse dessa forma conosco, e comigo na maior parte do tempo, como se fosse algo que ela odiava? Não entendo, e embora sempre odiasse isso, realmente não conhecia qualquer coisa diferente, até que passei os fins de semana na casa do Jack.

Não conseguia evitar, mas questionei como o Natal seria lá, se Jack não tivesse sido implantado com a Guarda Nacional. De alguma forma o imaginei arrumando a cozinha, fazendo uma enorme refeição, brincando com Tony e rindo com Sean e Crank. Aqui, meu pai estava trancado no seu escritório como sempre, minha mãe estava... fria. Zangada.

Alexandra era maravilhosa, um doce de menina. E ela não merece esse tratamento. Ela me lembrava tanto da menina que eu tinha sido na Bélgica. Quando a única família que poderia encontrar era o meu guarda costas, que me deu espaço em sua vida e em seu coração, e há poucos minutos tinha me ligado do outro lado do mundo para me dizer que ele ainda pensava em mim como sua irmã.

Ver Alexandra assim - triste, no seu traje formal, as mãos no colo, cabeça baixa, olhando fixamente para a mesa - fez algo dentro de mim se quebrar.

— Mãe, precisamos conversar. Agora.

Ela olhou para mim, com o rosto arrogante, desdenhoso. — Sobre o quê, querida?

— Alexandra. — eu disse. — Você pode não querer estar aqui para isso.

Minha mãe levantou as sobrancelhas. — Eu não me lembro de você se tornar mãe/pai. Tenho certeza que o que quer que seja que você tem a dizer, não vai fazer nenhum mal a sua irmã.

Carrie murmurou algo que parecia suspeitosamente como: — Oh, merda. — e sentou-se na cadeira, como se ela estivesse tentando ficar o mais longe possível da nossa mãe.

— Tudo bem então. — eu disse. — Mas preciso que você saiba... eu estou cheia. Estou cheia de você tratar a todos nós como se fossemos o seu saco de pancadas pessoal. E estou farta de você falar para nós que há alguma coisa de errado conosco.

Ela estreitou os olhos para mim. — Quem você pensa que é? Não fale comigo desse jeito, mocinha. Agora saia até que você esteja civilizada.

Olhei para ela e disse: — Você se lembra do meu último ano na escola, mãe? Em Bethesda?

— É claro que sim. — ela disse ferozmente. — O ano em que você envergonhou o seu pai e quase destruiu sua carreira deixando aquela imagem ser publicada?

Com a minha mão esquerda, comecei lentamente a deslizar as pulseiras e braceletes que eu sempre usava no meu pulso. Em um tom de conversa, perguntei: — Mãe, por que você nunca me perguntou quando e como essa fotografia foi tirada?

Ela torceu o nariz. — Por que iria querer saber? Por que iria perguntar quando a minha filha mais velha se tornou uma puta bêbada?

Carrie suspirou, e Alexandra sentou-se no colo dela, com os olhos arregalados e chocados.

Você pode achar que quando ela cuspiu palavras como essas, eu teria vontade de chorar. Que gostaria de enfiar minha cabeça num buraco, embrulhar-me novamente naquele casulo seguro que me protegeu desde o meu último ano na escola.

Estava cansada de me esconder. Meu pulso estava livre de obstruções, corri meus dedos para cima e para baixo nas cicatrizes no interior do meu pulso direito. Seus olhos se arregalaram quando ela viu as cicatrizes. — Você se lembra de quando cheguei a você na véspera do Ano Novo de 2000? Você e Papai estavam se preparando para sair, e cheguei chorando? Porque eu precisava de uma mãe por um momento? Você disse, e eu estou citando: "Talvez as coisas não fossem tão ruins na escola, se você não tivesse se comportado como uma vagabunda". Você se lembra?

Ela fez uma careta. Bom.

— Eu me lembro mãe. Porque eu precisava de você. E não muito tempo depois que você saiu, fui para o banheiro e cortei o meu pulso. Estas são as cicatrizes.

Ela ofegou, então ordenou: — Alexandra, Carrie, vão para cima. ·

Alexandra não esperou. Ela se foi em um piscar de olhos. Mas Carrie disse: — Vou ficar aqui com a minha irmã. — então ela estendeu a mão sobre a mesa e pegou a minha mão direita na sua esquerda.

Minha mãe virou-se para mim. — Eu não sei por que você está trazendo isto agora. Eu nem sequer sei quem você é.

— É claro que não. Você nunca se deu ao trabalho de perguntar o que estava errado. Mãe, sabe aquela maldita foto? Tinha quatorze anos quando foi tirada e o rapaz tinha dezoito anos. Eu precisava da ajuda de vocês. Precisava de você. Mas você estava ocupada demais naquele ano, não estava? Com George Lansing? Estou certa?

Ela cerrou os punhos. — O que você pensou que você viu naquela noite, você estava errada.

Os olhos de Carrie estavam arregalados. Eu nunca tinha contado a ela os pequenos segredos da minha mãe.

— É por isso que você me calou naquele ano na China mãe? Por causa do Sr. Lansing? Porque você estava muito ocupada tendo um pequeno caso para notar que a sua filha estava em um relacionamento abusivo com alguém mais velho?

A minha mãe levantou-se, os lábios comprimidos em uma linha apertada. — Eu não tenho que ouvir isso.

— Sim, você tem! Você me tratou como lixo nos últimos oito anos! — gritei. — Quando cheguei em casa da horrível clinica de aborto em Pequim, você nunca me perguntou o que estava de errado ou onde estava! Você não notou o sangue nos lençóis mãe? Será que você não percebeu o quão doente eu fiquei? Precisava de uma mãe, e tudo o que tinha era... — eu balancei minha cabeça. —Nada. Nem uma vez você estava lá quando precisei. Quando Lana enviou a foto, você não se ofereceu para ajudar. Você não me abraçou e disse que tudo ia ficar bem. Alguém em Bethesda, Chevy Chase fez cópias e as colocou nos armários das pessoas na escola. Eles me torturaram mãe, até o ponto onde não eu podia ver nenhuma saída, exceto o suicídio. E o que nunca entendi até hoje, era por quê? Por que você não me ajudou? Por que você não estava lá quando precisei de você?

O rosto da minha mãe contorceu e ela começou a chorar. — Eu... — ela sussurrou. — Eu não sabia que era tão ruim para você. Você é a minha filha. Só queria... queria que você fosse melhor.

— Você queria se proteger.

Ela balançou a cabeça. — Não... não é nada disso. Seu pai e eu... nós realmente passamos por um momento difícil na Bélgica e na China. Nós pensamos... que o amor havia acabado. E ele teve um caso na Bélgica. E... sim, também tive um na China.

Queria vomitar. — Então você estava apenas muito preocupada.

Ela olhou para mim, seu rosto ilegível e disse: — Julia... o que aconteceu na China?

Então eu disse a ela. Toda a estúpida história de me apaixonar por um rapaz muito mais velho que eu, ele me usando e me tratando como lixo, fazendo-me sentir como se fosse minha culpa. Até o momento em que cheguei ao aborto, estar perdida e vagando em Pequim na neve depois de tudo, ela estava chorando.

Depois de terminar a história, falei: — Por muito tempo pensei que você me odiava. Que havia realmente algo de errado comigo. Que era minha culpa o que Harry fez comigo. Isso foi o que ele me disse. Que era minha culpa. — suspirei e olhei para o teto. — Não era mãe. Eu não fiz todas as escolhas certas, mas eu era uma criança. E ninguém estava me ajudando. Ninguém estava lá para falar sobre isso, para me guiar. A única família que pensei que tinha, era um fuzileiro naval de vinte anos de idade, que pensei que nunca iria falar novamente.

Carrie murmurou: — Você tem uma família agora. Você tem a mim.

Olhei para minha irmã e pisquei para segurar as lágrimas. Minha mãe olhou para nós, o seu rosto num retrato de perda e choque, e balançou a cabeça, correndo para fora da sala sem dizer outra palavra.

Capítulo Vinte e Três

Parte da minha armadura (Crank)

Olha, sei que cozinho para sobreviver. Em um grill de quase um metro, com os procedimentos estabelecidos. Mas era a manhã de natal, e não ia deixar um dia de natal passar sem um grande café da manhã com bacon, ovos e panquecas. Porque se o meu pai estivesse em casa, é o que ele teria feito. O que eu não sabia era cozinhar na cozinha do meu pai. Era completamente diferente.

Mamãe finalmente interveio depois de eu queimar a frigideira, inundando a cozinha com fumaça e ativando o alarme de incêndio.

Nós finalmente conseguimos resolver, apesar de abrir as janelas e portas quando havia trinta centímetros de neve no chão do lado de fora que continuava caindo, para dizer o mínimo. Mas minha mãe riu, Sean colocou seu casaco de inverno e passamos a manhã rindo e sendo uma família.

Nenhum de nós disse nada sobre o fato de que o meu pai não tinha ligado. Talvez ele conseguisse um telefone hoje. Não sei como é a situação da telefonia de lá. Ele mencionou algo como grandes centros de atendimentos em que eles pegam ônibus para chegar, quando ele me ligou há algumas semanas atrás. Ele está escrevendo quase todos os dias.

Minha mãe tinha saído e comprado uma pequena bandeira com uma estrela azul e colocou-a na janela. Ela explicou a tradição da Segunda Guerra Mundial: as famílias que colocavam uma estrela azul na janela representavam

cada membro da família servindo no exterior, em tempo de guerra. Uma estrela de ouro significava que havíamos perdido um membro da família.

Não era muito de orar, mas encontrei-me rezando por meu pai e para esta coisa não virar uma guerra.

Depois do café da manhã, limpei a bagunça e depois comecei a cozinhar para o jantar de natal. Minha mãe me expulsou da cozinha com pressa. — Vá entreter seu irmão. — disse ela.

Acho que ela estava gostando.

Poderia fazer isso. Nós ligamos o novo Xbox que comprei para ele, agora que eu estava realmente ganhando dinheiro com a banda para gastar com jogos.

Nós não tínhamos aberto tudo. Quando acordei esta manhã, havia dois presentes debaixo da árvore de Julia, um para Sean e outro para mim. Olhei para minha mãe e ela falou: — Ela me deu antes de ir embora da cidade e me pediu para me certificar que vocês receberiam.

Ela tinha comprado para Sean uma edição atualizada de 2002 do livro de medicina que ele estava lendo nos últimos meses.

Não tinha aberto o meu ainda. Queria falar com ela quando o fizesse, e estava olhando o relógio, à espera de dar meio-dia aqui, nove horas na Califórnia. Ela estaria acordada já, eu tinha certeza.

Era um minuto depois do meio dia quando liguei.

O telefone tocou... duas, três vezes. Estava com medo que ela não fosse atender, mas no quarto toque ela atendeu.

— Alô? — ela disse. — Crank?

— Oi, Julia.

— Está tudo bem?

Eu sorri com amargura. Claro. Ela não esperaria que um colega, um dos membros da banda, ligasse na manhã de natal. Isso é algo que amigos próximos fazem. Era algo para a família, ou os amantes.

Não éramos nenhuma dessas coisas.

Tomei um profundo suspiro. — Liguei para desejar-lhe um Feliz Natal.

Ela estava em silêncio, então disse em uma voz baixa: — Sinto sua falta.

Meu coração começou a bater mais forte. Ela acabou de dizer isso? Estava brincando comigo? Fiz uma careta. — Sinto sua falta, babe.

— Me chame de babe e vou te dar um soco bem através da linha telefônica, Crank.

— Isso soa mais como você. — eu disse. — Como você está? Como está... tudo?

Ela disse: — Está tenso aqui. Estou em uma espécie de campo minado com a minha família neste momento.

— As famílias são sempre campos minados. — eu disse.

— Você tem notícias de Jack?

— Não... nada em cerca de uma semana.

— Se você falar com ele, por favor, diga a ele... — ela parou, depois disse: — Diga a ele que eu o amo, e que estou pensando nele, ok?

— Eu direi.

— Você abriu seu presente? — ela perguntou.

— Ainda não. Eu meio que queria falar com você primeiro.

— Bem, abra-o então, idiota.

Eu sorri. Era estranho. Parecia que fazia semanas desde que tivemos uma conversa casual e que não foi ponderada com tensão e emoção. — Tudo bem. — falei caminhando até a caixa, que não pesava mais do que uma grama.

— Está vazia? — eu perguntei.

— Sim, eu decidi dar-lhe cinco centímetros cúbicos de oxigênio.

Eu rolei meus olhos e rasguei a embalagem. Então notei que minha mãe estava olhando da cozinha. Intrometida. Eu virei às costas, mantendo o telefone entre a minha orelha e ombro, enquanto abri a pequena caixa dentro do embrulho.

Dentro da caixa havia uma pequena pulseira da amizade... entrelaçada com fios rosa e branco. Estava gasta... realmente gasta. Eu franzi as sobrancelhas. Era a que tinha visto em seu pulso mil vezes. Acho que ela nunca tirou.

Ela estava usando no dia em que nos conhecemos. E todos os dias desde então. Isso... estava com medo de perguntar o que isso significava.

— Sua pulseira da amizade. — eu disse.

Ela estava respirando pesadamente na extremidade oposta da linha telefônica. — Sim. — ela disse — Bem, você tem que me prometer que você não vai achar que sou estranha.

— É um pouco tarde para isso. — eu respondi.

— Cala a boca. — disse ela. Em seguida continuou: — Bem...
eu costumava fazer isso quando estava no ensino médio. O Cabo
Lewis me trouxe o kit dos Estados Unidos quando ele tinha ido para
casa de férias. Ele era amável dessa maneira.

Eu sorri. Ela falou muito sobre seu guarda-costas da Marinha
daqueles dias.

— De qualquer forma, fiz isso. Mas realmente não queria usá-
-las, até depois que... depois que me machuquei. E então... bem, você
já viu. Eu uso mil

pulseiras, para... para esconder. Para me esconder. E essa, uso
todos os dias desde que aconteceu. Até esta semana. Era parte da
minha - parte da minha armadura. Mas não preciso mais.

Jesus Cristo. Meus olhos ardiam um pouco, e em uma voz rouca
falei: — Minha nossa Julia. Isso é... isso é algum presente.

— Você não acha que sou estranha?

— Claro que acho que você é estranha. — disse. E então fui
em frente, sabendo que não deveria, sabendo que era um erro, mas
mesmo assim fiz, porque era verdade, e ela tinha que saber. — E essa
é uma das razões pelas quais eu te amo.

Ela ficou em silêncio, respirando na outra extremidade da linha
telefônica.

— Oh, Cristo, Julia. Não desligue. Me desculpe se te incomodei
dizendo isso.

Ela ainda estava em silêncio, e teria jurado que ela desligou na
minha cara se não pudesse ouvir sua respiração. Finalmente, ela sussurrou: — Promete que não vai desistir de mim, Crank? Pelo menos
não até eu chegar em casa após as festas? Por favor?

Respirei fundo, então falei: — Eu nunca vou desistir de você.
Você me ouviu? Nunca.

— Feliz Natal, Crank.

— Feliz Natal, Julia.

Com apenas um clique, ela desligou o telefone. Abaixei o telefone e olhei para a pulseira. Era uma coisa pequena, os fios desgastados
e danificados, os fios brancos permanentemente manchados de cinza.
Mas isso fazia parte de sua armadura. Me perguntei se isso significava
que ela iria deixar-me entrar.

Era muito pequeno para caber no meu pulso, de longe. Mas eu tenho certeza que poderia ampliar isso de alguma forma. Andei em direção à cozinha, chamando: — Mãe? Preciso da sua ajuda com uma coisa.

Os próximos dois minutos da minha vida serão gravados na minha memória para sempre. Enquanto caminhava em direção à cozinha, alguém bateu na porta. Pensando que era Tony chegando cedo, fui para a porta, assim como minha mãe saiu da cozinha. Ela estava vestindo o avental do meu pai 'A Melhor Mãe do Mundo' que, naturalmente, tinha sido dela. Eu abri a porta e dei um passo para trás em choque.

Minha mãe suspirou e cobriu a sua boca.

Dois homens, ambos em uniformes de gala do Exército, estavam na varanda. Um tinha as listras de um mestre sargento; o outro era um capelão. Uma equipe de notificação? Nós não estávamos em guerra ainda, o que poderia ter acontecido? Meu pai estava bem? Comecei a entrar em pânico.

— Oh Deus, por favor, não. — minha mãe suplicou. Agarrei-a, porque ela começou a entrar em colapso.

Capítulo Vinte e Quatro

Eu preciso de um favor (Julia)

Eu nunca vou desistir de você. Você me ouviu? Nunca.

Eu desliguei o telefone e sentei-me ali, suas palavras ecoando na minha cabeça como uma música.

Não merecia esse tipo de devoção. Fiquei apavorada com o que significava. Não conseguia imaginar como viver com isso: estava com medo de recuar, e que nunca daria a ele o que precisava.

Mas pela primeira vez, estava começando a sentir como se pudesse tentar.

Quando desci as escadas depois do telefonema, deixei minhas pulseiras e braceletes sobre a cômoda. Me sentia nua sem eles. A única coisa no meu pulso era o delicado relógio que Barry me deu naquele natal na Bélgica. Mas talvez eu não precise me esconder mais. Encostei-me contra o batente da porta e olhei para a minha família.

Estava um caos. As gêmeas e Andrea estavam brincando com as bonecas, espalhadas no chão da sala. Carrie tinha enlouquecido quando ela abriu seus presentes. Meus pais lhe deram um novo Mac Power Book, e ela estava ocupada com isso.

Eu tinha recebido uma mensagem estranha dos meus pais para o Natal: dois ingressos para a temporada do Boston Pops. Claro, eles sabiam o quanto eu
amava música. Mas eles também odiavam tanto o quanto eu amava música. Era estranho, e não sabia muito bem como fazer isso. Mas agradeci-lhes com um enorme sorriso.

A minha mãe tinha me observado cautelosamente toda a manhã, como se ela não soubesse o que dizer para mim.

Olhando para as meninas mais jovens agora, pensei que talvez não fosse tarde demais para elas. Meu pai estava aposentado, e sua viagem para o Iraque havia sido inútil e breve. Não haveria mais deslocamentos ou mudanças. Alexandra iria para uma escola, e as gêmeas e Andrea eram tão jovens que elas dificilmente se lembrariam de todas as viagens, a vida em países diferentes.

Meu pai me olhou nos olhos e sorriu, mas então o seu olhar se desviou para o meu pulso direito anormalmente nu e o sorriso desapareceu. Ela deve ter dito a ele. Eu não poderia evitar, mas pergunto-me o que ele pensava. Meu pai e eu nunca fomos próximos. Ele não era próximo de ninguém. Sempre uma figura autoritária distante na minha vida, ele deixou a criação dos filhos com a sua mulher, a minha mãe. Quando ele olhou de volta para o meu rosto, dei-lhe uma tentativa de sorriso.

Em seguida o meu telefone tocou novamente. Uma carranca passou pelo rosto da minha mãe, mas ela a suavizou quase imediatamente. Isso era interessante e acho que era uma forma de progresso. Mas quem estava me ligando? Peguei o telefone. Era o Crank novamente.

Isso era realmente estranho. Eu atendi ao telefone.

— Oi. — eu disse.

— Julia! É Sean! — ele estava gritando, e a sua voz estava perturbada.

— Sean? O que há de errado?

— Papai... ele teve um ataque cardíaco. Eles o levaram em um voo para a Alemanha.

Engoli em seco e fechei os meus olhos. — Oh meu Deus. Ele está bem?

— Eu não sei. Mamãe está chorando. — disse ele.

— Coloque-a telefone.

— Você vai vir?

Deixei escapar um soluço. Então eu disse: — Sim. Sim, eu vou. Agora coloque a sua mãe ao telefone. E Sean? Eu vou estar aí em breve e vamos fazer o que pudermos. Ok? Aguente firme.

Um momento mais tarde, Margot atendeu ao telefone, sua voz soando crua e irregular.

— Margot, o que está acontecendo? Sean disse que Jack teve um ataque cardíaco.

Os olhos do meu pai se arregalaram e ele levantou-se, caminhando em minha direção.

Ela me falou.

— Ok. — eu disse. — Quando você vai para a Alemanha?

Ela começou a chorar. Demorou alguns minutos antes que conseguisse uma resposta. Eles não tinham dinheiro para voar para a Alemanha, e nenhum deles tinha passaportes de qualquer maneira.

Fechei os olhos e então olhei para o meu pai.

— Margot, eu vou ligar para você de volta em breve. Tudo bem? Apenas... aguente firme, ok? A sua família te ama. Isso é a coisa mais importante. Jack ama você.

Ela chorou e eu disse adeus.

O meu pai ficou desconfortavelmente na minha frente, e eu disse: — Pai, eu preciso de um favor. Eu preciso de alguns favores, e eles são grandes, realmente grandes.

Disse a ele o que queria. Seus olhos ficaram ainda maiores enquanto falava, e em seguida ele disse: — Julia, você está pedindo muito.

Engoli em seco e olhei-o nos olhos, tentando mostrar o quão séria estava. — Pai, me diga. Se fosse minha mãe, você faria isso?

Ele fez uma careta. — Claro.

Olhei-o nos olhos e disse: — Então você entende exatamente como me sinto agora.

Ele acenou com a cabeça. — Tudo bem. Deixe-me fazer algumas ligações.

Quatro horas mais tarde, estava em meu quarto enchendo a última das minhas coisas em uma mochila. Era estranho. Esta casa iria se tornar um lar para Alexandra e as meninas mais jovens. Mas não tenho qualquer lembrança daqui, exceto um ou dois feriados quando estávamos de volta aos Estados Unidos. Este foi o meu quarto, mas era estéril, tanto quanto Bethesda tinha sido. Pela primeira vez na história? Estava bem com isso. Estava indo para fazer a minha própria casa.

Quando fechei a mochila, ouvi alguém na porta e me virei.

Era ela.

Apreensiva, me levantei e encarei a minha mãe. Ela engoliu em seco, não falou, e eu percebi que ela estava apenas nervosa em falar comigo, como eu estava com ela.

— Eu só... — ela começou, mas então, parou. Esperei. Ela vai dizer algo horrível? Tentar negar as coisas? Ela vai me dizer para não voltar se sair? Eu não sabia. Minha mãe... era um completo mistério para mim. Isso poderia ser a parte mais triste de tudo. Não tinha ideia de quem ela era.

Por fim, ela falou mais uma vez: — Eu vim até aqui para dizer... eu ouvi você. E não tenho sido a melhor mãe do mundo. Eu gostaria de ter sido. Gostaria... de poder ter dado a você o que você precisava Julia. E espero que algum dia você possa me perdoar.

E então minha mãe fez algo que nunca a tinha visto fazer antes. Ela começou a chorar. Era um som meio-formado, fraco e ainda muito doloroso.

Sei que a coisa humana a se fazer seria ir até ela, abraçá-la e dizer-lhe que perdoei tudo. Sei que deveria ter feito isso. Cheguei e peguei uma de suas mãos, apertando-a suavemente e sussurrei: — Você ainda é minha mãe. Eu amo você.

Ela balançou a cabeça e tentou conter as lágrimas. E então, ela virou-se e desceu o corredor.

Voltei para minha mochila. Terminei de encher as coisas nela, fechei e saí do quarto, deixando minhas pulseiras e braceletes sobre a cômoda.

Meu pai me encontrou no térreo, e nós entramos na van juntos. As ruas estavam vazias. Ainda era natal, e as estradas poderiam encher mais tarde, mas por agora nós tivemos a estrada para nós enquanto nos dirigíamos para o aeroporto.

Ficamos em silêncio no início. Depois de algum tempo, ele falou: — Sua mãe me falou... o que você disse.

Engoli em seco e olhei para fora da janela.

— Pelo que vale a pena Julia. Você é a minha filha. E eu não disse isso o suficiente... bem, realmente, não disse nada disso. Mas estou orgulhoso de você.

Engoli as lágrimas. — Obrigada pai.

— Quando você terminar na Alemanha e acabar a escola, espero que você pense em nós. E venha nos visitar.

Balancei a minha cabeça. — Claro. Apenas... faça-me um favor? —perguntei.

— Qualquer coisa. — ele disse.

—Apenas... tente estar presente para minhas irmãs, ok? Eu entendo. Eu era a mais velha, e que vocês estavam passando por muito, e... não sei, mas elas

precisam de você. — fiz uma pausa, e respirei um pouco. — Elas precisam de você, ok?

Em voz baixa, cheio de tristeza, ele disse. — Prometo que vou tentar.

Ficamos em silêncio por um longo tempo. Ele finalmente virou para a interestadual, e alguns minutos mais tarde, disse: — Você deve saber... não é tudo culpa da sua mãe.

Olhei para ele, e ele continuou.

— Conheci a sua mãe na Espanha. Era 1971 e estava no meu primeiro posto. Não muito mais velho do que você é agora, e não tão inteligente quanto você. A mãe de Adelina era proprietária de uma loja de flores em Barcelona, e a conheci em um café da mesma rua da embaixada. Eu estava praticando meu espanhol, e ela queria praticar o seu inglês, e... bem, nós nos apaixonamos. Ela era cheia de luz naqueles dias. Sabia que meu pai me deserdou quando nós casamos?

— O quê? — eu disse. — Não.

— Ele fez. Ele mudou de ideia depois que você nasceu. Mas por um tempo, por vários anos, pensamos que estaríamos vivendo com o que fazia como um diplomata júnior. Era o suficiente. Tínhamos um pequeno e bom apartamento e nos amávamos. Era tudo o que importava.

Tentei imaginar o meu pai, vivendo com um salário de diplomata júnior, jovem, apaixonado. Não fazia sentido para mim.

— O que aconteceu?

Ele deu de ombros. — A vida. Estresse. Logo depois que você nasceu fui designado para Líbia, onde era de posto difícil, e sua mãe veio morar aqui em San Francisco com você. Isso foi depois de três anos. Nós ficamos mais distantes durante os anos e brigamos muito. Mais do que eu acho que você percebia. Nossa vida... não foi o que qualquer um de nós esperava. E então, ouve as traições. Isso fez a sua mãe... amarga. Muito irritada. Levou um longo tempo para confiarmos um no outro novamente.

Eu olhei para o meu pai em estado de choque. Ele sabia sobre ela.
— Você sabia?

Ele acenou com a cabeça. — Não muito tempo depois que você foi para a faculdade, e parecia que nunca mais ia pegar outro posto, sua mãe e eu entramos na terapia juntos. Para tentar trabalhar nosso relacionamento.

Ele olhou para mim, e seus olhos estavam tristes. — Eu acho que era tarde demais para você.

Olhei para ele, confusa, e de uma forma estranha, me senti traída. Talvez se tivessem feito a terapia dez anos antes, teria tido uma vida muito diferente.

Estávamos chegando ao aeroporto. Ele tomou o desvio para a Lufthansa. — Eu não sei se é tarde demais para você nos perdoar.

— Eu também não pai. Porém eu prometo... prometo que vou tentar.

Duas horas mais tarde, estava embarcando no meu voo para o leste.

Uma Canção para Julia (Crank)

— Alguma novidade? — sussurrei, quando minha mãe voltou. Sussurrei porque Sean estava esticado em três cadeiras ao meu lado, roncando.

Ela balançou a cabeça. — Ele está estável, mas ainda em coma. — ela se sentou.

— Você parece exausta. — eu disse. — Talvez você devesse ir para o hotel, dormir um pouco e depois voltar.

Ela tomou um fôlego profundo. — Ainda não. — disse ela.

Peguei a sua mão. — Nós vamos passar por isto.

Ela apertou a minha mão de volta. — Nós vamos. Estou muito mais forte do que costumava ser, você sabe.

Sean agitou-se na cadeira, depois lentamente sentou-se.

Inclinei-me para trás e fechei os olhos. As últimas vinte e quatro horas se passaram como um flash, e algumas delas eram surreais. Um homem do Departamento de Estado tinha aparecido, se reuniu com a equipe de notificação e não muito depois disso, tirou as nossas fotos e saiu. Às seis horas da noite de Natal, saímos para o aeroporto, onde outro homem do Departamento de Estado nos deu novos passaportes. Julia tinha nos reservado um voo noturno para a Alemanha. No momento da chegada, fomos pegos por um cara do consulado americano, que nos levou de Frankfurt a Base Aérea de Ramstein em pouco mais de uma hora. A zona rural aqui estava coberta de neve, e quando passamos por cidades e aldeias, mais neve estava caindo. Não pude deixar de pensar quão incrível era o que Julia tinha feito por nós.

Nós estivemos aqui por horas, esperando. Meu pai tinha saído correndo de manhã na formação com o seu pelotão quando ele entrou em colapso. Eles correram para os médicos, que conseguiram estabilizá-lo e então eles voaram de helicóptero para o hospital mais próximo, e finalmente, para cá. Esse é o motivo pelo qual ele não ligou na véspera de natal. Ele já estava em um voo para cá.

Os médicos disseram-nos quando chegamos que era uma questão de tempo agora. Eles não podiam dar um prognóstico claro. Eles fizeram uma ponte de safena tripla, quanto maior a cirurgia, melhor ele podia ficar. Agora ele
estava estável, mas não havia uma maneira de saber quando... ou se... ele acordaria.

Olhei para minha mãe. Acho que seria uma tragédia para todos nós, especialmente para ela, perdê-lo agora, justamente quando nossa família estava voltando a ficar reunida.

Sean, bruto como sempre, perguntou a nossa mãe: — Se o papai morrer, você vai ficar comigo?

Mamãe colocou seu braço em volta dele e disse: — Eu não vou a lugar nenhum Sean, eu prometo.

Seus olhos passaram ao redor da sala, em todo o lugar, exceto em nós. Eu poderia dizer que ele estava lutando para colocar algo em palavras. Ele me olhou e depois para ela, e disse: — Desculpe-me eu não ter sido melhor para você. Me desculpe, eu estou quebrado.

Seus olhos ficaram vermelhos de lágrimas repentinas, e ela disse: — Sean, você não está quebrado.

Ele desviou o olhar. — O meu pai disse que você tentou se matar.

Ela assentiu com a cabeça, lentamente, e disse: — Sean... isso não é sua culpa. Não é culpa de ninguém na verdade. Simplesmente não sabia como lidar com... com a vida.

Eu estava tenso, com medo. Sean poderia ser tão imprevisível. Diante de algo assim, ele poderia facilmente se enroscar com um livro, ou ter um colapso que poderia trazer a segurança do hospital correndo. Tomei uma forte respiração, observando sua expressão por sinais de raiva.

Ele se levantou e começou a andar. Não é um bom sinal. Então ele se virou e olhou para ela, dizendo: — Talvez possamos ajudá-la. Crank e eu.

Eu exalei e fechei os olhos.

— Você pode. — disse ela. — E talvez eu possa ajudá-lo também. Sean... eu sei que tinha ido embora há muito tempo. Tive que aprender a viver de novo.

Passei tanto tempo na terapia que mal me lembro de como era antes. Temos que aprender a ser uma família novamente. Mas prometo a você - a vocês dois - que não vou a lugar nenhum. Nunca mais.

Sean acenou com a cabeça. Ele estava se forçando a olhá-la no rosto, seus olhos lentamente voltando-se para ela. Então, ele disse: — Eu estou contente que você voltou para casa.

Ela suspirou e disse: — Você ficaria chateado se eu te abraçasse?

Ele sacudiu a cabeça, e ela levantou, envolvendo seus braços em torno dele.

Em seguida, meus olhos deslocaram de minha mãe para o corredor. Porque andando pelo corredor, com o cabelo bagunçado, vestindo um macacão velho e uma camiseta, estava Julia.

Minha respiração ficou presa. Ela estava verificando as portas enquanto caminhava, procurando a sala de espera, acho. Nos procurando. Ela parecia exausta, com olheiras sob seus olhos.

Não podia acreditar. Ela já tinha feito muita coisa... pediu a seu pai para providenciar os passaportes e nos trouxe de avião para cá.

Ela deixou a sua família no natal.

Para chegar aqui. Por nós. Por mim.

Engoli e seco e me levantei. Então ela me viu. E congelou. Seus olhos estavam arregalados, e quando ela olhou para mim, eles se encheram de lágrimas. Então ela caminhou até mim, devagar, e colocou os braços ao meu redor, seu corpo fundindo ao meu. Ela sussurrou: — Como ele está?

Suspirei e balancei minha cabeça. — Ainda em coma. Ele fez uma cirurgia, eles não sabem quando ele vai despertar. — um segundo depois, eu disse: — Eles não sabem se ele vai acordar.

Ela parecia que estava prestes a dizer alguma coisa sobre o assunto, mas espremeu seus braços em torno de mim ainda mais apertado. Enterrei o meu

rosto em seus cabelos, estranhamente me odiando por amar este momento, amar segurá-la, mesmo que o meu pai estivesse a poucos quartos lutando por sua vida.

Mas sabia o que ele iria dizer. Ele iria me dizer para parar de me preocupar e ir em frente. Ele iria me dizer que se a amava, deveria segurar esse momento precioso tão perto quanto pudesse.

Ela tinha o rosto enterrado contra o meu ombro, e mal conseguia ouvi-la, mas juro que nesse momento ela disse as palavras que pensei que nunca iria ouvir, as palavras que desesperadamente queria ouvir dela.

Ela sussurrou: — Eu te amo Crank.

Minha respiração se alterou, ficando irregular, e não podia deixar passar ou me afastar ou dizer qualquer coisa, porque estava com medo. Com medo de que ela não tivesse realmente dito isso, ou que ela quis dizer 'eu amo você Crank, como eu amo a minha irmãzinha'. Mas ela se afastou, dizendo: — Este é opior momento para fazermos isso, mas nós precisamos conversar.

O meu coração caiu no meu peito. Era pra ser isso. Eu sabia. Ela iria me dizer que não havia chance para nós. Nós nos separamos e me virei para minha mãe. Julia disse: — Ei Margot. Sean.

Minha mãe se aproximou começando a chorar e puxou Julia em um abraço. Soluçando, ela disse: — Muito obrigada. Por fazer isso, por nos trazer aqui. Por vir.

Julia a abraçou de volta e disse: — Não há nada para me agradecer, ok? Jack significa muito para mim. Vocês todos significam.

Em seguida, ela se afastou, mantendo as mãos sobre os ombros da minha mãe e disse: — Eu preciso do Crank emprestado por um tempo. Temos... algumas coisas para falar.

Minha mãe concordou, e Julia disse: — Vamos voltar.

E então ela me puxou para longe da sala de espera.

Nós entramos em uma minúscula capela sem nome três portas depois.

Estava escuro aqui, a única luz vinda de cima, perto do altar. Um piano elétrico estava em uma cadeira perto da frente da sala, e uma linha de pequenos bancos utilitários estavam alinhados em fileiras.

Ela se sentou no primeiro banco da capela. Sentei-me ao seu lado e me virei para ela, e ela agarrou minha mão esquerda. E foi aí que percebi que havia algo de diferente nela. Ela não estava usando nenhuma pulseira.

Coloquei minha mão no meu bolso, tocando a pulseira da amizade que ela tinha me dado. Eu a segurei na minha mão direita.

Lágrimas imediatamente começaram a rolar em seu rosto, e ela disse: — Eu não posso prometer... que não vou me afastar. Que não vou fugir. Isso é muito pra mim agora.

— O quê? — eu disse, estupidamente.

— Apenas cale a boca e me escute, tudo bem?

Me calei, acenando com a cabeça. E ouvi.

— Passei a maior parte da minha vida sozinha, de uma forma ou de outra. Mas um velho amigo me lembrou de algo ontem. Ele disse... que você faz o seu próprio lar. Nunca tive um. Por um tempo, tive um irmão mais velho, e ele me manteve perto quando era apenas uma menina solitária. E então... você sabe o que aconteceu. Tudo o que tinha era a minha armadura. Tudo o que tinha era o meu escudo, me protegendo, porque não podia confiar em ninguém. Não podia acreditar em ninguém.

Ela fungou e em seguida, disse: — Mas alguma coisa aconteceu comigo. Algo que pensei que nunca aconteceria. Eu quero confiar em você. Eu... quero sentir. Quero saber o que é amar e ter uma vida real. Quero saber o que é ter um lar pela primeira vez na minha vida.

Ela estava realmente chorando agora, e gostaria de ter enxugado suas lágrimas, mas seria preciso um mop51. Em vez disso, puxei-a para perto de mim e deixe-a chorar em minha camisa.

— Crank... você é o meu lar agora. Você é a pessoa para quem eu quero chegar em casa. Você é... eu amo você Crank. — ela riu em meio às lágrimas, seus olhos brilhando, azuis esverdeados. — Eu não posso acreditar que disse essas palavras, mas é verdade. Eu te amo. Eu quero estar com você.

Tudo que eu poderia fazer era tentar não chorar. Eu a segurei com força contra mim enquanto ela tremia, e ela sussurrou: — Você pode me perdoar? Por não ser capaz de dizer isso antes? Por não ser capaz de admitir isso? Não queria te machucar. Nunca quis isso.

Inclinei-me perto de seu ouvido. — Não há nada a perdoar. Mas mesmo se houvesse, então sim. Eu vou te perdoar hoje, amanhã, todos os dias.

Ela ainda estava chorando, mas falou: — E você não vai escrever mais nenhuma música estúpida sobre mim?

Acho que se ela pudesse brincar, as coisas ficariam melhores. — Não posso prometer isso. — respondi.

Ela riu, sacudindo contra mim, e eu disse: — Na verdade, isso pode ser tudo o que farei pelo resto da minha vida.

Ela se encostava contra mim e sussurrou. — Meu.

Inclinei-me para perto, olhando em seus belos olhos azuis, e depois para os lábios, e me aproximei até que os nossos lábios se tocaram. Doces, lindos lábios. Era diferente de antes. Não tão apressado, não tão cheio de tensão e distância. Senti como se ela estivesse olhando para a minha alma, que com o toque dos nossos lábios, ela poderia ver e sentir tudo sobre mim. E eu, com ela.

Ela se afastou do beijo. — Você pode me aturar? Eu sou louca na metade do tempo. Você sabe que vou me afastar e ficar brava quando as coisas ficarem difíceis.

— Vou me arriscar.

— Por quê? — ela me olhou nos olhos quando ela fez a pergunta. — Por que você correria esse risco? Por que se arriscar que eu te machuque?

Coloquei minhas mãos em cada lado do seu rosto. — Porque você me fez melhor. Você me faz - você faz eu me importar com as coisas. Como meus assuntos da vida. Sinto que, com você, posso fazer qualquer coisa no mundo. E nós vamos.

— Vamos. — ela disse. — Eu prometo.

E assim, nós nos sentamos naquela capela por um longo tempo, abraçados, ouvindo um ao outro respirar.

Então tive uma ideia maluca.

— Venha aqui um segundo. — eu disse. Levantei-me e a levei para o piano elétrico.

— Sente-se. — lhe disse. Nós dois nos sentamos no banco, e perguntei: — Você se lembra de quando disse que queria fazer uma música com você?

Seus olhos lacrimejaram, e ela balançou a cabeça. Peguei minhas anotações confusas do bolso da frente e desdobrei-as.

— Venho trabalhando nisso há algumas semanas, mas não conseguia encontrar o caminho certo. Me ajuda?

Ela sorriu um louco sorriso feliz, e concordou com a cabeça.

Então coloquei as notas no stand da música. — Sua parte. — eu disse, apontando.

Ela viu o título da canção, A Song for Julia, e começou a chorar silenciosamente.

Comecei a tocar. Ela ouviu, balançando a cabeça, e em seguida, na segunda medida, juntou-se. Ela estava estudando as notas que havia rabiscado no papel e manteve-se comigo. Foi perfeito, cada nota no lugar.

E então comecei a cantar. Era um dueto, e cantava do meu desejo, da sua recusa, e da minha preciosa esperança de que se a deixasse ir, se lhe desse um beijo de adeus e a observasse ir embora, que ela eventualmente voltaria para casa.

Podia senti-la do meu lado, com os olhos arregalados, brilhando, mesmo que as lágrimas escorressem pelo seu rosto. Estávamos em sincronia, e quando ela se juntou a música, sua voz áspera e cansada ainda entoou perfeita em uma bela harmonia.

Finalmente a música acabou. E ela disse as palavras de novo. As palavras que eu esperei que ela dissesse, as palavras que a assustou tanto que ela tinha fugido de mim.

— Eu amo você, Crank.

Sussurrei de volta: — Eu amo você, Julia.

Ela se inclinou contra mim, e coloquei meus braços ao redor dela, enquanto ela fechava os olhos.

— Estou tão sonolenta. — ela disse. — E parece que não consigo parar de chorar.

Apenas sorri, e depois estendi a mão levando-a para o banco.

Sentamos e esperamos. Eu sabia que tinha Julia em meus braços e que ela me amava, e que de alguma forma, com a gente tudo ia ficar bem. Pensei em meu pai, a poucos quartos, lutando pela sua vida. Julia e eu esperaríamos isso juntos. Seria o suficiente.

Julia adormeceu, apoiando-se contra mim. Mudei a posição, acomodando-a em meus braços, e observei o seu rosto, as linhas suaves e seu sono tranquilo.

Não muito tempo depois, a minha mãe nos encontrou. Ela olhou e nos viu lá, quietos, na capela, e colocou as mãos entrelaçadas contra o peito. Havia lágrimas de esperança em seus olhos.

— Os médicos chamaram. Jack acordou.

www.ingramcontent.com/pod-product-compliance
Lightning Source LLC
Chambersburg PA
CBHW070754280626
47162CB00016B/285